光文社文庫

長編ハード・サスペンス

哀《あい》哭《こく》者《しや》の爆弾

鳴《なる》海《み》　章《しよう》

光　文　社

『哀哭者の爆弾』　目次

序章　衣・食・住・携帯

たった一発の巡航《クルーズ》ミサイルが着弾した瞬間、世界は変わってしまった。

二〇〇三年、現地時間三月二十日午前五時三十分、そのミサイルはペルシャ湾を航行していたアメリカ海軍第七艦隊所属イージス艦『ポール・ハミルトン』から発射され、イラクの首都バグダッドに着弾したのである。

世界中の国家元首たちが口をそろえて唱えたテロとの戦いが、そのとき、第三次世界大戦へと変貌《へんぼう》した。

二〇〇一年九月十一日、ニューヨークのワールドトレードセンタービルに二機の旅客機が突入した事件はイスラム原理主義過激派アルカイダの仕業であるとアメリカは決めつけた。翌年、米軍がアフガニスタンに侵攻する。潜伏しているアルカイダを殲滅《せんめつ》するため、つまりはテロとの戦いという大義名分を通した。しかし、イラクへの侵攻となると意味が変わってくる。

アメリカはイラクが大量破壊兵器を隠匿《いんとく》し、かつアルカイダをはじめとするテロリストを支援していることを侵攻の理由にあげたが、陸上部隊がイラク全土を席巻してみても大量破壊兵器は影も形も見当たらずアメリカの情報収集能力、とくに人的諜報活動《ヒューミント》の面での弱さをさらけ出すぶざまな結果に終わった。

もう一つの理由とした、テロリスト支援については、アメリカは最初からあり得ないことを知っていた。イラクは、軍事独裁者サダム・フセインが支配している国であり、国家主義をとっていた。その点、イスラム教の厳格な教えにのっとり、秩序のある世界帝国を作りあげようとしているアルカイダほかのイスラム原理主義過激派たちとは相容《あいい》れなかったのである。

もっともテロとの戦いが世界大戦に発展しようとも、日本は相変わらず平和で、国民は戦争を完全なる他人《ひと》ごととしてしか感じておらず……


「ずいぶん長そうなメールだね」

ふいに声をかけられ、はっとしたアキラは携帯電話を閉じた。

「いや、読んだわけじゃない。いきなり申し訳なかった」

隣りに座っているウツミが気弱そうな笑みを浮かべ、あわてていいそえた。

「あ、いや」アキラは口の中でもごもごといい、携帯電話を作業ズボンのポケットに入れた。

「いいんです、別に。それにメールでもありませんし」

壁に背をあずけ、両ひざを立てているウツミは頭を掻《か》いた。指にかき乱される半白《はんぱく》の髪は脂光りしている。がりがりに痩《や》せていて、四十代半ば、ひょっとしたら五十歳を超えているかも知れないが、さすがに何日も風呂に入っていないと頭皮に脂が浮いてくるようだ。

ウツミは床に視線を落としたまま、独り言のようにつぶやいた。

「最近の若い人は何でも携帯だね。インターネットを見るのも、メールのやり取りをするのも。電話帳だけじゃなく、スケジュール帳としても使ってるみたいだね。携帯に予定を入れておけば、何月何日何時何分になると音で知らせてくれるんだろ。ちょっとしたメモも、日記も携帯に打ちこんでおけるし、携帯ひとつあれば、ブログまでできちゃう。私が若いころには想像もつかなかったな」

そういってウツミは微苦笑を浮かべた。

平然としているように装っていたが、ポケットの中で携帯電話を握りしめるアキラの手は汗ばんでいる。

ウツミのいう通りだ、と胸のうちで認めた。

大学に通っていたころから社会人となって数年間はパソコンで小説を書いていた。だが、三十を目の前にして馘首《リストラ》され、家賃未納でアパートを追いだされてからはパソコンなど望むべくもなかった。一方で携帯電話の進化は凄《すさ》まじく、現にアキラが使っている機種なら一度に一万字、四百字詰め原稿用紙にして二十五枚の文書を作ることができた。

文字数をつねに原稿用紙に換算する自分が少々うとましい。

たった今読んでいたのは、アキラ自身が書いた小説の一部なのだ。携帯電話で書いた冒険小説を募集するサイトに応募した作品だが、選考には漏れたものの、思いがけない生活を切りひらいてくれた。

相変わらずうつむき加減で頭を掻きむしりながらウツミがいう。

「衣食住に携帯電話。生活には欠かせなくなったね。私みたいな年寄りが仕事にありつくにも携帯が必要だし、携帯が使えなきゃ、今ごろとっくにホームレスだよ。衣食住、携帯の順じゃなくて、携帯が一番かな。金が入れば、最初に電話料金を払ってるからさ」

力無く笑うウツミに向かってうなずいた。

「そうですね」

携帯電話は、まさしく生命線《ライフライン》といえた。どこにも泊まるだけの金がなければ、一晩中歩いてでもやり過ごすことはできる。コンビニエンスストアやレストラン、駅構内のゴミ箱をあされば、何とか食い物を手に入れられる。臭《にお》いさえ我慢すれば、何カ月も同じ服で寒さはしのげる。だが、携帯電話がつながらなくなれば、登録してある日雇い派遣仕事の紹介サイトからのメールを受けとれない。住所不定となった今は、新たに携帯電話を契約することさえできないだろう。どんなに腹が減っていても、寝る場所が確保できなくとも、携帯電話の使用料だけは払ってきた。

「ひどい世の中になったもんだ」

「そうですね」

「まだ、君は若いだけいいよ。私なんか来年五十だ」

「そんなに若くないですよ」

　アキラは今年三十四歳になる。日雇いの派遣仕事は、工場での簡単な組み立て作業や土木や建設工事現場での仕事が多い。現場といっても技術を要するものではなく、単純作業をくり返しているに過ぎなかった。もっとも技術を求められたところで、資格といえば運転免許——しかも更新をしていないので、とっくに失効している——くらいしかないアキラには応えようがなかった。

　単純作業のくり返しは、職歴にすらならない。だが、日々金を稼がなければ、食っていけない。矛盾と不安の中で日々ぎりぎりで生きて、十六年後の姿がウツミなのか。何年かして、隣りに座っている男に、君は若くていいなぁとぼやいている自分が浮かんだ。

　いや、と胸のうちで否定する。ウツミのようにはならない。未来に対する不安で押しつぶされそうな毎日から脱出するためにここへ来たのだ。隣りに座っている中年男には悪いが、あんたのようにはならない、と思った。

　二人が、ほかの十六人の男と座りこんでいるプレハブ小屋の戸が乱暴に開かれ、でっぷり太った巨漢が姿をあらわした。ロゴ入りのトレーニングウェアを着て、太い金鎖のネックレスをしている。首の後ろに脂肪が段々になるほどのデブだ。トレーニングウェアの下には何も着ていない。前を閉めるファスナーを半分以上開いて、胸にまで回りこんだ刺青《いれずみ》を見せびらかしている。

「おい、餌の時間だぞ」

デブがにやにやしながらいう。

入口を見ていたウツミが舌打ちした。

アルミの盆にプラスチックの丼を載せ、スプーンを添えて両手に持ち、男たちは一列にならんだ。朝と晩の食事は、ごった煮と決まっていて、バケツに入れて運ばれてくる。首の後ろに段々のあるデブがひしゃくで一人ずつに配った。醤油、味噌、ソースの入り混じった複雑な味がするごった煮は、日によって味も中身も違ったが、必ず白飯は入っていた。うどんが混じっていることもあった。そのほか肉や魚、ナルト、こんにゃく、揚げ物などが煮込まれ、原形をとどめないほどかき混ぜられていた。

「ほら、ありがたく頂戴しろよ」

腰に左手をあて、ふんぞり返ったデブが一杯、また一杯と男たちの丼を満たしていく。アキラの前には、ウツミが立っていた。列が短くなり、ウツミの番が来る。バケツにひしゃくを突っこみ、湯気をあげているごった煮をすくい上げるデブがウツミの丼に注ごうとして手を止めた。

「民主主義バンザイだな、爺《じい》さん」

デブの口許《くちもと》で前歯の金冠が閃《ひらめ》く。ウツミは顔をあげようとせず、盆を差しだしたまま動かなかった。

「昔はな、働かざる者食うべからずといったもんだ。だけど、今や民主主義のありがたい世の中よ。人の半分しか仕事ができなくても飯だけはちゃんとあたる」

四十九歳という年齢で爺《じじ》ぃ呼ばわりはないだろうと思ったが、アキラはうつむき、口を閉ざしていた。

作業現場では、ウツミは人一倍動作が遅かった。年齢的なものもあるだろうが、もとより躰《からだ》を動かす習慣がなかったのだろう。鋼材を運んだりする仕事では、デブのいう通りほかの人間の倍も時間がかかった。

デブは一人ずつ均等に嫌がらせをいう。それも民主主義のなせる業なのだろう。丼にひしゃくを叩きつけるように注ぎ、デブは声を上げた。

「ほら、次。ぐずぐずするな、爺さん」

ウツミが列を離れ、アキラが前に進んだ。ごった煮をすくいあげたひしゃくを手に、デブがにやにやする。唇がよだれに濡《ぬ》れて、気味が悪かった。

「よう、しゃぶりボクロ、今日も元気にしてたか」

アキラの唇の右上にはホクロがあった。

「刑務所で可愛《かわい》がってた女役《アンコ》にお前と同じホクロがあってな。フェラチオがうまかったんだよ。

男でも女でも、そこんところにホクロがある奴はフェラ好きなんだ」

毎回、同じことをいわれた。デブが顔を近づけて、ささやく。

「なあ、今度おれのをしゃぶってくれないか」

何ともいえないえぐみのある口臭が漂ってくる。耐えた。耐えるしかなかった。鼻を鳴らしたデブがごった煮をアキラの丼に注ぎ、後ろに並んでいる男に声をかけた。

壁際まで行くと、ウツミの隣りに腰を下ろした。ウツミは盆を床に置き、湯気をあげている丼を見つめている。アキラは、左手に丼を持ち、スプーンを取りあげた。

ウツミが低声《こごえ》でつぶやく。

「豚の餌《えさ》だ、これは」

聞こえない振りをして、アキラはごった煮を口に運んだ。歯ごたえなどほとんどない。今夜はかすかにカレーの味がするような気がした。

嚥《の》みくだしながら、豚の餌と胸のうちでくり返す。

絵が浮かんだ。コンビニエンスストアから廃棄物として出された賞味期限切れの弁当だ。どこか調理場のようなところで、白飯も惣菜も一緒くたに大きな鍋にぶちまけられる。そしてぐつぐつ煮込まれているシーンだ。今なら豚にだって専用の配合飼料が与えられているだろう。

豚以下の存在……。

仕事にありつけず、ポケットにも数十円しかなくて街頭を歩きつづけた夜に較《くら》べれば、食い物があり、寝床があるだけでありがたいと思うようになった。貧すれば鈍するという言葉が脳裏を過《よ》ぎっていく。だが、それも来《きた》るべき解放までの辛抱だ。その瞬間を勝ち取るまで豚でさえ食わない食事を腹におさめ、体力を温存しておく必要がある。

ウツミを盗み見た。細く、筋張った、いかにも神経質そうな指が太腿《ふともも》に食いこんでいた。結局、ウツミはひと口も食べないまま、丼の中身をゴミ箱に捨てた。危険な兆候のような気がした。

夕食が終わると、あとはとりわけすることがない。プレハブ小屋には古ぼけた赤いテレビが一台置いてあるが、時代遅れの室内アンテナが取りつけられているだけで、まともに映らなかった。もちろんビデオデッキなど望むべくもない。十八人の男たちは、各人ばらばらになって壁際の自分専用スペースで古雑誌か文庫本を読むか、携帯電話をいじっている。たまにぼそぼそと秋の天皇賞を予想する声が聞こえた。ここまで堕《お》ちてきて、まだ競馬の話か、とアキラは思う。おそらくギャンブルに負け、生活が破綻《はたん》し、堕ちるところまで堕ちてきたんだろうに。

各人がせいぜいバッグ一つの荷物を置き、一人分の夜具を畳んで重ねてある場所は、何となく決まっていた。アキラはウツミの隣りだ。誰かがベッドのないベッドハウスといったことがあった。

ウツミというだけでフルネームは知らなかったし、本名かどうかもわからなかったが、気にはしなかった。アキラというのも親がつけてくれた名前ではない。男たちはたがいを名前で呼ぶことはなかった。唯一の例外が食事を運んでくるデブだ。デブが名前や、悪意にあふれたあだ名を口にした。

はやばやと夜具をのべたウツミは、作業着のまま汚れた掛け布団にくるまって、背中を向けていた。アキラも夜具に寝そべり、またしても携帯電話を開き、自分が書いた小説――WWⅢ勃発《ライジング》、とタイトルをつけてあった――を読みはじめた。読みかえすたびに気になるところが出てきて、ちょこちょこ修正している。

〈WWⅢライジング〉は、いくつもの寝苦しい夜をネットカフェでやり過ごしている間に書いた。歩きまわっている夜には、書かなかった。バッテリーが途中で切れ、翌朝、仕事にありつけなくなるのが怖かったからだ。

当初はコンテストに応募するつもりもなく、元から携帯電話で書く小説など馬鹿にしていた。それでも書かずにいられなかった。仕事も住むところも失って、さらに子供のころからの夢だった小説家をも諦《あきら》めてしまったのでは、自分が何のためにこの世に生まれてきたのかわからなくなる。

自分という人間が生きていることが単なる無駄でしかないと突きつけられるのは怖い。だから形に残る何かをしないではいられなかった。恐怖に駆られ、ひたすら携帯電話のボタンを押しつづけてきた。

〈WWⅢライジング〉は、原稿用紙にして七百枚を超えているだろう。正確に数えたことはなかった。

午後九時、プレハブ小屋の蛍光灯が消された。闇の中、アキラも携帯電話を閉じる。綿が抜け、饐《す》えた臭いのする布団をかぶって目をつぶる。

眠りに落ちる前、アキラは決まって鵜沢《うざわ》と初めて会った日のことを思いうかべた。昭和のまま取り残された内神田の一角にある五階建てのビルに鵜沢が経営する出版社はあった。携帯電話による長編冒険小説のコンテストを主催した会社である。

原稿を送って、数日後、鵜沢からメールが来た。残念ながらコンテストの選には漏れたが、このまま忘れ去るには惜しい作品なので一度会いたいと書かれてあった。小躍りする思いで出版社を訪ねた。

出版社といっても一部屋しかなかった。今は社員もいない、と鵜沢はいった。それでも壁一面に作りつけになった書棚に本が並び、鵜沢の机のまわりにも本が積みあげられている様子は、いかにも出版社という感じがした。

机のわきに丸椅子を持ってきて座ると、鵜沢は早速切りだした。

『原稿、拝読しましたよ。面白かった。でも、あれはまだ小説ではない。それはあなたもよくおわかりでしょう』

肘《ひじ》かけのついた椅子に座り、足を組んだ鵜沢がにこにこしながらいった。見事なほど真っ白な銀髪で、小さな青いレンズのはまったメガネをかけていた。鵜沢は胸の前で両手を組みあわせていた。細い指が複雑にからみ合っているように見えた。

『でも、面白かった』鵜沢はもう一度くり返した。『肝心なのは、そこのところなんです。あなたは、小説家になりたいのですか』

はい、と答えると、鵜沢は笑みを浮かべながらも小さく首を振った。

『わかっていらっしゃらないなぁ。小説家というものは、なりたくてなれるんじゃないんです。そこに在るものなんですよ』

『生まれついての才能があるとか、そういうことですか』

恐る恐る訊《たず》ねると、鵜沢は天井を見上げて笑った。癪《しゃく》にさわるほど大きな笑い声で、実際かなり心が傷ついた。

『いや、失敬、失敬。生まれついての小説家というのは、ミシマ以外に私は知りません。だいたい字も書けないのに小説もへったくれもないでしょう。私がいいたいのは、たとえどんなものであれ、小説を書きさえすれば、小説家だということです』

『でも、ぼくの書いたものは小説ではありません』

ふいに鵜沢が目を見開き、睨《にら》みかえしてきた。

『私は商売でやってるんです。趣味じゃない。素人《しろうと》の暇つぶしに付きあうほど暇でもないし、私に残された時間もそれほど多くはない』

『は、はい。すみません』

『何もあやまることはない。あなたが書いたものは面白い。磨けば、立派な小説になる。だいたい一行も書きもしないで小説家になれるのなれないのと悩んでいる馬鹿者が大勢おりますが、肝心なのはまず書くこと、次は書いたものが面白いこと、それだけです』

『どうすれば……』

ふたたび鵜沢が頬笑《ほほえ》んだ。唇の両端をくいっと持ちあげた、独特の大きな笑みだ。

『自分の人生を賭けなくちゃ、ダメですよ。その点、一発芸の芸人に相通ずるものがあります。大した才能もなく、面白くもないギャグが日本中でブームになるほどヒットするのは、その芸人が生きてきた過程……、たとえば、家が極端に貧乏だったとか、凄まじいイジメにあっていたとか、顔がまずく誰もが優越感を味わえるとか、そういう全人格、人生を賭けてのギャグは受ける。しかし、悲しいかなすべてを賭けているので、二発目はないんです』

『しかし、ぼくは取りわけ面白い経験をしているわけではないので』

『今は、どんな生活を？』

まずは生い立ちから話した。どこで生まれ、両親は何をしていたか、小学校のころどんな子供だったか、中学、高校はどうだったか、大学受験に失敗し、浪人生活を経て、コンピュータの専門学校に入り、プログラマーとして就職もしたが、三十前にリストラされ、アパートも追いだされ、今はネットカフェを転々……。

自分のことを話すのは心地よかった。誇れるようなことが一つもないにも拘《かか》わらず鵜沢は真剣に聞いてくれたうえ、同情し、認めてくれた。

長い話を終えたあと、鵜沢はしばらくの間沈黙していたが、やがて口を開いた。

『〈WWⅢライジング〉を本物の小説にするためには、あなた自身が自分の人生を賭けなくてはならない。その経験があなたを本物の小説家にすることでしょう。やってみたいですか』

引きずりこまれるようにうなずいたのは、子供のころから憧れていた小説家になりたいからというより、どこにも出口のない今という状況から脱出する方法が鵜沢の言葉のなかにありそうな気がしたからだ。すがるような思いと恐怖とが綯《な》い交《ま》ぜになっていた。

鵜沢は机の抽斗《ひきだし》から古びた本を取りだした。革の表紙は色褪《いろあ》せ、角がすり切れている。背にはアルファベットの金文字でタイトルが記されていたが、ところどころ剝《は》がれているうえ、英語でもなさそうだ。サイズは文庫本より一回り大きい程度で、厚みは五、六センチもあった。

『本だけど、開くことはできません。中身はプラスチック爆弾です』またしても独特の笑みを浮かべて、鵜沢がいった。『偽物かも知れない。本物かも知れない』

口が乾いて声を発することができなかった。

それから鵜沢は、ある建築現場に短期就労者として潜りこむこと、古い本を指定された場所——建築現場に設けられた事務所のトイレ——に置くことなどを説明した。

『携帯電話はつねにメールが見られるようにしておいてください。設置するタイミングはメールでお知らせする。メールの内容は、わが社のコンテストの結果、残念ながらあなたの作品は受賞を逃したというものにします。そのメールが届いたら翌日の午前中にトイレの便器の後ろ側に隠してください。この爆薬には起爆装置がついていません。だからこれだけで爆発することはありませんから安心してください。起爆装置は、別の人間が仕掛けます。この本とあなたを結びつける証拠は何もない。だからどんなに取り調べを受けてもシラを切り通せば大丈夫です。いいですか』

気圧《けお》され、うなずいた。また、笑みを閃かせ、鵜沢がつづけた。

『そして東京に戻りましたら、あなたはもう一度〈WWⅢライジング〉に手直しを入れる。今度こそ本物の小説になるでしょう。文章修業だけしてたってダメなんです。肝心なのは、この作品を書くあなたが行動し、経験することなんだ。最後の、そして最大の難関ですが、あなたなら立派にやり遂げられるはずです。再度改稿をしたあと、私が読みます。それから出版計画について話し合いましょう』

コンテスト落選というメールは、一昨日の夜に来た。昨日、アキラは指示通りに本を置いてきた。だが、何も起こらなかった。

爆薬は偽物だったのかも知れない。ほっとすると同時に鵜沢も〈WWⅢライジング〉の出版も嘘っぽちに思えてきた。

落ちついて考えてみれば、自分が小説家になれるはずなどなかった。

午前六時半、再びデブが朝食を運んでくる。アキラの前には、いつものようにウツミがいた。昨日の夜は何も食べてないから今朝は意地を張らずに食べるだろう、と痩せた背中を見て思った。

ウツミがデブの前に立った。

「おう、爺さん。また、一丁前に……」

デブは最後までいえなかった。ウツミが作業ズボンのポケットから拳銃を抜いて、デブの口の中に撃ちこんだからだ。

デブの後頭部がふっ飛び、真っ赤な霧が立ちのぼった。

第一章　朝飯前

1

いつの間にか水道水が指の芯にきんと凍《し》みるほど冷たくなっていた。

ついこの間まで猛暑酷暑と騒がれていたというのに、秋を飛びこし、いきなり冬だ。めりはりが利いているともいえるし、節操なく極端ともいえた。

北海道に来て三年、と仁王頭《におうがしら》勇斗《ゆうと》は胸のうちでつぶやく。

流しっぱなしにした水を両手で受け、脂の浮いた顔を洗った。午後十時から午前二時まで仮眠をとったが、午前六時をまわるまでノートパソコンに向かっていた。おかげで目蓋《まぶた》が腫《は》れぼったく、顔がべたべたしている。前日の午前八時からはじまった当務が終了するまであと一時間半、夜食としてカップそばを食べたものの、胃袋は空っぽで、時おり湿った音をたてて身もだえしていた。

両手に受けた水で顔をこすった。ひたいや頬が冷たくなり、じんとしてくるまで何度もくり返した。目蓋の内側に宿っていた火照《ほて》りがようやく消えたころ、蛇口をひねって水を止め、躰を起こした。首にかけたタオルで顔をごしごし擦《こす》る。

洗面台の鏡には、蛍光灯の白けた光を浴びた顔が映っている。頬骨のあたりが少しだけ赤らんでいた。顔色が悪いのは、洗面所の照明器具があまりに安っぽいからで体調のせいじゃないと自分にいい聞かせる。冷水の刺激でわずかばかりすっきりした気分がすぐに曇りはじめた。

ふいにやや低く、しっとりした女の声が蘇《よみがえ》りそうになる。

だらりと下げた右手にかすかに9ミリ拳銃の銃把《じゅうは》が触れた。

右足を後ろへ引いた仁王頭は、右太腿につけたサファリランド社製の硬質プラスチックのホルスターに挟んだ9ミリ拳銃をつかみ、引き抜いた。スライドをいっぱいまで引き、手を離す。縮められたリコイルスプリングが伸び、スライドは前進しつつ弾倉最上端の弾丸をくわえこんで閉じる。洗面所に金属音が響きわたった。

銃を肩の高さまで持ちあげる。らせん状の鋼線入り吊り紐《ランヤード》が伸びた。銃把を握った右腕をまっすぐに伸ばし、左手で右手を包みこみ、引きつける。左手の人差し指は用心金《トリガーガード》前部のくぼみにあてていた。

照星の後ろに一つ、照門の両側に一つずつ、合計三つの白い点が一直線となる。白い点には、蛍光を発する放射性物質三重水素《トリティウム》が埋めこんである。闇の中でもくっきり浮かびあがる輝点をそろえれば、取りあえず射線を出すことはできた。

標的を狙うとは、銃身の中心線をまっすぐ向けること。拳銃使用の現場では、射距離はせいぜい七、八メートルでしかなく、風や重力によって弾道が深刻な影響を受ける前に着弾する。

拳銃を使用せざるをえない状況だ、と胸のうちでつぶやいたが、脳裏に蘇ってくる女の声を押しとどめることはできなかった。

『たとえ凶悪な犯罪者であれ、初めて他人の命を奪ったときには、どのような気分になりましたか』

女——友田朱里《ともだしゅり》が初めて声をかけてきたのは、三年前になる。警視庁から北海道警察に転勤してきて間もないころ、千歳空港で発生したハイジャック事件を公安部特殊装備隊の一員として解決したあとのことだ。ハイジャッカーが細菌兵器を使用したため、機内に突入した隊員の一人である仁王頭も検査と治療を余儀なくされた。二週間ほど医大病院に隔離され、退院してきたところを新聞やテレビの記者に囲まれたのだ。一切コメントはしなかったが、記者のなかに朱里がいた。北海道の民間放送局報道部記者という肩書きの名刺を押しつけられた。

以来、事件現場や札幌の道警本部庁舎、そして時おり、ススキノのバーで会った。いずれも偶然に過ぎない。

つい三日前、行きつけのバーに朱里が現れた。一人で飲んでいた仁王頭の隣りのスツールは空《あ》いていて、朱里が腰を下ろすのを止める理由もなかった。仁王頭はフォア・ローゼズのオン・ザ・ロックを飲んでいたが、朱里も同じものをバーテンに注文した。二杯か、三杯飲んだあとに訊《き》かれた。

人を殺したときには、どんな気持ちだったか、と。

『訓練と変わりなかった。狙いをつけて、引き金を絞って……、バン。それだけ』

実際、何も感じたことはなかった。初めて任務で対象を排除したときにも、特段の感慨はなかった。少なくとも三日前、朱里に指摘されるまでは。

『殺人者は、ある分水嶺を越えるといわれてます。それで人が変わったようになってしまうと聞きましたが。他人の命を奪う行為がトラウマになるんですね。戦場から帰ってきた兵士が精神的な後遺症に悩まされるともいわれます』

『何がいいたい？』

『たとえ命令されてやったことだとしても、殺人者の心情は変わらないと……』

『職務上知りえた内容については、一切口外できない』

規則で定められているのも確かだが、逃げ口上であることもわかっていた。朱里が食いさがる。

『たまたまバーで隣りあわせただけの知り合いが話をしているだけですよ』

『人の生き死には酒の肴《さかな》にゃ生臭すぎる』

仁王頭の答えを、朱里がどのように解釈したのかはわからなかったが、ひとつうなずいただけで引きさがり、グラスを置くと勘定を済ませてバーを出て行った。さらに二杯、仁王頭は飲んだ。

鏡に映る9ミリ拳銃を見つめる。

9ミリ拳銃は、スイス製のＳＩＧ／ＳＡＵＥＲ　Ｐ２２０をミネベア大森製作所が自衛隊用にノックダウン生産したものだが、スライドの形状、ランヤード固定環の追加など改造を行っている。さらに特装隊に配備される際には、本体フレーム前部、ちょうど銃身の真下にあたる位置にレールが刻まれ、レーザー照準装置《ポインタ》やフラッシュライトが取りつけられるようにしたほか、トリティウム・ナイト・サイト仕様とされた。さらに仁王頭は引き金《トリガー》を通常タイプより湾曲が大きなものに換え、指がかかりやすいようにもしてあった。トリガーを引く力は調整でき、最軽量の六ポンドに設定してある。

最近ではＰ２２０と同じデザインで、弾倉を二列装弾《ダブルカーラム》として十五発をこめられるＰ２２６の方が主流となりつつあるが、身長百七十三センチの仁王頭にしてみれば、Ｐ２２０の流れをくみ、シングルカーラムの9ミリ拳銃の方が握っていてしっくりくる。

初めて9ミリ拳銃を試射したときの衝撃を忘れてはいないし、印象は今も変わらない。9ミリ拳銃は、まさしく精密機械そのもので、銃を振りまわしてもがたつきはなく、それでいてすべての作動がスムーズで柔らかい。何より仁王頭を魅了したのは、引き金《トリガー》の感触だ。

狙い、絞り……、撃ちたいと思った瞬間、撃鉄が落ち、弾丸は狙った一点へ飛んだ。

拳銃として最高の評価を受け、世界各国の軍隊、警察関係者が注目したが、今ひとつ、普及しなかったのはあまりに高価であるためだ。その点は、金満大国ニッポン、バンザイといえた。

ふっと息を吐く。

親指を伸ばし、左グリップの前にあるレバーを押しさげた。撃鉄が落ち、ふたたび金属音が響きわたったが、銃弾が発射されることはなかった。

デコッキングレバー。

9ミリ拳銃に安全装置はない。代わりにデコッキングレバーを押しさげると撃鉄が撃発不能位置《デコッキング・ポジション》まで落ちる仕組みだ。このままトリガーを引くだけで第一弾が発射できた。

9ミリ拳銃は仁王頭の職務に欠かせない装備であり、緊急時には犯人を阻止し、自分や仲間、さらには一般市民を守る。だが、朱里にいわせれば、人殺しの道具に過ぎないだろう。

いや、違う——鏡に映っている自分の眼を見つめて、胸のうちでつぶやいた——犯人を阻止するのは銃ではなく、射手《おれ》だ。

分水嶺を越える、という朱里の言葉が頭の中で何度もくり返された。

オレハ変ワッテシマッタノダロウカ。

命令が下れば、ためらいなく犯人を射殺するだろう。それが仕事だ。現場では、髪の毛一筋の迷い、判断ミスが死を招く。自分が何者かなどと考えていれば、引き金をひくことはできない。

オレハ、殺人者ナノカ。

ため息を嚥みこみ、拳銃をホルスターに挿しこんだ。警察官けん銃警棒等使用および取扱い規範によれば、拳銃をホルスターに収めたあと、さらに二重の拳銃止革をかけなくてはならないことになっている。特装隊が使っているホルスターには拳銃止革などなかった。もっとも硬質プラスチック製のホルスターは、スライド、トリガー、トリガーガードをすっぽりと包み、間違っても引き金に指が触れない構造になっている。

当務中、特装隊員は上下つなぎになった耐火繊維製のフライトスーツを着用し、編上げのブーツを履くよう決められていた。ベルトには、9ミリ拳銃を入れたホルスターのほか、拳銃の予備弾倉二本、救急用セットや被疑者を拘束するのに使用するプラスチックバンドなどを入れたユーテリティパウチなどが付いていた。この恰好《かっこう》で略帽を被《かぶ》ると第一種出動装備となり、さらに第二種出動装備となると積層セラミックを内蔵した抗弾ベストを着け、ケブラー繊維製のフリッツヘルメットをかぶる。さらに肩、肘、膝用のプロテクター等々を身につけ、特装隊仕様の89式自動小銃を持ち、ベルトには自動小銃用の予備弾倉を取りつける。

拳銃用の弾倉パウチは上下逆さまに取りつけてあった。第二種出動装備を装着していても下方へなら弾倉をすんなり抜ける。

警察では、拳銃以外の銃はライフルであれ、サブマシンガンであれ、すべて特殊銃と呼ばれている。特殊装備隊とは、特殊銃を装備した部隊という意味であり、自動小銃なしでは名前倒れとなった。

小さく首を振った仁王頭は、洗面所を出て、特装隊の執務室に向かった。

特装隊執務室の入口わきには、八基のロッカーが並んでいる。本体は鋳鉄製で扉もちょっとした金庫並に分厚い。当務に就く際、隊員は第二種出動装備に必要な装具《ギア》を黒のダッフルバッグにひとまとめに入れ、89式自動小銃とともに保管することになっていた。当務終了時点で自分の装具を取りだし、次のチームに引き継ぐ。

特装隊は三個小隊で編成されており、機動隊でいえば、中隊規模に相当する。一個小隊には三つの班があって、一個班は六名編成だ。隊員は班ごとに午前八時から翌朝八時までの二十四時間勤務——当務といった——に就き、翌日は非番、さらに労休というローテーションをくり返す。二十四時間勤務のあと、四十八時間休むというパターンをくり返すことで、一日八時間労働とする。

当務中、夜間には四時間の仮眠が義務づけられていた。隊舎には仮眠室があって、二十ほど並んだ二段ベッドのどれかに潜りこんで寝る。夜勤の六名は二名ずつ、午後十時から午前二時までの〈早〉、午前零時から午前四時までの〈中〉、午前二時から午前六時までの〈遅〉の三組に分かれ、仮眠室に入った。仁王頭は昨夜〈早〉だったので、ベッドを出てから四時間半が経過しようとしていた。

すでに〈遅〉組の二人も起きていて、第三小隊第三班、通称3—3班の席には六名全員が顔をそろえていた。班長席で、上平《うえひら》があくびをする。上平は三年前、仁王頭といっしょに警視庁から転勤してきた男だが、警部補昇進試験に合格し、二カ月前に班長になったばかりだ。

「だれてますよ、班長」

通りかかりながら仁王頭が声をかけると、上平が顔を上げた。

「長えクソだな。それともマスでも掻いてたか」

「それほど元気はありませんや」

椅子を引き、自分の席に座ると、尾崎《おざき》が肩を寄せてきた。

「先輩、趣味悪いッスよ。おれ、気分悪くなっちゃった」

「何の話だ?」

「これ」尾崎は顔をしかめ、仁王頭の机の上においてあるノートパソコンを指さした。「何ですか、これ」

ノートパソコンの画面には、ステンレスの台に寝かされた男の写真が映しだされている。写真は、男の胸から上だけで、仰向けになり、顔をこちらに向けていた。顔の右半分が損壊しているのに左半分に傷はなく、飛びちった血がこびりついているだけだ。損壊した右半分は、骨や血で濡れている組織、白っぽい脳などが露出しているというのに左目はびっくりしたように見開かれていた。至近距離から顔面に二発の357マグナム弾を食らっていた。弾丸の威力を示す資料としてノートパソコンに収めてある。

写真が細かな正方形に分かれ、徐々に小さくなっていくと画面が暗くなった。次の写真が浮かびあがってくる。今度の写真も解剖台に載せられた男の写真だが、目は閉じていた。カメラを嫌うように顔を少し背けている。顔だけ見ていれば、眠っているようにしか見えなかったが、台に載っているのは胸から上だけで、左腕は肩から欠損していた。間近で手製爆弾が破裂し、半身を吹き飛ばされていた。

いや、逆か、と胸のうちで訂正する。爆風で躰がばらばらになり、右肩、胸部、頭部は一《ひと》塊《かたまり》のままふっ飛んだので部分遺体として残った。

尾崎が喉を鳴らす。

「武器について知るためには威力にも目を向けなきゃならんだろう。常在戦場、武士のたしなみだ」

ハエでも払うように尾崎は手を動かし、そっぽを向いた。銃弾や爆弾によって傷つけられた遺体の写真は警察内部の講習会で配布されたものだ。仁王頭はとくに損傷の激しい死体の写真ばかりを選んでファイルを作り、スクリーンセーバーとして使えるように設定していた。二十分以上パソコンに触れないと、自動的に写真が映しだされるようになっている。

二十分以上か、と胸のうちでつぶやく。確かに長グソだといわれても仕方がないと思った。ディスプレイを見つめているうちに、ふたたび朱里の声が浮かんできそうになる。

人を殺せば、分水嶺を越える、と。

首を振り、フィンガーパッドに触れた。ちぎれた死体の画像が消え、代わりに映しだされたのはトランプの絵だ。

午前二時に仮眠を終えた仁王頭は、自分の席でノートパソコンを起動させ、文書ファイルを開いた。だが、それだけでうんざりし、あとはコーヒーを飲んだり、パソコンに内蔵されているトランプゲームをして一夜をやり過ごしていたのだ。

提案書の提出は急がされていた。北海道警察の上層部が次年度訓練計画を練るにあたって、現場の声を反映させようと全隊員に提案を求めたのである。これまでの現場経験を踏まえ、起こりうる事態を予測したうえで対処方法を身につけるための訓練について具体案を提示せよというものだが、苦労して作文をしたところで採用されないどころか、誰にも読まれないのがわかっていた。

肝心なのは、提案の本数でしかない。

特殊装備隊隊長は上司である公安部の特装課長に、課長は次長に、次長は部長に、部長は局長に、局長は北海道警察本部長に報告をするが、その間提案書そのものが開かれることはおそらく皆無だろう。現場からの提案が何本になったかが隊員の意識の高さを示す証拠として利用されるだけだ。

仁王頭は、左手首に巻いたカシオGショック／PROTREKに目をやった。液晶のデジタル表示が０６３６から０６３７に変わった。当務は午前八時までだが、七時には庁舎内の食堂が開き、交代で朝食をとることができた。だが、まだ二十三分も我慢しなきゃならないと思ったとたん、空っぽの胃袋が湿った音をたてて身もだえした。唯一の救いは、〈早〉仮眠組から順に食事に行くことが不文律とされていることだ。

上平が顔を上げた。

「ニオウ、朝飯にはまだ早いぞ」

ニオウは、無線を使用するときの呼出し符丁《コールサイン》である。上平はウエ、隣りの尾崎はオタクを使っていた。尾崎の場合は、アニメや美少女の人形に興味があるわけではなく、尾崎拓也《たくや》という名前を縮めたにすぎない。

「今朝は、二時から例の訓練計画に関する提案書作りをしてましたからね。知ってました？　大脳は人間の器官のうちで一番カロリーを消費するんですよ。頭を使えば、腹が減る道理です」

キーパッドに指をあて、トランプゲームをシャットダウンする。

「で、提案書はできたのか」

「特装隊で最高のものを提出しなくてはなりませんからね。そんなに簡単にはできませんよ。班長こそ、できたんですか」

「とっくだよ。どうせ員数合わせで、誰も読みゃしないんだ。しかし、お前がそんなに真面目《まじめ》だったとはな。そうだ」上平は机の抽斗を開けると、黄色い小箱を取りだした。「ほれ、ご褒美」

上平が差しだしたのは、クッキータイプの栄養補助食品で、携帯電話ほどの小箱一つで一食分の食事をまかなえるという触れ込みだ。

受けとったものの、あまり嬉しくはなかった。

「二十四時間戦えってことですか」

「コマーシャルの見過ぎだよ」

当務中とはいえ、朝の特装隊にはのんびりしたムードがただよっている。おそらく事件発生の一報を受け、出動する各所轄署の地域課や機動捜査隊の方がはるかにぴりぴりしているだろう。

特装隊は、対テロ特殊部隊だが、公安部局直属の実力行使部隊であり、思想犯、昨今では宗教的な粗暴過激派の対策に取りくんでいる。二〇〇一年九月十一日のアメリカ同時多発テロ以降、テロリストという単語が世界中の誰からも嫌われる言葉とされ、流行語から一般名詞として定着した。北海道警察にも銃器を使ったテロ事件、立てこもり事件などに出動する特殊部隊はあるが、特装隊は公安部の意向にのみ従って動くという点で違っていた。それゆえ出動については、たいてい事前の連絡が入り、準備の時間はたっぷり取れた。むしろ緊張感を保ったまま、待機時間をやり過ごすことの方が難しい。

しかし、今朝は事情が違った。何の前触れもなく、ベルが響きわたり、やがてスピーカーから声が流れた。

『至急至急、当務の特装隊員に出動下令』

2

特装隊員が着用しているフライトスーツは、耐熱・耐火性能のあるポリアミド繊維ノーメックス製だが、抗弾、防刃《ぼうじん》性能はない。胸元、両袖、両太腿などに大小様々なポケットがあり、くるぶしにあるマジックテープで裾をまとめ、ブーツに突っこんであった。

積層セラミックを内蔵した抗弾ベストを頭から被ろうとしていた仁王頭に、尾崎が倒れかかってくる。肘で押しのけた。

「邪魔くさいな」

「揺れてるんだからしようがないでしょ」

抗弾ベストに両腕を通した尾崎が言いかえす。二人の足元には、第二種出動装備を入れたバッグが置いてあり、ファスナーが開いていた。

札幌市の北外れにある特装隊本部を飛びたったヘリコプター、アエロスパシアルAS365N〈ドーファン2〉は針路を西北西に取り、対地速度《トルーパーズ》毎時二百八十キロで飛行していた。乱気流にでもぶつかったのか、機体が大きく揺さぶられ、ハンモック状の突撃兵用シートで装具を着けていた隊員たちは口々にののしったが、手を止めようとはしなかった。

もっとも最大十二名の人員を乗せられるドーファン2のキャビンに3―3班六名しかいないため、機内には余裕がある。

抗弾ベストを着け、両脇のマジックテープを留め、腹部のバンドで固定した仁王頭は黒いバッグから肩用の防具を取りだした。そのほかにも肘、膝などにパッドを巻きつける。抗弾ベストとすべての防具を着け、ヘルメットをかぶるとアメリカンフットボールの選手が腰に拳銃を差し、自動小銃をかまえているような仰々しい恰好になるが、それでも万全とはいえない。

五月の中ごろ、愛知県長久手で元ヤクザが拳銃と実弾多数を持ち、自宅に立てこもる事件が発生した。午後四時ごろ、最初に駆けつけた最寄り交番の巡査部長が元ヤクザの自宅玄関前で銃弾を浴び、倒れた。だが、現場を取りかこんだ捜査員は防弾チョッキは着用していたものの拳銃を携行しておらず、倒れた巡査部長の救出ができなかった。

午後六時になって、ようやく愛知県警特殊捜査班《SIT》が到着する。しかしながら元ヤクザが誰かが近づけば、倒れている巡査部長を真っ先に射殺すると脅したため、動きを封じられてしまった。このとき、倒れている巡査部長も出血による体力の消耗によって、無線での呼びかけにも応答しなくなった。

午後八時過ぎ、ついに愛知県警が動く。だが、予想外の出来事――現場の向かいにある家の飼い犬が暗闇の中をうごめく警官に驚き、激しく吠えた――によって、元ヤクザに警察隊の動きを察知される。逆上した元ヤクザが一塊になっている警官たちに向かって拳銃を撃った。

このとき、二十三歳のＳＩＴ隊員が死亡している。

いくつもの悪しき偶然が重なった結果といえるだろう。防弾板をそなえた車輛は、道路が狭かったことと元ヤクザを刺激させないよう現場から遠ざけられていた。このとき、ＳＩＴは後《ご》詰《づ》めの役割で、ジュラルミンの盾を並べた最前列からは少し離れた場所にいた。ちょうど前方へ移動しようとしているところで、銃弾を浴びた若いＳＩＴ隊員は、前屈《まえかが》みになって動いていた。たまたま飛来してきた弾丸は、彼の首筋から入り、左の鎖骨で方向を変え、鎖骨のすぐ下にある大動脈を傷つけたのだ。

他人ごとじゃないな、と後日、仁王頭は思った。

元ヤクザは死亡したＳＩＴ隊員を狙ったわけではなく、当てずっぽうに引き金をひいたに過ぎない。狙ったところで数十メートルの距離を置き、一、二センチしかない抗弾ベストの隙間に命中させるなど不可能だ。しかも周囲は暗く、隊員は動いている。

ＳＩＴと警備部に所属する特殊急襲部隊《ＳＡＴ》は、略称が似ている上、装備品、つまりは恰好も同じようなので混同されるが、ＳＡＴが主にテロリストに対処するのに対して、ＳＩＴは拳銃立てこもりなど刑事事件に対応する点が違っている。所属もＳＩＴは刑事部、ＳＡＴは機動隊を擁する警備部であり、特装隊もＳＡＴの一つといえた。

だが、刑事犯が撃とうと思想犯が撃とうと飛来してくる銃弾に変わりはない。長久手事件をはじめ、相次いで起こった拳銃立てこもり事件は、尊い犠牲を出しながらも警察特殊部隊および隊員に数多くの示唆を与えてくれた。

すべての防具を装着し終え、フェイスマスクにもなるノーメックス単層織りの帽子をかぶり、ケブラー製フリッツヘルメットを頭に載せると、仁王頭と尾崎は互いの装備をチェックした。

六名で構成される班は相棒《バディ》制を敷き、作戦行動の最小単位を二人としている。しかし、あくまでも基本で、現場で臨機応変に対処する。3—3班では、班長の上平は相澤《あいざわ》と組み、戸野部《とのべ》と稲垣《いながき》、そして仁王頭と尾崎がバディとなっていた。

「よっしゃ」

仁王頭の言葉に尾崎がうなずく。

「ニオウもOKです」

強張《こわば》った尾崎の頰を平手でぽんと叩き、仁王頭はにやりとして見せた。

「気張りすぎるなよ」

「はい」尾崎は二、三度まばたきして、訊きかえした。「それにしてもどうして特装隊《うちら》にいきなり出動が下令されたんでしょうね」

「さあな」

同じ疑問を仁王頭も抱いていたが、理由は皆目見当がつかなかった。拳銃発砲、立てこもり事件で負傷者、あるいは死者が発生したとしても、まずは事件現場を管内に持つ所轄署が対処し、さらに凶悪だとしても道警本部のSITが動くだろう。

あらゆる手順をすっ飛ばし、公安部直属の特装隊へ緊急出動命令となれば、考えられるのはテロリストが暴れているくらいでしかない。しかし、どのような思想を持つテロリストであれ、事前に何らかの情報がもたらされるはずだ。

隊員たちは、いまだ行き先すら告げられていなかった。

操縦席のシートにつかまり、班長の上平が立っている。ヘッドフォンを着け、本部と交信を行っていた。五人の隊員は、すべて第二種出動装備で身をかためていたが、上平だけはまだフライトスーツに拳銃しか着けていない。

交信を終えた上平がヘッドフォンを外し、班員たちに向きなおる。一人ひとりを見渡し、口を開いた。

「建設現場で銃撃事件が発生した。現在、二名が撃たれ、生死は不明」

眉間《みけん》にしわを刻んだ戸野部が訊く。

「どうして特装隊《うちら》がいきなり出るんですか。所轄の地域とか、本部のSITもあるでしょう」

その通りというように上平は一つうなずいたあと、答えた。

「事件が起きたのは、白鳥原《しらとり》子力発電所の三号炉建設現場なんだ」

戸野部をはじめ、全員の顔つきが引き締まった。白鳥原発の建設現場といえば、この半年の間に四度も不審火が起こっている。

上平は淡々と話をつづけた。

「原発での事件、事故は皆も知っていることと思うが、反対派の動きが予想される中、公安部が内偵を進めていた。それが今朝になって突発的な事態が発生して……」

プレハブ小屋の真ん中で若草色の作業服を着た男が古畳に顔を突っこんでいた。押しつぶされたような恰好で倒れている。躰の下には赤黒いゼリー状の血溜まりが少しずつ、だが、確実に広がっている。茶色に染めた髪を逆立てた若い男だが、アキラの印象にはほとんど残っておらず、名前もわからない。

小屋の入口付近に目をやった。首の後ろに段のできたデブは両手両足を投げだし、大の字になっていた。眼球が飛びだしそうなほどに見開かれ、口も閉じてはいなかった。びっくりしているように見える。

そりゃ、驚いただろうとアキラは思う。昨日の夕方と同じようにバケツに入ったごった煮を持ってきて、一人ひとりに配っている最中、いきなり撃たれたのだから。

だが、今となっては何も見ていないし、驚いてもいない。トレーニングウェアの前がはだけ、せり出した腹はまったく動いていなかった。

ふたたび若草色の作業服の男に目をやった。デブが撃たれた直後、何か怒鳴りながらウツミに向かって走りだした。ウツミは落ちついてふり向き、二度撃った。作業服の男はつんのめり、畳に顔を突っこんだ。撃たれた直後に何度か痙攣《けいれん》するみたいに躰を震わせたきり、動かなくなった。

ウツミは終始落ちついていた。デブの後ろにいた男が手にしたごった煮の入ったバケツを放り投げて小屋を出て行ったあとも、まるで表情を変えずに玄関の戸を閉め、施錠するとアキラを含む十六人に、壁際で一塊になって座っているように、と命じた。

逆らいようはない。命じているのは、ウツミではなく銃口なのだ。

『壁際に座って、両手を組んで頭の上に載せろ』

男たちが素直に従った。少しでも他人の後ろに入ろうともぞもぞせめぎ合い、低声《こごえ》でののしった。

『落ちつけ、誰も撃ちやしない』

ウツミがそういうと、男たちは声こそ出さなくなったが、押し合いへし合いをやめようとはしなかった。ようやく男たちが落ちつくと、ウツミは自分の荷物が置いてある場所に行き、座りこんだ。

今、ウツミの黒目はぽつんと小さくなっていて、口許はだらしなくゆるんでいた。玄関の方に目を向けてはいたが、窓の外にも、倒れている二人の男にもまるで関心はなさそうだ。それどころか、弛緩《しかん》しきった表情は、自分がどこにいるのかも意識していないように見える。

夢でも見ているのかといえば、アキラも似たようなものだ。

目の前でデブが射殺されたときにも、何が起きたのかわからなかった。銃声を実際に耳にするのは初めてで、最初は息を吹きこんでふくらませた紙袋を叩きつぶしたのだと思った。ひたすらいぶかしかった。誰かを驚かせるにしてもあまりに子供じみた方法じゃないか。

デブの飛びだした目がゆっくりと下を向いた。口を開いたが、血の塊が溢れでただけで声はなかった。デブの後ろに立っていた男が悲鳴を上げ、バケツを放りだして躰を反転させる。ウツミが目で追い、拳銃を持った右手を上げようとしたとき、作業服の若い男が怒号を発して走りだした。

ふり向いたウツミの手に自動拳銃が握られていることも、それが二度跳ねたことも、すべてが映画かテレビの一シーンを眺めているくらいにしか感じなかった。

それにしても作業服を着た若い男は、なぜ、ウツミに飛びかかろうとしたのだろう。あまりに無謀だが、ひょっとしたら拳銃が見えなかったのかも知れない。逆に拳銃が見えて、ウツミが逃げようとした男を撃ちかけたので防ごうとしたのか。またしても同じ疑問に戻ってしまう。どうしてウツミに飛びかかろうとしたのか。

そもそもウツミは、どうやって拳銃なんか手に入れることができたのだろう。

鵜沢は古い本をアキラに見せ、プラスチック爆弾だといった。本当か嘘か、いまだにわからない。それでいて起爆装置は他の者がしかけるという話は最初から信じていた。デビュー作〈WWⅢライジング〉を刊行してもらうためなら、小説家になれるのなら、都合のいい話だけを信じて行動するつもりでやって来た。

ひょっとしたらプラスチック爆弾に起爆装置をセットする役割を負っていたのが、ウツミなのかも知れない。

両手の指をからめ、頭の上に載せているせいで肩が痛くなってきた。男たちが時おり躰を動かす。筋肉の血行をよくするためだろう。ウツミの気を引かないよう控えめな動きだ。

ふいにウツミが落ちつきなく、天井を見上げた。どこからともなく、ヘリコプターの爆音が聞こえてきた。


眼下に広がる畑のパッチワークは、乾いて白けた茶色か、黄色が大半で緑は少なかった。十一月ともなれば、収穫はほとんど終わっている。黄色は、麦を刈ったあとの株が残っているのだろう。ところどころ黒ずんでいる畑があるのは、秋まき小麦のために耕しはじめているところかも知れない。だが、山だけはいくぶんくすんではいるものの豊かな緑をまとっていた。

その山が海に落ちこむところに小さな港があり、突如として原子力発電所が出現する。輝くばかりに白い建物群は、どれも異様な形状をしていた。

接近するドーファン2から見て手前に、椀を伏せたような形状の巨大な建物が二つ並んでいた。もう一つ、同じような形をして、海岸線ぎりぎりにある三つ目が数台のクレーンに囲まれている。手前二つが一号炉、二号炉、そして海沿いにあるのが建設中の三号炉だろう。

肩を寄せてきて、窓から外を見ていた尾崎がつぶやいた。

「何だかSF映画のセットみたいですね」

「そうだな」

確かに映画そのものではなく、張りぼてのセットのようにしか見えなかった。それほど周囲の景色と原子力発電所はマッチしていなかった。しかし、未来都市のような建物が浮きあがって見えるほどの田舎町であるからこそ原子力発電所の誘致を受けいれざるを得なかったのだ。

「知ってます？　白鳥が浜に原発誘致の話が持ちあがったのは昭和四十四年なんですよ」

尾崎は得意げにいい、鼻をふくらませた。

「白鳥が浜って？」

「この辺りの土地の名前ですよ。入植した人の名前から付けたんだそうです。白鳥が浜に白鳥漁港、そして白鳥原発」

「詳しいな。お前、いつから原発オタクになったんだ」

「オタクはコールサインっすよ」尾崎は上唇を持ちあげ、豚の鳴き声を真似る。「不審火があってから、何度かインターネットで白鳥原発のこと調べたんです。いつか今日のような日が来るかも知れないと思って」

「そりゃ、感心なことで」

仁王頭の皮肉っぽい口調などまるで気にする様子もなく尾崎はつづけた。

「昭和四十四年というのがミソですよね。翌年……、昭和四十五年に大阪で万博が開かれたじ

ゃないですか。大阪万博のテーマは、煎じつめれば、来るべき二十一世紀の姿を展示すること
でしょう」
こいつ、本物のオタクじゃないのか、と見返した。視線の意味に気がつき、尾崎はうっすら
照れ笑いを浮かべた。
「白状しますとね、自分、案外とSFが好きなんですよ。ガキのころ、合体したり、車に変身
したりする超合金ロボットのオモチャを買ってもらったのがきっかけだったんですけどね。オ
モチャには飽きたけど、それがきっかけでSF小説とか映画とかに興味を持つようになりまし
て」
「意外な一面って奴か」
「それ、よくいわれます」
第二種出動装備を装着し終えた上平がふたたび隊員たちと向きあった。
「間もなく着陸するが、もう一度状況を確認しておく」
上平は声を張った。
今朝、午前六時過ぎに建設現場の事務所に食事を運んだ二人の男のうち、一人が撃たれた。
撃たれたのは札幌市内に事務所を置く暴力団の構成員で工事現場の作業員の手配や世話を稼業《シノギ》
としていた。二十一世紀になっても悪条件が重なる肉体労働の現場に人を手配する仕事は、暴
力団の資金源の一つとなっているらしい。

撃ったのは作業員の一人ということだが、これまでのところ特定されていない。

問題は、撃たれた二人目の男にあった。

白鳥原発三号炉建設現場では、今年に入って四回もの不審火が発生していたが、いまだ犯人に関する手がかりもつかめていない。現場が原子力発電所ということで、反対運動をしている市民活動家の関与が疑われ、道警公安部が内偵していた。

公安部は、作業員の中に潜入捜査員をまぎれこませ、監視をつづけていたという。

撃たれた男の一人が公安警察官であった。

ドーファン2が高度を下げ、徐々に近づいてくる白鳥原発にちらりと目をやってから上平がつづけた。

「現場はすでに公安部の連中と、所轄署が囲んでいる。犯人は人質十数名をとって立てこもっている。最大の問題は時間だ。撃たれた人間の生死は今のところ不明だが、いずれにせよ一刻も早く救出しなければ、生きていたとしてもみすみす死なせてしまうことになる」

咳払《せきばら》いをし、部下たちを見まわしたあと、上平が告げた。

「そのため増援が到着する前に強行突入し、被疑者を確保ないし排除することも考えられる。着陸前に、各人もう一度装備の点検をしておくように。以上」

返事をした隊員たちはフリッツヘルメットを被り、チンストラップをきっちりと締め、耐熱、対衝撃プラスチック製のメガネをかけた。

映画なら隊員同士が握り拳《こぶし》をぶつけ合って士気を鼓舞するところだ。

仁王頭は窓の外に目をやった。

やはり原子力発電所の建物は張りぼてにしか見えなかった。

3

ドーファン2のタイヤが接地し、機長の合図を待ってスライディングドアを開くと、3—3班は上平を先頭にして地面に降りたった。

銃口を下げた89式自動小銃を両手で保持して走る。回転をつづけるローターの下を走るときには前屈みになり、首をすくめるのが不思議だ。透明な円盤となってまわっているローターの高さを見れば、絶対に頭を断ちきられることなどないのだが。

ドーファン2は雑草がところどころ生えた空き地に着陸していた。強烈なダウンウォッシュが埃《ほこり》や小石を巻きあげ、ヘルメットや防具にあたる。強化プラスチック製メガネの内側で仁王頭は目をすぼめ、顔をしかめていた。

着陸地点から少し離れたところで制服警官が待っていた。大柄で、メタルフレームのメガネをかけている。帽子を左手で押さえ、右手で敬礼する。人の好さそうな丸顔が砂混じりの強風にゆがんでいた。

制服警官が上平に声をかける。

「ご苦労様です。白鳥駐在所の田原です」

「特装隊の上平です」

答礼する上平をじろじろと見て、田原が怪訝《けげん》そうな顔をする。特装隊のフライトスーツには所属、階級をあらわすバッジ、エンブレムが一切ない。全員が黒ずくめで同じ恰好なのだ。フェイスマスクを下げれば、六つ子。一人ひとりを見分けるのは難しいだろう。

「こちらです」田原が手で示した。「到着したらご案内するようにいわれてお待ちしてました」

「よろしくお願いします」

田原につづいて、一行は歩きはじめた。

ドーファン2は、原子力発電所と道路を隔てた空き地に着陸した。航空法によって、原子力発電所の真上は飛行が禁じられている。

田原と上平が並んで先頭を行き、すぐ後ろに相澤がつづいている。残りの四人は周囲を見まわしながら歩いていた。

「何だかすげえ立派な道路ですね」

隣りで尾崎が感心していた。仁王頭は道路脇に立つ国道229と書かれた青い標識に目をやった。

「国道だからな」

「それでも三桁国道でしょ。片側二車線だし、路面も荒れてない。歩道の幅も二メートルくらいあるんじゃないですか」

前を歩いていた田原がふり返る。苦笑いを浮かべていた。

「車が少ないですし、舗装にも金かけてますから」

北海道の道路は、荒れやすかった。今でこそスパイクタイヤは一部の緊急車輌などをのぞいて禁じられているが、何年か前まではほとんどの車が金属製のスパイクを打ったタイヤを装着していた。アイスバーンには強かったが、アスファルトを引っ掻き、剝がして粉砕した。スパイクタイヤが禁じられたのは、砕けたアスファルトが粉塵《ふんじん》となって舞い散り、大気汚染を引き起こしたからだ。

荒れやすい理由がもう一つある。冬季、氷点下二十度を下回ることが少なくないため、地面が奥深くまで凍りつく。水が氷になれば、体積が増え、地面は盛りあがり、舗装面も持ちあげられる。それが春になると沈む。浮きあがったり、沈んだりを何年かくり返し、厳しい寒気にさらされれば、アスファルトは脆《もろ》くなり、ひび割れを生じる。

車が少なく、コストをかえりみずに舗装すれば、道路はきれいなまま保たれる。道路沿いに点在する家も新築のものが多く、なかなか立派だ。

「案外景気良さそうじゃないですか」

尾崎の言葉に、田原の表情がかげった。

「いろいろ補助金がありますからね。原発で働いている人も多いし。昔は結構な漁港だったんですよ。ウニやアワビや鮭、あとはイカが獲れるんですが。今でも村の商工会は飯寿司《いずし》を作ったり、アワビ入りのモナカなんかも作ってます」

「モナカ、ですか」

顔をしかめた尾崎は、要《い》らねえなとつぶやく。田原の耳には届かなかったようだ。

「それでも村の年寄り連中にいわせると、漁獲量がずいぶん減ったそうです。誰もはっきりとはいいませんが、原発ができてかららしいんですけどね。それになかなか売れないらしくて」

風評被害という言葉が脳裏をかすめていった。原子力発電所のすぐ沖で獲れたウニやイカだと知っていたら食うだろうか、と仁王頭は自問した。アワビは好きではないので、どこの産であれ、食べない。

田原が道路を隔てた向かい側を指した。

「あれが事件現場です。プレハブ小屋が三棟建っているのがわかりますよね」

国道の向こう側に金網を張ったフェンスがあり、いかにも建設現場という土地があった。資材や足場に使うオレンジ色のパイプが積みあげられている。その奥に古ぼけたプレハブ小屋が三つ並んでいた。いずれも平屋で、それほど大きくはない。

「三棟のうちの真ん中で事件が起きました。両側の二棟も同じように作業員の宿舎として使われてますが、事件発生と同時に中にいた人間は避難しています」

避難じゃなく、確保だろうと仁王頭は胸のうちで訂正する。不審火が四度も発生し、その上での銃撃事件だ。関係者はすべて警察によって拘束されているに違いない。

現場の前を通りすぎると、田原が右手にある二階建ての建物を指した。

「こちらです。白鳥漁協の事務所なんですが、今はほとんど使われておりません。ちょうど現場を見渡せる位置にあるので公安《ハム》が何カ月か前から二階すべてを借りきっています」

警察内部では公安とは滅多に呼ばれず、公という字を上下に分割し、ハムといわれた。

漁協の事務所は木造モルタル二階建てで、塗装を一切施していない灰色の壁には長年海風を受け、ところどころ白いシミが浮きでていた。いくつもひび割れが入っている。田原に先導され、3―3班が漁協事務所に到着しようとしたとき、一台の車が割りこむように入ってきた。

黒塗りのフォードアセダンで、リアバンパーに四、五十センチほどの黒いアンテナが取りつけてある。子供でも携帯電話を持っている時代に自動車電話専用のアンテナが立っているのは、警察車輛くらいのものだ。

事務所の前に停まった車の後部ドアが開き、白っぽいジャンパーを着た男が降りた。反対側のドアからは背広姿の男が降りる。白いジャンパーの男は、車内をふり返り、もう一人の男が降りてくるのを待った。

最後に降りた男は背が低く、痩せていた。黒地に赤いラインの入ったトレーニングウェア上下を着ている。ジャンパーと背広姿の男に両脇を挟まれ、トレーニングウェア姿の貧相な男が事務所に入っていった。

「あれは？」

上平が田原に訊ねた。

「ハムですよ」

「最後に降りた、貧相な奴も？」

貧相という言葉が似合いだ。目が小さく、地味な顔立ちをしていた。トレーニングウェアはサテンのように光沢があったが、ブランドを誇示する刺繍《ししゅう》はない。

「あれは市城《いちき》という男です。市場の市にお城と書きます。樺田《かばた》……、プレハブ小屋で撃たれたヤクザ者の樺田ですが、奴の下働きをしてました。樺田が撃たれた直後、小屋を逃げだしまして警察が保護したのです」

「兄貴分が弾《はじ》かれたっていうのに逃げだすなんて……」上平が小さく首を振る。「ヤクザの風上にもおけないな」

漁協事務所の玄関から建物の中に入る。玄関を入ると正面に階段があった。田原は階段の手前で足を止めた。

「私の役目はここまでです。皆さんは二階へどうぞ。階段を上り切ってすぐ右側の部屋が指揮所になっています」

フリッツヘルメットのひさしをわずかに持ちあげ、上平が田原に訊いた。

「一緒に来られないんですか」

田原はちょっと困ったような顔をした。

「二階は、ハムの領域なので」

うなずき、礼をいった上平を先頭に3—3班は階段を上りはじめた。

現場指揮所にあてられている、がらんとした部屋は薄暗かった。窓の大半がカーテンで覆われ、照明も一部が点灯しているに過ぎない。元は会議室だったのか、がらんとしていた。カーテンがほんのわずか開かれているところには小さな三脚に双眼鏡が据えられ、紺色のウィンドブレーカーを着た男が目をあてていた。

漁協事務所の二階にある部屋は、事件が進行中の建設作業員の宿泊所に面している。中央に置かれた細長いテーブルの上にはノートパソコンが三台並び、部屋に入って右側の壁際には可動式のホワイトボードが二つ並べてあった。ホワイトボードには、白鳥原子力発電所周辺の地図、衛星写真、原子力発電所の全体図が貼ってあるほか、三棟のプレハブ小屋の配置と、そのうちの一棟のものらしき見取り図がフェルトペンで描かれていた。

「ずいぶん前から監視任務についているみたいですね」

尾崎が隣りでささやく。仁王頭は無言でうなずいた。

三台のパソコンを前にして座っていたスーツ姿の男が立ちあがり、上平に近づいた。部屋には十人ほどの男女がいたが、スーツを着ているのは一人だけだ。

「お待ちしてました。本部の穴吹《あなぶき》です」

名前を聞いたとたん、上平がはっと緊張し、敬礼をしかける。穴吹が手を上げ、苦笑する。

「現場では堅苦しくなくいきましょう」

穴吹、穴吹、穴吹……、何度か胸のうちで転がし、仁王頭は眉を寄せる。すぐに思いだした。

穴吹といえば、道警本部公安部監理官のはずだ。仁王頭にとっては雲上人《うんじょうびと》であるだけでなく、公安部直属の特装隊にとっては指揮官にあたる。もっとも穴吹と現場の間には、公安機動捜査隊司令、特殊装備隊司令、特殊装備隊隊長が挟まっているが。

穴吹はすぐそばにいた女性に声をかけた。メガネをかけ、引っ詰めにした髪を頭の後ろで結んでいる。ジーパンにくすんだ緑色のフリースという地味な恰好をしていた。

「呼んできてくれ」

「はい」

女性は部屋を出て行き、すぐに戻ってきた。尾崎に肘で突《つつ》かれ、目をやった。連れてこられたのは市城という小男だ。車から降りたときと同じ安っぽいトレーニングウェア姿だが、どことなく雰囲気が変わっている。

市城はさっきまで穴吹が座っていた椅子に腰を下ろすと、ポケットからタバコを取りだした。穴吹がふり返ったが、市城は顔もあげずタバコをくわえて火を点《つ》ける。吸いこみ、大量の煙を吐きだした。

呆気《あっけ》にとられている上平に向かって、穴吹がいう。

「市城君は、津山君と組んで本件の潜入捜査にあたっていた」

「津山さんというのは……」

上平が訊きかけると、市城がけっと声を発し、さえぎった。

「アホだよ。樺田の次におれが撃たれると思って、飛びだして来やがった」

うつむいたまま、ぼそぼそという市城は床を睨みつけ、タバコを口許に持っていった。仄暗《ほのぐら》いなか、火口《ほくち》のオレンジ色が輝きを増す。

プレハブ小屋で撃たれたのは二人で、一人はヤクザ者の樺田、そしてもう一人が公安部の潜入捜査員、津山なのだろう。穴吹が市城に近寄り、肩に手を置いた。

「まだ津山君が死んだとはかぎらない。少しでも早く救出して病院に運べば、助かる可能性がある。そうだろ？」

市城はうなずき、火の点いたタバコを足元に捨てると踏みにじった。顔を上げ、特装隊員たちを見まわす。

「被疑者《マルヒ》は男、ウツミと名乗っている。ほかにも危ないのが紛れこんでいるかも知れないが、人質になっている連中は部屋の隅に一塊にされている。早いとこ、ウツミを撃ち殺してくれ。あの馬鹿、樺田に散々いたぶられてプッツンしやがった」

右手をピストルのような形にすると、市城は人差し指の先端をこめかみにあてた。

「まずは、現場の状況だ」穴吹がノートパソコンを手で示した。「これを見てくれ」

特装隊員たちが移動する。

ノートパソコンにはプレハブ小屋の内部が映しだされていた。もっとも人影が見えるのは真ん中の一台だけでしかない。穴吹が言葉を継いだ。

「三棟のプレハブ小屋にはそれぞれCCDカメラと盗聴器が仕掛けてある。事件が起こると同時に二つの小屋から作業員たちが逃げだした。むろん全員確保しているがね。市城君、つづきを頼む」

椅子に腰かけたまま、市城は真ん中のノートパソコンに手を伸ばした。画面の左側に映っている男を指さす。

「こいつがウツミだ。樺田と津山を撃ったあと、残った連中を部屋の隅に一塊にさせて、自分は壁にもたれて、それっきり動かなくなっている。まだ拳銃《チャカ》を握ったままだ」

市城はウツミの腰の辺りを指先でぽんぽんと叩いた。

「ここに注目して欲しい。ちょっと見にくいが、作業場ではだいたい自分の寝場所が決まっている。ウツミが座りこんでいるのは、奴の寝場所で、そこにはバッグが置いてある。それほど大きなバッグじゃない。せいぜい二、三日分の着替えを入れられる程度だろう。だが、この程度の大きさでも武器を隠しもつことはできる」

「対戦車ロケット砲《RPG》は無理だな」

戸野部がいい、相棒の稲垣があとを引き取る。

「スコーピオンなら二、三挺は入れられる」

チェコ製の短機関銃《サブマシンガン》CZモデル83Vz〈スコーピオン〉は針金細工のような銃尾を折りたたむと全長が二十七センチしかない。

市城が目を上げ、戸野部を睨む。

「バッグいっぱいの爆薬なら厄介だぜ。自爆テロは世界的な流行だ。昨日まで一度も日本じゃ起きていない。だがな、今日起こらないって保証にはならん」

「確かに」戸野部がうなずく。「ウツミって奴が怪しいとなれば、持ち物を調べてみりゃよかったじゃないか」

「シートベルトの取り締まりみたいにか」市城が鼻を鳴らす。「それともあんたらみたいに自動小銃を突きつけて、追いはぎの真似でもするか」

戸野部と市城が睨みあう。

わずかに間をおいて、穴吹は平然とした顔つきで告げた。

「さて、次だ。津山の救出作戦計画にかかる」

くるりと背を向けると、ホワイトボードに向かって歩きだした。

衛星写真で見ると、白鳥原子力発電所の敷地は台形をしていて、幅の広い底辺を海に向けていた。台形の底辺の両端、北と南からは防波堤が斜めに突きだしていた。北側から延びる防波堤の方が長く、核燃料を運びこむ船は発電所の南西から入りこむようになっていた。

仁王頭は、衛星写真から発電所全体の見取り図に視線を移した。接近するドーファン2から見た通り、陸地に近い方に二基並んでいるのが一、二号炉で、海沿いにあるのが三号炉だ。そのほか調整棟、燃料保管庫、廃棄物保管庫などが並んでいる。

全体図の前に立った市城は、一、二号炉と国道二百二十九号線のほぼ中間に引かれた線に沿って指を動かした。

「これが原子力発電所の敷地を表すラインで、問題の作業員の宿所は敷地の北側、このラインと国道の間にある。作業所と原発敷地の間はコンクリートの塀で仕切られている。塀の高さは三メートルだ。作業員宿所は、建設用資材置き場の一角にあって、資材置き場は金網を張ったフェンスに囲まれている」

次に市城は、ホワイトボードに直接描かれた資材置き場の全体図を示した。三棟の小屋や資材などの位置が一目でわかる。小屋の左側に原子力発電所のコンクリート塀がある。市城は、図の上の方を示した。

「小屋の北側にあるフェンスだが、その外は一段低くなっている。躰を低くして移動すれば、難なくコンクリート塀までたどり着ける。宿所は北から順に一号、二号、三号と呼ばれている」

腕を伸ばした市城が一号の上方、つまり北側を指でとんとんと叩いた。

「ここの金網を破れば、二号にいる連中には気づかれずに資材置き場の中へ侵入できる。一号の北側にいるかぎり見られる気づかいはないが、二号に接近する際、奴が窓から顔を出せばお終《しま》いだ」

「顔を出せば、一発で仕留めるさ」

またしても戸野部が口を開く。だが、市城は悪態を吐き返そうとはせず、真剣な顔でうなずいた。

「頼む。一発でケリをつけてくれ。銃であれ、爆弾であれ、奴が何かをしでかす前に射殺してくれ」

唇を結んだ戸野部がうなずき返した。

穴吹が上平を見た。

「君たちだけで阻止を行うのは無理か」

「通常であれば、最低でも三個班は投入されるでしょう。そのほかバックアップに二個班、狙撃チームも配置するところです」

「道警本部の狙撃チームは手配したが、現場に到着するまでには、あと二時間ほどかかる」

「うちの増援もすでに本部を出発していますが、到着までには同じくらい時間がかかると思います」

市城が穴吹と上平に向かって一歩踏みだした。

「二時間なんて待ってられない。おれは津山が撃たれて、血が飛びちるのを見てる。もうダメかも知れないが、あと二時間もしたらあいつは確実に冷たくなってる」

上平が仁王頭に目を向けてきた。上平が班長に昇格する前まで、相勤者は仁王頭が務めていた。そして3—3班にあって、仁王頭がナンバー2であることは自他共に認めている。

小さくうなずき返した。

穴吹が上平に訊いた。

「可能ですか」

「はい」

上平はきっぱりと答えた。

「どのように?」

「バーンと行きますよ、バーンとね」

上平の答えを聞いて、特殊音響閃光手榴弾《フラッシュバン》を使うことがわかった。ほかのメンバーも察しただろう。凄まじい音と光で一時的に被疑者を失神状態におき、その隙に対処する。強行突入策としてはオーソドックスといえるだろう。

穴吹がかすかに眉を動かす。表情らしい動きは、初めて目にした気がした。

「無謀かな」

「成功する作戦はシンプルなのです」

上平が胸を張る。

宿所に近づき、フラッシュバンを放りこんで破裂させ、突入、被疑者を排除する。確かにシンプルだ。

4

最初から穴吹は、特装隊に即刻強行突入させるシナリオを描いていたんじゃないか。

頭上にある尾崎の巨大な尻を見ながら仁王頭は胸のうちでつぶやいた。身長百八十六センチ、体重九十キロ——実際には百キロ近いと誰もが見ていた——の尾崎は尻もでかい。左肩に吊った89式自動小銃を、腰にあるゴムバンドで押さえている。おかげで仁王頭は銃口をまともにのぞきこむ恰好となった。

作業員宿舎の北側にあるフェンスのわきに3—3班は身を伏せていた。尾崎がワイヤーカッターで金網をはさみ、把手《とって》をすぼめて切っていく。稲垣と相澤が両側から金網を押さえていた。ほんの数分でT字を逆さまにしたように金網が切られ、資材置き場に押しこむようにして曲げられた。侵入口を作るのに要した時間はせいぜい数分だろう。

フェンスを離れた尾崎が地面にワイヤーカッターを放り捨てる。

現場周辺に野次馬の姿はなかった。原子力発電所の背後は山がせまっていて、住宅はほとんどなく、国道を走る車も滅多に見られない。おかげで誰に見とがめられることもなく、宿舎の北側に達することができた。拡声器を使う段になれば、何かが起こっていると気づいた住民が様子を見に来るかも知れないが、彼らが到着する前に作戦は終了している。

公安部直属であるだけに特装隊も人目を嫌う。習い性にまでなっている公安の隠密癖が特装隊にまで伝わり、染みこんでいるのだろう。ウツミを排除し、人質の安全を確保したあと、二時間後に到着する道警刑事部捜査一課の特殊捜査班《SIT》に引き継ぎ、特装隊は撤収することになっていた。

尾崎が空を見上げ、つぶやいた。

「来てないなぁ」

「何が？」

仁王頭が訊き返す。なおもあちこちに視線を飛ばし、尾崎が答えた。

「ヘリコプターですよ。拳銃立てこもり事件なんだからテレビ局のヘリコプターがばんばんやって来そうなものじゃないですか」

テレビ局と聞いただけで朱里の顔が浮かんできそうになる。ローズピンクの口紅を塗った唇から漏れた言葉まで。

分水嶺を越える——。

「来るわけないだろ。警察《わがしゃ》はまだ事件を伏せてるし、住民だって気づいてない。誰かが騒ぎはじめてからだよ、マスコミの連中がやってくるのは」

「最初《ハナ》っから道警本部公安《ホンテン》は、うちらに速攻で突入させる魂胆《ハラ》だったんじゃないですかね。一連の不審火が拡大して、建設現場に拳銃やら爆薬やら持ちこんだテロリストがいて、そいつらを撃ち殺してすべて解決ってな具合に」

「事件が解決すれば、めでたしめでたしだろ」

小さく舌打ちし、尾崎が唇を尖《とが》らせる。でかい図体《ずうたい》をしている割りに子供っぽい仕種《しぐさ》が残っていた。

「よし、弾こめ、するぞ」

上平が声をかけ、隊員たちはそれぞれ銃を手にした。

3—3班は、相勤者同士二人一組となり、三つに分かれる。そして二号宿舎に張りついたら三カ所の窓から同時にフラッシュバンを放りこみ、炸裂直後に突入する。窓から飛びこむのは上平、仁王頭、戸野部の三人。拳銃を使用するため、自動小銃は漁協事務所の二階、指揮所に置いてきてあった。

それぞれのバディである相澤、尾崎、稲垣は89式自動小銃をもってバックアップにまわり、人質たちの動きを牽制《けんせい》することになっていた。市城によれば、作業員の素性がすべて明らかになっているわけではなく、潜入していた津山以外なら誰もがウツミの仲間、もしくはテロリストである可能性があった。

上平と戸野部が9ミリ拳銃のスライドをいっぱいに引き、弾倉上端の第一弾を薬室に送りこむ間、仁王頭は弾倉を抜いてズボンのポケットに常時入れてある予備の九ミリパラベラム弾を一発弾倉に押しこんだ。そうすることでフル装弾した弾倉の九発と薬室の一発で合計十発となる。

ベルトの左腰につけたパウチには予備弾倉が二本差してあったが、排除すべき対象が一名であることを考えると、拳銃に装填された十発を使い切らずに排除は完了すると思われた。上平、戸野部、仁王頭のいずれかが放った一弾ですべてが解決することも考えられるし、ウツミが失神していれば、銃を発射することなく、身柄を確保できるかも知れない。だが、何が起こるかわからないのが現場だ。

仁王頭の手元を見た上平がうなる。

「ニオウ、てめえ」

「何ごとも一歩先を考えろ、ですよ」

今朝、洗面所で弾丸を薬室に送りこみ、そのまま忘れてしまっていた。上平と戸野部も弾倉を抜いて一発補弾したあと、弾倉を戻し、銃口を空に向けてデコッキングレバーを押しさげる。

相澤、尾崎、稲垣の三人は、89式自動小銃のチャージングハンドルを引いて第一弾を薬室に送りこむと安全装置をかけた。自衛隊で使用している89式自動小銃は、安全装置と単発／連発切り替えを兼ねるレバーが銃本体の右側についているが、特装隊仕様では左側に移されていた。右側にあったのでは、安全装置を解除するときに一度右の親指を銃把から離さなくてはならない。

今では刑事部のSIT、警備部のSAT、海上保安庁の特殊部隊など89式自動小銃を採用している部署で使う銃は、レバーの位置が右側面に変更されていた。

例外は尾崎だ。左利きの尾崎は銃把も左手で握り、拳銃も腰の左側に吊っていた。

上平が仁王頭、戸野部に声をかけた。

「レーザーポインタを使おう」

「はい」

腰に手を回すと、パウチの一つからレーザーポインタを抜いた。直径二センチ、長さ五センチほどの黒い円筒でホルダーと一体になっている。仁王頭は、レーザーポインタのホルダーを9ミリ拳銃のフレームに刻まれたレールにはめ、用心金の前部にホルダーの爪をかけて固定した。レーザーポインタのスイッチを入れ、左の手のひらに向けてみる。赤い点が映った。

次いで抗弾ベストの背面にあるポケットから無線機を抜き、スイッチのオン、オフを行ってグリーンのランプが灯《とも》るかチェックする。スイッチを入れると、耳に差したイヤフォンにちりちりという雑音が聞こえた。

上平が全員に声をかける。

「今回、チャーリーは公安部の連中が担当する。だからコールサインはシンプルにおれがアルファ1《ワン》、ニオウがアルファ2《ツー》、戸野《トノ》部がアルファ3《スリー》だ。それ以外の者、それと隊員同士の通信は通常のコールサインを使う。いいか」

五人の隊員がうなずいた。

特装隊が行動する場合、移動作戦本部が設置され、通信・指令を担当する。コミュニケーションの頭文字Cをとってチャーリーと呼ばれる。アルファは強襲班《アサルト・チーム》の頭文字だ。

抗弾ベストのポケットに無線機を戻したところで3―3班員たちは、フェイスマスクを引きおろし、ヘルメットのチンストラップをきっちりと締めた。目許だけ露出した恰好でふたたびうなずき合った。

上平が声をかける。

「それじゃ、作戦開始といこう」

「突入の合図は?」仁王頭が訊いた。「バディソウルで行きますか」

上平が目だけでにっと笑ってみせる。

「懐かしいな。だが、おれはもっと素朴に行く。突入と三度くり返す。いいか、三度だ。忘れるな」

五人の部下がそろって返事をすると、上平が告げた。

「さあ、ショータイムだ」

仁王頭は先頭に立ち、真っ先に金網をくぐり抜けた。

一号プレハブの北の壁に張りついた3―3班は、道路のある東側に仁王頭、尾崎、原子力発電所のコンクリート塀を背負った西側に戸野部、稲垣がつき、上平と相澤はその間にいた。

プレハブ小屋の北東角についた仁王頭はしゃがみこみ、9ミリ拳銃を握った左腕を伸ばしている。頭の上では、尾崎が89式自動小銃を構えていた。遮蔽物《しゃへいぶつ》を弾よけとして有効に活用しながらのバリケード射撃では、左右どちらの腕でも同じように銃を扱えるよう徹底した訓練が行われるが、元もと左利きの尾崎はやはり有利だろう。

89式自動小銃に取りつけられた円筒状のドットサイト〈エイムポイントＣｏｍｐＭ２〉は等倍で、目をあてると丸い視野の中に赤い輝点が浮かんで見え、着弾点を示唆する。

二〇〇三年春、イラクに侵攻し、一気にバグダッドまで制圧した米陸軍の兵士たちが使用していたＭ４ライフルにはドットサイトが標準装備されていた。市街地における銃撃戦はほとんどが十五メートル以下の至近距離で起こったといわれ、ドットサイトを使用すると、特別な訓練を受けていない兵士でさえ狙った点から数センチ以内に銃弾を撃ちこむことができた。そのため射殺体の大半が頭部を撃ちぬかれており、処刑を疑われたほどだ。つまり拘束した敵のこめかみに銃口を押しあて、引き金をひいたというのである。

もし、ウツミがわずかでも顔を出せば、相手が気づくより先に尾崎は相手の頭蓋《ずがい》を確実に粉々にする。・２２３口径高速弾が命中すれば、ウツミは脳漿《のうしょう》を撒《ま》き散らし、一瞬で絶命する。

ウツミの動きは3―3班が問い合わせをすれば、指揮所でモニターを見ている女性捜査員が即刻知らせてくれるし、また、ウツミが動けば、指揮所から警告が発せられることになっている。

厄介な事態になるとしたらウツミが人質の誰かに小屋の外を見るよう命じたときだ。壁伝いに接近する仁王頭たちが発見された場合は、唇に人差し指をあて、沈黙するように伝える。それでもウツミに警告を発するようであれば、いったん退却することになっていた。市城は拳銃で脅されている人質の中にテロリストがいる可能性があるといったが、明らかに共犯者だとわからないかぎり射殺するわけにはいかない。場合によっては、撤収を命じられるかも知れないが、現場で最終判断をくだすのは上平で、仁王頭たちは従うだけのことだ。

隣りの二号プレハブの出入口、窓を見通せた。窓も戸も閉まっており、ウツミが顔を出す気配はない。

「人影なし《クリア》」

仁王頭は上平に伝えた。つづいて戸野部がクリアとコールするのが聞こえる。

耳に差したイヤフォンに送信機のスイッチを入れる音が一度聞こえた。上平から指揮所への合図だ。一度なら一号プレハブ、二度なら二号プレハブの北側の壁にたどり着いたことを知らせる。すぐに女の声で応答があった。

〝被疑者《マルヒ》、人質、ともに動きはありません〟

くすんだ緑色のフリースを着ていたメガネの女が脳裏を過ぎる。二号プレハブに取りつけられた監視カメラの映像を見ながらマイクに向かっている様子までがありありと浮かんでくる。被疑者に動きがないということは、ウツミは相変わらず壁際で膝を抱えこむようにして座り、ほかの男たちは一塊になっているのだろう。撃たれた樺田と津山は身動き一つしていないということだ。

一瞬、ウツミは何を考えているだろうと思った。拳銃を握りしめたまま、ひたすら呆然《ぼうぜん》と戸口を見つめているか。それとも逃げだす算段か、仲間からの連絡を待っているか。

思いをふり払った。

上平が命じる。

「行け」

躰を低くしたまま、仁王頭は建物の陰から飛びだした。拳銃を左手から右手に持ちかえる。顎《あご》を引き、目線はあげたまま、二号プレハブの戸口と窓に注目している。すぐ後ろに尾崎がついた。

一号と二号のプレハブの間に飛びこむが、壁に触れるわけにはいかなかった。壁材が薄く、ちょっとぶつかっただけでも音が伝わるだろう。プレハブ小屋は雑草がまばらに生えた地面に建てられていた。

ふたたび拳銃を左手に持ちかえ、二号プレハブの東側面を見張る。

足音が聞こえ、右に目をやった。戸野部、稲垣につづいて、上平と相澤が飛びこんでくる。

上平が喉に巻いた送信機に手をやった。イヤフォンに二度、擦過音が響く。一号と二号の間に全員がそろったことを伝える合図だ。

すぐに女の声が答えた。

〝マルヒ、人質ともにいまだ動きはありません。これよりマルヒへの呼びかけを開始します〟

直後、資材置き場に入ってきたのは赤色灯を回転させた軽パトカーだ。田原がハンドルを握っている。建築現場の足場に使うパイプを積みあげた陰にパトカーは停まった。ウツミが手にしている拳銃の種類までは不明だが、いずれにせよ軽自動車のパトカーなのだ。ドアも窓ガラスも簡単に撃ちぬかれるだろう。

突入について打ち合わせを済ませ、指揮所を出たところで穴吹が直接田原にウツミの説得役を引きうけて欲しいと伝えた。頼んでいる口調だが、階級を考えれば、命令に等しい。公安部はあくまでも陰の存在として立ちまわるつもりなのだ。

田原はにっこり頬笑んで敬礼した。

パトカーに取りつけられている拡声器のスイッチが入れられ、咳払いが響いた。ほとんど同時に女の声がイヤフォンに流れる。

〝マルヒ、動きません〟

田原が呼びかけはじめる。

「えー、ウツミ。こちらは北海道警察白鳥駐在所の田原だ」

緊張した声が拡声器を通じて流れる。頭上で尾崎が吹きだし、つぶやく。

「単に、警察だ、でいいだろうに」

仁王頭は右肘で尾崎の太腿を突いた。多少の遮蔽物はあるにせよ、今は田原だけが射線にさらされている。

「負傷者をいち早く収容し、病院に送りとどけたい。死亡しなければ、お前の罪も軽くなる」

無線の声が重なる。

〝マルヒ、動きません〟

仁王頭は上平を見た。プレハブの西側角に張りついている戸野部も9ミリ拳銃を構えたまま、上平を見ている。

指揮所で見た小屋の見取り図を脳裏に描く。小屋は国道に面した東側の中央付近に出入口があり、出入口の左右に窓があった。原子力発電所の側には、窓が三カ所ある。窓はいずれも地面から一メートルほどの高さにあり、アルミサッシの枠にごく普通のガラスがはまっているだけだという。

打ち合わせでは、まず戸野部、稲垣が窓の下を駆けぬけ、三つ並んだ窓のうち、もっとも南側の一つにまで行く。次いで仁王頭と尾崎、上平と相澤が二手に分かれ、北側の窓下につく。そして上平の合図を待って、フラッシュバンを放りこみ、突入するという段取りだ。

成功を収める作戦はシンプルだというが、あくまでも被疑者がウツミ一人だという前提で成立する強行策である。

小さくうなずいた上平が戸野部を指さし、次いで前進するように合図を送った。拳銃の銃口を下向きにし、両手で保持した戸野部が駆け出す。89式自動小銃をかまえた稲垣がつづく。すぐに上平、相澤が小屋の北西角につき、戸野部たちの背後をカバーする。

ちらりと思った。

おれの後ろは、いつも上平《ウエ》さんだった、と。

北海道に飛ばされて以降、仁王頭と上平はずっと組んできた。どこかに突入する際、先行するのは仁王頭、後詰めを上平が務めた。なぜか逆になると動きがぎくしゃくしてしまった。背中を上平がカバーしてくれると思うと、仁王頭はどこにでも飛びこんでいけるような気がした。

上平と仁王頭の視線がぶつかる。

上平が顎を引くようにうなずき、口許にちらりと笑みを浮かべた。

相勤者《バディ》だ、変わってない、とでもいうように。

うなずき返した仁王頭は9ミリ拳銃を右手に持ちかえ、左手をそえると駆けだした。配置場所である窓までは二メートルほどでしかない。

背後に尾崎の息づかいが聞こえる。

5

〝アルファ、チェックイン〟圧《お》し殺した上平の声がイヤフォンに響いた。〝1《ワン》〟

〝2《ツー》〟

すぐさま戸野部が答える。仁王頭は咽《のど》もとにある送信機のスイッチを入れ、声を吹きこんだ。

「3《スリー》」

強襲班《アルファ・チーム》がそれぞれ所定の配置につき、準備が完了したことを知らせ合う交信で、万が一不都合が生じた場合は呼出し符丁のあとにネガティブと付ければいい。

ふたたび上平が訊いた。

〝マルヒ、人質は？〟

〝どちらも動きはありません〟

ウツミは何を考えているのだろう。指揮所のノートパソコンに映しだされていた姿が脳裏を過ぎっていく。壁に背をあて、両膝を曲げていた。手は膝の間に入れ、おそらくはまだ拳銃を握っている。

イヤフォンからはかすかなノイズが流れてくるだけで、沈黙があった。いよいよ最終決断のときが来た。特装隊の行動は、最後は現場の判断にすべて委《ゆだ》ねられる。

擦過音につづき、上平の声がいった。

〝アルファ1《ワン》。ワン・ツー・スリーで……、バンだ〟

同じ通信を聞いている尾崎と目が合った。フェイスマスクからのぞく目が強化プラスチックのゴーグル越しに笑う。度胸が据わっている点だけは認めなくてはならないだろう。まるで緊張は見られない。

89式自動小銃を背中にまわすと、尾崎は腰から黒い筒状のフラッシュバンを取り、仁王頭に見せた。大きさはちょうど二百五十ミリリットルの缶コーヒーほどだが、尾崎の手の中ではいかにも小さい。左手にフラッシュバンを持ち、右手の人差し指を安全ピンについた環に差しいれる。ピンを抜き、左手を緩めれば、本体と一緒に握りこんでいるレバーが弾けとび、ヒューズに点火される。点火から炸裂までの時間は、一・五秒。

フラッシュバンは非殺傷兵器といわれ、点火時の音響パルスと閃光《せんこう》によって被疑者の目と耳を麻痺《まひ》させ、五秒ないし六秒間は動くことすらままならない状態に陥らせる。爆風が強すぎて人体に深刻な影響を与えがちだった旧型や、ゴム製ベアリングを内蔵した行動阻止型と違い、特装隊が使用している最新型は爆風を弱めつつ、音と光は威力を増すようになっていた。

点火薬爆発の圧力で容器の底に開けられた、いくつもの小さな穴からアルミニウム粉末が噴出し、直径一・五メートルほどの円盤状に広がる。アルミニウム粉末は空気中の酸素と一瞬にして反応し、爆発するもので、一種の気化爆弾ともいえた。

三カ所から同時にプレハブ小屋の中へ投じるということは、被疑者ウツミだけでなく、人質となっている作業員たちの動きも抑えるためにほかならない。

仁王頭は9ミリ拳銃を握りなおした。

イヤフォンに戸野部の声が聞こえる。

〝2《ツー》〟

「3《スリー》」

突入準備が整ったことを、ふたたび符丁で知らせる。

〝よし。じゃあ、行こう〟上平の声は、いつもと変わらない。〝ワン……〟

尾崎がフラッシュバンの安全ピンを抜いた。

カウントダウンが始まった。もう後戻りはできない。次の瞬間、誰かが死ぬかも知れない。

だが、自分が死ぬと考えたことはなかった。

一瞬、穴吹は特装隊の現場がどれほど迅速で、容赦ないものか知っているのだろうかと思った。

〝ツー〟

躰を起こした仁王頭は9ミリ拳銃の銃把を窓ガラスに叩きつけ、割った。尾崎が手を緩め、レバーが飛ぶとヒューズに点火、空気が噴出するような音を発した。

〝スリー〟

尾崎がプレハブ小屋にフラッシュバンを投げこむ。床を転がる音が聞こえた。仁王頭は顔を伏せ、左耳をフェイスマスクの上からおおった。

たてつづけに三度の爆発音が起こる。腹の底を揺るがすような重々しさはない代わり、金属音が一塊になって躰全体を貫いていく。ヘルメットや肩にばらばらとガラス片が降りかかる。

顔を上げた。残響が頭蓋骨に充満し、耳がつんとしている。周囲が無音となり、自分の呼吸と脈拍が聞こえた。

残響を切り裂き、上平が怒鳴った。

〝突入……〟

尾崎と目を見交わした。尾崎はすぐに左手を地面につき、肩を差しだす。

〝とっにゅううう……〟

躰を起こした仁王頭は尾崎の左肩に足を載せ、さらに躍りあがった。躰を起こそうとする尾崎の動きも利用して、小屋の中へと飛びこむ。躰を縮め、前方へ跳ぶ。ハードルを越える要領だ。

見えた。

仁王頭の飛びこんだ窓からは、ウツミは向かい側の壁に丸めた背をあずけた恰好になっているはずだ。

だが、見えたのはウツミの背中だ。

フラッシュバンの炸裂直後に躰を反転させたのだとしたら、恐ろしく神経が鈍いか、床に転がった円筒の正体を知っていたことになる。フラッシュバンには殺傷能力がないため、目と耳をふさいで、鼓膜が破れないよう口を開けていれば、ある程度ダメージは軽減できる。

窓枠を跳びこえる前から9ミリ拳銃の銃口はウツミの後頭部に向けていた。レーザーポインタの赤い輝点がウツミの頭に映っている。

左方に動く影が見え、瞬時、目を奪われた。膝立ちになった男がゆっくりと前のめりに倒れようとしている。

唇の右上にあるホクロが目についた。

頭の後ろ側に脂肪の段々がついたデブが撃たれ、さらにもう一人が撃たれてからというもの、プレハブ小屋に押しこめられた男たちは極度の緊張と恐怖にさいなまれていた。拳銃を持った男が同じ小屋の中にいて、しかも普通の状態ではない。一度だけアキラはウツミと目を合わせることができた。だが、ウツミの両目はまるで焦点が定まっておらず、瞳が小刻みに震動していた。おそらく目を向けている相手がアキラであることもわからなかっただろう。

どれほど時間が経《た》ったのか、見当がつかなかった。下手《へた》に動いて撃たれるのが怖く、作業ズボンのポケットに入れた携帯電話にも触れられなかった。昨夜、丼一杯のごった煮を食べただけなので胃袋は空っぽのはずなのに空腹は感じなかった。

つい先ほどから白鳥駐在所の警官が来て、声をかけてきているが、ウツミはまるで反応しなかった。何も聞こえないのか、言葉が理解できないのか。

突然、ウツミが拳銃を取りだし、デブを撃ったことから始まって、警官が声をかけつづけている今まで何一つ現実に起こったとは思えなかった。まるで悪い夢を見ているか、映画の一シーンにでも入りこんだようだ。夢にしろ映画にしろ見ているだけの存在であれば、痛い思いも、ましてや死ぬこともないのだが、何かのきっかけでウツミが拳銃を向けてくれば、次に血を噴いて倒れるのはアキラなのだ。

そう考えてみても現実味はわかない。ただ恐怖心だけがアキラを包みこんでいる。

誰もが身じろぎせず、呼吸さえ控えめにしているところへ、突然、左側の原子力発電所に面した窓ガラスが凄まじい音を立てて割れたのだからたまらない。男たちは、悲鳴をあげて浮き足立ち、最前列にいたアキラは背中を押される恰好で立ちあがった。

誰かが缶コーヒーというのが聞こえた。目をやると、艶のない黒い缶が床を転がっている。発電所から誰かが放りこんだのか。コンクリート塀の高さは三メートルほどもあり、おまけに宿所は塀に接近している。窓を目がけて放るのは難しいだろう。それにしても、なぜ缶コーヒーなのか。

わけもわからず見つめていると、わずかに遅れて、前の方からガラスの割れる音が聞こえた。またしても缶コーヒーが床を転がっている。今度は、発電所側と道路側の両方だ。

どうして……。

首をかしげかけたとき、ウツミが動いた。今までぼんやりしていたのが嘘のように素早く躰を反転させ、背中を丸めると両耳を覆った。

何してるんだ……。

そう思いかけた刹那《せつな》、眼球の中まで真っ白に輝き、何も見えなくなった。鼓膜が圧迫され、息が詰まる。

死ぬのかな、という言葉が浮かんできた。

瞬時にして意識を断ちきられたようだが、失神していたにしても短い間だったろう。気がついたときには、立ちあがっていたはずなのに床に両膝をついていたからだ。膝が落ちるまでの間、意識がなかった。

ぼんやりと前を見ていると、窓から黒ずくめの男が飛びこんできた。映画やテレビで見たことのあるSWATの隊員のようだ。床におり、片膝をついた男は、ウツミに向かって手を伸ばしている。

またしても拳銃だ、と胸のうちでつぶやいた。

拳銃、拳銃、拳銃……、現実味は乏しい。

飛びこんできたSWATの男と目が合った。強盗みたいに覆面をしていて、透明なメガネをかけている。

警察なら助かるとほっとしてもいた。爆薬を仕掛けたことで逮捕されるかも知れなかったが、殺されるよりは無限大にましだ。

目の前の床が急速に迫ってきた。いや、アキラの方が倒れこんでいるのだ。ぶつかる、と思っても躰がまるでいうことをきかない。床に激しく顔面を打ちつけた。不思議と痛みは感じない。

やっぱり死ぬのかな、と思った。


クソッ、こんなときに……、仁王頭は奥歯をぎりぎり嚙みしめ、肚《はら》の底で罵《ののし》った。

バーカウンターに片手をつき、まっすぐに仁王頭の目をのぞきこんでくる朱里の眼差《まなざ》しが蘇ってくる。やがて形のよい唇が動き、言葉が圧しだされる。

殺人者は分水嶺を越える。

9ミリ拳銃を握った右手を突きだしていた。左手は右手を包みこみ、手前に引いている。照星と照門、三つのトリティウム・ナイト・サイトの白点は背中を向けているウツミの襟足あたりで一直線に並んでいる。

早朝の洗面台で鏡に映った自分の目を見て訊ねた。分水嶺を越えてしまえば、二度と帰ってはこられないのか、お前は変わってしまったのか、と。

押しとどめようとして、溢れだすいくつもの光景があった。

鋼線入りの分厚いガラスに穿《うが》たれた直径数センチの穴を通して睨みあった男……、古ぼけた漁船の操舵室のわきでワイシャツを鮮血に染め、のけぞる男……、旅客機の客室で拳銃を向けてきたツイードジャケットの男……。

いずれも仁王頭が撃った。あるときは狙撃銃仕様に改造された64式自動小銃で、あるときは89式自動小銃で。

今、手の中にある9ミリ拳銃でも撃った。

殺したくて殺したわけではない。相手の命を断たなければ、自分や仲間や一般市民の生命が危機にさらされるからだ。そして命令だった。

言い訳に過ぎないだろう。

いや、言い訳じゃない。

言い訳だ、自分をごまかすための言い訳だ。

猛スピードでいくつもの光景と言葉が流れていく。目をすぼめ、ウツミの後ろ姿に意識を集中しようとした。

ウツミは仁王頭に背中を向けていた。身じろぎひとつしなかったが、失神しているわけではない。うつむき、カバンに手を突っこんでいるように見えた。

至近距離でフラッシュバンが三発破裂したというのにウツミは動いていた。窓が割れ、放りこまれた缶の正体を知っていたとしか考えられない。

プレハブ小屋の中には濃密なきな臭さが残り、埃が舞っていた。レーザーポインタから照射される光線が埃に反射し、宙に輝線となって浮かびあがる。三本の輝線はいずれもウツミの頭部に集中していた。

注意しろ、という声が身のうちに響く。要注意だ、敵はフラッシュバンを知っている。要注意、要注意……。

だが、またしてもウツミの背中がにじみ、朱里の口許が浮かびそうになる。

9ミリ拳銃に安全装置はない。引き金をひくだけで、撃発不能位置《デコッキング・ポジション》から撃鉄が起きあがり、やがてシアが外れて落ちる。そのとき、撃鉄はストライカーの尻を叩き、前進したストライカーの先端が九ミリパラベラム弾の雷管を貫く。

標的までの距離は、約三メートル。毎秒三百五十メートルの速度で発射された九グラムのフルメタルジャケット弾頭は、百分の一秒でウツミの後頭部に達し、粉砕する。延髄を吹き飛ばされれば、指すら一ミリと動かせずに絶命することになるだろう。

殺せる、殺せる、殺せる……。

バーカウンターで朱里が厳しい表情を浮かべている。

引き金にあてた人差し指をじわりと絞った。撃鉄がかすかに動く。湾曲の大きな特注トリガーは人差し指の第一関節にまとわりつくように密着していた。

上平が怒鳴っていた。

ウツミィイイ、動くなぁぁぁ——。

音が間延びして聞こえるのは、フラッシュバンの残響と血中に過剰放出されているアドレナリンの相乗作用だろう。

ちらりと上平に目をやった。

おかしいだろ、ウエさん――胸のうちで語りかける――警告なんて、今まで一度もないじゃないか。

警視庁にいたころ、上平と仁王頭が配属されていた部隊は、陰でサクラ銃殺隊とまで呼ばれていた。国家権力のための、最強の隠密暗殺部隊という意味だ。

小屋の中央に倒れている男を素早く見た。おそらくは公安の潜入捜査員の津山だろう。顔は真っ白で、躰の下には血溜まりが広がっている。白い靴下が血を吸って真っ赤になっていた。

出入口に倒れているはずのヤクザ者にまで目をやる余裕はなかった。

分水嶺を越えてしまった殺人者の心根の反対側にあるのが愛や恋だというのか。朱里の言葉がくり返し思いだされるのは彼女にすがろうとしているためなのか。温かな躰に触れれば……、クソッ、ただ抱きたいだけじゃないのか。今までの女と同じように特別な感情ももてず、欲望を吐きだす対象として抱きたいんじゃないのか。

集中しろ。

さらに引き金を絞った。撃鉄が半分ほど起きあがる。引き金にかかるテンションを支える人差し指が痺《しび》れてきた。

フェイスマスクの内側が自分の吐息で蒸れ、鼻の下に汗がにじむのを感じる。唇を嘗《な》めようとした。口の中がからからで、舌は軋《きし》んだだけで動かない。

ぎょっとした。

いきなり上平のブーツが床を蹴った。左にいる戸野部の射線に飛びこめば、三挺の9ミリ拳銃のうち、一挺が撃てなくなる。

右手を前へ突きだし、ウツミの後頭部に宿る赤い輝点を睨みつけた。

一秒でいい。一秒あれば、九ミリ弾が一つの命を奪い、事件は解決、特装隊はいち早く現場を撤収して、本部で朝飯にありつける。

腹が減った。

上平が何か叫んでいた。

目の前に光の球が膨れあがり、瞬時にして呑《の》みこまれたウツミの躰は四散、ちぎれた腕や足がゆっくり飛びちっていく。

第二章　透明人間

1

朝は米、と仁王頭は思いなしている。

丼に盛った白飯。湯気をほのぼの立ちのぼらせている味噌汁の実は豆腐、ワカメ、長ネギ。菜は塩鮭の切り身に大根おろしが添えられている。ほかに分厚い玉子焼きが二切れ、ほうれん草のゴマ和え、ポテトサラダ、不気味なほど鮮やかな黄色のたくあん三切れが同じ皿に載っている。

箸を持ったまま合掌する。

「いただきます」

まず手を伸ばしたのは味噌汁の入った椀だ。湯気を吸いこみ、ひと口すする。食堂では炊きたての飯は期待できなかったが、舌を火傷《やけど》しそうなほど熱い味噌汁には良心を感じた。

次いで丼飯のてっぺんを箸でへこませると椀の味噌汁を残さずぶちまけた。椀を丼に持ちかえ、大口を開けて、がつがつ頬張る。米の飯に味噌汁がからまり、時おりネギの香りが立ちのぼったりするとたまらない。

三分の一ほどを一気に掻きこみ、丼をおいてひと息。思わずつぶやきがもれた。

「うめえ」

「やっぱり消化に悪そうな食い方だな」

テーブルの向かい側に座っている上平が声をかけてきた。丼を手にしているが、中身はほとんど減っていない。

「今さら何を気取ってるんですか。それとも躰の具合でも悪いんすか」

味噌汁をぶっかけて飯を食うことは、上平もよくやっていた。苦笑した上平が首を振る。

「もう若くないってだけだよ」

「またまた」

仁王頭は今年三十四歳になるが、上平は二つ年上なので三十六のはずだ。年寄りじみた口振りは早すぎる。

「早飯、早グソ、武士のたしなみっていうじゃありませんか。知ってました？　戦国時代は一兵卒から武将まで皆汁かけ飯をかっ食らってたんですよ。四条流のお作法にのっとってお上品に召し上がるのは、時代が落ちついてから、それに貴族気取りの中流以上の武家だけです。サムライはいつでも汁かけ、早食いですよ」

そういいながら仁王頭はテーブル備えつけになっているトンカツソースのボトルを取り、ポテトサラダにかけまわした。ひと箸すくい上げ、口に運ぶ。マヨネーズと甘辛のソースが混じり合い、うっとりするほどのハーモニーだ。ふだんは青臭くてあまり好きではないキュウリだが、マヨネーズとソースにまみれると清涼感が好もしく感じられる。

またしても上平が苦笑いをして、首を振る。多少品が悪いといわれようと、マヨネーズを使ったサラダにトンカツソースをかけるのは子供のころからの習慣でおいそれとやめられなかった。

口許を手の甲で拭《ぬぐ》い、仁王頭は訊いた。

「今日の午後、警察学校へ行きませんか」

「お前は初級課程を復習した方がいいかも知れんが、おれは必要ないぜ」

「いやだな。今さら初級課程なんか受講したって手遅れっすよ。警察学校といえば、用があるのは射撃訓練場に決まってるじゃないですか」

北海道警察学校は、札幌市内の真駒内《まこまない》にある。特装隊本部から見ると市街地を横断して南に位置していた。警察学校には、道内最大の屋内射撃訓練場があった。

仁王頭は身を乗りだした。

「届いたんですよ、例のあれが」

「あれって？」

「9ミリ拳銃の引き金《トリガー》です。ほら、例のマイケル・シンプソンって銃工房《ガンスミス》が製造している奴ですよ。おれの指の太さを測って、データを送れば、特注で作ってくれる。早速組みこんでみたんですけど、ばっちりなんすよ。手袋着けてても人差し指にぴったりだし。早く撃ってみたくて」

人差し指をあてて、どれほどぴったりしても空撃ちでは意味がない。肝心なのは、実弾を撃ってみたときの感触なのだ。銃のチューンナップは、銃と射手との相性をより高め、命中精度を上げるために行われる。

「ウエさんのところには、まだ届いてないんですか」

「ああ」上平が多少困惑した表情を見せる。「おれは注文しなかった」

「どうして」

「ワンセット三万だろ。ちょっときつい」

目を伏せ、食事をつづける上平をまじまじと見つめてしまった。

道具に金を惜しまないというのが上平の流儀で、仁王頭も少なからず影響を受けてきた。特装隊の装備は当然すべて官給品なのだが、パウチやプロテクター、手袋といった小物は警察内部の規格を満たしていれば、私物であっても使用できた。今やインターネットを通じて世界中のメーカー、ショップから警察や軍で採用されている装具を買うことができる。

上平が言葉を継いだ。

「実はな、ニオウ。おれ、警部補の昇任試験に合格したんだ」

仁王頭は警視庁巡査拝命後、一切の昇任試験を受けていないので巡査から巡査長になっただけだが、上平は三十歳を超したころ、巡査部長となっていた。それでも巡査からスタートし、三十七歳で警部補なら出世としてはかなり早い方になる。

あまりに早い出世は、現場ではあまり歓迎されない。一般の警察官は現場仕事に忙殺され、なかなか試験勉強に時間を割くことができない。そうしたなか、時間をやりくりして、ときには勤務時間中にも勉強するものが出世の階段を上っていく。

仕事もしないで勉強、そして試験に合格して出世、現場を知らずに定年退職というのは、やつかみも多分に混じっているが、ろくに現場で仕事をしない警官への嫌みでもある。上平が後ろめたそうにぼそぼそという背景には、特装隊は第一線の実戦部隊という自負と雰囲気がある。

「それじゃ、特装隊《うち》を離れるんですか」

「いや」上平がいつもの表情に戻り、苦笑する。「試験の結果は、お前さんの想像通りさんざんなんだ。だから班長要員含みということで、さ。あと二年は特装隊勤務をつづける」

「あと二年って、すぐじゃないですか」

「いつまでも若くないよ。おれも、お前もな」

仁王頭は身を乗りだした。

「今みたいな時代こそおれたちが必要とされるんじゃないですか」

世界各地でイスラム教過激派による自爆テロが起こり、中東、ヨーロッパ、アメリカだけでなく、東南アジアにも波紋は広がっている。さらに日本は、海を隔てて北朝鮮と対峙《たいじ》しており、今や覚醒剤の生産、密売が国家事業とされて、洋上や港湾における工作員との銃撃戦は日常のものになりつつある。

ふたたび上平の表情がかげった。

「そのことにうんざりしてもいるんだ。命って、そんなに簡単に失われていいものかなって。確かにおれたちは命令が下れば、阻止行動を起こすけど、結局はテロリストもおれたちも立場が逆というだけで殺し合いという点では変わらない……」

ステンレス台に横たわる上平を見おろしながら、仁王頭は本部庁舎の食堂で交わした会話を思いだしていた。半年ほど前のことか。

9ミリ拳銃を収めたホルスターを腰に吊り、装具を着けたまま立ちつくしていた。フェイスマスクを巻きあげ、頭の上に載せていたが、ヘルメットは右手にぶら下げている。

命って、そんなに簡単に失われちゃいけないんでしょ。

胸のうちで声をかけたが、真っ白な顔をした上平は何も答えなかった。色を失い、灰色になった唇のまわりに乾いた血がこびりついているほか顔に傷はなかった。爆発の瞬間、うつむいてヘルメットで衝撃を受けたのかも知れない。

だが、憶《おぼ》えているのは上平がウツミに向かって駆けだしたところまで、だ。直後、プレハブ小屋いっぱいに広がる白光が出現し、その中でウツミの手足が飛びちるのを目撃した。

仰向けになった上平の躰は、首から下が白いシーツ状の布で覆われている。即死状態だった、と聞いた。爆風で飛びちった金属片が胸、腹、両太腿の前面に突き刺さった。上平の躰から取りだされた金属片は、ウツミが所持していた拳銃のものらしかった。

抗弾ベストといってもせいぜい拳銃弾を食いとめるのが精一杯で、拳銃弾よりはるかに重く、鋭く尖った金属片が亜音速で飛んでくれば、防ぎようがない。

上平をバックアップすべく窓から身を乗りだしていた相澤も衝撃で首の骨を折り、顔面に大火傷、両目を負傷している。強化プラスチックのメガネなど簡単に吹き飛ばされてしまったに違いない。

爆風をまともに浴びた戸野部も重傷を負った。壁まで弾きとばされ、衝撃で脊椎《せきつい》を圧迫骨折したほか、両肩脱臼、左上腕を骨折した。

相澤と戸野部の二人は、すでにヘリコプターで札幌市内の大学病院へと搬送された。

仁王頭の背後にいた尾崎は頸椎捻挫《けいついねんざ》、稲垣は窓ガラスの破片が腕に刺さった。

ウツミの躰が盾になったおかげで、仁王頭だけが爆風の直撃も破片も浴びず、打撲程度の軽傷で済んでいた。

尾崎の肩を踏み台にして、窓枠を跳びこえた瞬間、ウツミの背中を視認していた。レーザーポインタの赤い輝点は、ウツミの後頭部にあった。床に降りる前に撃ったとしても楽にウツミの頭をふっ飛ばすことができただろう。

どうして撃たなかったのか。

蠟《ろう》細工のように真っ白になった上平の顔を見て、仁王頭は唇の裏側を嚙《か》んだ。前歯が唇を破り、生臭い血が口中に広がる。

床に降り、片膝をついて9ミリ拳銃を突きだした。フラッシュバンを三発も使ったのにウツミは倒れておらず、屈みこんで黒いカバンに手を入れようとしていた。頭の中では警報が鳴り響いていたというのに引き金を絞りきれなかった。

どうして撃たなかったのか。

「仁王頭さん」

背後から声をかけられた。白鳥記念総合病院の霊安室に案内してくれたのは、前線指揮所で見た公安部の女性捜査員だ。

特装隊3—3班員だけでなく、人質となっていた作業員のほとんどが重軽傷を負っていたものの、死んだのは上平とウツミの二人だけだ。

「もうそろそろ時間ですが」

「わかってる」

白い布を引きあげ、上平の顔を覆った。ふり返らずに訊ねた。

「尾崎と稲垣の様子も見ていきたいんだが」

返事はなかった。

うなずいた。

「わかってる」

ステンレスの台を離れた仁王頭は、霊安室の一角にある机にまっすぐ向かった。机には上平の装具がまとめて積みあげられている。抗弾ベストや肩のプロテクターは無惨に引き裂かれていた。

9ミリ拳銃は硬質プラスチックのホルスターに戻されていた。銃把の底から伸びるカールコードはベルトにつながったままだ。拳銃を抜いた。

背後ではっと息を嚥む気配がしたが、かまわず拳銃の弾倉を抜き、スライドを引いて薬室に送りこまれていた九ミリパラベラム弾を弾きとばした。机の上に転がった九ミリ弾を拾ってポケットに入れると拳銃に弾倉を叩きこんだ。

デコッキングレバーに親指をあて、押しさげる。撃鉄が落ち、霊安室に金属音が響きわたった。拳銃をホルスターに戻しながら仁王頭は後ろの女に告げた。

「出動時、特装隊員に支給される執行実包は弾倉《マガジン》三本分、二十七発だ。二十八発目は存在しないことになってる」

ふり返った。女は俯《うつむ》いたまま、目をきょろきょろと動かしている。ひたいにニキビの跡が散っていた。

「わかるね」

「はい」

地下一階にある霊安室を出て、階段で一階にあがった。

白鳥記念総合病院は過疎の村にあるにしては巨大で新しかった。原子力発電所が誘致されると地元も大きな恩恵を受けるという。受付のある広々とした一階ロビーは人で溢《あふ》れかえっている。半分以上が制服姿の警察官で、走りまわる看護師の姿も目についた。

仁王頭は周囲を見渡した。

「怪我人の割りににぎやか過ぎないか」

プレハブ小屋で人質になっていた作業員に、稲垣、尾崎をくわえても二十人ほどだろう。だが、次から次へとストレッチャーに寝かされた患者が運ばれていく。

女は仁王頭の腕を取った。

「急ぎましょう」

病院の裏口からワゴン車に乗せられ、特装隊のヘリコプター・ドーファン2が着陸した地点まで運ばれた。仁王頭が乗りこむと、すぐにローターが回りだし、ほどなく離陸した。帰路、トルーパーズシートに座っているのは、仁王頭一人でしかなかった。

四十分後、特装隊本部庁舎ではなく、札幌市の中心部にある北海道警察本部の屋上ヘリポートに着陸した。

革張りのソファに寝そべった仁王頭は、頭の後ろで手を組み、天井を見上げていた。かたわらのテーブルにはコンビニエンスストアの弁当とペットボトル入りの日本茶が置いてあった。茶は半分ほど飲んだが、弁当には手をつける気にもなれなかった。

ブーツを脱いでいるので靴下が臭った。フライトスーツの襟元からも酸っぱい臭いが立ちのぼっている。実働任務中にかく汗は、なぜかひどく臭い。汗とともに滲《にじ》みだした恐怖が悪臭の素のような気がする。

道警本部に連れてこられたものの、八階にある応接室に通され、待機しているように命じられた。弁当と茶はすぐに届けられたが、それ以降、誰もやって来なかった。応接室に入る前に9ミリ拳銃を含め、装具はすべて外して預けてあった。

ため息をついて躰を起こすと、紐《ひも》をゆるめたままのブーツに足を突っこみ、立ちあがった。応接室のドアを開ける。すぐわきに折畳み椅子を置いて座っているスーツ姿の中年男と目が合った。

「小便」

仁王頭の言葉に男はうなずいた。

応接室の斜め向かいに洗面所がある。現時点で仁王頭に認められている移動範囲は応接室と洗面所でしかない。応接室に案内されて二時間ほどになり、トイレに立つのもすでに四、五回目だが、男は何もいわなかった。

廊下に人影はない。

洗面所に入り、取りあえず用を足すと、洗面台で顔を洗った。フライトスーツにはハンカチもタオルも入れてなかったので、顔は袖で拭い、両手は尻にこすりつけて水滴を取った。

フライトスーツの胸ポケットから二発の九ミリパラベラム弾を取りだす。手のひらの上で転がした。一発は上平の拳銃から、もう一発はドーファン2の中で自分の銃から出したものだ。帳簿に載らない執行実包。法律違反だが、たった一発が生死を分ける可能性がある。

二発の銃弾を握りしめた。

2

夕方、薄暗くなりかけたころ、応接室に市城がやって来た。紺色のスーツを着て、ネクタイをきちんと締めていると現場で会っていたときの印象と違い、どこにでもいそうな中年の、少々くたびれたサラリーマンという感じだ。市城は、仁王頭の向かい側に座ると黒のソフトビジネスバッグを横に置いた。

手をつけていない弁当にちらりと目をくれる。

「食欲はないようだな。相勤者が殉職したんじゃや、当然か」

黙って、うなずき返した。

ビジネスバッグに手を入れた市城は缶コーヒーを二本取りだし、一本を仁王頭の前に置いた。

「砂糖無しのブラックだ。口に合わないか」

「いえ、いただきますよ」

缶に手を伸ばした。自動販売機で買ってきたばかりなのか、缶が冷たい。プルリングを引いて缶を開けている間、市城はバッグからアルミの灰皿を取りだし、テーブルに置いた。灰皿を指して、訊く。

「かまわんか」

「どうぞ」ひと口コーヒーを飲み、缶をテーブルに置いた。「この部屋、禁煙じゃないんですか。タバコの匂いがまるでしませんから」

「この部屋だけじゃない。道警本部《ホンテン》庁舎内は全面禁煙だ。おれにいわせれば、病的だね。すべて禁止というのは、ファシズムの発想だ」

公安部監理官穴吹の前でも平気で喫《す》い、火の点いたタバコを床に落として踏みつぶしていたのを思いだした。市城はタバコに火を点け、コーヒーをひと口飲んだあと、仁王頭に目を向けた。

「待たせて、申し訳なかった」

「いえ」仁王頭は小さく首を振った。「ここは静かですからいろいろ考えることができました」

「少しは寝たか」

また、首を振った。市城はうなずき、もうひと口コーヒーを飲んだあと、缶をテーブルに置いた。ソファの背に躰をあずける。

「自分がここに来るなんて思ってもみなかった」そういって市城は応接室を見まわした。「ご清潔、ご清潔、ご清潔。埃一つないってのは不自然だし、やっぱり病的だ」

「どこに所属してるんですか」

「中央署の警備課に籍はあるが、署に行ったことはないな。市内にアパートを借りて住んでる。警察官が臭うような物は一つも置いてない。警察手帳《テチョウ》だって何年も持ったことがないよ」

警察官の身分証が手帳型からバッジを挟むホルダースタイルになって何年にもなるが、いまだテチョウと呼ばれていた。職務中は携行を義務づけられているが、仁王頭も持ち歩いたことがほとんどない。特装隊の任務の性格上、身分は秘匿されるのが望ましい。

市城は顔をこすった。意外にしわが多く、深いことに気がついた。目を伏せ、タバコの灰を灰皿に落としながら訊いてきた。

「あんた、今、階級は？」

「巡査長《サチョウ》です」先回りして答えることにした。「歳《とし》は三十四。拝命は警視庁ですが、訳あって道警に厄介になってます」

うつむいたまま、市城がうっすら笑みを浮かべる。

「おれもサチョウのままだ。来年、五十になるがね。入社して三十一年、所轄署で勤務したのは研修期間だけだ。あとはずっと今と同じような暮らしをしている」

タバコを口許に運び、深く吸いこむとゆっくり煙を吐いた。

「長いこと潜入捜査官をやってると、二つに一つを選ばざるをえなくなる。両方はない。どちらか、一つだ」

黙って聞いていた。市城はタバコを灰皿に押しつぶすと、すぐに二本目をくわえて火を点けた。

「潜りこむ先はいろいろだ。普通の企業に就職して、労働組合の一員になって、その身分から市民運動とか反体制運動の組織に顔を出すようになる。今のおれみたいに暴力団に潜ることもある。宗教団体ってケースもあるな」

「暴力団なんかだと正体がばれたら、殺《バラ》されるんじゃないですか」

仁王頭の言葉に、市城は低く笑った。

「バレたら、バラされるか。シャレにゃならんな。暴力団の連中は案外おれたちに感覚が近い。あいつらは私企業、おれらは公企業、だが、どっちもシノギは暴力だ。カルト宗教の方がおっかないよ。暴力団の構成員は、つねに法律を意識している。宗教やってる奴は自分たちで法律を作ってる。殺すんじゃなく、浄化するっていうんだからたちが悪い」

わずかに沈黙したあと、見破られないのが鉄則だがな、と付けくわえた。

「さっき二つに一つといわれましたが」

「警察官なのにテチョウも持たなきゃ、所轄署に自分の机もない。組織に潜入すれば、つねに単独行だし、自分の過去はすべて偽装と来ている。何年もすれば、自分が何者かわからなくなってくるんだな。そこで選ぶ途《みち》は二つ出てくる。心身ともに潜りこんでいる組織の一員になるか、あくまでも職務と自分にいい聞かせ、警察官であることにすがりつくか」

市城が目を上げ、まっすぐ仁王頭を見た。

「前者はどこまで行っても偽装だ。懺悔《ざんげ》のつもりで自分が警官だと告白しても仲間には入れてくれない。せいぜいカウンタースパイとして利用されるか、悪くすれば、殺される。後者は実態がない。あんた、どうだい？　自分が警察官であることにすがりつく方か」

人殺しは分水嶺を越える……、いや、職務だ……、せめぎ合いが胸の底でうずいた。仁王頭は右手を上げ、人差し指を曲げて引き金をひく仕種をした。

「自分は職人だと思うようにしてます。それも腕のいい職人だと」

「うまいやり方かも知れん」

二本目のタバコの火を消すと、市城は躰を起こし、腹の上で両手を組んだ。

「何のために潜りこむか、わかるか」

「いいえ。おれも公安部局の端くれですけど、専門的な教育を受けたことなんかないです。職人技を磨くだけでね」

「専門的な教育なんてありゃしない。ただ潜りこんで、そこの水に慣れるだけだ」

「そうやって情報を集めるわけですね」

「情報は集める。だが、それは潜入の目的じゃない。違法行為を現認するのは難しいし、戦後の民主警察じゃ、別件逮捕もなかなかできない。目的は反体制組織を壊滅させることだ。そうなると一人や二人逮捕《パク》ったところで何の意味もない」

市城がにやりとして付けくわえる。

「マッチポンプだよ。潜りこんで、さも身内でございって顔をして、組織全体に凶悪犯罪を起こさせるように仕向けていく。体制護持のためにやってきたことだ。民主化ってのは、オカミの権勢が使えなくなる分厄介だよな。だから労働組合がうるさくなれば、敵対する雇用者側の代表を殺すとか、革命を叫ぶ学生たちに武器の調達法から戦闘方法を教えたり……、太平洋戦争が終わってからずっと同じことをくり返してきた」

独善的で暴力的な集団とレッテルを貼られれば、人心が乖離《かいり》していく。為政者にとって反体制組織が大衆からそっぽを向かれるのは都合がいい。

「それでマッチポンプですか。なるほど。それじゃ、白鳥原発の件も……」

「いや」遮るようにいい、市城は渋い表情になった。「おれが樺田に接近したのは、今年の夏だ。わかるだろ。原発の建設現場で起こったせこい放火事件がきっかけさ。原発建設ってのは市民運動のターゲットにしやすい。昔は学生運動、今は市民運動。それにあの世界でも二〇〇七年問題があってね」

　団塊と呼ばれた世代が定年を迎え、大量に退職していく現象が二〇〇七年問題と呼ばれているのは知っていたが、それが市民運動とどのように関係するのか見当もつかなかった。

　市城がつづける。

「定年退職して暇を持てあました連中が、夢よ、もう一度ってな具合にふたたび運動を始めるわけだ。齢《よわい》六十を過ぎてるんだから、運動なら公園の散歩くらいにしておきゃいいものを」

「大量に退職すれば、市民運動家も増える、と」

「一度挫折して、それから何十年かは別の生き甲斐を見いだして、一生懸命会社のため、結局はお国のために働いてきた連中だ。それが今や中高年の自殺が社会問題になるくらい片隅に追いやられてる。景気は悪い、退職金は家のローンでパア、女房も子供も好き勝手なことをやってて、ひるがえってみれば、自分はひたすら仕事に没頭してきただけで、趣味ひとつすらない。どこにも居場所がなければ、うつ病になって首を吊るか、別の生き甲斐を見いだすか」

　市城は目を伏せ、ぼそぼそとつづけた。

「真面目なんだ、連中は。だから簡単には犯罪行為には走ろうとしないが、やるときは確信犯だ。生きていたくない連中だからな。いわば、死兵だよ。その点だけはカルト宗教の連中の方が扱いやすいかも知れない。おまけに世の中にはもっと扱いにくい連中が増えてきている」

「もっと扱いにくいというと？」

「透明人間」

謎めいた物言いをしたあと、市城はバッグの中からノートパソコンを取りだした。

ノートパソコンのディスプレイに映しだされているのは、プレハブ小屋のほぼ中央に立ち、右を見ている男の顔だ。作業員宿舎を隠し撮りしていたCCDカメラの映像から切り取ったものので、上半身をクローズアップし、見やすいように画像処理を施してあるというが、それでもぼけていて個人を識別するのは難しかった。

画像の男がウツミだと市城はいう。だが、顔に見覚えはなかった。当然だ。プレハブ小屋に飛びこむ瞬間に視認していたが、最後まで背中しか見ていなかった。

仁王頭は首を振った。

「ウツミの顔は見てない。奴はおれに背中を向けてましたからね」

またしても爆発の瞬間が脳裏に蘇ってくる。それは上平が死亡したときでもある。なぜ上平は駆けよろうとしたのか。どうして爆発の前にウツミを射殺しなかったのか。すべて圧し殺した。

「仕方ないな」

ソファにだらしなく座った市城は胸の上で両手を組みあわせていた。左右の人差し指をからめるように回転させている。

次から次へと男たちの顔を見せられた。ビデオ映像のキャプチャーに、病院のものらしきベッドに寝かされているところを撮影した写真が混ざっていた。見覚えのある顔には一つも出会わなかった。

市城はため息を吐き、頭を掻きむしった。

「無理もない。あんたらが飛びこんでからウツミが自爆するまで、ほんの十秒ほどだ。あんたはずっとウツミに銃を向けていたからほかを見る余裕はなかっただろう」

プレハブ小屋に取りつけられたCCDカメラで、市城は一部始終を見ていたに違いない。特装隊が突入した瞬間の映像が残っているのは珍しかったが、持ち主が公安部なら表に出ることはない。

頭を掻きながら市城がぼそぼそとつづけた。

「ウツミが樺田を撃ったとき、あのプレハブ小屋の作業員は、ウツミも含めて十八人いた。飯を配るときにおれが人数をチェックしている。それにおれと樺田とで、二十人ちょうどになる。その場から逃げだせたのはおれ一人だ。残りは十九人。そこへあんたたちが飛びこんだ。六人だったな？」

「小屋に飛びこんだのは三人。上平班長、戸野部、おれ。あとの三人はバックアップでした。小屋の外にいて、窓から中にいる連中を牽制してました」

「そうだった」頭を掻いていた手を下ろし、市城は目の前で指を折った。「死んだのは、最初に撃たれた樺田、それに津山……」

「津山さん、ダメだったんですか」

「そうか。知らせてなかったな。申し訳ない。あいつを救出するため、早急な強行策を採ったのに。何の慰めにもならんが、撃たれた直後に病院に担ぎこまれたとしても津山は助からなかったって、医者がいってたそうだ。弾丸は鳩尾《みぞおち》から入って、左の腰に抜けた。それだけいえば、わかるだろ」

「内臓がめちゃくちゃだ」

仁王頭の言葉に、市城がうなずく。

「作業員十八人のうち、死んだのはウツミと津山だ。ところが、病院に運びこまれた怪我人は十五人でしかない」

「一人足りない、か。それでおれに面割りをさせたわけですね。それならおれより稲垣の方がわかるかも知れない。奴は、戸野部の相勤者《バディ》ですから」

「バディ？」

「我々は常に二人一組で行動するように訓練されています。戸野部と稲垣は、原発側の窓のうち一番南についていました。戸野部はウツミの排除にあたっていましたが、稲垣は窓の外から作業員を見張りました。誰がウツミの仲間か、わからないといってたでしょ」

「ああ。情けない話だが、かれこれ四カ月近く内偵を進めてきたっていうのに誰が誰やら正体すらつかめない状態でな」

「さっきの透明人間、ですか」

「そうだ」市城はタバコを取りだし、火を点けた。「問題は、建設工事の請負方法にある。原発の建設といえば、とんでもなく大きな工事だが、実際は元請けから下請け、下請けから孫請けへと工事箇所によって丸投げされていく。上流ほどマージンを抜くから孫請け、ひ孫請けに落とされるころには利益なんかほとんど出ない。削れるのは、人件費だけだ」

「そこに樺田の組が入りこむ余地ができた」

煙を吐き、市城は首をかしげた。

「樺田はぼやいてたよ。今度の現場には何人送りこんでもナンボにもならん、て。それでもひ孫請けくらいになるとヤクザにでも手配してもらわなきゃ頭数をそろえられなかったんだろう。樺田のような連中が途中で金を抜くから、集まってくる連中にはほとんど金が入らない」

「金にもならないのに建設現場で働くような人間がいるんですか」

仁王頭の言葉に、市城はしばらく反応しなかった。人差し指と中指で挟んだタバコから煙が立ちのぼっている。

やがてぼそりといった。

「ワーキングプアって、聞いたことないか」

「テレビとか新聞で見たことがありますが」

「働けど働けど、なおわが暮らし……、なんて歌があったが、あんなもんじゃない。ネットカフェ難民なんて、マスコミはきれいな言葉でいうが、浮浪者だよ。日雇いの金が入らなきゃ公園で野宿するしかない連中だ。野宿すれば、ホームレスだが、そういわれたくないだけで一晩中街の中を歩きまわってる。そして携帯に翌朝日雇い派遣仕事の知らせがあれば、手配師のところへ行くわけだ」

「それだけ金がなくても携帯電話は持ってるんですね」

「携帯がなきゃ、即刻おまんまの食い上げだよ。住民票をそのままにして、ほかの土地で働いている人間は百万人近いともいわれてる。実態は調べようがないんだ。ホームレスとして統計にあがってくるのはごく一部でしかない。日雇い派遣仕事で一万弱の金を得ても、その夜寝るところを確保して飯を食えば、半分近くがふっ飛ぶ。とてもじゃないが、アパートの敷金なんて作れない。生きるためには流れるしかない。そういう連中に目をつけて、樺田のような奴が手配をかける。食費だ、宿泊費だって名目をつけて、日当から金を抜くんだが、連中にしてみれば一定期間ねぐらが確保できるとなれば飛びつく。飛びつかざるをえない。ひ孫請けをしている建設会社にしても原発に出入りする作業員だから身元をしっかり調べることにはなってる。建前さ。樺田のいう通りに書類を作るしかないし、樺田の書類にしたところでいい加減だよ。字の書けない奴、字は書けても名前を知られたくない奴がごろごろいる。ひ孫請け会社じゃ、そんな奴でも使わなきゃ、とても工事なんか請け負えない。請け負えなければ、次はなくて、倒産だ」

市城が人差し指をくるくる回した。

「負のスパイラル、結果は無間《むげん》地獄。いや、とっくに地獄の一丁目を過ぎてる」

ふいに光景が浮かんできた。

尾崎の肩を踏み台にして、窓を跳びこえた。床に着地したとき、右に動く影があって一瞬目を向けた。男がひざ立ちになっていた。目が飛んでいたから抵抗の恐れはないと判断して、すぐウツミに視線を戻した。

男の顔ははっきり思いだせなかったが、唇の上にあったホクロは印象に残っていた。

「一人だけ、作業員の顔を見ました。唇のここのところに……」仁王頭は自分の唇の右上に指をあてた。「ホクロのある男です。さっき病院のベッドで撮った写真のなかには、そんなホクロのある男は見当たらなかった」

「アキラだ」市城はタバコを灰皿に放ると、ノートパソコンを反転させ、自分の方に向けた。「そのホクロなら、おれも憶えている。樺田がしゃぶりボクロだって、いつもからかってた。そこにホクロがある奴は男でも女でも男のモノをくわえるのが好きなんだってな」

ノートパソコンがふたたび仁王頭に向けられた。

男が映っている。しかし、ビデオのキャプチャー画像はぼやけていて人相どころか、唇の上のホクロさえ見分けることができなかった。

首を振った。

市城がうなずく。

「あの小屋にいた連中の大半は、東京で手配してきたんだ。アキラもその一人だ。ネットカフェ難民の一人だよ。奴の顔をはっきり見てるのは、おれとあんたの二人だけだ」

「しかし、もう一度会って見分けられるかどうか……」仁王頭は市城を睨みかえした。「どうしてアキラって男が消えたことに気づかなかったんですか」

市城が声を圧しだす。

「ウツミが自爆した直後、もう一回爆発があった。二度目は三号炉の建設現場のすぐ近く、隣接する現場事務所で起こった。トイレに爆弾が仕掛けられていたんだが、事務所そのものがふっ飛ぶほどの大爆発だったんだ。死者は二十名を超えている。負傷者は百名近い」

白鳥記念総合病院のロビーが人で溢れかえっていたわけがようやく理解できた。

3

丸い壁掛け時計の秒針が動いていくのを、仁王頭はぼんやりと眺めていた。サウナ室に入って三分、摂氏百度を超える熱気に包まれていても冷水で締めた肌からはまだ汗がにじんでこない。すでに三度目ともなれば、発汗量は格段に落ちる。

昨日の朝、いつも通り午前七時に本部庁舎一階の食堂で朝飯をかきこみ、一時間後には第二小隊第一班から当務を引き継いだ。当務開始直後のブリーフィングはいつも通り、継続して警戒を要する事案の確認が中心となったが、その中に白鳥原子力発電所の件は含まれていなかった。

夏以降、四度にわたって起こった不審火も原子力発電所の建設現場であるだけに公安部として関心を抱いていたのだろうが、特装隊では話題にのぼらなかった。仁王頭は出動が下令され、ドーファン2で行き先を告げられるまで考えもしなかった。

ヘリコプターの中、機長席の後ろに立ってヘッドフォンを着けていた上平の後ろ姿が浮かんでくる。おそらく上平にしたところで、白鳥が浜も原子力発電所も念頭になかったに違いない。

秒針がさらに二周し、五分が経過した。木製の壁にもたれかかり、顔にわずかばかり浮いた汗を手のひらで擦る。滴となった汗が頬を流れたが、したたるほどではない。

当務開始からすでに三十六時間が経過していた。首筋は張り、手足がひどくだるかった。背中が痛むのは、爆風で吹き飛ばされ、プレハブ小屋の壁に叩きつけられたせいだ。軽い打撲と診断されたが、ほかのメンバーに較べれば怪我のうちにも入らない。

まして……。

浮かんできそうになる名前を打ちけすように両手で顔を擦った。

ウツミがふっ飛んだあとのことは、途切れ途切れにしか憶えていない。爆発と同時に意識を失い、気がついたときには担架に載せられていた。それから気を失い、意識を取りもどすのをくり返した。目蓋を無理矢理開かれ、ペンライトの光を目にあてられたのもよく憶えている。

まばゆい光に頭痛がした。

白鳥記念総合病院を出たときには昼を回っていた。道警本部に着いたのは、午後二時近かった。それからしばらく応接室で待たされたあと、市城の取り調べを受けた。

『緊急配備《きんぱい》かけようにも、ここら辺りの所轄署は手一杯だった。それにプレハブ小屋から病院に運ばれた作業員の人数が合わないことに気がついたのもあとになってからだ』

市城は言い訳がましくいった。建設事務所がふっ飛ぶほどの爆発があったとすれば、現場が混乱しても無理はない。

『近々……、早ければ明日か、明後日にも東京に行ってもらう。今のところ、アキラの顔をはっきり見ているのはあんたとおれの二人だけだ』

姿をくらましたアキラという男を追え、というのだろう。藁山《わらやま》の一針という言葉が浮かんだが、あまりに馬鹿馬鹿しく口にする気にはなれなかった。

最後に市城はそれまでは自宅待機だと付けくわえた。近隣への外出はかまわないが、いつでも連絡が取れるようにということだ。

自宅までは公安部の車で送ってもらった。午後六時になるところで、着替えながら夕方のニュースを見ようとテレビのスイッチを入れた。ＮＨＫはじめすべての局が報道特別番組を流していた。各局ともヘリコプターによる空中撮影の映像を流していたが、真上から撮ったものはない。洋上からは、三号炉建設事務所の惨状をつぶさに撮ることができたようだ。もっとも市城から事務所のトイレで爆発が起こったと聞いていなければ、そこに何があったのか見当もつかなかっただろう。消防車、救急車が何台も現場を囲んでいたが、建物は跡形もなく、ただ残骸が広がっているだけなのだ。

取りあえずフライトスーツも下着も脱ぎ、全裸になったが、風呂の用意をする気力は湧かなかった。ポロシャツ、ジーンズ、革ジャンパーを手早く身につけると、自宅を出て、表通りでタクシーを拾った。札幌の中心街にあるビジネスホテルの名を告げると、運転手はタクシーを走らせた。サウナ付きの温泉大浴場があり、宿泊客以外でも利用できる。三千円ほどで少しばかり贅沢な気分を味わえるので時おり利用していた。

サウナで汗を流しきり、冷水風呂に浸《つ》かってから出てきたが、すっきりした気分にはほど遠い。それでも亢《たか》ぶり、もつれていた神経が少しほどけた気がした。

食事をして、自宅に帰るつもりでススキノに向かって歩きだした。そのとき、まだ営業している菓子店の張り紙に気がついた。

〈大好評、缶入りオリジナルクッキー。メッセージを添えて、あの人へ。地方発送、うけたまわります〉

仁王頭は店の中へ入っていった。

ステーキであれ、鮨であれ、ふだんは二の足を踏むくらい値段の高いものを食べるつもりで歩いていたが、結局、何も食べる気がしないまま、バー〈エルム〉にやって来た。女性のオーナーバーテンダーに朝から何も食べてないと告げると、野菜のサンドイッチと特製ビーフシチューを出してくれた。バーでありながらオーナーの手料理が食べられる店なのだ。ビーフシチューは何とか胃袋に収められたが、サンドイッチは一切れ食べただけであとは皿の上で乾くがままになっていた。

水割りにしたスコッチをちびちび飲みながら白鳥原子力発電所で起こった事件を報じる夕刊を拾い読みしていた。一面に大きく出ているのは、夕方のテレビニュースで見たのと同じ洋上から撮影した第三号炉の建設事務所が崩壊した跡だ。記事には何者かが仕掛けた爆弾が二度の爆発を引き起こしたとあり、夏以降に起こった四度の不審火には関連づけていたもののウツミが人質をとって作業員宿舎に立てこもったことには触れられていない。

水割りを飲みほし、空になったグラスを置くと、氷が涼しげな音をたてた。オーナーが近づいてきて、目の前に立つ。グラスを手で示した。

「もう一杯?」

「そうだなぁ」

左手首に巻いたカシオのＰＲＯＴＲＥＫに目をやる。午後十時を七分過ぎていた。

「明日は、お仕事?」

「いや、休みですよ」

特装隊としての仕事は、明日どころかしばらくの間休まざるをえないだろう。班長は死亡、隊員のうち四名は負傷して入院中だし、とくに脊椎の圧迫骨折という重傷を負った戸野部は全治するのに数カ月を要し、激しい運動を身上とする特装隊員として復帰できるのかもわからなかった。

「じゃ、もう一杯ね」

「お願いします」

〈エルム〉に来て、まず背の高いグラスで生ビールを二杯たてつづけに飲んだ。サウナで汗を流してきた後だけに冷えたビールはうまかった。二杯目のビールを飲みほしたときには、渇ききった細胞の一つひとつにビールがまわり、酔いを感じはじめたのに、水割りに切り替えてからはすっと退《ひ》いてしまった。すでに水割りも三杯目だが、白けた気分に変わりなかった。

四杯目の水割りが置かれる。

オーナーが皿の上で乾きつつあるサンドイッチをちらりと見た。

「あまりお腹が空いてないみたいね」

「すみません」

「いいわよ。しっかりお代はいただくから」サンドイッチの皿に手を伸ばす。「さげてもいいかしら?」

「はい」

「ミックスナッツか何かお出しする？」

「お願いします」

カウンターには夕刊が置いてあったが、オーナーは白鳥原子力発電所で起こった事件に触れようとしなかった。自分が警察官であることや、ましてや特装隊に所属していることなど一度も話したことはなかったが、〈エルム〉には上平やほかの隊員と何度か来ていたし、つい何日か前、朱里と殺人について話をしていた。

仁王頭の正体に気がついているからこそ、テレビ局がすべて報道特番を流すほどの大事件でも触れないのだろう。

早く酔っ払い、部屋に帰ってベッドに潜りこみたかった。昨夜は四時間寝ただけで、それからきつい一日半を過ごしている。目蓋の裏側に砂粒が入りこんだようにごろごろしていたが、酔いはちっとも回ってこない。

幾種類かのナッツを盛った小皿が目の前に出された。塩味のアーモンドをつまみあげ、口に放りこむ。奥歯で嚙みつぶした瞬間、光景が浮かんだ。上平のブーツが床を蹴り、駆けだそうとする。同時に仁王頭は9ミリ拳銃の引き金を絞っていた。目と鼻の先で撃鉄が起き、やがてシアが外れて落ちる。尻を打たれたストライカーが前進し、九ミリパラベラム弾の雷管を貫く。

精密機械である9ミリ拳銃は仁王頭の意図を完璧に受けとる。

火薬が急速に燃焼し、弾丸は押しだされ、右回り六条の旋条《ライフリング》によってスピンしはじめる。撃発の反動で銃身とスライドが一体となって後退し、弾丸が銃口から飛びだすと、銃身は止まり、スライドのみが退《さ》がりつづけて、空になった薬莢《やっきょう》を弾きとばす。

きらきら輝きながら飛ぶ薬莢の向こう側でウツミの後頭部は粉砕され、血と脳漿とが霧となって噴きあがる。

「またまたお会いしましたね」

声をかけられ、甘美な空想は消えた。アーモンドの匂いだけが口中に残る。ゆっくりと目をやった。

隣りのスツールに朱里が腰かけようとしていた。

「いいんですか、大事件が起こってるっていうのにお酒なんか飲んでて」

警察官はたくさんいるから、と答えようとしたが、その前にオーナーがやって来て朱里は注文を始めた。

「会社からまっすぐ来たんですよ。お腹ぺこぺこ。今日は何がありますか」

「エルム・オーナーお手製、特製ビーフシチューにかりかりに焼いたフランスパンのガーリックトースト」

「ガーリック……、ですか」

朱里がそういいながらちらりと仁王頭を見る。

「お気遣いなく」

仁王頭の答えにうなずくと朱里はビーフシチューにガーリックトースト、生ビールを注文した。オーナーが厨房に向かうと、朱里は仁王頭に向きなおり、腕に手をかけてきた。

「実は探してたんですよ。この間、ひどいことをいってしまったって反省してたんです。そのことをお詫びしようと思って」

「何のこと？」

「人を殺した人は分水嶺を越えるって。実際に現場にいたわけでもないのに、偉そうにいってしまいました。ごめんなさい」

「ああ、そのことか。こっちも忘れてた。そういう奴なんだよ、おれは。だから気にしないで」

脳裏では別の光景が繰りひろげられていた。窓枠を越えた瞬間、まだ空中にあるうちに引き金を絞りきるのだ。第一弾はウツミの背中に命中し、のけぞる。床に着地し、さらに二発。第二弾は首筋を抉《えぐ》り、第三弾は頭蓋を粉砕する。

生ビールが運ばれてくると、朱里はグラスを差しあげた。

「では、仲直りの印に」

水割りのグラスを持ちあげ、軽く合わせた。半分ほど残っていた中身を飲みほし、グラスを置く。

「ところで、一つ聞きたいんだけど、ワーキングプアって知ってる?」

「ええ」

顎を引くように深くうなずいた朱里の眸《ひとみ》がきらきらしはじめた。

いつの間にか目の前にロックグラスが置いてあった。氷はそれほど溶けてはいない。琥珀《こはく》色のスコッチが三分の一ほど注《つ》がれている。ひと口飲んでみた。舌の上に広がり、やがて喉へと流れおちていく。とげとげしさがまるでないことからすると相当な高級品のようだ。

いいのか、こんな高い酒と胸のうちでつぶやく。

「派遣業法が一九九六年に改正されて、対象業務の種類がぐんと増えたわけですよ」

ロックグラスを手にした朱里がいった。酔いが回っているのだろう。目がとろんとしていて焦点が定まっていない。

「どうして?」

法律が改正された理由が知りたかったというより眠りこんでいないことを知らせるために訊いたようなものだ。

「最大の原因は、やっぱりバブル崩壊じゃないかな。景気が悪くなって、業績が低迷してくると企業としては人件費も削らなくちゃならなくなります。正社員なら雇用保険とか、社会保険とか、だいたい給料の倍の費用がかかりますが、派遣社員なら派遣会社に一定額を支払うだけで働いている人、その個人の補償なんかは要らなくなります。早い話、人一人雇うのにかかる費用が半分になる。これは大きいですよ。それに正社員を解雇するのは手続きも大変だし、ときには不当解雇だって訴えられたりします。退職金も払わなくちゃならないし。でも派遣なら派遣会社との契約で何とかなる」

「派遣社員といっても派遣元の会社っていうか、派遣業者が保険だとか休業補償をきちんとやるわけだろ」

「そうはいっても実際には足元を見ますからね。同じ職種で何人も登録しておいて、競争させるわけです。能力の競争じゃないですよ、条件面です。休日とか、手当とか、補償とか諸々《もろもろ》。結局、仕事が欲しいから会社から押しつけられる条件を嚥まなくちゃならないんです」

ワーキングプア問題について朱里は取材を重ねているといった。まくし立てつづける口調には熱意以上の激しい感情があった。

「私が実際に話を聞いた人は、根室の方で建築会社に勤めていたんですよ。四十三歳といってました。公共事業が激減して会社が倒産しました。建築士の資格を持ってて、現場を何年も経験している人でさえ再就職が難しいのに、その人は事務をしていただけなんです。地元の高校を卒業して、知り合いの伝手《つて》で就職したらしいんですけど、資格なんか何もなくて。ただ経理事務を十五年やってましたってだけで。地元には就職口もないし、それで札幌に出てきたんですけど、やっぱり就職口はない。結局、日雇いの派遣仕事ですよ。資格も経験もないから土木工事とか、工場なんかで簡単な組み立ての仕事をするしかない。キャリアにもなりませんし、何の技術も身につかないです。いつも仕事があるわけじゃないから収入は安定しませんし、お金がなければ、寝るところもないんで一晩中歩きまわっていたこともあるそうです」

「その話、聞いたことがある。そんな人間が百万人もいるんだって？」

「百万という数字は取材中に何度か聞きました。住民票は地元に置いたまま、都市部に仕事に行くんですけど、日雇いの派遣仕事が多いですから住むところも決められずに全国を流れ歩いているみたいです。でも、正確な数字は誰も知りませんよ。厚生労働省だって調べてません。というか調べようがないんです。企業としては労働条件なんかでインチキしているから役所の調査にまともに答えられませんし、日雇いの派遣仕事で働いている人はのんきに厚労省の調査になんか応じている余裕がない」

スコッチを飲み、ひと息吐いてから朱里が言葉を継いだ。

「さっき話した四十三歳の人、札幌からいなくなっちゃったんですよ。東京へ行ったのか、大阪か」

「地元に帰ったかも知れない」

「ありえません」朱里はカウンターを見つめたまま、きっぱりといった。「彼、逃げてきたんです。ご両親がいるんですよ。お父さんは糖尿病がもとで目が見えなくて、お母さんはひどいリューマチで歩くこともできない。年金で何とか暮らしているようなんですけど、収入のない彼が戻れば、一家はたちまち生活が立ち行かなくなる。親の面倒もまともに見られない奴は半端者だって。野垂れ死にでもすりゃいいんだって、そういってました。生命保険なんかとっくに解約してるから命にも一円の価値もないと……」

人の命が簡単に奪われてもいいのか、という声が脳裏を過ぎった。

聞き覚えのある声だが、誰がいったのか思いだせなかった。

目をつぶり、顔を両手で擦る。頭がぐらぐらした。目を開き、左手首のカシオに目をやったが、文字がにじんで読みとれなかった。

目を開いたまま、しばらく天井を見上げていた。見覚えがある。自宅であれば、当たり前だ。ブラインドを下ろしてあるので日光はさえぎられていたが、とっくに夜は明けていた。

躰をゆっくりと起こす。頭蓋骨に灰色の粘土が詰まっているような気がした。喉がひどく渇き、胃袋までが灼きついている。だが、吐き気がして食欲はまるでない。

バー〈エルム〉を何時に出たのか、どのように帰ってきたのか、記憶がない。

かたわらのガラステーブルにメモ用紙が置いてあった。何とか手を伸ばし、走り書きを見る。

〈よくお休みのようなので、起こさずに行きます〉

そのあとに朱里の携帯電話の番号と、メールアドレスが記されていた。

しばらくの間、メモを眺めていた。つぶやきが漏れた。

「あまり上手な字じゃないな」

4

制帽から突きでた黒色、樹脂製のつばは、正面を向いた上平のまぶた中ほどに位置していた。眉が見えず、目が隠れない程度という規則にきっちり従っているわけだ。警察官は服装、仕種、制服のどのポケットに何を入れるかまで厳密に決められている。敬礼をするときの腕の角度も、ぴんと伸ばした指先が制帽のつばから何ミリ離れているか、までも。

慣れてしまえば、窮屈ではない。むしろ厳密に決められていれば、迷いはなく、何も考えずに躰が反応する。特装隊員にしても出動時には実態に即した服装が許されるが、制服のときには規定に従う。左利きの尾崎はフライトスーツ姿のときには左腰に拳銃をつけるが、制服ならばホルスターは右腰に決まっており、拳銃の操作も右手で行わなくてはならない。

理不尽だとは思うが、訓練次第で右でも左でも変わりなく拳銃くらい撃てる。命中精度より、何も考えず黙々と規則に従う警察官を作りあげる方がはるかに重要なのだ。

制帽は頭の後ろの方が浅く、後頭部はほとんど露出している。ちょこんと載っけているような状態で、任官して間もないころは小走りになっただけで脱げそうに感じるものだが、一週間もすれば馴染《なじ》んでしまう。もっとも被疑者を確保するのに手こずれば、すぐに脱げてしまう。手錠を打った直後の警官がしばしば無帽なのは、制帽の構造による。

つばの上の顎紐は、黒っぽい金属製耳ボタンで固定されている。台風の中で仕事をする際には制帽上部を覆う透明なビニールカバーと顎紐は欠かせない。

制帽正面には取り外し可能な金属製の旭日章が取りつけられており、両側を桜の花と葉の金モール刺繡が囲んでいる。権威の象徴、あるいは宣伝用の看板だ。人差し指と親指で丸をつくり、ひたいにあてがうだけで警察官を意味する仕種として広く定着する程度には目につく。

殉職によって、上平は二階級特進し、警視となった。警部補になって半年足らず、まだ馴染みがなかったというのに警視となれば尚更だ。本人も警視は想定外だろう。遺影の上平は少しばかり居心地が悪そうだ。建前では、高校卒業後、警察学校を経て、巡査を拝命した警察官にも警視総監まで出世できる可能性があることになっている。実際には努力に努力を重ねて警部、運がよければ、退職間際に警視になれる者がまれにいるだけでしかない。巡査部長の試験も通らず、巡査長のまま定年を迎える警察官も少なくなかった。

白菊で飾られた祭壇は簡素で清潔感が漂い、上平の人柄に合っていた。だが、祭壇に安置された棺桶の中にいる本人は何も感じないだろう。通夜の参列者は三十人ほどでしかなかった。遺族が近親者だけの葬儀を希望したため、と聞いた。

仁王頭、尾崎、稲垣の三人は席の最後列に並んでいた。尾崎は首にコルセットを巻き、稲垣は左腕を首から吊っていた。二人と顔を合わせるのは、白鳥原子力発電所の現場以来になる。病院にいた二人から聞いたところでは、脊椎の圧迫骨折という重傷を負った戸野部も順調に回復し、いずれは運動能力も取りもどせるだろうということだったが、相澤は両目とも眼球まで損傷しており、失明の恐れもあるらしい。命を落とした上平よりはましといっても慰めにはなりそうになかった。

喪主席には、上平の妻がうつむいて座っていた。黒のマタニティドレスを着ている。腹部がかなり大きくなっていた。

僧侶の読経《どきよう》がつづくなか、隣りの尾崎にそっとささやいた。

「奥さん、子供ができているようだな」

「知らなかったんですか」

尾崎が驚いたように訊きかえしてきた。首を振った。子供ができたとは、上平はひと言もいっていなかった。

「おれも直接ウエさんに聞いたわけじゃないんですけど、お二人には長い間子供ができなかったんだそうです。それで奥さんが不妊治療を受けてて、ようやく妊娠したって」

そうだったのか——仁王頭は唇の内側を嚙み、上平の遺影を見つめた。

一セット三万円の9ミリ拳銃特製トリガーを高いといっていたことを思いだした。おそらく特装隊の班長要員としてという条件付きで警部補昇任を受けいれたのも、命が簡単に失われすぎる風潮に心底憤っていたのも、新しく芽生えた命ゆえだったのだろう。

皮肉な巡り合わせ、だ。

尾崎が低声《こごえ》でつづけた。

「気丈な奥さんですよ。今月が臨月らしいんですけど、絶対に子供は産むし、葬儀もすべて出るって」

「詳しいな」

「特装隊《うちら》の庶務をやってる女の子に聞いたんですよ」

女の子と聞いて、仁王頭は口許を歪《ゆが》めた。すでに四十近い独身女性なのだが、慣例と本人の希望により、庶務の女の子と呼ばれていた。職務以外の隊内部の情報には、彼女がもっとも通じているのは間違いなかった。

通夜が終わり、斎場のロビーに出ると玄関のガラス戸越しにテレビカメラやアルミの脚立《きやたつ》に座っているスチルカメラマンが並んでいるのが見えた。白鳥原子力発電所で起こった爆破事件の犠牲となった、ただ一人の警察官なのだ。津山に関しては、一切発表されていない。

もっとも上平にしたところで北海道警察本部警備部第一機動隊所属となっている。機動隊員として工事現場の警護にあたっていた際、爆発に巻きこまれて殉職というストーリーだ。機動隊が所属する警備部も公安部局の組織だし、外部だけでなく、内部でも特装隊と特殊急襲部隊《SAT》の区別はつきにくい。口の堅い組織だけに事実と異なる発表をしても露見する可能性は低かったが、特装隊の存在は道警内部でもほとんど知られていなかった。

ロビーを出て、付け待ちしているタクシーに乗りこんだ。

尾崎と稲垣はいまだ警察病院に入院中の身だ。仁王頭は警察病院をまわったあとで、自宅へ行くよう住所を伝えた。

タクシーが動きだす寸前、三脚に据えたテレビカメラのわきに立つ朱里を見かけた。仁王頭を見てはいたが、取りわけ反応はなかった。ほっとしたような、少しばかり寂しいような気持ちになる。

隣りの尾崎に訊いた。

「どうなんだ、首の按配《あんばい》は?」

「ほとんど痛みはないんです。検査をして、あとは安静にしているだけで。退屈ですよ。看護師も大した美人じゃないし」

「アダルトビデオでもあるまいし……」苦笑し、稲垣に目をやる。「そっちは?」

「まだ一日ですからね。痛みが相当あります。痛み止めをもらってるんですけど、最低でも六時間の間隔をおいて服《の》まなくちゃならないっていわれてて」

「麻薬中毒《ジャンキー》の稲垣《ガキ》か」

仁王頭は笑った。

赤信号を前に減速しながら運転手が口を挟んでくる。

「最近はススキノにも結構いるみたいですよ。中学生で覚醒剤《シャブ》をやってるのが。中には小学生もいるとか。まあ、小学校五、六年ともなれば、立派な躰してますけどね」

タクシーが横断歩道の手前で停車した。

立派な躰って……、仁王頭は胸のうちでつぶやく。

小学生なんかに手を出したら合意があろうとなかろうと強姦罪でオマワリさんに引っぱられるぞ。

高校一年生になったばかりのころ、体育の授業で千五百メートル走をさせられた。小学校、中学校と駆け足は得意で、短距離でも長距離でも全学年のベストテンには入っていた。しかし、一等賞になったことはなかった。ところが、初めて千五百メートルを走って、クラスでトップになった。体育教師が陸上部の顧問をしていて、四分を切ったと亢奮《こうふん》していたのを憶えている。

陸上部に入り、中距離走をやるようになったきっかけだ。

『地味で人気はないが、体力的には一番きつい。だけどお前なら全国大会に出場できる』

体育教師の言葉が現実となる。だが、三分五十秒台の記録は一年生ならそこそこの好成績といえたものの、全国大会のトップクラスは五十秒を切っていた。いくら練習しても仁王頭には五十秒の壁を破ることはできなかった。

地味で人気がないという言葉も嘘ではなかった。同じ走るだけの競技なら百メートルか二百メートル、あるいはマラソンに人気が集まった。中距離走で全国のトップを競い合った連中も大学に進むと大半が長距離走への転向を強いられたという。

速力と持久力の両方を要求され、何より両者のバランスが勝敗を分ける。四分弱の間にしのぎ合いと駆け引きが充満していて、面白さは実際に競技をやってみた者でなければ理解できなかった。高校を卒業して警察学校へ進んだので長距離走への転向を強いられることもなかったが、競技者として走ることもなくなった。

今でも時おり夢を見る。息苦しさと恍惚感《こうこつかん》、筋肉の痛みが絶妙のバランスを取り、ゴールしてみると三分五十秒を切っているのだ。三十を過ぎた今となっては、四分を切るのさえ難しくなっている。

警察学校のグラウンドに設けられたトラックは一周約五百メートルあった。白線でコースが描かれているわけではないが、元もと千五百メートルはオープンで走る競技だ。五百メートルというのも厳密に計測したわけではない。

ウォーミングアップ代わりにトラックを五周ほど走った。最初はゆっくりと、徐々にペースを上げ、全力疾走したあと、またペースダウンして呼吸を整える。スウェットスーツに風を通しにくい素材のウィンドブレーカー上下を重ねて着ているので、躰が温まるとすぐに汗が噴きだしてきた。筋肉に血が通い、ほぐれてくる。

そして校舎からもっとも離れた場所をスタートラインに決め、カシオPROTREKをストップウォッチに切り替える。

「用意」カシオの小さなボタンに指をあて、自ら声を発する。「ドン」

ボタンを押し、走りだす。

いきなり全力疾走だ。ふくらはぎ、太腿、腰、腹、背中、両腕、首と、すべての筋肉が激しい運動を嫌い、仁王頭の意志に逆らおうとする。あり得るはずはないのに、地面が粘って靴底が離れにくくなっているような気がする。

任務中、自動小銃で掃射されたことがあった。銃弾がアスファルトに突き刺さり、めくれ上がるのをブーツの底に感じた。89式自動小銃を抱え、天をあおぐように上体をのけぞらせて走った。銃弾が空気を切り裂く音を聞いた。すぐ目の前を上平が走っていた。ヘルメットが揺れているのを見て、のけぞっているようじゃ速くは走れないぞといってやりたかったが、自分もまったく同じ恰好をしているのはわかっていた。

確かに移動標的は撃ちにくい。それでも上平と自分が被弾せずにすんだのは、幸運以外の何ものでもなかった。

一周を終えたころには息が上がっていた。酸素不足にあえぐ筋肉が軋んだ。

こんなところで、何してるんだ、と自分にいった。自宅待機といわれたが、移動時間が一時間圏内であれば、外出は可能だ。ただし、常に連絡を取れるようにしておくことが条件となる。

部屋にいて、テレビと向かいあっているのも芸がなかった。洗濯、掃除ともに一時間もあれば終わってしまい、料理に興味はまるでなかった。料理どころか、休日をやり過ごす趣味も、家族も、恋人もない。新聞で調べたが、どの映画も出かけていってまで観たいとは思えなかった。

結局、思いついたのが警察学校のグラウンドだ。

二周目を終え、ファイナルラップに入るころには、酸素はあらかた筋肉で消費され、脳にまで回らなくなってくる。ぼんやりしてきて、走ったまま、夢を見ているような状態に陥っていく。

見たくなかった。

脳裏に展開された光景はまたしてもプレハブ小屋の、あの瞬間だ。上平が駆けだし、手にした9ミリ拳銃のトリガーは凍りついたように動かない。やがて目映《まばゆ》い白光が目の前に広がり、ウツミの手足がばらばらになる。

動悸が激しいのは走っているせいだけではないだろう。だが、走ることをやめてしまえば、脳裏の光景がこぼれだしそうで怖かった。

三周を走りきったところでカシオを止め、しばらくスローペースで走った後、両膝に手をついて止まった。無様にあえいでいた。顎から汗がしたたり落ち、乾いた地面に吸いこまれていった。

カシオを見る。四分十三秒。夢にはほど遠い。

もう一度走る気力も湧かず、顔を上げたとき、グラウンドの外れにぽつんと立っている人影に気がついた。

市城だ。仁王頭は大きく息を吐き、近づいていった。

「トレーニングか」

「まあ、そんなところです」

「ちょっといいかな」市城は手にしたビジネスバッグを持ちあげて見せた。「資料を持ってきた」

午後二時を過ぎ、警察学校の食堂の客はまばらでしかない。それでもほかの客から離れた窓際のテーブルで仁王頭は市城と向かいあった。セルフサービスになっているので誰も近づいてこない。

「早速だが」そういうと市城はバッグから書類を取りだし、テーブルに並べていった。「まずは樺田の組が斡旋していた労働者の名簿、それから三号炉の建設現場の出勤簿……」

市城は日付の入った表を指さした。赤い線が引いてある。

「アキラ……、履歴書によれば、永野明となっているが、おそらく本名じゃないだろう。出勤簿に赤いラインが引いてあるのがアキラだ。それと履歴書。顔写真は付いていない。書いたのもアキラ本人かはわからない。いずれにせよ、樺田のところが提出した名簿も履歴書もインチキばかりだ。それから写真に似顔絵だ」

プレハブ小屋に取りつけられていたCCDカメラの映像から取りだした写真はぼけている。

似顔絵はぼけた写真を元に作られたものだろう。唇の右上にホクロが描いてあった。写真も似顔絵もハガキ半分ほどのサイズの紙焼きで二十枚ほどが輪ゴムでまとめられている。聞き込みのときに配るのだ。市城は仁王頭を見た。

「本来なら似顔絵を作るのにあんたの協力を求めるところだったが、今回は時間がなかった。どうだ、似てるか」

似顔絵を見つめ、仁王頭は首をかしげた。

「わかりません。奴の顔を見たのはほんの一瞬だったから」

「唇の上のホクロって特徴があるからな。あとはあんたが実物に会ったときの印象が頼りだ」

うなずいたものの、自信はわかなかった。

次に市城はリストを仁王頭の目の前に置いた。

「これは樺田のところと縁組みしている東京の暴力団が人集めをしていたネットカフェだ。アキラもここのどこかでリクルートされてる可能性がある」

仁王頭は写真と似顔絵の束に目をやった。

「絵をばらまきながら一店ずつあたっていくわけですか」

「藁山の一針なんていってくれるなよ。結局は、地道な捜査が犯人《ホシ》を追いつめていくんだ。本当ならおれも東京に飛びたいところだが、もう少し樺田がいた組の周辺を洗ってみる。ウツミも奴が連れてきたんだ」

ウツミの履歴書も目の前に出されたが、写真はなく、名前のところにはカタカナでウツミとあるだけだ。

「ひどいな。こんなんで原発の出入りを許してたんですか」

「孫請け会社は樺田の言いなりだった。金にならないどころか、人を集めることすらできなかった」

最後に市城は航空券を置いた。

「出発は、明日の朝だ。だから今夜の深酒は避けた方がいいな」

「わきまえてますよ」仁王頭は航空券を見つめたまま、ぼそぼそといった。「おれだってガキじゃない」

「それとマスコミ関係には気をつけろ。とくに女の記者《ブンヤ》には、な」

はっとしたが、顔は上げられなかった。バー〈エルム〉に誰かいただろうか。スコッチをオン・ザ・ロックで飲みはじめたころから記憶が曖昧《あいまい》になっている。

「あんたの道具は警視庁に送っておいた。あっちの公安総務課に都筑《つづき》って男がいる。そいつを訪ねれば、渡してくれる。あんた、自分の道具にはこだわりがあるんだろ？」

道具……、9ミリ拳銃のことだ。うなずいた。

市城が言葉を継ぐ。

「羽田には迎えが来るそうだ。そいつが東京での相勤者になる。あんたとは知り合いらしいが」

つづいて名前をいわれたが、記憶になかった。

仁王頭は首を振った。

「名前に憶えはありませんね」

「向こうはあんたの顔を憶えているそうだから出迎えるのに支障はないだろう」

テーブルの上の書類をひとまとめにした。

「紙袋でも用意させようか」

「いえ、ジムバッグを持ってきてますから大丈夫です。自宅からトレーニングウェアで来たわけじゃないんで」

最後に市城は上着の内ポケットから封筒を取りだした。

「当面の活動資金だ。今みたいなご時世だからたっぷりというわけにはいかない。だが、必要があればいってくれ」

封筒に重ねて差しだされたメモ用紙に携帯電話の番号が走り書きされている。

朱里よりは上手だな、と字を見て思った。

5

活動資金だといって市城に渡された封筒には、一万円札が二十枚入っていた。どこからひねり出した金なのか仁王頭は訊こうとしなかったし、質問したところで市城は答えないだろう。金の出所を追及していけば、マスコミなら裏金と騒ぎたてることになるかも知れない。

市城は札幌中央署警備課の所属だが、署に顔を出したことはほとんどないといっていた。だから活動資金も中央署の予算から出たとは思えなかった。そもそも公安部捜査員たちは所轄署への帰属意識が希薄だ。いや、都道府県警察の一員という気持ちもあまりない。強いて組織への帰属と問われれば、公安警察と答えるしかないだろう。刑事警察と公安警察という区別は警察の内部に厳然と存在しており、すべての警察官の意識にあった。刑事であれ、生安であれ、交通課であれ、公安部局に所属する捜査員について訊かれたら同じように答えるだろう。

『彼のことはわかりませんよ。公安《ハム》ですから』

実際、刑事警察に所属する警察官は公安部局が何をしているか知らないし、人事面での交流もまったくない。さらにいえば、公安部局内部でもほかの捜査員が何をしているか、どこに潜入しているか、ほとんど知らされていない。

ボーイング767が駐機スポットに停止すると、まだエンジンも止まらず、客室乗務員のアナウンスもないのに乗客たちはシートベルトを外して立ちあがる。そんなにあわててどこに行くと仁王頭はいつも思った。隣りの座席にいた背広姿の中年男も立ちあがり、頭上の物入れを開いた。市城が持っていたような黒のソフトビジネスバッグを取りだすと、通路前方を見やる。たるんだ頬に無精髭《ぶしょうひげ》が浮いていた。

ようやく機内にアナウンスが流れ、飛行機が安全に停止し、シートベルト着用のサインが消えてから……、という。乗客の大半はすでに立ち、荷物を取りだしているところだ。さらにアナウンスは携帯電話の電源は機体の外に出てからお入れくださいとつづくが、周囲では何人もが携帯電話の電源を入れ、メールが届いていないかを調べはじめている。

何をそれほど急ぐのか、とまた思った。どうせ預けた手荷物が出てくるまでターンテーブルの前で待たされるというのに。

通路を歩く人の群れが動きだしてから仁王頭は立ちあがり、物入れに入れてあったデイパックを取った。中身は昨日市城に渡された資料と、わずかばかりの着替えが入っているに過ぎない。東京でアキラという男を追う仕事にどれほど時間がかかるか予想がつかない以上、荷物を大量に持ち歩くのは無意味だ。ポロシャツにジーンズという恰好だが、米空軍仕様のカーキ色のジャンパーを羽織り、足首まで覆う短いブーツを履いていた。

機体を出て、到着口を目指して歩いた。荷物は左肩にかけたデイパック一つでしかない。手荷物をあずけてもいないので、到着口に着くとすぐ左の階段を降り、受取手荷物のない客専用と掲示板が出ている出口に向かった。

自動扉を出たところで一人の男と目が合った。

間の抜けた顔つきだな、と思った。市城は仁王頭の知り合いだといっていたが、顔を見てもすぐには思いだせなかった。身長は百八十センチに少し欠けるくらい、痩せ形で、髪は脂っ気がなく、やや長めだ。眉の間隔が開き気味で、目尻が下がっている。それで間の抜けた印象を受けるのだろう。

男が近づいてきた。

「仁王頭さんですね。お久しぶりです」

差しだしてきた手を、仁王頭はじっと見おろした。わずかに間があって、手が下ろされる。

「三年前、ぼくは仁王頭さんに命を助けていただきました。八王子の奥にあった自動車の廃工場でメルセデスに轢《ひ》かれそうになったところを、仁王頭さんが……」男はいきなりライフルを構える恰好をした。「一発で仕留めてくれました」

思いだした。仁王頭は工場の屋上に陣取り、狙撃銃仕様に改造した64式自動小銃を手にしていた。男のいうメルセデスはシルバーグレーで防弾措置が施されていたが、仁王頭はボンネット越しにエンジンを制御するコンピュータを撃ちぬいた。至近距離だったので照準眼鏡《ライフルスコープ》は使わず、照星と照門を重ねて射線を出した。脳裏にメルセデスのエンジンルームの透視図が浮かんでいたことまで思いだしたが、相変わらず男の顔は思いだせなかった。

じっと見返していると、男の顔に張りついていた笑みがだんだんとしぼんでいく。

「いやだな、全然憶えてません？」

「状況は克明に記憶している。だが、人混みで話すような内容じゃない」

「失礼しました。サクラじゅうさ……」男は頭を下げた。「本当に申し訳ありません。申し遅れました。私、岸本辰朗《きしもとたつろう》といいます。今は機動捜査隊の新宿分駐所におりまして、今回の事案では仁王頭さんに全面的に協力するようにいわれました」

新宿分駐隊といわれ、市城に渡されたリストを思いだした。暴力団が現代の人買いをしているネットカフェは大半が新宿にあった。

「行こう」

そういって歩きだそうとすると、岸本がデイパックに手を伸ばしてきた。

「お持ちしますよ」

「結構」

並んで歩きながら岸本が仁王頭をのぞきこむ。

「車は第二駐車場なんです。ちょっと歩きますけど、連絡通路を通っていけば、すぐですから。警視庁本庁《ホンテン》に行くんですよね」

「いや、まず川崎にある神奈川県警の第二機動隊へ行ってくれ」

「川崎？　第二機動隊？　どうして、また？」

「そこにいる奴に個人的な用があってね」仁王頭は岸本を見た。「社用車を使って管外に出るのがまずければ、電車で行く。東京も川崎も馴染みがあるから心配はいらない」

「いや」岸本は激しく首を振った。「とんでもない。上司から仁王頭さんに全面協力しろといわれてますから、どちらにでもまいりますよ」

ふいに岸本が足を止めた。仁王頭も立ちどまった。

「どうした？」

「滅茶苦茶首を振ったら、ちょっと目眩《めまい》がしまして」

岸本は、見かけ以上の間抜けかも知れない。


耳にあてた携帯電話からは呼び出し音が聞こえていた。アキラは唇の端を撫《な》でていた。呼び出し音がちょうど七回つづいたあと、接続を切り替える音がする。息を詰めたが、切り替え音がしただけで、ふたたび別の呼び出し音になる。溜《た》めていた息を吐いた。最初の音より幾分トーンが高い。ようやく受話器を持ちあげる音がして、口を開きかけたが、録音された女性の声が聞こえてきた。

「現在、電話に出ることができません。しばらく時間をおき、もう一度おかけ直しください。ゲンザ……」

携帯電話を切り、作業ズボンのポケットに入れた。隣りのスツールに腰かけていたシノダがアキラをのぞきみる。

「電話、つながらないのか」

「はい」アキラはうつむいたまま返事をした。「でも、電話がつながったことはないですから」

一昨日の夜まではアキラからメッセージを録音できたのだが、昨日からはかけ直せというだけになった。おそらくは録音容量が満杯になり、新たなメッセージを受けつけなくなったのだろう。

「そうだったな。取りあえず、食べなよ」

「はい、いただきます」

アキラは割り箸を手にすると、まずカウンターに備えつけになっている紅ショウガの入れ物に手を伸ばした。トングで細切りの紅ショウガをたっぷり挟むと、ほのかに湯気を立ちのぼらせている牛丼にかける。もうひとつかみ紅ショウガを載せ、トングを戻した。丼を持ちあげ、掻きこむ。

シノダには、三日前――プレハブ小屋でウツミが自爆した日――の夜に会った。

口いっぱいに肉と醤油味の滲《し》みた飯をほおばると、丼を置こうとした。背中の左側にずきんと痛みが走り、思わず顔をしかめる。ゆっくりと丼を置き、口を動かしつづける。背中の痛みは三日前に較べれば、ずいぶん和らいでいた。

プレハブ小屋の窓が割れ、作業員たちが一斉に動いた。最前列にいたアキラは押しだされるように立ちあがり、そのとき床を缶が転がった。強烈な光と音に打ちのめされ、躰が痺れていうことをきかなくなった。床に両膝をついたとき、窓から黒ずくめの男が飛びこんできた。警察だと思った瞬間、ほっとして床に倒れ、そのまま意識を失いかけた。

ウツミが持っていたカバンが爆発したことは憶えていない。何か、大きなものにぶつかって突き飛ばされたような感覚があっただけだ。それで完全に失神してしまった。

気がついたときには、汚れた作業着のまま、病院のベッドに寝かされていた。金縁のメガネをかけた中年の看護師がのぞきこんでいた。軽傷だから安心するようにいわれ、病院が大混雑しているからちょっと待っててねと言いそえると、離れていった。起きあがろうとして背中に激痛が走り、ふたたびベッドに倒れこんだ。しばらくの間は呼吸もできないほど痛みがつづき、軽傷だといった看護師を恨んだものだ。

それからしばらくベッドに寝ていて、少しずつ状況がわかるにつれ、自分がどれほど幸運だったか、同時に追いつめられた状況にあるかがわかってきた。寝かされていたのは処置室の一つで、幅の狭いベッドのほかにストレッチャーまで入れられ、プレハブ小屋にいたほかの作業員たちも何人かいっしょにいた。彼らの話を聞いている内に、ウツミが自爆したこと、その直後、三号炉建設現場の事務所棟トイレで大爆発があり、死者と怪我人が出たことなどを知った。

プレハブ二階建ての事務所が跡形もなくふっ飛ぶほどの大爆発だったことは、翌日、ラジオのニュースで知ったのだが。

どうすればいいかわからず、痛みがおさまったところで静かに立ちあがり、病室を出た。廊下からトイレに向かう間にわかったのは、白鳥記念総合病院に担ぎこまれていること、看護師の言葉に嘘はなく、廊下は人で溢れかえっていたことくらいだ。トイレで大便用の個室に入ると、すぐ鵜沢に電話を入れた。だが、留守番電話のメッセージが応答しただけだ。仕方なく朝からの出来事を手短に吹きこんだ。

三十分ほどして携帯電話に鵜沢からメールが来た。内容は簡単で、午後八時に道の駅〈白鳥が浜〉へ行き、トレーラーを探せというものだ。トレーラーのナンバーが添えてあった。道の駅は病院が建っている村の中心から西へ四キロほど行ったところにあることは知っていた。どうすれば病院を出られるのか、痛む背中を抱えて道の駅まで歩き通せるか、不安はあったが、それより恐怖が上回った。建設現場の事務所棟を跡形もなくふっ飛ばしたのは、アキラの仕掛けたプラスチック爆弾に違いない。

夕方、病院をそっと抜けだした。アキラと同じような作業服姿の男たちが多数出入りしていたのと混乱の極みにあったためか、見とがめられることはなかった。村の中心街を歩いているときには、何台ものパトカーを目にしたが、声はかけられなかった。道の駅についてからは、午後八時までの大半をトイレで過ごした。ロビーにはベンチがあったが、やはり人目につきたくなかったし、レストランに入ろうにもコーヒー代すら持っていなかった。

午後八時を少し回ったころ、鵜沢のメールにあったナンバーをつけたトレーラーが駐車場に入ってきた。すぐそばまで行くと、運転手が顔を出し、乗れといった。シノダと名乗ったのは、走りだして一時間もしてからだ。

駐車場を出たトレーラーはまっすぐに旭川に向かい、深夜に到着した。またしても道の駅の駐車場に乗りいれると、シノダは朝まで休憩するといって運転席の後ろにある寝台に潜りこんだ。アキラは朝までまんじりともせず助手席で過ごさなければならず、少しでも動くと背中がひどく痛んだ。

夜が明けると、シノダは旭川市内のトラックターミナルに行き、荷物を下ろし、別の荷物を積んだ。アキラは背中の痛みをおして段ボール箱の上げ下ろしを手伝った。

鵜沢とシノダがどのような関係なのか、アキラはあえて訊ねなかった。何かを質問すれば、訊きかえされそうな気がしたからだ。所持金がほとんどないことを知っているのか、食事のたびに一緒に来いといわれ、代金を払ってもらった。

シノダは無口だが、アキラもお喋《しゃべ》りではなかったのでそれほど苦痛を感じなかった。旭川を出るとシノダは釧路に向かうといい、後ろの寝台で寝るようにいわれた。汗とも脂ともつかない異臭に満ちた寝床でも躰を伸ばせるだけありがたく、ほどなく眠りに落ちた。昼過ぎに釧路に着き、またしてもトラックターミナルで荷物の積み下ろしをしたあと、トレーラーはさらに根室に向かった。

夕方、根室に水揚げされた冷凍のカニを満載すると、ようやくシノダは東京へ向かうといった。もっとも夕方根室を出て、苫小牧に到着したのは翌日、つまり昨日の明け方近くで、シノダは仮眠をとったあと、午前九時過ぎのフェリーに乗りこんだ。フェリーの中ではシノダに従って風呂に入り、食事をしたあとは船室で寝ることができた。八戸に到着したのは夕方である。八戸を出て、高速道路で一気に南下し、夜明け前に築地に到着するとカニをすべて下ろした。

これでうちに帰れるとシノダはいい、朝飯にしようといわれて、牛丼店に連れてきてもらった。

食べ終えて、店を出たところで、アキラは頭を下げた。

「ごちそうさまでした。美味《おい》しかったです」

「ほんのお礼だ。あんたのおかげでおれも退屈しなかった」

「ハードでしたね。いつも一人で回ってるんですか」

「景気悪いからね。それじゃ、おれが頼まれたのはここまでだから」

「ありがとうございます。何から何までお世話になって」

「いいよ」

背を向けたシノダを、アキラはしばらくの間見送っていた。姿が見えなくなったところで作業ズボンのポケットを探り、小銭を取りだす。三十五円しかなかった。携帯電話を取りだし、発信記録から鵜沢の会社の電話番号を呼び出し、接続する。またしても留守番電話のメッセージが聞こえただけだ。今までに二度、鵜沢宛にメールを打っていたが、返信もなかった。

「取りあえず新宿か」

帰り着く場所をほかに思いつかなかった。三十五円ではネットカフェに泊まることもできない。明朝までに鵜沢に連絡がつかなければ、何か日雇いの派遣仕事を探すしかなかった。

歩きだす。

絶望にとらわれてはいなかった。むしろ東京に戻ったことで、北海道での出来事がすべて消え失《う》せ、ほっとしたような気持ちになっていた。

神奈川県警第二機動隊庁舎は綱島街道沿いにあり、羽田空港からはちょうど真西に位置していた。捜査車輌に搭載されているカーナビゲーションシステムのおかげで迷わず来ることができた。

殺風景な応接室に通されてから三十分以上になる。岸本は隣りに座っている仁王頭の横顔を盗み見る。腕組みをして目をつぶっている。濃い眉が真ん中に寄り、間に深いしわを刻んでいるために話しかけづらかった。クルーカットにした髪は少し伸び、白髪《しらが》が数本目についた。アメリカ空軍のMA—1を着ているが、エンブレムは一切張っていない。

駐車場に車を入れると、仁王頭は何もいわずに降りていった。あわてて岸本はあとを追った。受付で面会票を記入していた仁王頭の手元をのぞくと、訪ねる先の氏名欄に福良善治郎とあった。睨《ね》めあげた仁王頭と目が合ったので、思わず愛想笑いを浮かべていった。

『名前からするとなかなか好人物のようですね』

仁王頭は小さく鼻を鳴らし、何もいわず係官に面会票を差しだした。

ノックもなく応接室のドアが開き、トレーニングウェア姿で首にタオルをかけた巨漢が入ってきた。身長は百八十センチ以上、胴回りが太く、体重も九十キロは超えていそうだが、決して動作の鈍いデブではないだろう。両眼に暗い光を宿していて、どことなく仁王頭に似ているような気がした。福良善治郎なのだろう。仁王頭が鼻で笑った意味がようやくわかった。決して好人物には見えない。

福良は向かい側のソファに腰を下ろすと、手にしていた平べったい缶をテーブルに置いた。札幌銘菓の文字が見える。

ソファの背に躰をあずけた福良はあごで缶を指した。

「なかなか美味《うま》かったよ。うちの連中の前に出したら三分ともたなかったが」

「一分の間違いじゃないのか」

仁王頭の言葉に、福良がにやりとする。それからトレーニングウェアのサイドポケットに手を入れると可愛らしい猫のイラストが入った小さな封筒を取りだした。封筒はふくらんでいる。

福良が封筒を放り、仁王頭は左手で受けとめた。福良が目をすぼめ、仁王頭を見る。

「九《きゅう》ミリパラ《パラ》ベラム弾が二発ってところか。拳銃の密売人《チャカバイニン》みたいな真似しくさって」

仁王頭は何もいわず封筒をジャンパーのポケットに入れた。

福良が低い声でいった。

「ウエさんの仇を」

「わかってる」

新宿東口、地下街入口の壁にもたれ、アキラはビルの側面にある巨大なディスプレイを見上げていた。子供のころから憧れていた場所で、高校の修学旅行のとき、自由行動の日にわざわざやって来て実物を目にした。東京で暮らすようになってからも何度も訪れては幼かったころを思いだした。いつでも新宿に来られるようになった自分を誇らしく思っていたものだ。

今でも同じ気持ちを味わうことができる。築地から新宿まで歩いてくる間に何度となく鵜沢に電話を入れ、メールを一度送ったが、連絡はまだついていなかった。途中、公園で昼寝をしたりしたので新宿に着いたときには、日が暮れていた。

もし、鵜沢に連絡がつかなければ、今夜は野宿か、歩きつづけなくてはならない。所持金は三十五円しかない。最後にもう一度鵜沢に電話を入れ、つながらなければ、ネットに接続して仕事を探さなくてはならない。新宿駅周辺では今まで何度も日雇い派遣仕事を得ている。交通費もなく、腹も減ってきた。新宿から離れれば、戻ってくるのが面倒になる。今まで夜を過ごした公園をいくつか思いうかべてみる。作業服だけでは寒さをしのぐのも大変そうだ。

携帯電話を取りだし、開いたアキラは呆然とした。

液晶画面が消えている。バッテリーは消耗していて、残量を示すバーは二本になっていたが、もう少し保《も》つと思っていた。携帯電話を替えて三年、その間バッテリーを交換していない。バッテリーは消耗品で、二年か、できれば一年くらいで新品に交換した方がいいことはわかっていたが、金がなかった。

『携帯が使えなきゃ、今ごろとっくにホームレスだよ。衣食住、携帯の順じゃなくて、携帯が一番かな』

ウツミの言葉が脳裏を過ぎっていく。

携帯電話が使えなければ、孤立してしまう。ほかに仕事を探す方法も、誰かに連絡することもできない。

アキラは今までに感じたことがないほどの恐怖にとらわれた。

「携帯が……なくっちゃ……」

喉を鳴らして唾を嚥みこむ。自分の口から漏れるつぶやきを他人の声のように聞いていた。

「飢え死にしちゃうよ」

第三章 34

1

「お待たせしました。都筑です」

肥満体の男がにこやかにあらわれ、岸本と仁王頭に向かっていった。背が低いので胴回りの太さがさらに強調されている。ボストンメガネをかけ、眉が薄く、歯がきたない。七三に分けた髪は半分以上白くなっている。上着の前ボタンを留めず、サスペンダーでズボンを吊っていた。

今どきズボンのラインが何重にもなっているなんて、と岸本は思った。

川崎市内の神奈川県警第二機動隊庁舎を出ると、仁王頭は桜田門の警視庁本庁へとだけいって、目をつぶった。公安部公安総務課の都筑という男を訪ねることがわかったのは、またしても受付に着いてからだ。

「北海道から送られてきたお荷物はこちらでお預かりしております。案内しますので、どうぞ」

先に立った都筑がエレベーターに向かって歩きだす。背広のセンターベンツが割れ、ズボンの尻がはみ出していた。背広のサイズが合っていない。相当にくたびれている。

エレベーターの前まで来ると、下方行きのボタンを押し、都筑がふり返った。

「本庁《ホンテン》の銃器庫は地下三階でしてね」

知らなかった。だいたい本庁に来ることなど滅多になく、まして銃器庫になど用はなかった。ちらりと仁王頭をうかがう。平然というか、憮然《ぶぜん》というか、とにかく羽田で会ってから一度も笑顔を見せていない。

都筑が頭を掻いた。

「こっちに来て二年になるんですが、どうもわかりにくい建物ですな。ひたすらでかい上に、どこもかしこも同じ造りなものですからわかりにくくて。今でも食堂に行こうと思って迷子になることがありますよ」

エレベーターの扉が開き、都筑が先に乗りこんだ。艶を失い、わきのひび割れた革靴が床を踏むと、あり得るはずがないのにエレベーターがわずかに沈んだような気がする。体重は百キロを超えているだろう。体脂肪率も四十パーセント以上あるかも知れない。

中に乗りこむと、都筑は地下三階のボタンを押した。乗っているのは三人だけである。背広のポケットをごそごそやった都筑が黄色のプラスチックプレートを取りだし、仁王頭に差しだした。職員番号を刻みこんだ、小さなプレートは拳銃出納時に使う。

機動捜査隊員である岸本は当務に就くと二十四時間、拳銃の携行を義務づけられていた。拳銃は機捜隊分駐所と同じ敷地にある新宿東署で出納されていた。黄色のプレートを渡して拳銃を受けとり、当務中、銃器庫には岸本のプレートが置かれる。

差しだされたプレートをじっと見たまま、仁王頭は動かなかった。都筑がにやりとする。

「懐かしいでしょ。あんたが警視庁にいたころに使っていたプレートだ。うちらはね、何も捨てないんですよ。書類でもなんでもね。キャビネットに入れてしまっておく。キャビネットの数が飯のタネですからね」

都筑の手のひらは分厚かった。よく見るとしわの間に小さな汗の粒が光っている。手のひらに比して指が細い。見た目より神経質なのかも知れない。仁王頭が都筑の手のひらからプラスチックプレートをつまみあげた。

にこやかな表情のまま都筑は言葉を継いだ。

「拳銃は岸本さんと同じに新宿東署の方で保管します。当面は岸本さんが相勤者と聞いていますので」

それから都筑は岸本に目を転じ、ね、といった。つり込まれるようにうなずく。まだ名乗ってはいなかったが、仁王頭が岸本とともに訪ねることは事前に連絡がいっていたのだろう。

ふたたび岸本は仁王頭の横顔をうかがった。指につまんだプレートを見おろしている。

それにしても、と思わざるをえなかった。自分に貸与された拳銃とはいえ、管轄を超え、北海道から東京までわざわざ送ってくることが信じがたかった。拳銃など何でもいい。必要であれば、警視庁で貸与を受ければ済むだけのことだ。

岸本は自動拳銃の貸与を受けているが、重いだけとしか思わなかった。ショルダーホルスターで腋《わき》の下に吊ったまま、二十四時間の当務に就いていると背骨が曲がってしまいそうに感じる。

都筑がメガネのブリッジを人差し指で押しあげた。

「私は拳銃好きが高じて警察官になったようなものなんですよ。まさか公安に回されるとは思ってもみませんでしたがね。今まで私が担当してきた捜査で、一番の偽装身分《カバー》は何だったと思います？」

仁王頭は表情を変えず、岸本は首をかしげた。都筑は気にする様子もなかった。

「某所轄署の拳銃出納係ですよ。傑作でしょ。公安捜査員が警察官に化ける。ほら、あの事件があったときですよ」

そういって都筑は学生運動組織の名を挙げた。

警察無線は二十年ほど前からデジタル化が進み、盗聴できなくなっている。デジタル無線機は特定の暗号《コード》によって音声を意味不明の雑音に変換し、受信者側が同じコードを使って元の音声に戻す。そのコードの一覧表がくだんの学生運動組織に漏れたとして、大問題となった。警視庁内部に内通者がいなければ、漏出するはずがない。都筑はその事件を担当していたらしい。

たしかに学生運動は、公安部局の専任事項ではある。

学生運動といっても残ってるのは爺さんばかりじゃないのか、と岸本は胸のうちでつぶやいた。

エレベーターが地下三階に到着し、扉が開いた。

「こちらです」

ふたたび都筑が先に立って廊下を歩きだした。

「うへぇ」

硬質プラスチックの黒いケースから仁王頭が取りだした拳銃を目にして、岸本は思わず声を漏らした。仁王頭、都筑、それに銃器庫の係員が同時に岸本に目を向けてくる。

「どうも」

小さく頭を下げた。仁王頭が手にしているのは自動拳銃だが、警視庁の装備品としては見たことがなかった。もっとも思わず声が漏れたのは、自分に貸与されている拳銃よりもう一回り大きかったからだ。だが、人によって価値観は違うようで拳銃好きだという都筑などうっとりした目をしている。

都筑がつぶやくようにいった。

「9ミリ自動拳銃。陸上自衛隊の装備品だが、いろいろ手を加えてあるようですな」

岸本の目には無骨なだけの四角い拳銃にしか見えない。

「手が加えてあるって、改造拳銃ってことですか」

脂肪をたっぷりふくんだ分厚い目蓋の下で都筑の目が動く。

「チューンナップしてあるってことですよ。アタッチメントを取りつけるレールが刻まれてるし、夜間用のサイトにもなってる。さすがサクラ銃殺隊、装備品が違いますね」

あまりにあけすけで、そのため悪意を感じられない都筑の口調に仁王頭がちらっと苦笑する。

仁王頭の笑みを目にしたのは初めてだ。

「9ミリ自動拳銃ってことは、口径が九ミリってことですか」岸本は恐る恐る口を開いた。

「それならぼくが使ってるのと同じですね」

都筑が目を輝かせ、岸本を見る。

「岸本さんも九ミリを？　だとするとスミス《S》・アンド《&》・ウェッスン《W》社製M３９１３じゃないですか」

「名前まではちょっと。銀色の奴で、今仁王頭さんが持っているのより少し小さい感じです」

「機捜隊なんだから今持ってるでしょ。見せてくださいよ」

「いやぁ。今日は仁王頭さんを羽田まで迎えに行くだけの仕事ですから手帳以外の装備品は全部署に置いてきました」

一変して無表情となった都筑はふたたび仁王頭の拳銃に視線を戻した。仁王頭は弾倉を抜き、点検している。よだれも垂らさんばかりの顔つきで都筑が顔を近づける。

「装弾数は九発ですか。つねにフル装弾で？」

「はい」

うなずいた仁王頭は弾倉を拳銃に差しこんだ。岸本が割りこむ。

「ちょっと待ってくださいよ。それじゃ規程違反でしょう。わが社の拳銃は装弾数が十発に満たないものは五発まで、十発以上装弾できるものにかぎって十発装塡になってるじゃないですか」

むっとしたように都筑が岸本を見る。

「上司の特別な許可があれば、装弾数に制限はない。サクラ銃殺隊は特別なんですよ」

岸本と都筑が言い合っているのがまるで聞こえないような顔をして、仁王頭はＭＡ—１のポケットから封筒を取りだした。神奈川県警第二機動隊の庁舎で会った福良善治郎という男から受けとった、猫のイラストが入ったポチ袋である。仁王頭が中から取りだしたものを目にして、岸本はぎょっとした。

銃弾である。

『拳銃《チャカ》の密売人《バイニン》みたいな真似しくさって』

福良がいっていた言葉を思いだした。おそらくはクッキーのケースに弾丸をしのばせ、送ったに違いない。服務規程違反どころか、銃刀法違反だ。

仁王頭は岸本をまっすぐに見た。口許に笑みを浮かべている。次の瞬間、岸本は口をあんぐりと開けた。銃口を上に向けた仁王頭はスライドを引くと、手を離した。スライドが戻り、銃器庫に金属音が響きわたる。背中に悪寒《おかん》が走った気がして、岸本は首をすくめた。次いで仁王頭は拳銃の弾倉を抜き、手に持っていた銃弾を押しこむとふたたび拳銃に差しいれた。

「な……、な、な」

何をやってるんですか、といおうとしたが、舌がもつれてうまく言葉にならない。うめいていると、いきなり撃鉄が落ちた。

目をつぶってしまった。

銃声はしなかった。

恐る恐る目を開くと、仁王頭、都筑、それに拳銃出納係までがにやにやしながら岸本を見ている。都筑が得意げに小鼻を膨らませていう。

「デコッキングレバーを使ったんですよ。9ミリ拳銃には安全装置がついていない。薬室に弾を入れておいてもデコッキングさせておけば、大丈夫なんです」

「安全装置が付いてないって……、そんな拳銃、危なくてしようがないでしょうが」

「安全装置はある」今度は仁王頭がいい、拳銃を握ったまま、伸ばした人差し指を動かしてみせる。「こいつだ」

「ふざけるのもいい加減にしてください。いいですか、あんたがやっていることは拳銃の取扱い規範に違反しているだけじゃなく、銃刀法違反だ」

仁王頭が眉を上げた。

「心外だな。おれはあんたが規則違反だといったから従ったまでなのに」

「何をいってるのか、わかりませんね」

「これで十発。だろ？」

「そんな……、無茶苦茶だ」

うめく岸本を無視して、都筑が出納係に向かってうなずく。いったん奥へ引っこんだ出納係は濃い茶色の革製ホルスターを手にして戻ってきた。

仁王頭が短く口笛を吹いた。またしても都筑が小鼻を膨らませる。

「持つべきものは友ですな。仁王頭さんの昔の仲間に連絡したら、わざわざここへ届けてくれたんですよ。これからしばらく私服で動きまわるんでしょ。それならやっぱりホルスターはビアンキだ、と」

「いろいろお手数をかけます」

ジーパンのベルトを外した仁王頭は早速ホルスターを着けはじめた。さらに都筑が渡した拳銃吊り紐《ランヤード》もベルトに装着し、拳銃に結びつけた。仁王頭は左腰に拳銃を着けた。

「いえ、感謝ならお仲間にしてください」都筑は満足そうに頬笑んだ。「サクラ銃殺隊は結束が固い」

うなずく仁王頭を見て、岸本は疑問に思った。

「サクラ銃殺隊ってのは……」

迅《はや》かった。何が起こったのかわからないうちに仁王頭の右手が拳銃を抜いていた。岸本は鼻先に向けられた銃口をまともにのぞきこむ恰好になっている。

仁王頭が圧しだすようにいう。

「そう呼ばれるのは、嫌いでね」


自分がふだんどんな拳銃をぶら下げているか、まるで関心を持たない警察官は珍しくない。岸本が自分の拳銃について九ミリ口径の自動拳銃だとわかっただけでもむしろ立派なものか、と仁王頭は思いなしていた。

「さあ、お近づきの印です。今日はぼくのおごりですから。遠慮なくどんどんやってください。では、まず乾杯」

生ビールのジョッキを持ちあげ、差しだしてくる岸本とジョッキを軽く合わせ、口許に運んだ。

警視庁を出たあと、機動捜査隊第四分駐隊がある新宿東署に来た。手にしたばかりの9ミリ拳銃をふたたび保管庫に戻し、機動捜査隊に挨拶をしたあと、当面暮らすことになるビジネスホテルに案内された。ホテルは新宿東署のすぐ裏手にあった。

部屋はシングルベッド一つで一杯になるほど狭かったが、少なくとも清潔ではあった。カーテンを開いてみると、窓から二十センチほどのところに隣りのビルの壁が迫っている。東京に戻ってきたことを実感した。

チェックインが済んだら食事をしようと岸本が誘った。断る理由はない。岸本はホテルから歩いて数分のところにある居酒屋へと仁王頭を連れてきた。

テーブルには枝豆、焼き鳥の盛り合わせやホルモン煮込みが並んでいたが、焼き魚がほっけだ。仁王頭が北海道から来ていることをまるで考えていない。ほっけは北海道の居酒屋で出てくるものに較べ、半分ほどの大きさでしかなかった。

半分ほどをひと息に飲みほした岸本がジョッキをテーブルに置き、口許をおしぼりで拭った。

「仁王頭さんに命を救われたときのぼくの相勤者、憶えてますか」

うなずいた。女だ。名前は出てこなかったが、引っ詰めた髪を頭の後ろでだんご状にまとめていたのは今でも記憶にある。

岸本は枝豆を口に運び、噛みながら言葉を継いだ。

「彼女、死んじゃったんですよ。そのことはご存じですか」

ふたたびうなずいた。

忘れるはずはなかった。一部の右派政治家の中に戦前の内務省復活を目指す一派があった。

彼らと警察の公安部局が結び、闇の中で闘争が繰りひろげられた。かつて岸本の相勤者だった女性警察官は、その争いに巻きこまれて死亡、いや、当時の上司に射殺されたのだし、同じ争いが原因となって仁王頭の所属していた警視庁公安部第一特殊装備隊が解隊に追いこまれた。つまり北海道警察に飛ばされる要因でもあったわけだ。

ほとんど会話らしい会話もないまま、時間が流れていった。大半は岸本が一人で喋り、一人で笑っている状態だったが、それほど不快ではなかった。ただビールだけは何杯もお代わりをした。

「ところで、仁王頭さんって、何年の生まれなんですか」

「昭和四十八年」

「えっ？」岸本がはっとしたように目を見開く。「何月ですか」

「八月だけど、それがどうかしたのか」

「何だよ」

いきなり岸本の態度が馴れ馴れしくなった。手を伸ばし、仁王頭の肩をぽんぽんと叩く。

「おれは昭和四十九年の一月。つまり同年《タメ》ってことじゃん」

「それがどうかしたのか」

「いやぁ、あんたぁ老けた顔してるからさ、てっきりおれより年上だと思ってたんだ。それで敬語を使ってたんだけどね。まあ、会社も別だから階級なんかも気にしないで、同じ歳同士、おれ、お前でいこう。ところで、おれはうだつの上がらない巡査部長《ブチヨウ》なんだけど、あんたは？」

「巡査長《サチヨウ》」

岸本の目蓋が半分落ち、瞳がかげる。仁王頭はテーブルをひとわたり眺めわたした。

「すっかりご馳走《ちそう》になったな。そろそろお開きにしよう。行きたいところがあるんで」

「行きたいところって？」

「ネットカフェってところで一晩過ごすつもりでね」

岸本の表情が完全に消えた。


小さな白い犬が赤と白のストライプになった腹巻きを着ていた。連れて歩いている太った女は羽毛入りのコート姿だ。どちらも温かそうに見えた。ぴかぴかに磨きあげた外車に近づくと、女がドアを開けてやり、犬が最初に飛びこんだ。

「寒かったでしゅねぇ」

犬に殺意を抱いた。生まれて初めてのことだった。

犬につづいて女が乗りこむのを、アキラは身じろぎもせずに眺めていた。作業服のボタンをすべてきっちりと留め、襟を立てていたが、ビルの間を吹き抜けてくる風は容赦なく体温を奪っていく。

腹が減った。朝、牛丼を食べただけなのだ。

空きっ腹に十一月下旬の風が滲みる。いくら北海道から帰ってきたばかりとはいっても寒いものは寒い。アスファルトの冷たさがスニーカーの底を素通りして足に這《は》いあがってくる。ふくらはぎがだるい。

アキラはふたたび歩きはじめた。時おり、コンビニエンスストアの前にあるゴミ箱に目が釘付けになる。頭を突っこみ、食い物をあさっている自分の姿が浮かんだ。

2

ビールの酔いはあらかた消えていたが、頭の中は白けていた。時々聞こえる控えめな咳払い、人の躰からにじみ出る脂と垢《あか》の臭い、そこに混じるバニラアイスクリームの甘ったるい香り……、すべてに現実味が乏しい。仁王頭はプラスチックのカップに入れたウーロン茶に手を伸ばし、ひと口飲むとテーブルに戻し、カシオＰＲＯＴＲＥＫに目をやった。

午前三時をまわっている。

図書館に似ている、と感じた。高校三年生のとき、警察官採用の一次試験に備えて図書館で受験勉強をした。自宅にいたのではどうしてもテレビを見たり、マンガを読んだりしてしまって一時間とつづけて参考書に向かっていられなかった。誰もが落ちついて勉強をしていると同級生がいっていたのを思いだし、出かけていったのだ。だが、二日目には取り澄ました静けさに息苦しさを感じ、三日とつづかなかった。

目を上げた。防火天井材から吊り下げられた蛍光灯と火災報知器が見える。

ネットカフェで受付を済ませ、料金を支払うとブース番号が告げられた。ブースは幅が一メートル、前後が一メートル半ほどの広さで、机が設《しつら》えられ、パソコンが置いてある。ブースを仕切る衝立《ついたて》の高さは一メートル半ほどでしかなく、その気になれば、通路を歩きながら中をのぞくことができた。ブースで立ちあがっても同様だ。

パソコンは常時インターネットにつながれていて、それがネットカフェの由来になっていた。ドリンクコーナーがあって、コーヒー、コーラ、ウーロン茶、水などの飲み物やソフトクリームが無料、食べ放題になっていた。マンガの単行本や雑誌がずらりと並んだ一角や、コインシャワーまであった。シャワーを別にすれば、一泊——といってもせいぜい六時間ほどだが——千円もあれば、充分なのだ。

ブースは五、六十も並んでいるだろうか。ドリンクコーナーの前にはソファがあって二、三人が座ってマンガを読んでいたが、一切会話はなかった。

また、控えめな咳が聞こえた。耳を澄ませば、あちこちで咳をしているのが聞こえる。

十一月後半、風邪をひく人間も多いだろう。インフルエンザ流行という新聞記事を見た記憶もある。深夜だというのに足音も聞こえた。ドリンクコーナーか、トイレにでも行くのか。物音はするが、話し声はない。

パソコンのマウスに手を伸ばした。ふだんパソコンを使うのは仕事に必要な書類を作るときだけで、インターネットはもっぱら仕事で使う装具《ギア》を探したり、買ったりするのに利用している程度でしかない。

だいたいインターネットで何を見るのか、と思う。情報収集というのなら特装隊司令部が行い、必要なものを隊員に配布している。情報を集めるのは難しくないが、目的にそって正しく取捨選択されなければ、何の意味ももたない。

音楽、映画、ミステリ、アニメ……といったタイトルがディスプレイに並んでいる。どの項目にも興味はなかった。時間があれば、警察学校のグラウンドを走るか、スポーツジムでトレーニングをする。あとは酒を飲み、飯を食い、たまにサウナに行くくらいでしかない。

辞書という項目があったので、分水嶺と入力してみた。複数の川の流れを変える境界線とある。流れを変える境界線と胸のうちでつぶやいてみる。知りたいのは境界線の向こう側に何があるか、向こう側に行ってしまった人間がどうなるのか、行ってしまったとして戻ってこられるのか、だ。疑問はいくつも湧いてくるが、辞書に何と入力すれば答えが出てくるのかわからなかった。

椅子に座り直した。背もたれが傾斜するようになってはいたが、完全に平らになるわけではなかった。ある程度倒すと、背もたれがブースのドアにぶつかってしまう。足も伸ばしきることはできなかった。それほど背が高いわけではなく、長いと自慢するほどの脚でもない。腰と膝はつねに曲がった状態で、時おり椅子の上で身じろぎしないと鈍い痛みが宿った。背もたれは高く、後頭部を支えてくれる。しかし、つるつるしたビニール張りなので頭と背中をあずけた恰好をしていると滑り落ちそうになり、床につけた両足で体重を支えなくてはならない。身のうちに残ったビールの酔いにまかせて、ブースに入るなり、眠りに落ちたが、椅子からずり落ちそうになって目が覚めた。とてもゆっくり眠れる体勢ではなかった。

たくさんの孤独が集まる場所で、仁王頭もまた独り。孤独がゼロである以上、いくら足しても、掛けても一にはならない。

背中、腰、膝が痛み、ふくらはぎがだるい。

マウスを動かし、検索と書かれた項目にカーソルを合わせると、9ミリ拳銃と打ちこんでみた。9ミリ拳銃という文字のあるウェブサイトが羅列される。適当に開いてみる。九ミリパラベラム弾の歴史から、九ミリ口径の拳銃について、驚くほど多様に、細かく書かれてある。

だが、書き込まれたどの文章を読んでも、発射した直後、親指と人差し指の間を突きぬけてくる短く、鋭い衝撃を味わうことはできない。

ますます眠気は遠ざかっていく。だが、頭脳《あたま》が冴えているとはとてもいえなかった。

ディスプレイを見つめ、仁王頭はマウスを動かしつづけた。

腕を組み、右肩を椅子に押しあてるようにして岸本は目をつぶっていた。周囲の音が耳につく。

北海道にある原子力発電所で爆破事件があった。仁王頭がその捜査のために東京へやって来るので協力するように、と命令されていた。たまたま岸本の相勤者が急病で入院していて、機捜隊の通常任務に就けない状況にあった。

いきなりネットカフェで一夜を過ごしたいと仁王頭がいい出したのも原子力発電所の事件と無関係ではないだろう。それにしても居酒屋で岸本と別れ、一人で行動すると当たり前のようにいう口振りは気に入らなかった。おれも行くといったのは、ものの弾みという奴だ。

相勤者がどれくらいの期間入院しなければならないのか、目処《めど》が立たず、様子を見る状態がつづいていた。そこへ仁王頭の一件である。当初は風俗取り締まりを担当する新宿東署生活安全課に話が持ちこまれたらしい。しかし、覚醒剤から少年事件まで刑事事件以外すべてを担当する生安が手一杯なのはどこの所轄署でも変わらない。たまたま生安から刑事課に話がまわり、刑事課長がさらに機捜隊分駐所に相談に来たとき、仁王頭の名前を耳にして志願する結果となった。

原子力発電所の爆破では百数十名の死傷者が出た。つまり派手で大きな事件である。仁王頭に命を救われたというのは事実だし、恩返しをするチャンスだとも思ったが、自分に目立ちたがりの性向があることも自覚していた。

椅子の上で寝返りを打ち、左肩を背もたれに押しつける。ネットカフェには足音や低い咳が充満していた。嫌がらせかと思えるほど無口な仁王頭や、周囲を歩きまわっている連中、狭苦しいブース、滑りやすい安物のビニールレザー張りの椅子、窮屈な姿勢で躰のあちこちが痛むなど、思いつくかぎりあらゆるものを腹の底でののしり倒していた。

疲れてはいた。午前七時に分駐所へ出勤し、いくつか書類仕事を済ませたあと、捜査車輌で羽田に行って仁王頭を迎えた。自分のことをまったく憶えていない仁王頭には呆《あき》れもしたし、腹も立った。それでも恩返しだからと自分にいい聞かせ、いわれるがままに、川崎、桜田門とまわり、ふたたび分駐所に戻った。その後も宿舎として利用しているビジネスホテルに案内し、親交を深めるために自腹で接待までした。

生ビールを飲みながら、仁王頭が自分と同じ歳で、しかも一階級下の巡査長であることを知った。警察でも星の数より飯の数といわれるように経験が重視される。それゆえ現場ではすべて階級が幅を利かせるわけではないが、あまりにへりくだった態度で仁王頭に接していた自分にも腹を立てていた。

また、寝返りを打つ。足元に置いてあったくずかごを蹴飛ばした。かっと頭に血が昇り、もう一度蹴ろうとしたが、大きな物音を立てそうなので何とかこらえた。

朝からの仕事で疲れてもいたし、不満を並べたてるのが羊を数えるのと同じ状態をもたらしたのかも知れない。窮屈な姿勢で、なおかつ膝で体重を支えていたにもかかわらず眠気が岸本を押しつつもうとする。温かく、居心地のよさそうな闇に包まれると、周囲の物音が消え、暗い中を落ちていくような感覚があった。

夢を見ているな、と思った。岸本の神経も休息を欲していたが、物音と慣れない場所のせいで脳は部分的に覚醒している。

柔らかなベールのように降りそそぐ光を背景にすらりとした女が立っていた。髪を引っ詰めにして、頭の後ろで一つにまとめ、躰のラインがはっきり見てとれるレザージャケットとパンツを身につけていた。

三年前に死んだ女性捜査員に会えるなど夢以外にありえない。

逆光のせいで表情ははっきりと見てとれなかったが、まっすぐに岸本を見つめていることもどんな目をしているかも想像がついた。

「わかってますよ。そんな目をしてぼくを見ないでくださいよ。ぼくだってようやく刑事になれたっていうのに、あなたの事件のおかげで飛ばされたんです。ぼくだけじゃなくて、当時第四分駐所《よんぶんちゅう》にいた人間は全員異動の対象になりました。逆らいようなんかなかった。あなたは公安警察の奥にあったパンドラの箱を開けちゃったんです。平成の大粛正とまでいわれた大異動ですよ」

ふだんでもお喋りな岸本は、夢の中でも一方的にまくしたてていた。相手はどちらかといえば無口だったし、何より喋るのをやめるとようやく現れた彼女が消えてしまいそうに感じたからだ。

「だからぼくはあえて田舎の所轄を希望したんです。そこで二年、地域課員としてがんばりました。次の異動の時には希望を聞き入れてもらおうと思って、必死だったんですよ。そしてぼくは戻ってきた。元の部署を希望したんです。機動捜査隊からやり直したいって」

刑事になるには、機動捜査隊での修業期間が必要とされていた。ひとたび事件が起これば、内容に関わりなく現場に行き、初動捜査にあたるため、幅広い経験ができるというのが理由だ。現場確保と初動捜査が終われば、担当する刑事に事件を引き継ぐことが多い。窃盗であれば盗犯担当、殺人《コロシ》であれば強行犯担当という具合に。逆に一つの事件を解決まで追いつづけることは少なかった。

三年前、刑事任用試験に合格した岸本だったが、わずか数カ月で異動を余儀なくされていた。だからもう一度機捜からやり直したいという要望は容れられやすかったが、元の部署に戻ることとは至難といわれた。警視庁の機動捜査隊にはいくつか分駐所があるためだ。

「藤井さんって、憶えてますか。うちの分駐所にいました。隣りの班でしたけど。あの人がぼくのことを刑事として見どころがあるって、いろいろ動いてくれたんです。そのおかげがあって、ぼくは第四分駐所に戻ってこられたんですよ。あなたと一緒にいた場所に戻らなければ、ダメだと思った」

もともと岸本は刑事でも鑑識を希望していた。目立ちたがり屋という性格とは矛盾するが、現場にある物的証拠をこつこつと集める仕事が自分に向いているように感じていた。だが、今は違った。目の前に立っている女と同じように、相手がどれほど巨大な悪であっても立ち向かえる捜査員になりたいと思っていた。自分にどこまでできるか自信はなかったが、それでも挑戦しなければならないと思い定めていた。

「ぼく、もう三十四なんですよ。自分がどの程度やれるのか、だいたい見えてきています。どうせ大したことはできない。あなたほどの勇気がないこともわかっています」

夢の中で両手を挙げようとしたら、実際に躰が動き、目が覚めそうになってあわてる。手を下ろし、大きく息を吐く。

ふたたび彼女の姿が鮮明になる。相変わらず顔は影になっていたが。

「それでも挑戦したいんです。挑戦してみないことには、警察官になった意味も、生まれてきた意味もわからなくなりそうで……」

それが怖いといいかけたとき、どんと重い音が響き、思わず目を開けてしまった。隣りのブースに入っている奴が躰か椅子を間仕切りにぶつけたのだ。かっと頭に血が昇った。後悔した。怒りは岸本をさらに覚醒させてしまった。

ネットカフェではブースの中にスタンドがあって手元を照らすようになっていた。眠るときには消すのだが、間仕切りが低く、天井の蛍光灯のいくつかが終夜灯《とも》りっぱなしなので真っ暗になることはない。

仄暗いなか、腕時計を見た。

午前五時になろうとしている。電源を入れていないパソコンの黒い画面を見つめた。頭の中が空っぽになっているような気がする。

ふたたび眠気はやって来ないだろうと思った。

「はい、どうぞ」

カメラマンの浅野が差しだした缶コーヒーを、朱里は受けとった。手袋を通して缶の温《ぬく》もりが指の骨にまでしみてくる。

「ありがとう」

昨日、札幌では雪が降った。今年になってから初めての本格的な降雪となり、いきなり十五センチほど積もった。すでに枯れていたとはいえ、駅前広場に設けられていた花壇も一面雪に覆われ、景色が一変してしまった。

午前六時。夜が明けて間もない時間帯なので気温は氷点下五、六度まで下がっているだろう。吐く息は白く、裾の長いダウン入りのコートを着ている躰も冷えきっている。スカートの下にはタイツを二重に穿き、腰の辺りには揉《も》むだけで温かくなる化学カイロをはりつけてあったが、寒さはしのげない。ブーツの底を素通しして冷気が躰にしみてくる。

浅野もすぐに缶を開けようとせず、頬にあてていた。目は駅前にある大型家電店に向けられている。下ろされたシャッターの前には数人ずつ人が固まっていた。仕事を求めてやってきた人々だ。手配師らしき男が手を挙げたり、メガホンの形にしたりして声を発している様子が見えた。

どこで寒さをしのいだのだろう、と手配師に向かってさかんにアピールしている人々を見ながら朱里は思った。十一月下旬ともなれば、東京や大阪でも野宿は辛《つら》いだろうが、北海道では命にかかわる。せめてネットカフェででも過ごせたならば、凍死することはないのだが。

男たちは数人ずつのグループに分かれ、歩きだした。仕事にありつけた男は手配師とともにマイクロバスが停めてある場所まで移動する。仕事にあぶれた男たちはまわりをきょろきょろ見渡して、まだ人を集めている手配師がいないか探している。中には呆然と空を見上げている男もいた。

仕事にあぶれた男のうちに、見覚えのある顔があった。朱里はその男を指さした。

「ほら、あの人。根室から来てるって……、自分が勤めてた建築会社がつぶれて……」

あまりの寒さに脳の回転まで鈍ってしまったのか、とっさに名前が出てこない。浅野も目をすぼめ、唸《うな》っている。

「うう……、何ていう名前だっけな。や、や、矢吹、柳川……」

「柳川さん」朱里がふいにいった。「思いだした。ドジョウのお鍋みたいだって思ったのよ。柳川さん、柳川さん」

朱里は浅野を見た。

「ちょっと走るわよ」

「どうぞ」浅野は足元に置いたカメラを持ちあげた。「こっちはすぐに追いかけますから。ところどころ凍ってますから滑って転ばないように気をつけて」

「大丈夫」

そう答えるなり、朱里は柳川に向かって走りだしていた。

「柳川さん」

声をかけると、歩きだそうとしていた柳川が足を止め、朱里をふり返った。目をすぼめ、朱里と浅野を見ている。今まで何度かインタビューをしているので互いに見知ってはいた。

ようやく柳川のそばに来た朱里は白い息を吐きつついった。

「お久しぶりです。札幌に戻ってこられたんですか」

「ええ」柳川が力無くうなずいた。「日高の方へ行ってたんです。道路工事の仕事があったもので。でも、雪が降ってきたから今年の工事は終わっちゃって」

「今日の仕事、どうでした?」

朱里は柳川の目をのぞきこんで訊いた。柳川はふっと白い息を吐き、うつむく。朱里は手にしていた缶コーヒーを差しだした。

「取りあえず温かいコーヒーでも飲んで元気を出してください」

顔をあげた柳川はわずかの間、朱里の手元を見ていたが、口の中でありがとうというとコーヒーを受けとった。その間に浅野がやって来た。柳川は浅野が担いでいるテレビカメラに目をやった。

「今さら、私なんかがお話しすることはありませんよ。前にお話しさせていただいたときと何も変わってません。いや……」柳川の口許にかすかな笑みがひらめく。「雪が降ったか。公園で寝るにはきつい季節になってきた」

公園って……、言葉を失った朱里をしり目に柳川は近くを通りかかった男に声をかけた。

「おはようございます」

声をかけられた男は上下そろいのトレーニングウェアを着ていて、襟元には太い金鎖のネックレスがのぞいていた。トレーニングウェアの下には何も着ていないように見える。見栄を売り物にする商売……、ヤクザ者だろうと朱里は思った。

「ないない」

男は素っ気なくいうと足早に去っていった。朱里ははっとした。どこかで男の顔を見た記憶があるのだ。なぜ記憶に残っているのか、自分自身を訝《いぶか》っていた。

「今の人は？」

「名前は知らないんです」肩をすくめた柳川は缶コーヒーのプルリングを引いた。「どこかの組の人ですけど、手配師をしていて。建築関係の仕事が多かったかな」

「建築関係って、ひょっとしてこの間爆発のあった原発にも？」

「さあ。私はそんなおっかないところの仕事には行きませんから。ビルとか、道路とかの工事だけです」

缶に口をつけた柳川は喉仏を動かしながらコーヒーを飲みはじめた。無精髭が目立つ。目を逸《そ》らした朱里は、遠ざかっていくトレーニングウェア姿の男を見つめていた。

3

はっと目を開け、頭をもちあげようとしたとたん、首筋を電気が走ったような痛みが襲い、後頭部を覆う網の目の神経に伝わった。

「ううっ」

声が漏れる。アキラは頭を動かさないように気をつけて、そっと目を開いた。汚れたスニーカーが見えた。元は白だったのが、今は全体が灰色に染まり、爪先には正体のわからない染みがいくつもついている。

痛みがいくぶん治まってからそろそろと顔を上げた。一晩中冷気にさらされていた筋肉は強張り、軋んでいる。自分が日本橋近辺にいるのはわかっていた。オフィス街に取り残され、今では小さな公園となっている神社の境内《けいだい》で花壇を囲む植え込みの間に座っていた。ビル街を吹き抜けてくる風がもろにあたるのでとてもベンチに寝ていられず、植え込みに背中を押しこめるようにして縁石に腰を下ろしたときには明け方が近かった。とうてい寒さをしのぐまではいかなかったものの、風が弱められたことでほっとしたのは憶えている。できるだけ足を引き寄せ、抱えると二つ並んだ膝の上に頭をつけた。そして眠りこんだのだろう。

はっと目を開いた。どれほど経ったのか。周囲はすっかり明るくなっている。

新宿から歩きはじめた。腹巻きを着せられた犬に殺意を抱いたのは歌舞伎町を歩いていたときのことだ。

やたらに明るくうるさい歌舞伎町を抜け、ラブホテルや古いアパートが林立する間を歩いた。どこへ行く当てもなかった。大久保通りにぶつかり、右に曲がったのも何となくとしかいいようがない。とにかく一晩中歩きつづけることしか考えていなかった。大久保通りを東へ向かった。戸山から市ヶ谷を通り、信号機に取りつけた看板に簞笥町とあった。一見したときには何と読むかわからなかったが、ＪＲ飯田橋駅の明るいプラットホームを見上げた瞬間、タンスと浮かんだ。駅周辺はネオンがまぶしく、人通りが多そうだったので左へ逸れ、外堀通りに入った。

スニーカーのかかとを引きずるようにしてだらだらと歩いた。空っぽの胃袋が動き、コンビニエンスストアの前を通りかかるたび、ゴミ箱に目が吸い寄せられた。ひょっとしたら食べ残しのパンや菓子があるかも知れないと思うと、なかなか目が離せなかった。前面ガラス張りのコンビニエンスストアの照明は明るすぎ、たいていの店が正面に面したところに雑誌コーナーがある。蛍光灯の白い光を浴び、雑誌を立ち読みしているどぎつい化粧をした若い女たちの前でゴミ箱を漁《あさ》る勇気もなく、それでも未練がましく何度も目をやりながら通りすぎた。

一度だけコンビニ強盗も考えた。だが、包丁もなく、覆面もないのでは諦めざるをえない。警察に捕まったあと、所持金三十五円と発表されるのは恥ずかしかった。万引きも検討した。時間はいくらでもあるから、ゆっくり考えればよかった。コンビニエンスストアには緊急時に使う携帯電話用のバッテリーがある。今、携帯電話の電源が切れたときには電話ボックスを探すよりコンビニエンスストアでバッテリーを買う方がはるかに手っ取り早いといわれる。どんな山奥へ行ってもコンビニは存在し、たいていの店が携帯電話用バッテリーを置いている。

外堀通りをさらに東へ向かう。神田川を右下に見ていた。暗ければ、濁りはわからない。街の灯を光の断片にして浮かべている川面《かわも》は、美しくさえあった。

水道橋、お茶の水あたりは専門学校生だったころ、よく昼飯を食べたり、友達と酒を飲んだりした。大学が多く、安上がりで量の多い飲食ができたからだ。とくに〈いもや〉の天丼は……、と思いだしたところで胃袋がきゅっとよじれた。

同時になぜ神田を目指したのかも思いだした。植え込みの間から抜け、立ちあがる。ふっと目の前の光景が歪み、小さく、遠のいていくように感じられた。腹が減りすぎると立ちくらみがする。会社をクビになり、ネットカフェを転々とするようになってから空きっ腹から来る立ちくらみにも慣れてしまった。

目眩が消えたところで、ふたたび顔を上げる。背広姿やコートを着た男女が足早に歩いていた。公園はオフィスビル街の真ん中にある。公園もアキラも取り残された存在に過ぎず、会社へと急ぐ人々の目には入らない。

何時だろう、と思った。腕時計をしなくなって何年になるのか、よくわからなかった。携帯電話を持っていれば、時計など要らないことに気づいたからだ。だが、バッテリーの切れた携帯電話は時計代わりにもならない。

衣、食、住、携帯の順ではなく、携帯、食、衣、住だ。携帯電話のバッテリーが切れただけで社会と時間の両方から切り離されてしまった。

ＪＲ神田駅に向かって歩きだした。駅を越えて、山手線の内側に鵜沢の経営する出版社はあった。直接訪ねていくしか残された方法はない。あとは路上生活者になるか。警察に捕まれば、白鳥原子力発電所の爆破事件について調べられるかも知れない。

いや、と胸のうちで否定する。誰もアキラがプラスチック爆弾を仕掛けたことは知らないはずだし、そもそもアキラは本名ですらない。すべてを結びつけるのは鵜沢一人なのだ。

神田駅構内を抜ける。ハンバーガーショップの前を通りかかると、焼けた脂の匂いが鼻をくすぐった。立ち食いそば屋から流れてくる醤油とだし汁の香りを嗅《か》ぐとまたしても目眩がしそうになる。空腹は嗅覚を鋭敏にした。

キオスクの前には丸めた新聞が筒のように置いてあった。通りがかりに目をやると、防衛省スキャンダル、商社元専務逮捕の見出しが躍っていた。白鳥原子力発電所で爆発が起きて何日になるのか。後追い記事が出ていたとしても一面ではないだろう。もちろん犯人が捕まれば、話は別だが。

新聞の日付を見たとたん、目を背けてしまった。

携帯電話のバッテリーが切れて、縁がなくなったのは時間だけではない。日付もまた意識することがなかった。

首を振り、歩きつづける。今日が自分の三十四回目の誕生日であることに、今の今まで気づかなかった。ハッピーバースデーの歌もケーキもプレゼントも何年も縁がない。気がつかないまま、誕生日が過ぎていることもあった。

鵜沢の会社を目指して歩きつづける。自分を憐《あわ》れむのは、何かを食べてからでも遅くはない。とにかく金が必要なのだ。

一時間か、二時間か、時間の計りようがないアキラにはわからなかったが、とにかくぐるぐると歩きまわった。

鵜沢の会社がどこにあったのか、はっきり思いだせない。

ちくしょう、ちくしょう……、つぶやきながら頭を叩いたが、記憶ははっきりしなかった。

モニターに映った男性記者はマイクを持ち、カメラをまっすぐに見つめていた。前髪が風に乱されている。

『今朝早く、ここ白鳥原子力発で……、発電所におきまして、二度にわたって爆発が起こりました。最初の爆発は午前……』

マイクといっしょに持っているクリップボードに挟んだ原稿が風にめくれ、読めないようだ。

「もう」

朱里は唸り、コーヒーを入れたカップに手を伸ばした。

カメラが動き、モニターから記者とは別の男性の声が聞こえた。

『もう一回、頭っから。風が強いのはわかってるだろうが』

『すみません』

ベテランカメラマンと新人記者の組み合わせではよく見られる光景だ。朱里も記者になりたてのころは、カメラの赤いランプが灯ると舞いあがってしまったことがあった。とくに生中継となると緊張は倍加する。

カメラの位置が決まり、ふたたび記者がカメラを見る。

『今朝早く、ここハクチョウ原子力発電所に……』

『シラトリ原発だよ、ここは』

『すみません。それじゃ、行きます』もはや記者にはカメラに目を向ける余裕などなく、クリップボードの原稿だけを見つめている。『今朝早く、ここ白鳥原発……』

『何やってんだよ。原発じゃなくて、最初は原子力発電所だろ。ちゃんと原稿くらい読めよ』

白鳥原子力発電所の建設現場で起こった爆弾事件の第一報だが、朱里が見ているのは編集前のテープだ。

今朝、札幌駅前で柳川に会った。そのときトレーニングウェア姿の男が通りかかったのだが、どこかで見た顔だと感じた。ただし、実際に会ったわけではなく、テレビの画面を通して見たはずだと思いなおした。

爆弾事件があった日は局を挙げての報道特番態勢が組まれ、直接現場には行かなかった朱里も出勤と同時に編集作業にあたるよう命じられた。帰宅できたのは翌朝で、あの日に取材に行くはずだった豆腐を使ったケーキの店には断りの電話を入れざるを得なかった。大事件が起これば、すべてのスケジュールを投げだすのが報道記者の宿命ではある。

ふたたびたどたどしい口調でレポートを始めた記者を無視して、朱里は彼の背後に注目した。赤色灯を回しっぱなしにした救急車やパトカーが何台も停まっていて、警察官や救急隊員、原子力発電所か建設現場の関係者と思われる作業服姿の男たちが右往左往している。彼らの中に、トレーニングウェアの男が映っていたような記憶があった。

第六編集室にはビデオデッキが三台と編集機材が並び、ノートパソコンが置いてある。モニターも三台あったが、見ているのは朱里一人であり、編集作業をしているわけではないので、そのうち一台だけ点けていた。

ドアがノックされる。

「はい」

返事をすると、カメラマンの浅野が顔をのぞかせた。

「何やってるの、こんなとこで？」

「ちょっと気になることがあって」

「今朝の取材で？」

「いえ……、何ともいえない。私の思い過ごしかも知れないし」

浅野とはネットカフェ難民をテーマにした取材を一緒に行っていた。取材をはじめたころは三つの班が動き、一班あたりのクルーもカメラ、音声、照明に記者と四人だったが、少しずつ人数が減らされ、今でも取材をつづけているのは朱里と浅野の二人だけである。どれほど深刻な問題であれ、視聴率に結びつかないニュースではクルーが削られるのは避けられない。

「高浜さんが呼んでる。手が空いてたら、ちょっと席まで来てくれって」

「部長が？」朱里は首をかしげた。「何の用っていってた？」

「いや、来てくれってだけで。忙しかったら、放っておくけど。見つからなかったっていっちゃえば、それまでだから」

「いや、行く」朱里はビデオの再生を止め、立ちあがった。「急ぎってわけでもないから。わざわざありがとう」

第六編集室を出ると、まっすぐ報道フロアに向かった。報道部長の高浜に直接呼ばれたというだけで、あまりいい話ではないと直感した。浅野も同じように感じて、とぼけようかといってくれたのだ。

報道部長席で高浜は朝刊を広げていた。メガネを頭にのせている。老眼が進んでいるのに読書用のメガネをかけることを潔しとしていない。

「お呼びでしょうか」

「ああ、ちょっと掛けてくれ」

「はあ」

手近にあった椅子を引き寄せ、腰を下ろした。

しばらくの間、高浜は天井を見上げ、首から下げた身分証を指先でもてあそんでいた。眉間に深いしわを刻んでいる。頬をふくらませ、唇を尖らせたあと、意を決したように朱里に向きなおった。

「実は人事の方から打診があってね」

人事と聞いただけで朱里の気弱な心臓がつまずく。できるだけ表情を変えないように気をつけ、高浜を見返していた。

「来年の一月一日付けで、報道管理センターに行ってくれないかということなんだ」

「私が、ですか」

「そう。友田朱里記者に、だよ」

またしても高浜は身分証をもてあそびはじめた。

身分証には写真がついていて、所属部署と氏名が記されている。社員はそれだけだが、外部の制作会社から来ている人間の場合、氏名の下に制作会社名が入っていた。朱里は正社員なので氏名欄の下は空白になっている。

もう何年もの間、経費削減を理由に番組制作の外注化が進んできた。外部スタッフを使うことで社員数を減らし、人件費を下げるのが目的だが、現場を外されたカメラマン、音声マンら技術職にいた社員が会社を辞め、外部の制作会社に移っていったのを見てきている。人件費削減の手は記者にも伸びようとしていた。

私ももう三十四だからなぁ、と朱里は胸のうちでつぶやいた。

入社して十一年、ずっと報道部で仕事をしてきた。給料もそれなりに上がっている。報道管理センターというのは、報道と冠されてはいるものの完全な内勤となり、ビデオや記事原稿の整理、取材に出たクルーたちの経費の精算事務などを行う部門だ。記者はいつ呼び出しを受けるかわからないが、その分諸手当も厚い。内勤になれば、定時から定時への勤務なので時間外手当は一切なくなる。実質的に手取り給料は三分の二から、下手をすると半減するだろう。給料が減るのも切実な問題だが、報道の第一線を離れるのは何より寂しかった。

今、朱里の前に道は二つあった。一つは報道管理センターへの異動を承諾し、内勤となること。朱里の年齢を考えれば、二度と報道セクションには戻れないだろう。もう一つは会社を辞め、外部の制作会社に移って記者をつづけるか、だ。どちらも給料が減る点では同じだが、外部の制作会社なら第一線の記者ではいられる。

「いつまでも一線というわけにはいかないんだよ。男でも、女でもね、それは同じなんだ」

高浜もかつては札幌やそのほかの支局で記者をしていた。何年か前本社に戻って報道部の次長となり、今や報道部長の職にある。だが、第一線の記者ではなかった。

「少し考えさせてください」

「わかった。だけど二、三日中には人事に返事をすることになってるんだ。その点、わかってくれよな」

「はい」

報道フロアを出て、第六編集室に戻った。椅子に腰を下ろし、ビデオを回しはじめる。

モニターを眺めてはいたが、頭の中では別のことを考えていた。カップに手を伸ばし、冷めたコーヒーをすすった。

「不味《まず》っ」

コーヒーに八つ当たりしている自分が惨めになる。

そのとき、画面の端に男が映しだされた。トレーニングウェア姿なのに制服警官たちに指示を出しているように見える。通りかかった救急隊員の一人が声をかけていき、トレーニングウエアの男は横柄にうなずいた。

今朝、柳川の取材中に見かけた男だ。

朱里は携帯電話を手にすると、電話帳に登録されている名前を見ていった。札幌西警察署にいる暴力団担当の刑事の名前を見て、手が止まる。迷わず発信ボタンを押した。耳にあて、テープを少し巻き戻した。トレーニングウェア姿の男の顔がはっきりと映っている箇所が欲しかった。

電話がつながった。

「もしもし、友田です。お久しぶりです。ちょっとお聞きしたいことがあって……、それで今晩あたりどこかで一杯、どうかなと思って……」


もし、今でもサラリーマンをつづけていたとしたら、とアキラは時々思うことがあった。想像が明るい方向に動いたことはなかった。休日出勤、無料奉仕の残業、実質目減りする給料、たまの休みはひたすら惰眠をむさぼるだけで、貯金もなく、自分の家を持つどころか結婚すら考えられずに三十代半ばにさしかかっている……。それでも今ほど腹を減らしていることはないだろうし、汚くて、狭くて、古くともアパートくらい借りられているかも知れない……。

目をしばたたき、無意味な夢想を追いはらうと、目の前の光景をもう一度見直した。何度見ても変わるはずもない光景を。

記憶をたどり、さんざんさ迷ってたどり着いた場所は、きれいに整地され、管理地と記された看板が立っている。まわりを見回した。鵜沢の経営する出版社に行くのに、逡巡《しゅんじゅん》し、しばらく立ちつくした郵便ポストがある。二軒隣りのビルの前だ。ポストに張ってあったプレートを見て、出版社の住所も思いだした。

間違いない。

古かったビルが取り壊され、跡地がきれいにならされている。

ふいに右肘をつかまれ、アキラはふり返った。異様に肩幅が広く、眼光の鋭い男の顔が鼻先にあった。声も出せずにいると、男が圧しだすようにいった。

名前だ。アキラではなく、本名の方だ。

左肘もつかまれる。別の男が立っていた。二人は双子のようによく似ていた。

逃げだそうにも躰に力が入らない。

4

「口のここのところにホクロがありましてね」

唇の右上に人差し指をあて、岸本はいった。ネットカフェのフロントとなっているカウンターの上には、ぼやけたキャプチャー画像と似顔絵が並べてあり、似顔絵の方にはホクロがくっきりと描かれている。

カウンターの内側に立つ男は似顔絵を眺めつつ首をかしげた。脱色をくり返し、白っぽくなってしまった髪をしていて、肌はかさかさ、唇が荒れていた。耳には銀製のピアスをぶら下げている。

「さあ、お客さんは毎日何百人も来るから」

隣りにいる仁王頭に目をやった。左肘をカウンターにつき、フロント係の男をじっと見つめている。

フロント係はうなじをぼりぼりと掻いた。ワイシャツに黒いチョッキを着ているのだが、チョッキの肩にはふけが散っている。既視感《デジャヴ》にとらわれそうになった。いや、デジャヴではなく、面白くも何ともないビデオをくり返し再生しているといった感じか。

アキラという男の写真と似顔絵を持ち、朝から聞き込みをつづけていた。新宿駅東口周辺から歌舞伎町にかけて、ネットカフェ、カプセルホテル、カラオケボックス、午後には様々な風俗店にまで対象を広げているが、聞き込みをした相手の反応は皆似たり寄ったりで、フロント係には不潔そうな男が多かった。すでに十時間以上も歩きまわっていて、足がひどくだるい。フロント係の鈍い反応に足踏みしそうになるのを何とかこらえていた。

またしても仁王頭をちらりと見てしまう。聞き込みで主に話をするのは岸本で、どこへいっても仁王頭は黙っていた。

岸本は似顔絵を指さした。

「アキラという名前です。フルネームは永野明、永久の永に、野原の野、明るいです」

フロント係がまるで反応を示さないので、ジャケットのポケットからメモ帳を出し、永野明と書いて似顔絵の横に置いた。フロント係は腫れぼったい目蓋の下で瞳をわずかに動かしたが、反応はそれだけでしかなかった。もっとも永野明も偽名である可能性が高い。

「だいたいひと月くらい前に、ここを利用していた形跡があるんですよ」

「すみません。ぼく、ここを任されるようになって、まだ三日なんです」

「前任者は？」

「知りません。ぼくはオーナーに仕事をもらっただけですから」

明らかにほっとした顔つきのフロント係に、岸本は名刺サイズのカードを渡した。新宿東署の電話番号が印刷されていて、内線番号と岸本という名前を手書きで添えてある。

「もし、この似顔絵に似た男が来たり、何か思いだしたことがあったら電話ください」

「はあ」

フロント係は指先でカードをつまんでいる。

「どうもありがとう」

「はい」フロント係は頭を下げた。「また、いらっしゃいませ」

聞き込みに来た刑事にマニュアル通りに挨拶してどうすんだよ、と肚の底で毒づきながらネットカフェを出た。午後八時をまわり、歌舞伎町は人通りが多くなる。岸本は仁王頭と向かいあった。

「一つ訊いてもいいかな」

「何だ？」

「どうしてどこへ行ってもだんまりなんだ？　朝からぼくが喋りっぱなしじゃないか。いい加減くたびれるよ」

「同情する」仁王頭が右手を持ちあげ、人差し指を曲げてみせる。「おれはこっちが専門でね。聞き込みは上手な人にお任せしたい」

「上手なって、あのね……」

「腹が減った。そろそろ晩飯にしよう」

そういうと仁王頭は歩きだした。たった今聞き込みをしたネットカフェの向かいにある喫茶店に仁王頭は入っていく。入口のわきに黒板が立ててあり、二十四時間ランチセットメニューとあった。

「ランチは昼飯のことだろう」

黒板に八つ当たりしながら岸本は仁王頭につづいて店に入った。

店の奥にあるテーブルに向かいあって座った。すぐにウェイトレスがやって来て、テーブルに水を置いた。仁王頭の着ているMA—1の前が割れ、腰の左側につけた拳銃の銃把がのぞいている。ジャンパーの陰になってウェイトレスには見えないのだろうが、実弾を装塡した拳銃が目と鼻の先にあって気づかない光景は新宿歌舞伎町を象徴しているような気がした。

二人とも豚肉しょうが焼きセットを頼んだ。ウェイトレスが厨房に向かうと、岸本は切りだした。

「今さらなんだけどさ、このアキラって男が爆弾をしかけた犯人なのか」

「わからん。ただ事件直後に現場から姿を消している唯一の男なんだ。逃げれば、追う。うちらの本能みたいなもんだろ」

「どうして東京から北海道へ行ったんだ？」

「ヤクザ同士の業務提携だそうだ。いまだに手配師をシノギにしてるヤクザはいるらしい。それでここら辺りの組と、札幌にある組とが連携して、あの現場へ日雇いの作業員を送りこんでいた」

「ヤクザか」

顎を撫でた岸本の脳裏に一人の男が浮かんだ。今は引退しているが、かつては新宿を拠点にしていた暴力団の幹部だった男で、ある事件がきっかけで話を聞くようになった。

「ちょっと心当たりがある。ちょっと目先をかえてヤクザの方向を探ってみよう」

「よろしく頼むよ」仁王頭は肩をすくめて見せた。「こっちは右も左もわからない」

「もとは警視庁《うち》の社員なんだろ」

「今の仕事に入る前は、板橋の方にいた。池袋なら少しは土地勘があるが、新宿方面はさっぱりさ」

「そうだな。管轄が違えば、何もわからんもんな」

しょうが焼きセットが運ばれてくる。脂の焼ける匂いにしょうがダレの香りがからんで立ちのぼってくる。胃袋がきゅっと鳴った。箸を手にした岸本は何気なくいった。

「あんた、爆発の現場にいたんだろ。どんな状況だったんだ？」

仁王頭は淡々と話しはじめた。食事時に相応《ふさわ》しい話題とはとてもいえなかった。


チャコールグレーの地に織り柄の細いストライプが入ったダブルの背広はサテンの裏地に昇り竜の刺繍が入っている。黒いシャツの襟元がはだけ、太い金の鎖のネックレスがのぞき、鰐《わに》皮ベルトのバックルはこれ見よがしに大きい。磨きあげたエナメルの靴は爪先が尖っている。男は痩せ形で、身長は百八十センチを超え、短い髪はちりちりのパンチパーマ、やや前傾したメガネのレンズは茶色で、その奥の瞳は爬虫類《はちゆうるい》を思わせる。鼻の下にはきれいに調《ととの》えられた細い髭……。

そんな恰好をしている男の職業は、と質問すれば、十人中十人が暴力団幹部と答えるだろう。嫌みなほど極道ファッションに身をかためている。だが、正解は警察官。札幌西警察署刑事課第四係に所属する榊原は暴力団担当の捜査員だ。マルボウと隠語で呼ばれることも多い。

今朝、朱里は榊原に電話を入れた。会って、話が聞きたいというと午後は小樽に行かなくちゃならないが、七時過ぎなら時間が空くから来いといわれた。小樽までなら札幌から電車で四十分ほどでしかない。いったん自宅に戻り、少しばかり女っぽさを強調するため柔らかな生地のスカートに穿き替え、口紅も濃いめの色を選んで塗ってきた。

待ち合わせに指定されたのは小さな鮨屋だったが、駅前からタクシーに乗り、店名を告げると運転手は迷わず車を走らせた。案外有名なのかも知れない。初老の運転手はワンメーターだったにもかかわらずにっこり頰笑んだ。

神経質そうな細い指で榊原は写真を繰っていた。

今朝、柳川を取材しているときに見かけたトレーニングウェアの男は白鳥原子力発電所爆弾事件の現場にいて、テレビカメラに収まっていた。その男の顔ができるだけはっきり映っている場面を選んで静止画にし、プリントアウトしてあった。

榊原が見ているのは、そうして出来上がった十枚の写真だ。顔は正面から撮ったもの、右向き、左向き、とすべてそろっている。写真を放りだした榊原は徳利に手を伸ばすとカウンターに置いた猪口《ちょこ》に酒を注いだ。ゆっくりと口許に運び、喉の奥に放りこむように一気に飲む。

「ねえ、どうですか。見覚えのある顔ですか」

躰を寄せた朱里は偶然をよそおって太腿を榊原の足に密着させた。榊原は足を動かそうとはせず、低く唸った。

「どうかなぁ。見たことのある顔のような気もするし、まったく見覚えがないようにも思う」

「この写真、うちのカメラマンが撮ったんですよ。ほら、例の爆破事件があった原発の現場で」

「へえ、お宅にはスチルのカメラマンもいるのか」

「いえ、ビデオです。特定の場面を選んで静止画にして、それをプリントしたものです」朱里は唇の両端を持ちあげて見せた。「なーんちゃって、どうやったのか私にはさっぱりわからないんですけどね」

機械に弱くて、話がわかる女は、男——とくに榊原のようなタイプには好かれる。朱里の読みは当たったようだ。榊原の目尻がだらしなく下がっている。

「どうして、この男が気になるんだ?」

「その恰好、どうみても堅気じゃないですよね。その場にも似合わないし。でも、もっと似合わないのは……」

朱里はカウンターの中にいる主人をうかがった。主人は出前用の鮨を握っている。朱里と榊原の会話に興味はなさそうで、一心不乱に仕事をしていた。少なくとも朱里の目にはそう映った。声を低くして、つづけた。

「お宅の社員とか、救急隊員とかにあれこれ指示を出しているふうだったんですよ。うちのテープで見たかぎりでは。だからますます似合わないなって、それで目についたんです。だから……」

「うちの社員じゃないかってことか」

榊原が小さくうなずくと、朱里はさらに太腿を押しつけた。

「どうですか」

「あの事案は公安《ハム》の担当でね。今年の夏だったかに放火事件があっただろ、何回か。そのとき以来、連中が動いている」榊原は顎をしゃくり、写真を指した。「だから奴《やっこ》さんが社員だとしてもおれには顔もわからんね」

「そうなんですか」

しばらく二人は酒を飲み、お造りに箸を伸ばした。二合徳利が空になり、二本目、三本目とさらに空けた。ひっきりなしに出前の注文は入っているようだが、カウンターの客は朱里と榊原の二人だけである。

猪口を運びかけた手を止め、榊原が朱里を見た。

「あんた、いくつになる？ そんなことを訊くと今流行《はや》りのセクハラか」

「そう、立派なセクハラです」朱里はにやりとして、猪口の酒を飲みほしてから答えた。「三十は過ぎました」

三十を過ぎたのは四年前だろと自分の内側で声がする。少なくとも嘘はついてないともう一人の自分が言いかえした。

「結婚はしないのか」

そう訊いた榊原の視線が朱里の左手に注がれているのを感じた。結婚していても指輪をしない女性はたくさんいる。

　首をかしげたあと、手にした空の猪口をみつめて答えた。

「セックス付きの家政婦になりたいなんて、私には思えないんです。まして母親なんて」

　ぶるぶるっと首を振ってみせると、榊原は低く笑い、朱里の手にしている猪口に酒を注いでくれた。

「子供ができると、なかなか不自由なもんだ。可愛いのは一瞬でな。あとは憎らしくなるばかり。口を開けば、金、金、金。まあ、カカァも同じだがね」

　榊原が足を動かした。思わず太腿を引きそうになるのをこらえる。

「あんたくらいの器量よしなら引く手あまただろ」

「ご冗談を。今はこれといった彼氏もいませんし、半年もご無沙汰ですよ」

　今度ははっきり嘘。ついこの間……、と思いかけ、やめた。朱里は頬をぽんぽんと叩いてみせた。

「たまにオイルをくれてやらないと肌がかさかさしてきますね。空気が乾燥してくる季節だからなおさら……」

　榊原が足を押しつけてくる。口許には笑みを浮かべ、ストッキング越しに伝わってくる気味の悪い体温に耐えた。

「ハムについちゃ、何にもわからんが、あの建設現場に人を入れていた連中なら知ってる。そっちはおれの職掌範囲だからな」

正念場だ。朱里はまっすぐに榊原の瞳をのぞきこんだ。目を細めた榊原は今にも喉を鳴らしそうに見えた。

そして札幌市内に事務所を構えるある暴力団の名を口にする。

「そこが？」

目を見開く朱里に、榊原がウィンクを返す。蛇にウィンクされたら今と同じ気分になるだろう。

「これからそこの事務所へ行ってみるか。ちょうどこの時間なら組長《オヤジ》も戻ってきているかも知れない」

「今からですか」

「タクシーを飛ばしてきゃ、すぐだよ。オヤジにこの写真見せて訊いてみりゃいいさ。タクシー代は取材費で落とせるんだろ」

うなずくしかなかった。

勘定を済ませ、鮨店が呼んでくれたタクシーに乗りこむ。朱里が先、運転手の後ろに座り、榊原が横に座った。タクシーが走りだしたとき、朱里の脳裏を占めていたのは鮨店の領収書とタクシー代のことだ。取材費として認められるか、不安があった。

小樽の市街地を抜けたころ、榊原が運転手に声をかけた。

「ねえ、運転手さん。ここにいる女性、知らない？　友田朱里さんっていってさ、テレビ局の記者なんだよ。テレビにしょっちゅう出てるんだけど」

運転手がルームミラーを見上げた。朱里と目が合うと、にっこり頬笑んで小さくうなずく。

「そういえば、拝見したことがありますね」

「でしょう。凄いよね、こんな美人なのに記者だなんて」

平然と喋りながら榊原の右手がスカートをめくり上げてくる。朱里はぎこちなく運転手に笑みを返しつつ、榊原の手をつかんだ。だが、力ではまるでかなわない。

数分後、朱里のもっとも深奥部に達した榊原の指は一足六千円もするパンティストッキングを破り、さらに下着の奥へと滑りこんできたのだ。

必死に抵抗した。榊原の手を押さえつけようとした。そのたびに榊原は朱里が勤めるテレビ局の名前を口にする。

ついに榊原の指が朱里の内側へと侵入してきた。


「まったく警察官《サツカン》ってのはろくなもんじゃねえやな」

四畳半一間のアパートなど二十一世紀の今に残っているとは思えなかった。しかも大久保駅まで徒歩数分のところ、都心なのだ。

小さな冷蔵庫の上に真っ赤なテレビが載っていた。十四インチの画面はぼやけ、色もくすんでいる。ボリュームは絞ってあった。テレビの前に置いた卓袱台《ちゃぶだい》を前に背中を丸めた老人が湯呑みを手にしている。湯呑みには焼酎だけが入れてあった。老人は焼酎をすすり、ふっと息を吐くと、ろくなもんじゃねえとくり返した。

隣りで岸本が正座し、かしこまっている。仁王頭は老人の言葉に素直に従い、あぐらをかいていた。

玄関のわきに小さな台所がついている。あとは冷蔵庫とテレビ、折りたたんだ布団が一組、古びたタンスで部屋の中はいっぱいになっていた。布団を二つ折りにしなければ、仁王頭と岸本が座るスペースはなかっただろう。

「いつもいつも弱い者イジメばっかりしくさってよ」

老人はまた焼酎をすすると、卓袱台の上に置いてあったタバコに手を伸ばした。酒の肴はスーパーで買ってきたときのまま白いスチロールのトレイに盛った漬物と、タバコだけでしかない。

「それでね、相良《さがら》さん」岸本が口を挟む。「今日はね、新宿の、あの組のことを教えていただこうと思いましてね」

「昔はな、町内には銭湯と芝居小屋とヤクザの組事務所があったもんだ。どこの町だって、同じだよ。おれがガキの時分には東京中、どこでも同じだった。ヤクザは俠客《きょうかく》っていってな、本当の町の顔役よ。町の人間同士でもめ事になると、必ず誰かが組の事務所に飛びこんできて、親分、頼むって。そんで親分さんが仲裁してたもんさ」

相良の言葉が途切れたところで、岸本が口を開こうとする。一瞬早く、相良が長く尾を引くげっぷをした。気を呑まれた恰好の岸本が口を閉じると、ふたたび話しはじめた。

「親分衆が強かったのは、おかみに対しても同じだったな。暮らしに困ってる家があると役所に乗りこんでっては談判だ。そして必ず金を持ってきてくれたよ。本当に男の中の男だと思ったもんだよねぇ」

ヤクザが正義の味方だったことはない。確かに近代……、明治から昭和三十年代くらいまでヤクザは立場の弱い市民や労働者の味方となり、体制に対して反抗してみせた例はあった。だが、逆に企業に雇われ、スト破りをやり、労働運動の中心となっている運動家たちを痛めつけもしたし、民衆の味方として体制から補助金を引きだしても半分以上は自分たちのふところに入れていた。

ヤクザの恩は三倍返し、が常識といわれる。

仁王頭はじっと老人の横顔を見ていた。短く刈った髪は真っ白になり、顔はしわだらけ、萎《しな》びている。部屋の中でも黒っぽいジャンパーを着て、首までファスナーを上げていた。

「変わっちまった。本当、ヤクザは変わっちまった。とくにひどかったのは、バブルのころからだな。皆、そろばんずくになりやがって。義理も人情も義侠心もない」

岸本が何度か相良の話を軌道修正しようとしたが、なかなかうまくいかない。夜は更けていった。

メロドラマがヒットし、日本でも人気の出た韓国の俳優を思わせる優しげな顔立ちをしていた。メタルフレームのメガネをかけ、すっきりとしたデザインのスーツを着ている。とても暴力団の組長には見えなかったが、外見にだまされてはいけないと朱里は何度も自分にいい聞かせた。経費として落とせる見込みが薄い領収書二枚、六千円のパンティストッキング一足、タクシーの中で弄《もてあそ》ばれたプライドとコストを考えれば、とても手ぶらでは帰れない。

組事務所のテーブルを挟んで向かいあっている優男《やさおとこ》が組長だと紹介されたときには、悪い冗談にしか思えなかった。

組長は朱里が差しだした十枚の写真をテーブルの上に置き、朱里に向かって押し戻してきた。

「申し訳ないですが、お役に立てそうもありません。うちの人間ではないですね。たとえ盃ごとをしていない半端もんでも、ご覧の通りの小所帯ですから、うちの人間すべての顔を知ってます」

「ですが、お宅様のところは……」

ヤクザに向かってお宅様はないだろうと思ったが、やはりどこか気圧《けお》されていたのだろう。言葉遣いが馬鹿丁寧になった。白鳥原子力発電所の建設現場に人を送りこんでいたと訊こうとしたが、榊原の激しい咳でさえぎられてしまった。

「風邪ですか、榊原さん。何でしたらいい薬がありますよ」

組長の声音は穏やかで、白い歯がきれいだ。榊原が苦笑する。

「元気の出る薬かい？　今日は遠慮しておくよ。どうやら足元がスースーするんで悪い風邪を拾ったのかも知れない」

タクシーの中で、朱里は下着を剝ぎ取られていた。運転手が時おり話しかけてくるので逆らいようもないまま、榊原にいいようにオモチャにされてしまった。

榊原が朱里に目を向けてくる。

「オヤジさんが知らないといってるんだ。ここには関係ない人間だったな。おれも乗りかかった舟って奴だ。引きつづきあたってやるよ」

そういうと榊原は立ちあがった。

「すまんね。野暮なことで時間を取らせた」

組長も立ちあがる。

「いえ、警察に協力するのは市民として当然の義務ですから」

朱里は腿をぴたりと合わせ、二人の男を見上げていた。

5

ネットカフェでの実りない聞き込みを終えて出てくると、岸本が大きく息を吐いた。ため息を吐きたいのは、仁王頭も同じだ。岸本が手帳に視線を落としたまま訊いてくる。

「これで全部まわったことになる」

「そうだな」

「次は？」

訊かれたものの返事のしようがなかった。市城から渡されたリストに載っていたネットカフェはすべてまわり、聞き込みを終えた。見事に手がかりがない。アキラに似た人物を見かけたという話は欠片《かけら》も出てこなかったし、一方ネットカフェに出入りしている男たち全員の唇の右上にホクロがあったとしても不思議ではないようにも思えた。

透明人間という言葉が脳裏を過ぎる。岸本が何かいいかけたとき、仁王頭の携帯電話が鳴りだした。どうぞと岸本が手で合図をする。携帯電話を抜き、表示を見た。非通知の文字を見て、札幌にある特装隊本部総括班からだと直感した。特装隊の直通番号は極力秘匿することになっており、仁王頭の携帯電話にも登録していない。

耳に当てた。

「もしもし」

「総括班、折口です」

やはりと思いつつ、返事をする。あらかじめ渡されたリストをすべて消化してしまった以上、次の指示を仰ぐとすれば、特装隊か、市城に連絡を取らなくてはならないと思っていたところだ。

折口がつづけた。

「道警本部《ホンテン》経由のメッセージがあります。友田朱里という人が至急連絡を欲しいといってきたそうです。携帯電話の番号は……」

番号は聞きながした。朱里の電話番号はすでに電話帳に登録してある。折口の声を聞きながら、マスコミに気をつけろ、とくに女のブンヤには、といった市城の言葉を思いだしていた。

「以上です」

「ありがとう」

電話を切った。岸本は少し離れたところで手帳を繰っている。仁王頭は電話帳から朱里の番号を選びだし、発信ボタンを押した。呼び出し音が聞こえるとすぐに相手が出た。

「はい、友田です」

「仁王頭だが」

「すみません。至急見ていただきたいものがありまして、それでお電話したんですが。今、札幌ですか」

「いや」

「それじゃ、仁王頭さんの携帯電話に写真を送りますので、私の携帯に空メールを送ってもらえませんか」

「見せたいものって?」

「ご覧いただけば、わかります。メール、よろしいですか」

ずいぶん切羽詰まった口調に感じた。承諾して電話を切った仁王頭は、朱里にあててメールを打った。すぐに返信が来た。朱里から送られてきたメールを開く。メッセージには、〈写真の男性に見覚えはありませんか。白鳥原発事件の現場にいた人です〉とあった。

添付されていた写真を見て、口許を歪める。トレーニングウェア姿の市城が写っている。手前には制服警官の後ろ姿があった。

返事のしようはない。携帯電話をポケットに入れようとしたとき、ふたたび鳴りだした。朱里からだ。ふっと息を吐き、着信ボタンを押して耳にあてる。

「はい」

「写真、届きましたか」

「ああ」

「写真の男性に見覚えはありませんか」

「ない」

「そうですか」

「この男がどうかしたのか」

「あの爆発事件の直後、現場に行ったうちのクルーが撮ったビデオに映っていたんです。どうみても警察や原発の関係者に見えないんですけど、現場にいた警官とか救急隊員とかに色々指示しているようだったんで、ちょっと気になったんです。仁王頭さんは、あの現場にいたんですよね」

「いや」

「そうですか。もしかしたらと思って連絡したんですが、すみません。ほかをあたってみます。お忙しいところ申し訳ありませんでした」

「いや」

電話を切った仁王頭は次いで市城に電話を入れてみた。呼び出し音が聞こえたが、一向に出る様子がない。岸本は辺りを見まわし、また手帳に視線を落とした。何か見つけたのかも知れない。呼び出し音が十回を超えたところで電話を切り、岸本に近づいた。

「すまなかった。北海道からの電話でね」

「次に何をしろって指示が？」

首を振った。

「別件だった。それより何か気になることでも？」

唸った岸本が頭を掻く。

「我々が回った中にカルチェラタンってネットカフェがあるんだけど、今どきのネットカフェにしては珍しい名前だし、確かフランスの学生運動の拠点だかになったんじゃなかったっけ」

「すまん。世界史にはうとくてね」

「まあ、カルチェラタンで革命について語り合うってのはできすぎだよね。どんな店だったか、ぼくもさっぱり憶えてないし。カルチェラタンって、何か印象に残ってる？」

仁王頭は首を振った。

群青の作業服に身を包んだ四十名余の男たちが簡易舗装の道路を二列縦隊となって歩きながら真っ向から吹きつける風に負けまいと声をかぎりに叫ぶ。誰の作業服も泥に汚れていたが、たった一人、列の先頭、右側を歩く筆頭助教の作業服はきれいなままだ。

父上様、母上様
先立つ不孝をお赦《ゆる》しください
忠二郎、あやめ
兄の分も両親に孝を尽くしてください
卑賤《ひせん》、卑小の身なれど
一寸の虫にも五分《ぶ》の魂
身命を賭して我人柱とならん
死してなお、軍神、鬼神となりて

必ずや祖国を、家族をお護《まも》りします

太平洋戦争末期、沖縄の洋上で死んだ神風特別攻撃隊隊員の遺書を唱和しおえると、筆頭助教が声を上げる。

「天を喰らい、地を喰らい、人を喰らう」

男たちが追随する。

「天を喰らい、地を喰らい、人を喰らう」

筆頭助教がつづけ、復唱する男たちの声がこだまとなって周囲に広がっていく。

「国を滅ぼす奸賊《かんぞく》どもを……、人の皮をかぶった、その鬼どもを……、許すまじ……。成敗すべしの意気に燃え……、この一点に生きるべし……、卑小、卑賤の身なれど……、我に五分の魂あり……、身命この一点で生かさるべし」

アキラは咽の痛みに耐え、声を張りあげつつ隊伍の一人として歩いていた。最初は面食らうばかりだった生活も三日も経つと慣れてくる。ひたすらに大声を上げ、歩きつづけているとやがて頭の中が空っぽになり、いかなる命令も受け容れる態勢になってくるのがわかる。さらには命令に従うことに快感さえおぼえるようになってくる。

「奸賊どもは殺せ」

筆頭助教があおると、男たちは右腕を突きあげ、叫ぶ。

「殺せ」

「奸賊どもは殺せ」

「殺せ」

寮に近づき、筆頭助教のやめの合図でシュプレヒコールは終わる。二階建ての寮の玄関わきに初めて見る黒塗りの車が停まっていた。誰もが気づいているはずだが、ささやき交わす声はない。私語は厳禁されている。

寮の玄関前まで来ると、筆頭助教が声をかける。

「全体、止まれ。五分後に昼食。よし、解散」

「おす、ありがとうございました」

全員が声をそろえ、玄関に入っていく。黒い車をふり返り、噂話をする余裕はどこにもない。顔と手についた泥を洗い、食事が始まる一分前には全員が食堂にそろい、粛として筆頭助教を待たなくてはならないからだ。もし、一秒でも遅れれば、ふたたび行進からやり直すことになる。

きっかり四分後には、食堂の細長いテーブルに全員がついていた。アキラの目の前にある丼には、麦を三割混ぜた飯がこんもりと盛られていた。それに三粒のらっきょうとタマネギの味噌汁がつく。朝食はたくあん三切れ、昼食はらっきょう三粒と決まっており、夕食にはたくあんのほかに焼き魚か、野菜と油揚げの煮物がついた。

筆頭助教があらわれ、辺りを見まわしてすべての席が埋まっていること、全員が背筋を伸ばし、視線をいたずらに動かさず正面、やや上方を見つめていることを確認してから号令をかける。

「昼食、始め」

全員が合掌し、声を張りあげる。

「いただきます」

ずっしり重くなるほど麦飯を詰めた丼を持ちあげ、箸を手にするとアキラは掻きこんだ。麦が咽に引っかかるように感じたが、悠長に食べている暇はない。冷めた味噌汁で流しこみ、また麦飯を掻きこむ。

東京神田で鵜沢が経営する出版社のビルが取り壊され、跡地を前に呆然としているところを二人の男に捕まった。そして連れてこられたのが尊農志塾《そんのうしじゅく》である。初めて名を聞いたときには、てっきり尊皇《そんのう》だと思った。玄関脇の大きな看板に農の文字を見たが、よけい訳がわからなくなった。

尊農志塾がどこにあるのか、アキラにはよくわからなかった。二人の男——今から思えば、五人いる助教のうちの二人——にワゴン車に押しこめられた。本名を呼ばれた瞬間、警察だと覚悟を決めたが、とにかく疲労と空腹で立っているのも難しく、抵抗する気はまったくなかった。走りだして間もなくコンビニエンスストアのおにぎりとペットボトル入りの茶を渡され、夢中で食べた。すべて食べ終わると眠くてしようがなくなり、意識を失った。気がついたときには、寮で寝かされていた。茶のペットボトルは封が切ってあったので睡眠薬でも混ぜてあったのかも知れないが、必要はなかっただろう。ビル風が吹き抜ける公園の植え込みで一、二時間まどろんだだけに過ぎず、眠くてしようがなかった。ワゴン車にはほどよく暖房が効いていて、腹がふくれれば、目を開いていることも難しかったはずだ。

目が覚めた日の夕方、海に陽が沈んでいくのを見て、日本海側のどこかだとは思ったが、詮《せん》索《さく》しようという気にもならなかった。目覚めてからビニール袋に入れられた電源が切れたままの携帯電話と十円玉三枚、五円玉一枚を見せられ、学習の妨げになるので預かっておくといわれた。

『学習ですか』

『健全なる日本男子を養成するための学習だ』

拉致《らち》されたことに、不思議と不安は感じなかった。声をかけられた場所と、アキラの本名に共通するのは鵜沢だけだからかもしれない。

尊農志塾は国を繁栄させる基本こそ農業にありという思想の下《もと》、日本国について学習し、心身を鍛えつつ、同時に近隣農家に労働奉仕することで実践を学ぶ場所だといわれた。寮には筆頭助教一名、助教五名のほか、生徒が四十人ほどいた。生徒はゼロ号、一号、二号の三つに分かれる。入塾した者はすべからく二号生徒だが、一年を経たから一号になれるわけではなく、助教たちの合議によって進級を認められるようになっているようだ。ゼロ号になると行動隊員の資格を与えられ、全国にある尊農奉仕行動隊に配属されるともいわれていた。寮にいるのは一号、二号生徒ばかりである。

寮は二階建てで、一階に教場と食堂があり、二階には宿舎となる部屋が並んでいた。一部屋は八畳間ほどだが、そこで五人が雑魚寝《ざこね》する。アキラにしてみれば、布団に入って寝られ、三度の食事が与えられるだけでも幸せであった。

始まって五分で昼食が終わったとき、アキラを神田から連れてきた助教の一人が近づいてきた。半田という男だ。

「永野生徒」

名前を呼ばれ、直立不動になる。塾に来てからは、ふたたび永野明の名を使うようにいわれていた。

「はい」

「自分についてきなさい」

「はい」

二階に上がると、生徒たちは用のないかぎり足を踏みいれることができない助教室の前を抜け、さらに奥にある角の部屋まで案内された。ノックをした半田が声を上げる。

「失礼します。半田であります。永野生徒を連れてまいりました」

中からくぐもった声が聞こえた。半田が半歩下がり、ドアを示す。中へ入れということなのだろう。要領はよくわからなかったが、半田を真似ることにした。

「失礼します。永野、入ります」

「よし、入れ」

ドアを開けると、強いコーヒーの匂いが鼻をついた。中に入り、ドアを閉める。壁の両側は作りつけの本棚になっており、ガラスの扉で覆われていた。手前に向かい合わせにしたソファとテーブルがあり、奥の窓際に大きな机が置いてある。部屋の主《あるじ》は窓に顔を向けており、アキラにはハイバックチェアの背中しか見えなかった。

「こちらへ」

「失礼します」

机のすぐ前に立つと、直立不動の姿勢となった。窮屈だが、寸分の隙なく作法に従っていると心地よくもあった。

椅子が反転する。鵜沢がにこやかに見上げた。

「やあ、しばらく。連絡をもらっていたが、答えられなくてすまなかった。私の方もいろいろあってね」

「いえ……」アキラは背筋を伸ばしたまま、答えた。「行き倒れになりそうなところを助けていただきました」

「そんなに固くなりなさんな。君が教わった言葉でいえば、君は君自身の行動によって、すでにゼロ号生徒の資格を持っているし、ゼロ号のうちでもすでに実績を挙げている立派な行動隊員なんだ。違うかな」

白鳥原子力発電所の建設事務所を吹き飛ばしたプラスチック爆弾のことをいっているのだろう。アキラは何と返答したものかわからず無言で虚空を睨んでいた。

鵜沢がにやにやしながら背もたれに躰をあずける。

「しばらくの間、君はここにいてもらう。白鳥原発の件でもう少しほとぼりが冷めるのを待たなくちゃならないからね。その間に将来君の役に立つ知識や技術が身につけられるだろう」

「はい」

鵜沢は机の抽斗を開けると、中からA４判の用紙を取りだした。細かい文字が印字され、二十枚ほどがクリップで留められている。

「私が君に目をつけたのは、これがきっかけだった」

机の上に置かれた用紙の束に目をやった。〈WWⅢライジング〉。アキラが携帯電話で書いた小説だ。

鵜沢がアキラを見上げている。

「雌伏の時間は終わったよ。我々は行動を起こす。いや、すでに君のおかげで第一歩は踏み出せた。今しばらくはここにいてもらうが、人を隠すなら人の中っていうだろ。人を育てるための塾ってのは不特定多数の人間が常時出入りしても不自然ではない場所なんだ」

「はい」

「特攻隊員の遺書を暗誦させられているだろ」

「行進のときには、全員で唱和しています」

「真っ赤な嘘だ。あれは私が書いた」鵜沢が目をすぼめる。「もう四十年も前になるか。君よりもう少し若いころ、私はこの国を本気で変えようと思っていた。変えられると信じていた。だけど理屈じゃ人は動かない。行動を起こす、決起するという意味だがね。人を動かすのは言葉じゃなく、響きだということを学習したんだ。わかるかね」

「はあ……」

何と答えていいものかわからなかった。鵜沢に目をやった。

鵜沢の顔は真剣そのもので、笑みは欠片も見当たらなかった。


携帯電話が鳴った。表示されている番号は090で始まっている。登録されていないだけでなく、今まで見たこともない。取りあえず仁王頭は通話ボタンを押し、耳にあてた。

「もしもし？」

「仁王頭さんですか。私、都筑です」

桜田門にある警視庁本庁庁舎であった太った公安局員の姿が浮かんだ。

「ああ、どうも」

「今、北海道警察から連絡が入りましてね。あなたが市城という名前で知っている男が死体で発見されました。いわゆる丸太って状態で」

「丸太？」

「躰中の突起という突起がすべて削《そ》ぎ落とされているんですよ。ヤクザが見せしめに使う手ですが、最近はあまり流行りじゃなかったんですがね。鼻、耳はもちろん、指や男性器や……」

　都筑の声を聞きながら市城の容貌が浮かんでこないことをいぶかしく感じていた。

第四章　自殺テロ

1

捜査車輛のダッシュパネルに取りつけられた無線機からはひっきりなしに声が流れていた。

一方通行路での逆走、窃盗、信号無視、引ったくり、喧嘩……。一一〇番通報があれば、必要に応じて通信指令室が所轄署や交番、移動中のパトカーに出動を命じる。機動捜査隊に所属する岸本にしてみれば、出動対象は刑事事件にかぎらない。もっとも第四分駐所の管轄範囲外で発生した事案については基本的に無関係だ。警察官になって十二年ともなれば、無線機から流れてくる内容を無意識のうちに聞き分けるくらいの芸当は身につけている。

無線機の小さなスピーカーから声が流れた。

〝至急至急、本部から東新宿各移動、新宿区新宿×丁目×番×号において傷害事件発生〟

背もたれを倒した運転席で躰を起こす。無線機がつづけた。

〝被疑者《マルヒ》は大久保方面に徒歩で逃走……〟

苦笑して、また背もたれに躰をあずけた。地名に新宿とつけば、すべて第四分駐所の縄張りであり、まして傷害事件なら即刻出動、初動捜査が命じられる。いつもなら、だ。仁王頭と行動をともにするよう命じられ、通常の機捜隊勤務からは外れている今は動く必要がない。

西新宿東京都庁の近辺に車を停め、岸本と仁王頭はシートを倒して寝そべっていた。まるで仕事をさぼり、昼寝をしている営業マンの態《てい》だが、実際、似たようなものだ。

アキラと呼ばれていた男の足取りを追って新宿歌舞伎町を中心にネットカフェや飲食店、ホテルの聞き込みをつづけたが、まるで手がかりはつかめなかった。

歩きまわった結果は、捜査日報として提出してあった。リストアップされたネットカフェをすべてあたったことも報告してある。次はどこへ行くのか。猟犬よろしくご主人様の顔を見上げてみたが、指示は〝待て〟。第四分駐所にいても気分はふさぐばかりなので仁王頭とともに街へ出てきた。午前中こそ街を流してみたものの、何ら進展はなく、昼食後は道路端に車を停めている。

「どうするかなぁ」

自然とつぶやきが漏れた。仁王頭が応じる。

「どうするかねぇ」

岸本はシートに左肘をつき、躰を起こすと助手席に目をやった。仁王頭は組んだ両手の上に頭を載せ、天井を見上げていた。

「北海道からは何もいってこないのか」

「何もない」

「市城さんって捜査員について、何もわからないのか。テレビじゃ、身元不明っていってるし、ヤクザ同士の抗争で殺されたんじゃないかって話だが」

仁王頭が目だけ動かし、岸本を見た。

「あんただってオマワリの端くれならブンヤによけいなことを喋らないくらい知ってるだろうが。殺人《コロシ》であること、死体の状況までは発表する。公安《ハム》の案件だぞ。情報を一切出さなくて不思議はない」

「ハム、ハム、ハムって、北海道のプロ野球かよ」

岸本は声が大きくなってくるのをどうすることもできなかった。

「それをいうんだったらあんただってハムの一員だろ。内部情報とか入ってこないのか」

顔を動かした仁王頭が右手を上げ、人差し指を曲げ伸ばしして見せた。引き金をひく仕種だ。

思わずその手を払った。

「見飽きたよ、それは」

シートに寝そべると、岸本も頭の後ろで手を組み、目をつぶった。だが、長くはふてくされていられなかった。感情にまかせて仁王頭の手を払ったことをすぐに後悔しはじめる。元もとお喋りなので沈黙しているのがつらい。

「すまなかった。かっと来て、つい」

「いいよ。いらついているあんたを茶化したおれが悪い」

「それにしてもアキラについちゃ、手がかりがないな。いてもいなくてもいい奴なんて、本当にいるのかね。それにウツミって、自爆した奴も東京から行ったんじゃなかったっけ。どうしてアキラの情報だけしか回してこないのかな」

「さっきいっただろ。相手はハム……」

ふいに言葉を切ると、仁王頭が躰を起こす気配がした。

「あんたの拳銃、見せてくれないか」

「何だよ、急に」岸本は面くらいながらも躰を起こした。「見せてくれって……。あんたも知ってるだろ、拳銃は抜いた時点で使用とみなされるんだから」

拳銃操作規則を厳密に解釈すれば、二重になっている拳銃止革を二つとも外した時点で使用となる。

「規則の講釈はいらない。さ、早く」

いきなり拳銃オタクかよと胸のうちでつぶやきながら腋の下から自動拳銃を抜くと、銃口部分を握り、銃把を仁王頭に差しだした。受けとった仁王頭がいきなり拳銃吊り紐を外す。

「おい」

奪いかえそうとした岸本の鼻先に仁王頭が手のひらをたてる。顔をぶつけそうになって気勢を殺《そ》がれた。手の中で拳銃を反転させた仁王頭が銃把を突きだしてくる。引ったくるように取り返すと、すぐに拳銃吊り紐を付けなおし、ホルスターに差しいれると二つの止革をしっかり留めた。

携帯電話を取りだした仁王頭が左手でボタンを押しながら右手でポケットを探っていた。携帯電話を耳にあて、岸本を見る。

「手を出せ」

「何だよ、拳銃の次は手かよ。何をさせようっていうんだ」

「いいから早く。ご褒美をあげようってだけだ」

「ご褒美って、何だよ」

「ヒントだ。おれたちが前進するためのヒント。鎖を断ちきりたいなら一番弱い環を攻めなくちゃ、な」

相手が出たらしく、仁王頭が自分の名前を告げる。岸本は左手を差しだした。仁王頭が右手に持った物を岸本の手に置く。

ぎょっとした。

手のひらに載せられたのは、九ミリ口径の執行実包である。川崎で会った福良が口にしたキユウパラが二発という言葉を思いだした。

岸本に貸与されている拳銃用の執行実包は九ミリパラベラム弾である。

「あんた、自分が何をしてるか、わかってるのか」

応接室に入ってくるなり、榊原が怒鳴った。立ちあがろうとした朱里だったが、膝が震え、うまくいかなかった。ドアを勢いよく閉め、榊原は向かい側の椅子に腰を下ろした。俯いたまま、タバコを取りだし、唇の端に押しこんで火を点ける。テーブルの上に灰皿はなく、入口のわきに赤く禁煙と記されたプレートが貼ってある。大量の煙を吐き、俯いたまま、一転して低い声でつづけた。

「所轄にまで押しかけて来て、面会の強要ってのはどういうわけだ？」

「お仕事中に申し訳ありません。ですが、どうしても気になることがありまして。教えていただけませんか」

朱里は身を乗りだした。榊原はタバコを指に挟んだ手で細い顎を撫でていた。まるで顔を上げようとしない。榊原の様子が今までと違うことに気づいてはっとした。

いつもなら乱れなく調えられている髪は脂っ気がなく、つむじのあたりで一房突っ立っている。肌の張りはなく、しわが深くなったような気がした。顔色も悪い。メガネにはまった茶色のレンズを通してさえ、目の下にべっとり張りついた隈《くま》が見てとれる。

疲れているみたいだとは思ったが、かまわずつづけた。

「採石場で発見された身元不明の死体の件です。むごい殺され方をしていて、暴力団の手口ではないかと見られていますが……」

咽がむず痒《がゆ》くなった。小さく咳払いをする。

「ひょっとして先日写真を見ていただいた男の人ではないのでしょうか」

朱里の声など聞こえていないかのように榊原は何の反応も示さなかった。タバコの煙が立ちのぼっている。

「何の話だ？　さっぱりわからん」

榊原は首を振った。

「ですから先日榊原さんに見ていただいた写真の男性の件です。白鳥原発にいた男で……」

やがて榊原がきっと目を上げ、朱里は絶句した。まるで温度を感じさせない視線。背筋に冷たい戦慄《せんりつ》が走る。

「あんた」榊原がタバコを持った手でこめかみをつついたので灰が落ちた。「ここがおかしいんじゃないのか。それともおれをほかの誰かと勘違いしているのか」

榊原に見つめられているうちに朱里は腋の下にいやな汗が噴きだしてくるのを感じた。膝の震えが止まらない。

「殺され方が暴力団の手口だというなら、それは榊原さんの担当ではありませんか」

「捜査情報を漏らすと思ってるのか。それもブンヤ相手に」

床にタバコを落とし、踏みにじると榊原はゆっくりと立ちあがった。朱里は座ったまま榊原を見上げた。

口を開きかけた榊原だったが、何もいわず応接室を出て行った。

「こっちです、こっち」

助手席のドアを開け、岸本は手招きした。太りすぎの躰を揺らして都筑が駆けよってくる。そのまま助手席に滑りこむと、ドアを閉めた。たった十メートルほど走っただけなのに息を切らしている。くたびれた背広姿でコートは腕にかけていたが、こめかみには汗が浮いている。

「あれ、相方は？」

「ちょっと野暮用がありましてね。すぐ近くにいます。ちゃんと後で合流しますよ。取りあえず人目にあまりつきたくないんで車を出します。いいですか」

「ああ」

「それじゃ、シートベルトを締めてください。道路交通法《どうこうつうほう》違反で停められるような真似をしたくないんで」

「その通りだね」都筑は丸々とした手でシートベルトを引きだし、留め具に差しこんだ。「わが社の人間はどうも法律を軽視しがちなところがあるが、岸本さんは立派だね」

岸本は眉を上げて見せた。

「驚きですよ。ぼくは単に法律に従っているだけ、当たり前のことをしているのに立派だなんて。交通法規も守れないような奴が警官ヅラするなって感じですよ」

「どうも法律の近くにいると、ついつい軽く見ちゃうんだな。ところで、これ、いいかな」

ちらりと目をやると、都筑はチョコレートを手にしていた。

「ああ、どうぞどうぞ」

「甘い物に目がなくてね。ちょっと時間が空くとすぐこれだ。自分でもいやになっちゃうけどこればかりはやめられなくてね。どう、岸本さんも？」

「いえ、結構です。逆にぼくは甘い物が苦手でして。どちらかというと酒の方がいいです」

「私はどっちもいけますね」

「それにしても都筑さんが新宿にいてくれて助かりました。管轄を離れずにすみましたから」

昼過ぎ、仁王頭が都筑に電話を入れた。夕方なら時間がとれるということで、待ち合わせ場所として都筑は新宿駅西口の前にある自動車メーカーのビルを指定した。

「たまたまこちらに仕事がありましてね。私としても都合がよかった」

口を動かしながら都筑が答える。

「そういえば、相方が怒ってましたよ。都筑さん、嘘をついてたでしょ」

「嘘？　私が？」

「都筑さんに連絡を取ろうとして本庁に連絡を入れたんですが、そんな人間はいないって。いくら公安でも警察電話《けいでん》から問い合わせたんだから答えてくれないって法はないじゃありませんか」

「まあ、捜査上いろいろとあって」板チョコを平らげた都筑は指を背広にこすりつけて拭き、岸本を見た。「それで相談っていうのは」

「ああ、これなんですよ」

左手でハンドルを握ったまま、岸本はショルダーホルスターから拳銃を抜き、都筑に手渡した。ランヤードはあらかじめ外してある。

「釈迦に説法になりますが、実包が装填してあります。薬室は空ですが」

「心得てますよ」

さすがに拳銃を持ちあげることはしなかったが、右手で握り、足の間で動かし、右から左から嘗めるようにながめていた。

やっぱり銃オタクなんだなと思いながら岸本は言葉を継いだ。

「人目につくとあれなんで、高速に乗っちゃいますね」

「あれ、仁王頭さんは？」

「合流できるようになったら連絡をくれることになってるんです。そうしたら拾いますから。料金所ですからちょっと気をつけてください」

料金自動支払い装置《ETC》をつけてあるので速度をゆるめるだけで料金所を通りぬけることができた。

高速道路を走りだすと、都筑は拳銃を鼻先に持ってきてしげしげと観察しはじめた。

「それで拳銃に関して相談って何ですか」

「そいつ……」

「スミス《S》・アンド《&》・ウェッスン《W》のM3913。口径九ミリで八発まで装塡できる。S&Wが女性用として発売したモデルですよ」

「あちらは女性も躰がごついのかな。ぼくには重くてしようがないですよ」

「そうですかね。まあ、扱いやすい拳銃ではあるんですが、私としてはハンマーレスというところが気に入らないです。だって現場では初弾が勝負でしょ。ケース・バイ・ケースで撃鉄を起こして、じっくり狙いをつけたいときもあるじゃないですか」

岸本はちらりと目を動かした。ルームミラーに黒い影が映る。

「初弾がダブルアクションで不便を感じたことはないがね」後部座席から身を乗りだすようにした仁王頭が都筑の首筋に拳銃を突きつけた。「相方の銃は薬室が空だが、おれのは違うよ」

「どういうことだ？」

都筑が首を伸ばし、銃口から少しでも逃れようとする。仁王頭が手を伸ばし、都筑の手から岸本の拳銃をもぎ取ると、そのまま膝に放ってきた。重い銃が股間を打つ。

「痛え」

「ごめん。急所を打っちまったか。独身のあんたにとっちゃ、そっちの銃の方が大事だな」

銃じゃなく、タマだといいかけたが、やめにした。

「こんなことをして、ただで済むと思うなよ」

震える声でいう都筑はいつの間にか汗で顔をびっしょり濡らしていた。仁王頭がとぼけて訊きかえす。

「こんなことって？　おれたちはガンマニアのあんたに拳銃のことを教わりながらドライブをしようってだけだ」

「危ないじゃないか」

「危ないって、これがか」仁王頭は拳銃を小さく振った。「大丈夫だよ。撃鉄《ハンマー》はちゃんとデコッキングポジションに落としてある」

そういいながら引き金をわずかに絞った。撃鉄が連動して起きあがる。

「ただ車は揺れるからな、暴発事故はあり得る」

「馬鹿な。暴発で済むもんか」

「あんただって、知ってるだろ。おれは元サクラ銃殺隊の人間だ。警察はどっちを選ぶと思う？　単なる事故か、殺人か」

岸本が割って入った。

「教えてくれないか、都筑さん。ウツミって男について。あんた、何か聞いてるんだろ。殺された市城とは密に連絡を取っていたようだし」

そのときタイヤが路面の継ぎ目を拾い、車が震動した。同時に仁王頭が都筑の耳元で大声を出す。

「バンッ」

「ヒッ」

目をつぶった都筑が悲鳴を漏らした。

2

北海道で最大の発行部数を誇る札幌中央新聞の本社は中心街にあり、大通公園に面していた。ガラスの自動扉を通った朱里はまっすぐ受付に行った。

「社会部の竹中さんをお願いします」

「はい」受付の女性はにっこり頬笑んで訊きかえした。「失礼ですが、お宅様は」

「友田と申します。午後二時ということでお約束いただいております」

「かしこまりました」

受付の女性が社会部に電話を入れ、二言三言告げると受話器を置いた。

「竹中は降りてまいりますので、おかけになってお待ちください」

「ありがとう」

ロビーの一角にソファを並べてあった。五十インチもありそうな薄型テレビが置かれ、かたわらのラックには数日分の新聞を綴《と》じたホルダーが掛けてあった。数人がソファに腰かけ、ロビーの奥にある四基のエレベーターに目を向けている。朱里はソファの近くで立ったまま待つことにした。

白鳥原子力発電所で放火騒動が起こった直後の八月、札幌中央新聞に衝撃的なシリーズ企画が掲載された。記者が建設現場、つまり放火があった現場に潜入し、携帯電話で撮影した写真とともに現場内部の状況を詳しく報じたのだ。潜入したのが竹中であり、掲載された写真にはトイレの壁についた煤《すす》まで写っていた。

火を点けられた場所は工事現場の内部といっても原子炉本体ではなく、建屋にかぎられていた。足場を覆う青いビニールシートが燃え、トイレに備えつけになっているトイレットペーパーに火が点けられた。竹中が書いた企画記事は外部の人間がいかに簡単に建設現場にもぐりこめるかを証明してみせた恰好となった。

五分ほどしてエレベーターから一人の男が降りてきた。暗いグレーのスーツを着て、ワイシャツは真っ白、だが、カラーとネクタイがゆるんでいる。銀縁のメガネを掛けていた。年齢は三十代半ばくらいに見えたが、若白髪なのだろう、頭は灰色に見える。目が合うと、男が近づいてきた。

「友田さんですか」

「はい」朱里は名刺を差しだした。「友田朱里と申します」

上着の内ポケットから名刺入れを取りだしながら朱里の名刺に目をやると、竹中はうなずいた。

「ああ、ニュース番組でレポーターもやってますよね。何度か拝見しました」

「恐れ入ります」

名刺交換を済ませると、竹中はエレベーターを指した。

「ごちゃごちゃしてますけど、編集局でお話ししてかまいませんか。今抱えている案件で電話が来ることになっているものですから」

「はい。お忙しいところ、すみません」

「それほど忙しいってわけじゃないんです。ただ本当に電話のタイミングと重なってしまったもので」

詫びつづける竹中とともに四階の編集局までエレベーターで上がった。竹中はエレベーターに乗っている間も喋りつづけ、壁を指先で叩いていた。それでいて朱里をまっすぐに見ようとしない。電話を待っているせいかも知れなかったが、生来神経質で落ちつきがなく、せっかちなのだろうとも思った。

記者たちの机が並ぶなか、編集局のほぼ中央にあるソファに案内された。竹中は朱里に席をすすめながらテーブルの上に積みあげてある新聞を一カ所にまとめ、向かい合わせに座った。

「早速なんですが、この写真を見ていただけますか」

そういいながら朱里はショルダーバッグから榊原にも見せた写真を取りだし、竹中の前に置いた。竹中が手を伸ばし、鼻先に写真をもってきて見る。眉間にしわが寄った。鼻の下、頬から顎にかけ、無精髭が伸びつつあった。朱里は言葉を継いだ。

「先日、白鳥原発で爆弾事件があった直後にうちの取材班が撮影したビデオに映っていた男性なんです。ご覧のようにトレーニングウェア姿なのに警察の人とか、救急隊員とかに指示を出していたんですけど、とてもてきぱきした感じでした。でも、その恰好ですから警察や工事関係の人には見えなくて」

ふんふんと鼻で返事をしながら竹中は写真を繰りつづけた。朱里はつづけた。

「つい数日前なんですが、同じ人を駅前の大型カメラ店の前で見かけました。実際は逆なんですけど」

写真から目だけ上げた竹中が朱里を見る。

「逆、というのは?」

「私とカメラマンが別件で取材をしてたら、たまたまその男性が通りかかって、どこかで見覚えがあると思ったんです。それで局に帰ってビデオテープを調べてみたら、そのように映っていたんです」

「なるほど」

テーブルに写真を置き、竹中はソファに躰をあずけた。

「それでぼくに何を訊きたいんですか」

「単刀直入に申しあげますが、この男性を工事現場で見かけませんでしたか」

朱里の問いに竹中は首を振った。

「残念ながら見た記憶はありません。ぼくがあの現場に潜入取材を行ったのは八月でした。七月に放火があり、それから二週間後のことです。だからこの写真の男が現場に来たとしても八月以降かも知れません。もっとも現場はかなり広かったから、ひょっとしたら行きちがっていて、ぼくが憶えていないだけかも知れない。お役に立てなくて申し訳ない」

「いえ」朱里は首を振った。「お忙しいところ、すみませんでした」

「待ってください。共通点なら、一つだけありますよ。実は、あの現場に潜りこむのはそんなに難しいことじゃないんです」

朱里はまじまじと竹中を見た。竹中がにやりとする。

「友田さんのレポート、何度か見てますよ。ネットカフェ難民のシリーズのことです。実はぼくも友田さんと似たような企画を進めてまして、何度かネットカフェで夜を過ごしました」

躰が火照るのを感じた。朱里はいまだにネットカフェに泊まったことがない。

「大げさなことじゃありません。学生のころからフィールドワークと称して東京の山谷や大阪の釜ヶ崎で暮らしていたことがあります。一年ほど海外をぶらぶらしていた時期もありましたし。おかげで大学には六年通うことになった」

「そうだったんですか」

「ネットカフェで幾晩か過ごすうちに効率のいいバイトの話にぶち当たったんです。それが白鳥原発の工事現場での仕事でした。仕事内容は難しくありませんでした。現場の片付けや掃除が主でしたし、あとは資材を運んだり……、とにかく下働きというか、お手伝いみたいなもんですね。単純作業だけど、機械化は難しい。要はコストの問題なんです。ぼくが仕事をもらった会社は孫請け、ひ孫請けくらいのところで、とにかく大した金にはならなかった。雇う側にしても事情は似たり寄ったりでしょうね。だからぼくみたいなうらぶれてるのを使って、少しでも人件費を抑えるしかない。原発で働くんですから、一応身元調査みたいなこともありますが、名前とか住所とか嘘ばっかり書きましたよ。調べられもしませんしね。現場では、作業服とヘルメットを貸してもらえるんですけど、携帯電話の持ちこみについては何もいわれなかった。原発といっても原子炉のそばになんか寄りませんからね。もっぱら建屋の工事現場の方で」

「先ほど写真の男性と共通点があるとおっしゃってましたが」

「失礼」竹中が顔をしかめ、頭を掻く。「自分のことを話しはじめると、つい夢中になって。ぼくがネットカフェで知り合った連中と一緒に手配師に会ったのが、友田さんが男を見かけたという駅前の大型カメラ店の前なんです。開店前でシャッターは閉まってましたけど、そこで声をかけられて、マイクロバスで現場に向かう。三日間通いました。ばれると困るというのもありましたけど、躰がつづきませんでしたね。ひどい筋肉痛で」

「ひょっとして、竹中さんがお会いになったというのは？」

竹中の口許から笑みが消え、顎を胸にうずめるようにしてうなずいた。

「現場で死んだ樺田ですよ。今年の春くらいから樺田があの現場については手配を仕切っていた。この写真の男性も？」

「ええ」朱里はわずかの間目を伏せたが、ふたたび竹中を見た。「実は先日山中で発見された身元不明の死体のことなんですが……」

詳しいことは話せないと断りながらも朱里は榊原に連れていかれた暴力団の名を挙げた。もちろん榊原の名は出さない。

竹中の表情がさらに厳しくなる。

「あそこの組長ならぼくも知ってます。知り合いというわけじゃありませんけど。一見優男ですが、容赦ないって噂です。そして樺田が所属していた組だし、手配師もシノギにしています。あそこに近づくのは危険です。記者だから危険だといわれるとなおさら近づきたくなるでしょうけど、これは文字通り命の危険があります。もし、取材するならよほど気をつけないと……」

無理だな、と朱里は胸のうちでつぶやいていた。ネットカフェ難民をシリーズ企画で取りあげるといいながら肝心のネットカフェで一夜も過ごしたことのない意気地なしなのだ。とても命の危険を冒して取材に踏み切れそうにない。

ふっと報道部長の面影が脳裏を過ぎった。

異動の話、私向きなのかも知れない——。


板橋区の外れ、都営の巨大な団地の一つに都筑は住んでいた。一人暮らしらしい。雑然とした狭い居間には脂っぽい体臭が漂っている。小さな卓袱台の上に都筑はウィスキーのボトルを置いた。中身は三分の二ほど残っている。それからグラスを三つ並べ、仁王頭と岸本を見た。

「車の中でもいったように、おれは甘い物もこっちもいけるんだ。どうだい、付きあわないか」

「とんでもない」

岸本が顔の前で手を振ったが、仁王頭はうなずいた。

「もらおう」

酒でも飲まなければ話せないこともある。

新宿で都筑を拾い、首都高速道路を走っている間に9ミリ拳銃を首筋に押しあてて脅した。引き金を絞り、撃鉄を起こすと都筑は団地の名前をいい、自宅があるといった。そこで話をしようといった。

自宅なら部屋にどんな仕掛けがあるかもわからない……、とは思わなかった。都営住宅なのだ。

顎をしゃくった都筑が冷蔵庫を指した。

「中にコーラやジュースが入ってる。好きなのを出してやってくれ」

「はあ」

ひざ立ちになった岸本が冷蔵庫の前へ移動する間に都筑は二つのコップにウィスキーを注いだ。

「気取ってストレートを飲んでいるわけじゃない。ひとり暮らしが長いせいで、氷も水も面倒になっただけだ。もし、氷がいるんなら……」

「同じで結構」仁王頭は半分ほどウィスキーが入ったコップを手にした。「ここに住んで長いのか」

都筑がにやりとする。

「小学生のころから住んでる。親父とお袋の家だった。親父は死んだが、お袋は生きてる。今は兄貴が引き取って暮らしてるよ」

缶入りのコーラを手にして岸本が戻ってきた。都筑がコップを差しあげ、乾杯といったので仁王頭と岸本も付きあった。ウィスキーをすする。ストレートのウィスキーなどしばらく飲んだことがなかった。冷たい液体が舌の上を流れ、咽を灼いた。噎《む》せそうになったが、こらえる。じっと見ている岸本の視線を横顔に感じた。

ちびりとウィスキーをなめた都筑が低い声でいった。

「まず訊いておきたい。どうしておれに目をつけた？」

仁王頭はジャンパーの前をめくり、ホルスターに収めてある9ミリ拳銃をぽんぽんと叩いた。

「市城さんはこいつをあんたに送った。手続きはしてるだろうが、よほど信用している相手でなければ、おれは拳銃を託したりはしない」

「奴とは学校の同期だった」

「警察学校の？」

「いや」

またしても口許に笑みを浮かべ、都筑がある機関の名前をいった。公安捜査員の訓練を専門に行うところで、よく旧陸軍の中野学校にたとえられていた。中野学校は諜報術、防諜術から破壊工作の方法、人の殺し方まで懇切丁寧に教えてくれたという。現在の公安捜査員養成機関が何を教えているか、仁王頭は知らない。

「なるほど。それなら一番信用できる」

「いや、同期生というだけならおれは奴を信用しなかったし、奴もおれを信用しなかっただろう」

「市城というのは本名なのか」

「まさか」都筑はウィスキーを半分ほども咽に放りこみ、げっぷをした後に答えた。「しかし、それを今さら知ってどうする。あんたが市城だというんなら市城でいいじゃないか」

岸本が膝を進めた。

「身元不明ということになってますが。でも、職務中でしょう。立派な殉職じゃないですか」

「職務中だからこそ身元不明なんだよ。おれたちの仕事は、公明正大を売りにしてる民主警察とは違う」

「まあ、ぼくにしても公明正大かっていわれるとうなだれちゃいますけどね」

そう答えると、岸本は膝を崩し、あぐらをかいた。仁王頭は最初から正座などしていない。

仁王頭はまっすぐに都筑の目を見た。

「ウツミというのは？　どうしておれたちにウツミに関する情報がまるで回ってこないんだ？　奴もハムの人間だったのか」

すぐに質問には答えようとせず、都筑は仁王頭を見返していた。最初に警視庁で会ったときよりはるかに老けて見える。古びた蛍光灯の光がちらついているせいかも知れなかった。

「ウツミは、市城のエスだった」

ぼそりと都筑がいい、岸本が息を嚥んだ。エスはスパイの頭文字で、公安捜査員が使う情報源を指す。

警察の仕事に情報源は欠かせない。それは公安部局にかぎらない。たとえば、暴力団を担当する刑事四課の人間であれば、暴力団に内通者を持たなければ商売にはならない。

だが、金を与えて情報を得ることは滅多になかった。警察は予算で動き、つねに予算は不足するものだ。ここ数年で裏金作りも難しくなっている。たいていはある種の犯罪を見逃したり、一斉摘発に関する情報を事前に流したりして貸しを作る。公安捜査員の手口はもっと巧妙で、資金もふんだんにあると聞いたことがあった。

「ウツミという男は、もともと千葉県で鉄道関係の組合にいた。活動家だったんだ。ただ母親の按配が悪くてな。可哀想《かわいそう》にアルツハイマーを患ってて、それほどの歳でもないのにぼけちまった。兄弟のいないウツミは母親の面倒を見なくちゃならなくなった。だが、一人で介護するのは物理的にも精神的にも不可能だ」

「ウツミは独身だったのか」

「いや、嫁さんと二人の子供がいた。だけど母親の介護問題が起こると、嫁さんは子供を連れて出ていったきり、結局は離婚ってことになった。それでも母親の面倒は見なくちゃならない。特養老人ホームに入るためには、何百人もの待機者の名前が載ってるリストが消化されるのを待たなくちゃならない。民間の施設では、とんでもない金がかかる。しかし、ウツミだって働かなきゃ食ってはいけない。身動き取れなくなったとき、老人介護を前提とする低利の金貸しがあることを教えた奴がいる」

「市城さんか。そして金を貸したのは金融業者じゃなかった」

仁王頭のつぶやきに、都筑は曖昧にうなずいた。

「ところが、そこまでしてようやく取りこんだと思ったウツミがあっさりクビになっちまった。組合員としても情熱を失っていたから解雇を不当だとして動こうともしなかったんだな。ホームレス寸前まで追いつめられた」

岸本が身を乗りだす。

「寸前ということは、ネットカフェを泊まり歩いたりしてたってことですか」

「はっきりはしない。だけどそこで白鳥原発の工事現場での仕事を見つけたのは確かだ。札幌で別件の捜査に従事していた市城は、ウツミとも定期的に連絡を取っていた。おれたちはな、一度つかんだエスは絶対に離さないんだよ」

「しかし、公安のエスがどうして銃や爆弾を所持してたんだ？」

岸本が口を挟む。都筑は肩をすくめた。

「市城もウツミももう死んでる。さっぱりわからんね」

仁王頭は都筑を見た。

「市城さんはアキラの背後関係について何かわかったといってなかったか」

「何にも」都筑は首を振った。「おれに連絡してきて、あんたを東京に送るといわれただけだ。ところで、アキラという男だが、あんた、あいつの顔を見たんだって？」

仁王頭はうなずいた。

「市城はあんたのことを唯一の目撃者といっていた。市城自身は唇の上にホクロがあることく

ら……」

「おれたちの仕事は必ずしも逮捕が目的じゃない。監視が中心だ。奴らの行動が目に余った

「捜査記録というか、日誌みたいなものは残さないのか」

らいしか記憶になかったらしいが」

市城に教えられたままにあとを引き取ってみせると、都筑は否定もせず、また肩をすくめて見せた。仁王頭はさらに食いさがった。

「扇動して運動を過激化させ、自滅を招く」

「監視が目的といっても何らかの中間報告みたいなものが……」

ふいに岸本が腰を浮かせた。耳に差したイヤフォンを手で押さえている。口を開きかけた都筑を手で制した。イヤフォンは受令機から伸びている。

受令機は通信指令部からひっきりなしに発せられる指令を受信する小型ラジオのようなものだが、警視庁ほか各道府県警察によって周波数が異なる。そのため仁王頭は受令機を札幌に置いてきてあった。

「大変だぁ」

岸本はテレビを指さした。

「ちょっと、テレビ点けて、テレビ。大変なことが起こってる」

3

暗い中に目映い炎が立ちのぼり、周囲を照らしている。

岸本は目を瞠《みは》った。

三カ所から立ちのぼる炎が見えた。ヘリコプターから撮影しているようだ。画面の上端にLIVEの文字、下に港区海岸付近とテロップが出ていた。いきなりオレンジ色の火の玉が膨れあがり、大量の煙とともに立ちのぼっていった。

つい先ほど受令機につないだイヤフォンから流れてきた金切り声がよみがえる。

〝至急至急、本部より各移動。午後六時ごろ、JR新宿駅南口付近および首都高速道十一号線レインボーブリッジ付近において爆弾事案、同時発生……〟

都筑が手にしたリモコンを操作する。やたら静まりかえっていると思ったら音量を絞ってあったのだ。スピーカーから男の亢奮した声が流れてきた。

『……たった今、爆発が起こりました。火災を起こした自動車の燃料タンクに引火したものと思われます。現場は大混乱です。我々のつい足元で大惨事が起こっています』

受令機の指令を耳にして、すぐテレビを点けた。二度ほどチャンネルを変えると、生中継の映像が映った。そしてそのまま見入ってしまった。衝撃的な映像に心奪われたのは岸本、仁王頭、それに都筑も同じだったろう。岸本は手探りで携帯電話を取りだすと、電話帳を開き、岡崎の電話番号を選びだした。発信ボタンを押して、耳にあてる。岡崎は第四分駐所に配置されている機動捜査隊四個班のうち、第二班の班長で岸本の直属の上司だ。電話はすぐにつながった。

「岸本です」

「今、どこにいる」

切羽詰まった口調は当然だ。新宿駅南口といえば、第四分駐所の管轄区域においてど真ん中といえる。岸本は板橋にある都営団地の名前を告げ、白鳥原子力発電所の爆弾事件について捜査を行っていると報告した。

「すぐに新宿駅に向かえ。北海道から来たお客さんもいっしょにな。おれも今現場へ向かっている」

「はい。わかりました」

「車か」

「ええ」

「現場はめちゃくちゃ混乱している。車は第四分駐所《よんぶんちゅう》に置いて、徒歩で行け」

「わかりまし……」

電話が一方的に切られた。走っている最中だったのか、岡崎は息をはずませていた。

携帯電話をポケットに入れ、腰を浮かせると仁王頭に告げた。

「分駐所に戻る。それから新宿駅に行く」

「わかった」仁王頭は手にしたコップを卓袱台に置き、都筑に目を向けた。「市城さんとウッミの件はまたあらためて。ご馳走さん」

立ちあがりかけた仁王頭を見あげ、都筑が訊いた。

「幽霊を撃てるか」

目をすぼめ、仁王頭が見返すと都筑がつづけた。

「まだ、白鳥原発を爆破した犯人について何もわかっていないだろ。連中はこの世にいてもいなくてもいい連中……、いわば幽霊みたいなもんだ」

仁王頭は顎をしゃくり、テレビを指した。

「幽霊が爆弾なんか持ち歩くか。絶対に犯人《ホシ》はいる。奴は生身の人間だ。撃てるさ」

都筑の部屋を出ると、二人は駐車場まで走った。運転席に乗りこんだ岸本はエンジンをかけつつ、助手席の仁王頭にいった。

「足元に赤色灯があるだろ。屋根に載せてくれ」

仁王頭が屈みこんで床に手を伸ばし、赤色灯を持ちあげる。車を発進させながら岸本はセンターコンソールのスイッチを入れた。仁王頭が窓を引き下ろしている最中に赤色灯が回転しはじめ、車内を不気味に照らしだす。サイレンが鳴りだした。仁王頭は窓から赤色灯を出し、屋根に張りつけた。

無線機からは通信指令室からの指令がひっきりなしに流れていた。団地を出ると新大宮バイパスに出て南下、練馬の陸上自衛隊駐屯地の北を抜けて川越街道をひた走った。環状七号線に出るつもりだ。高速道路を利用しようとは思わなかった。夕方の混雑に加え、レインボーブリッジでの爆発の影響が出ているかも知れない。高架に上がってしまうと、身動きが取れなくなる恐れがある。減速しつつ、赤信号を通りぬけた。

助手席の仁王頭が携帯電話をいじっている。

「何やってんだよ」

思わず声を荒らげた。仁王頭は手を挙げ、わずかの間岸本を制すと携帯電話を閉じて顔を上げた。

「悪魔の数字だそうだ」

「何だって、何いってるんだよ」

「掲示板のサイトをのぞいてみた。爆発が起こったのは午後六時六分六秒だそうだ。666……、ホラー映画に出てきた悪魔の数字だ」

「犯行声明だっていうのか」

「いや、根も葉もない噂話の段階だ。だが、下手なニュースより情報が早い」

センターコンソールの無線機から流れてくる指令は、午後六時過ぎの爆発、死傷者多数という以外、詳細不明をくり返している。

「ネット社会様々だな」

環七通りに出て、加速する。尋常ではない事態が起こっているのは、環七を走る緊急車輌の多さからも推しはかれた。パトカー、消防車、救急車、自分たちが乗っている普通乗用車やワゴン車で赤色灯を載せている車などいたるところで赤い光が明滅し、すべての車が新宿に向かっている。

第四分駐所がある新宿東署の駐車場に車を入れると、二人は走りだした。日本最大の歓楽街、新宿歌舞伎町を抜け、駅に向かってひた走る。鍛えているだけあって仁王頭は足が速く、息も乱さなかったが、岸本は途中何度か足をもつれさせ、倒れそうになった。何とか新宿駅にたどり着き、現場である南口に回りこんだ。

新宿南口はデパートに直結しており、また新宿といえば、ＪＲ線だけでも山手線、中央線、総武線、そのほか東京メトロ丸ノ内線、都営地下鉄、さらには私鉄線が重なっている上、巨大なバスターミナルがある。午後六時過ぎにたまたま南口改札付近を通りかかった人間がどれほどになるのか想像がつかない。

現場に駆けこみ、岸本と仁王頭は取りあえず警察手帳を出した。二つ折りになった革ケースを開き、金色のバッジが表に出るようにして吊り紐で首から下げる。仁王頭のバッジには北海道警察の文字が刻まれているが、大混乱の中、誰も気にしないだろう。

新宿駅周辺には、すでに何台もの救急車、消防車が到着しており、さらにパトカーが外側をぐるりと囲んでいる。辺り一面が回転する赤色灯で埋めつくされていた。緊急指令を耳にしてからかれこれ一時間近くになろうとしているのに駅構内からは人の波が溢れでており、何十人もの制服警官が声を嗄《か》らして誘導する一方、現場を封鎖し、外から入ろうとする人間を規制していた。

岸本は周囲の光景に目を奪われていた。現場を目の当《ま》たりにしているというのに、都筑の部屋で見たテレビのように音が失われている。聞こえてくるのはこめかみの脈動と呼吸の音だけだ。

いきなり右頬に衝撃を受け、目をしばたたいた。

「何を……」

声が途切れた。いつの間にか仁王頭が岸本の腕を取っている。仁王頭が岸本の目をのぞきこんでいった。

「落ちつけ。とにかく中へ入るぞ」

「わかった」

うなずくと仁王頭が岸本の腕を離した。岸本は首を左右に振り、首から吊したバッジの位置を直した。

「大丈夫か」

「もう、大丈夫だ。すまなかった」

「行こう」

二人はバッジをかざしながら溢れだしてくる人の波に逆らって駅の構内に入った。爆発が起こった改札口付近から群衆は遠ざけられていたが、すでに担架が何十個と運びこまれており、倒れている人々に救急隊員がかがみこんでいる。取りあえず爆心と思われる改札口に近づいたところで二人は足を止めた。

「こりゃ、ひどいや」

岸本はうめき、顎を手の甲で拭った。

ずらりと並んだ改札機の周辺がＰＯＬＩＣＥと印刷された黄色のテープで囲われている。十人ほどの鑑識課員がテープの内側でカメラをかまえ、次々にシャッターを切っていた。フラッシュがまたたく度に倒れている人影が浮かびあがる。微動だにしない。

おそらく怪我人は運びだされたあとなのだろう。残っている死体は、どれ一つとしてまともなものはなく、手足がちぎれたり、首が思いもかけないような角度にねじ曲がっていたり、脇腹から白っぽい腸が溢れだしたりしていた。

足が竦《すく》んでいた。膝が震えてうまく力が入らない。だが、もう一度殴られるつもりはなかった。

テープで縄張りをされたすぐ近くに班長の岡崎が立っているのを見つけた。

「班長がいた。行くぞ」

「おれはあっちに行ってみる」

仁王頭が指さした先には女が三人かたまって、床に座りこんでいた。救急隊員たちは重傷者の手当てや搬送に忙殺されており、比較的軽傷と見られる怪我人にまで手が回らないのだろう。駆けだした仁王頭をそのままにして、岸本は岡崎に近づいた。

仁王頭は三人の女性がひとかたまりになって座っているところへ近づいた。三人ともハンカチで顔を覆っている。ハンカチには血が滲んでいたが、大量ではない。しゃがみこんで声をかけた。

「警察です。気持ちをしっかり持ってください。間もなく救急隊が来て病院へ搬送してくれますから」

ふいに一人の女が仁王頭の袖を取ると二の腕に顔をうずめて泣きだした。三人ともまだ若く、高校生くらいに見えた。泣いている女性が切れ切れに怖かったというと、あとの二人もわっと声を上げた。

「大丈夫、落ちついて。もう大丈夫ですから」

本当に大丈夫なのか、さらに爆発がないといえるのか保証のかぎりではなかった。だが、怪我をしている被害者にはほかに言いようがない。すがりついている女の肩を抱き、仁王頭はもう一度改札口をふり返った。

鼻を動かしてみたが、火薬のきな臭さは感じない。周囲に立ちこめる血の匂いが圧倒しているのだ。

都筑のところで岸本が受令機から流れる指令を聞いた。すぐにテレビを点けると、ちょうど現場からの生中継をしていた。目の当たりにしている新宿南口の現場も凄まじい惨状だが、レインボーブリッジの現場はさらにひどいのではないか。走行中の車が爆発、炎上しており、爆発したのが一台なのか複数なのかもわかっていない。爆風で吹き飛ばされた車が高架から落下している。暗い中、オレンジ色の炎が目映かった。

腕をつかむ手に力がこめられ、仁王頭はふたたび三人を見た。

「痛むのか」

「少し」

仁王頭の腕をつかんでいる女が答え、ほかの二人もうなずく。

「ハンカチに血がついているみたいだけど、怪我は？」

三人が互いに見交わし、ごそごそと躰を探った。いずれも爆発のショックで座りこんだときに膝を擦りむいた程度で済んでいるようだ。しかし、音と光、何よりほんの目と鼻の先で何人もの人間が吹き飛ばされ、躰がばらばらになるのを目撃したのだとすると精神的ショックが大きいだろう。

死体が積みかさなった自動改札機付近が青いビニールシートで囲まれたころ、救急隊員が来たので三人をまかせた。担架が運ばれてきたが、歩けるといったので救急隊員が付き添う形で救急車に向かった。

ほっとしたところへ岸本が駆けよってくる。

「ここはほかの人間に任せて、おれたちは慈愛病院に行く。怪我人の搬送先の一つなんだ。そこで身元を確認して、家族と引き合わせる作業が待ってる」

仁王頭は岸本を見上げた。

「ついでに事情を聴け、と」

大きく息を吐き、岸本はうなずいた。

「あまり期待はできないだろうけど。今の三人組はどうだった？」

仁王頭は首を振った。


廊下の壁にびっしりとストレッチャーが並び、怪我人が寝かされている様子は白鳥記念総合病院を連想させた。医師、看護師が歩きまわり、患者の様子を見ている。ストレッチャーの枕元には書類ばさみがかけられ、氏名、住所、連絡先、そのほか特記事項があれば記されていた。カルテではなく、いずれも警察官が作ったものだ。

書類ばさみを手にした仁王頭は中年男の上に屈みこんでいた。書類は二枚一組で、カーボンコピーを取れるようになっている。患者の枕元にあるのはコピーの方で、警察が保管するオリジナルには聴取した内容をメモする欄が設けられていた。

中年男は両目を包帯で覆われていた。破片を受けたのだという。仁王頭が事情を聞こうとしたとき、一人の看護師が近づいてきて、失明は免れないだろうが、本人にはまだ伝えていないといった。

「チクショウ、どうしておれがこんな目に遭わなくちゃならないんだ」

男はかすれた声でいい、顔をしかめてくぐもった罵声《ばせい》を漏らした。仁王頭はゆっくり、はっきりとした口調で訊いた。

「まず、お名前を教えてください。それと住所、連絡先も。ご家族に連絡しますから」

「こんどう……、ゆう……」男は唇を嘗めた。「ゆうぞう」

仁王頭は字を確かめながら用紙に記入していく。男は近藤雄三といい、埼玉県内の住所、自宅の電話番号を告げた。

「かあちゃんの携帯電話の番号は、自分の携帯がないとわからない。携帯は上着の内ポケットに入っているはずだが」

そっとシーツをはぐってみた。ストレッチャーに寝かされている近藤は血のついたTシャツにトランクスという恰好で、右腕に包帯が巻かれていた。左腕には点滴の針が刺さっている。治療のため脱がされたのか、爆風で吹き飛ばされたのかはわからなかったが、少なくとも携帯電話はありそうになかった。

「ご自宅の方に連絡しますよ。奥さんがすぐに来ると思います。何があったか憶えてますか」

「いや」近藤はまた唇を嘗めた。「突然、凄い音がしたことしかわからない。気がついたらこうして寝ていた。何があったんだ？」

「新宿駅の南口改札で爆弾が破裂したんです」

「ああ、そうだ。おれは改札を抜けたところだった」

「何か見かけませんでしたか。改札口のそばに紙袋とか、カバンとかが置いてあったとか」

「その中に爆弾が入っていたのか。テロなのか」

「まだ、詳しいことはわかっていません」

「警察は一体何をやってるんだ。日本が世界一安全な国だなんて……」

しばらくの間、近藤は警察を罵りつづけた。気持ちが晴れるまで喋らせておき、くたびれ、口をつぐんだところで質問したが、結局は何も見ていないし、爆発の瞬間の記憶はほとんどないといった。

そろそろ切りあげようと思っていたとき、岸本がやって来た。仁王頭は書類の一枚目を取ってジャンパーのポケットに入れると、近藤には家族に連絡をするといってそばを離れた。

「何かわかったのか」

仁王頭の質問に岸本は首を振った。

「だけど、ちょうど記者会見が始まる。それは見られるよ」

「記者会見って？」

「見れば、わかる」

ナースステーションに行くと、薄型のテレビの前に何人もの男女が集まっていた。半分ほどは白衣を着ており、制服姿の警察官もいた。

ほどなく記者会見が始まった。誰かが呉越同舟だなとつぶやくのが聞こえる。会見の席についていたのは、内閣総理大臣と野党第一党の党首の二人である。

まず総理が切りだした。

『今夕起こった二度の爆弾テロを受け、我々政府与党と野党第一党である民政党は緊急事態に対処するため、党利党略を超越し、ともに手を携えることについ先ほど合意しました』

今年の夏、参議院選挙で民政党が与党に対して圧勝し、衆参両院で第一党が異なる、いわゆるねじれ国会となっていた。参院選後、三カ月ほどして両党の党首会談がもたれ、保守党同士ということもあって与野党第一党同士の大連立が議題になった。今、記者会見の席で総理と並んでいる党首が民政党にその話を持ち帰ったところ、幹部会で猛反発に遭い、党首辞任騒動にまで発展している。

誰もが沈黙し、総理を見つめていた。

『我々は、今回の事態を憂慮し、一丸となって事態の収拾に取り組んでいく所存であります。まず国民の皆さんに申しあげたいのは、わが国の治安体制は万全であり、世界一安全な国という点は今も、これからも変わらないということをお約束したいということであります』

光を失った近藤にしてみれば、まるで信じられないだろう。

4

カップ麺の蓋を開けると、湯気とともに醬油の匂いが立ちのぼり、空っぽの胃袋が身もだえする。割り箸を突っこみ、具と麵をかき混ぜているとさらに強く醬油が匂ったが、カレーの強烈な香りが割りこんできた。

仁王頭は醬油味を、岸本はカレー味を選んでいた。

二種類のカップ麵があるといつも迷ってしまう。醬油か、カレーか。いざ食べる段になるといつも少しばかり後悔する。迷い、選択し、後悔する。平々凡々たる人生であれば、まとわりついてくる後悔もちっぽけなものに過ぎないだろう。とにかく麵をすすった。決まり事のように噎せる。

午前三時をまわった警視庁機動捜査隊第四分駐所には二十人ほどの捜査員がいた。半分は机に向かい、ノートパソコンのキーボードを叩いている。新宿駅や怪我人が搬送された病院で聴取してきた内容を捜査日報にまとめているのだ。今日一日で挙げられる報告書が何本くらいになるのだろうとふと思った。

新宿駅南口改札口で起こった爆弾事件では死者十二名、負傷者は千人近い。一方、レインボーブリッジ付近で起こった事件では負傷者数は新宿駅の四分の一ほどだったが、死者は三十六名となっていた。爆発、炎上する車に閉じこめられたり、高架から十数メートル下の地面に落下し、叩きつけられたのではまず助からない。もっとも死傷者数は午前零時現在でまとめたものに過ぎず、これから増えるだろう。仁王頭は新宿駅の現場から慈愛病院にまわったのでレインボーブリッジの現場についてはテレビのニュースで流れた以上のことを知らない。

負傷者一人につき、報告書が一本としても千本以上が出る計算になる。さらに駅では付近にいた駅員や乗降客に事情を聴いているし、レインボーブリッジ周辺でも事件に巻きこまれなかった車のドライバーなどからも話を聞かなくてはならない。仁王頭や岸本、そのほかの捜査員たちが病院で集めた被害者の情報もまとめられているはずで、本来であれば、仁王頭も報告書を作成しなければならないのだが、疲れきり、空腹で、とてもじゃないが、パソコンのディスプレイを見る気にはなれなかった。それに空いているパソコンを借りなくてはならない。

まずは空腹を紛らわそうと、仁王頭と岸本の意見は一致した。第四分駐所が置かれている新宿東警察署別館ビルの一階にはカップ麵とチョコレートバーの自動販売機があったが、二人とも少しでも腹を満たしてくれそうなカップ麵を選んだ。

無言のまま、一気にカップ麵を食べおえると岸本が大きく息を吐いた。

「我ながら感心するよ。あれだけむごたらしい現場を見てきたっていうのに今はカップ麵が食えるんだから」

「腹が減れば、いつでも食えるさ」

汁を最後の一滴まで飲みほし、仁王頭は割り箸を突っこんだ空容器を机の上に置いた。両手で顔をこする。目蓋の裏側に微細な砂が入ったようにごろごろし、痛む。手のひらが浮いた脂でべたべたした。手を下ろし、岸本を見た。髭がうっすらと伸び、目がへこんで二重になっている。まわりを手で示し、岸本が訊いた。

「どうする？　ここじゃ、寝られそうもない」

第四分駐所にはいくつかビニール張りのソファが置いてあったが、いずれにも捜査員が寝そべり、毛布をかぶっていびきをかいていた。

「ホテルに戻るか。それとも署の道場にするか。たぶんもう布団が入ってると思うけど」

「そうだな」仁王頭はカシオPROTREKを見た。「三時十七分か」

「そう。次の666まであと二時間と四十九分を切ったところだ」

「本当かね」

腕を下ろし、岸本を見やる。岸本は床に視線を落としたまま、力無く首を振った。

「どうかな。とても信用に足る情報とは思えないけど、変にリアルでもある」

二件同時に爆弾事件が起こった直後からインターネットの巨大掲示板に事件に関する書き込みが殺到した。爆発直後の現場を撮影した静止画、動画も多かった。携帯電話のカメラで撮ったものばかりだが、カメラの性能が向上しているためか、驚くほど鮮明な画像も少なくなかった。犯人に関しても目撃情報から、自分が犯人だと告白する者、ご丁寧にプロファイリングをしてくれる者もいる。警視庁のサイバー犯罪対策班が分析を行うため、今のところネットへの書き込みに関して一切の制限はくわえられていない。

そうしたなか、もっとも多い書き込みが〝666は一日に二度ある〟だ。

警察からの正式発表はないが、新宿とレインボーブリッジの爆発は午後六時六分六秒に起こったものと見られていた。二度目は翌日の午前六時六分六秒を指す。単なる風評とはいえ、警視庁は厳戒態勢に入っていた。

だが、混乱もあった。犯人、犯行の目的、具体的な方法も皆目わからないのに、警視庁警察官のすべてに動員をかけたところで、どこで、何を警戒すればいいのか、誰にもわからなかった。また、警察官全員の動員ということ自体不可能な話ではある。

「何だかさぁ」岸本は目を伏せたまま、ぼそぼそといった。「今やネット社会っていう、もう一つの世間がちゃんとあるような感じだよな」

「ネットはネットだろう」

「ちょっと前までは、人工現実《バーチャルリアリティ》なんていってればよかったんだけど、今じゃブログで予告された殺しや放火が普通に起こるだろ。自殺だとか心中サイトがあって、そこにつながった奴は本当に自殺したりする。それを利用して、殺しをやる奴が出てきたりさ。微罪で愉快犯ってレベルになると、ネットでちゃかちゃかやってるうちに妄想と現実の区別がつかなくなっちゃう奴がたくさん出てくる」

沈んだ岸本の顔をじっと見つめた。岸本はぼそぼそとつづけた。

「よっぽど現実がつまんなくなったのかな。学校や社会でいい目なんか見たことない奴でもさ、情報だけはどんどん入ってくる。どうしておれだけがって気持ちになっていくんじゃないかな。どうせ生きてたって、決まりきった枠のなかでつまんない人生送るくらいなら一時の快楽を味わった方が得だって。暗がりで女を襲って、レイプした上に殺して、あとは財布から金を抜いて逃げる。うまくやれば捕まらない。捕まって、よしんば死刑になったとしても、そもそも生きてたってつまらないと思ってるわけだろ。失うもののない奴は死人と同じだ。厄介の極みだな」

「疲れてるんだ」仁王頭はわざとあくびをしてから付けくわえた。「まずはひと眠りしよう。椅子に座ったままでも熟睡できそうだ」

「なあ、ニオウ、どう思う？　現実と妄想の区別がつかなくなったなんてレベルじゃなくなったような気がするんだ。連中は、ひょっとしておれたちとは違う世界に生きているんじゃないか」

イスラム教過激派の一員として自爆テロに走る連中には若い者が少なくないという。生まれついたときから貧しく、物心つくころには日々の食い物と一晩のねぐらを探すだけで一日が終わる生活をしている若者が殉教者になることで、あの世では美しい四人の妻にかしずかれ、美味いものを腹一杯たべられるようになると吹きこまれる。ついにはその言葉を信じて躰に巻きつけた爆薬に火を点ける。どうせ生きていても食い物と寝るところを探すだけで浪費してしまう人生なら、殉教者の途を選び、彼岸での暮らしを夢見る。いや、爆弾を破裂させる瞬間、すでに彼は彼岸の住人になっているというのだ。

「疲れてるだけだ」

仁王頭は辛抱強くいった。だが、岸本は首を振る。

「そうかなぁ、おれにはそうとは思えないんだよな。別の世界にいる人間に手錠《ワッパ》は打てないし、打ってもしようがない気がするんだ」

都筑の言葉が脳裏を過ぎっていく。

『連中はこの世にいてもいなくてもいい連中……、いわば幽霊みたいなもんだ』

とにかく寝るぞ、といいかけ、仁王頭は苦笑した。岸本は机に突っ伏し、いびきをかいていた。開いた口からはよだれが流れていた。

ロッカーに椅子を寄せ、もたれかかった。後頭部を冷たいスチールにつけ、目をつぶる。火照った頭が金属によって冷やされていく感じが心地よい。腕組みをすると、あっさり眠りの中へと落ちていった。

躰を揺り動かされた。目をつぶって二分と経ってもいないのに、と思いつつ、目を開く。第四分駐所を捜査員たちが動きまわっていた。仁王頭を起こしたのは岸本だ。頰に腕時計の跡が丸くついている。眠ったのは二分ではないようだ。

「何があった？」

「羽田行きのモノレールだ。今回は犯行時刻が正確にわかった」

「午前六時六分六秒」

仁王頭の答えに岸本がうなずいた。


東京モノレールの中で爆発が起こったのは、午前六時に浜松町駅を出発した便で、五分後に天王洲アイル駅に到着、ふたたび発車しようとドアを閉めた直後のことだという。さすがに管轄違いで機動捜査隊第四分駐所に出動命令は出なかった。また夜明けから警視庁全域に非常動員がかけられたため、仁王頭、岸本ともに分駐所に待機することとなった。岸本のノートパソコンを借り、昨日の報告書を作成すべくキーボードを叩きはじめた仁王頭だったが、視線はどうしてもテレビに奪われがちになった。

昨日の夕方の二件の爆弾事件、かっきり十二時間後の第三の爆弾事件で東京は麻痺状態に陥りつつあった。

まず東京都全域の公立小中高校はすべて臨時休校とし、官公庁も最低限度の機能を維持するのみとした。しかし、企業の大半は休業するわけにもいかず、交通機関に関しても爆発が起こった新宿駅を通る路線については運休となったものの、ほかの路線は間引きしてでも運転せざるをえなかった。

そうしたなか東京モノレールだけは始発から通常通り運行しており、おまけに混雑していた。東京を脱出しようという人々が羽田空港に向かっていたためだ。警視庁、東京都のみならず政府関係機関も極力外出をひかえるように訴えたが、生命の危険から逃れようとする人の足は止められない。まさにそこを狙われた恰好になった。

東京は半戒厳令下といってもよかったが、あまりに肥大した都市の機能を止めることは誰にもできなかった。警視庁は全力を挙げて警備にあたるとしていたが、犯人に関する手がかりがまるで得られていない現状においては昨夜のまま混乱がつづいていたといえる。

一部の政治家たちは、異常事態こそ働きどきといわんばかりに活発に動きまわっていた。与党と野党第一党の大連立は一時的なものという条件が強調され、くり返されつつも急速に具体化しており、午後には超党派による国防安全会議が招集される運びになっていた。

時おり居眠りしつつもキーボードを叩いていた仁王頭のもとへ岸本がやって来たときには午前十時をまわろうとしていた。朝から姿を見せなかったのである。

「おい、出るぞ」

かがみこむようにした岸本がささやいた。仁王頭は何も訊かずに立ちあがった。どこへ行くにしろ分駐所のよどんだ空気の中に座りこんでいるよりははるかにましだ。

昨日から停めっぱなしにしてあった捜査車輛に乗りこむと岸本は行き先も告げずに車を出し

た。下手に停められるのを防ぐため、屋根には赤色灯を載せたままにしている。道路を走る車は少なかった。そして走っている車の大半が赤色灯を回転させている。

「どこへ行くんだ？」

分駐所を出てしばらくしてから仁王頭は訊いた。

「大久保。うちらの管轄内だ。ひょっとしたら手がかりが得られるかも知れない。実は昨日の夜から色々調べていたんだが、ようやくヒットしたんだ」

「調べるって、何を？」

「もともと今回の事件はあんたが持ちこんで……、いや、白鳥原発の爆発が契機となった」

「白鳥の爆発と、今回の爆弾と何か関係があると？」

「それはわからない。だが、溺《おぼ》れるものは何とかっていうんだろ。おれたちはとっくに溺れてるんだよ」

おれたちというのが仁王頭と岸本を指すのか、警察全体を指すのか。おそらく両方だろう。

白鳥原子力発電所のプレハブ小屋で自爆したウツミが市城と関係していたことがわかったのは少しばかりの進展といえたかも知れないが、唇の上にホクロのある男、アキラについてはまるで何もわかっていない。

大久保通りにぶつかったところで右折し、大久保、新大久保とＪＲの駅を二つ越え、少し行ったところで岸本はふたたび車首を右に転じ、古びたアパートが密集するなかにラブホテルが点在する区域へと乗りいれた。小さな公園の手前を左に入り、古い平屋の前まで来ると岸本は車を停めた。

苔《こけ》で緑色に染まったコンクリート製の門柱には黒ずんだ木製の看板がかかっているが、ひどく汚れていて医院の文字がかろうじて判別できるに過ぎない。肝心の名前の部分は真っ黒になっていた。

「ここは？」

「欅《けやき》医院。ここら辺りじゃ有名だ。二十何年か前に開業したんだけど、場所柄患者には立ちんぼが多い。それも外国人の」

大久保界隈《かいわい》には狭い路地に立って客を引く外国人売春婦たちが大勢いることは仁王頭も知っていたが、警視庁の取り締まりが厳しくなり姿を消したと聞いていた。

「まだ、そんな女がいるのか」

「だいぶ少なくなった。この辺一帯に多かったのは中南米の女たちだった。しつこいくらいに一斉摘発をやられて商売は相当やりにくくなった。一時は違法薬物を売買するイラン人たちも多かったんだけど、そいつらも数は減った。ここの院長は躰を売る女たちを診ていたんだ。性病、妊娠中絶、出産、ときには臓器売買のために売られようとする赤ん坊を助けたり、一方で喧嘩で怪我したヤクザ者も手当てしたりしていた。院長の過去はよくわからない。女たちを助けるために来たのか、たまたまここで開業していて、そういう女たちが駆けこむようになったのか。院長は金のない女であれば、ただで診てやることもある」

「へえ、二十一世紀版の赤ひげ先生か」

「医は仁術なんていったら鼻で笑われるぞ。不幸な女たちを無料で診察する代わりにヤクザや堕胎を依頼してくる中小企業の社長なんかからは法外な報酬をとってるって噂だ」岸本は仁王頭に顔を向けた。「それと院長にひげはない。女医だからな」

ほどなく玄関からすらりと背の高い女が現れた。髪を引っ詰めにして頭の後ろでまとめ、サングラスをかけている。ぞろりとした黒いコートを着て、黒のパンツの裾をひるがえし、颯爽《さっそう》と歩いてくる。医者だと聞いていなければ、モデルか、水商売の女と思っただろう。気の強さが現れた顔立ちは整っていた。医者らしいといえば、膨らんだ黒いカバンくらいのものだ。近づいてくるにつれ、女医がそれほど若くないことがわかった。

「先生のお名前は？」

「欅紗弥《さや》」

「紗弥先生とでも呼べばいいのか」

「先生だけでいいよ。おれはそうしている」

紗弥は車に近づくと後部ドアを開け、座席に乗りこんだ。ドアを閉める。岸本がふり返った。

「おはようございます、先生。お忙しいところすみません。こちらにいるのが、現在の私の相方で仁王頭といいます。北海道警察から来ています」

「ニオウガシラ？　ずいぶん変わった名前だな」

紗弥の声はややかすれ気味だ。仁王頭は小さく頭を下げただけで何もいわなかった。姓が珍しいといわれるのは子供のころから慣れている。紗弥がつづけた。

「北海道警察じゃ、完全に管轄外だろ。捜査権もないのにこんなところで何をしてる？」

仁王頭より先に岸本が口を開いた。

「わが社もいろいろありましてね。犯罪は広域化、凶悪化の一途をたどっております。昔みたいに縄張りを主張してたんじゃ二進《にっち》も三進《さっち》もいかない場面が多くなってきたんですよ」

「そうかな。いまだ縄張りにしがみついてるオマワリは多いように思うが」

「実は、お電話で申しあげたように……」

「新井薬師だ」紗弥は岸本をさえぎるようにぴしゃりといった。「患者の容体が悪化してるっていうのにタクシーも来やがらない。警察が道路を封鎖してるって。だからあんたの話に乗った。とにかく新井薬師にやってくれ」

そういうと紗弥はシートに背をあずけ、目を閉じた。

「へい」

岸本は前に向きなおると、ギアをDレンジに入れ、サイドブレーキを外した。車がゆっくりとすべりだす。

助手席に座る捜査員も後方を見張ることができるようにルームミラーが二つついている。仁王頭は紗弥を見た。車が動きだしても身じろぎひとつしない。高い頬骨が目についた。

岸本が車を大久保通りに出し、左折して西に向かうと間もなくタバコの匂いが車内に充満した。

ルームミラーを見上げる。紗弥は窓の外に目を向け、閑散とした通りに向かってタバコの煙を吹きつけていた。

5

「おれたちはホームレス錬金術なんて、ふざけたことをいってたよ。とにかくボロい儲けになったんだ。一人あたま三百万から五百万くらいは引っぱれたかな。まずは身なりを整えさせて偽造免許証を作る。それなりのコストがかかるけど、偽造免許作ってるのも借金で首が回らなくなってる印刷屋とかだから、足元見て値段叩いたし、とにかく金をちらつかせてやれば何でもやった。目先の金がなけりゃ、今日死ぬか明日死ぬかって連中だから。それで免許ができたらローテーションだよ」

男は薄い布団に躰の左側を下にして横たわっていた。背中の右側が腫れていて、圧迫すると痛いから、と紗弥はいった。髪も眉も抜け落ちていた。耳朶《みみたぶ》全体に穴が開けられている。しかし、ピアスは一つもなかった。ピアスの穴はただれ、かさぶたになっていた。皮膜を透かして黄緑色っぽい膿《うみ》が見えるところも二つばかりあった。

枕元に紗弥が正座し、腕を組んでいる。岸本と仁王頭は男に向きあう位置であぐらをかいていた。

大久保から新井薬師に向かう車中で紗弥は、患者は末期の肝臓癌だといった。ほかの臓器にも転移し、とくに肺から肩胛骨《けんこうこつ》へ浸潤している癌は激痛を引き起こしているはずだという。社会保険制度に背を向けた生活をしてきて、今は金もなく、まともな治療など受けられない。紗弥は男のところへ来るなり注射をした。痛み止めだろう、と岸本は思った。

男の住まいは、二階建てのアパートで一階のもっとも奥まったところにあった。まわりをマンションに囲まれていて、陽《ひ》がまるで射《さ》さない。外は晴れているというのに蛍光灯を点けっぱなしにしていた。六畳一間、玄関脇に小さな台所がついていた。元ヤクザの相良老人の部屋と同じくらいに古かったが、こちらには家具らしい家具は何一つなかった。陽が射さず暖房もない部屋は冷えきっている。だが、病人の熱臭い呼気が満ちてむっとしているような錯覚をおぼえた。

「ローテーションというのは？」

幾分前屈みになり、仁王頭が訊いた。しわだらけの目蓋の下で男の目がかすかに動いた。だが、眉間に刻まれたしわは浅くならなかった。

男は乾いた唇を嘗め、言葉を圧しだした。

「最初は携帯電話を購入させる。今はなくなっちゃったけど、十円携帯なんてアホみたいのもあったから、そんなのも含めて、何社か買って、全部仲間の業者に流す。プリペイドカードの携帯も買って同じく流す。ホームレスを金にするようになったころは銀行口座も作れたし。あとは戸籍だ」

「戸籍？」

「公安警察が聞いたら目玉が飛びでるだろうな」

男はかすかに笑った。岸本は仁王頭の横顔をちらりと見た。仁王頭は部署こそ特装隊だが、それでも公安警察の一員なのだ。しかし、表情に変化はなかった。男がつづける。

「戸籍謄本、印鑑証明、住民票なんかをセットにすると結構な値段で売れる。おれは売り飛ばしたあとのことは知らないけど、誰が買うのかね。日本人になりたい奴はいくらでもいるみたいだな。戸籍謄本に載ってる本人より立派な社会人やってたりして」

男がまた笑った。そして咳をする。力無い咳だったが、それでも躰に響くのだろう。ひどく顔をしかめた。腕をほどいた紗弥がのぞきこむ。

「大丈夫か、草田」

「ああ」男はかろうじてうなずいた。「草田か。因果な苗字だぜ。草田、腐った。腐った草田。ガキのころはずいぶんいじめられた。風呂にあまり入れなかったからな。自分でもいやになるくらい臭かった。それで腐った草田だ。ガキってのは、ほんとしようがない」

しばらくの間、草田は目をつぶり、ゆっくりと息を吸い、吐いた。咽が鳴っていた。唇を嘗め、ふたたび話しはじめる。昼は荒れていた。嘗めても潤わなかった。

「偽造免許作って、携帯屋と役所をまわるとだいたい一日が終わる。最後に美味いもの食わせて、日当に一万円渡すんだ。それだけでずいぶん喜んだよ。おれを神様仏様なんていって感謝するのもいた。翌日も公園で待ち合わせだ。それから闇金をまわる。サラ金じゃ、相手にしてくれないからな。金に困っててとストレートにいうだけだからせいぜい五万だ。ゆるい店にあたって十万にもなれば、儲けものだった」

「闇金って」岸本は思わず割りこんだ。「いくらホームレスだからって連中は容赦なく追い込みかけるだろう」

「そうだな」草田はあっさり認めた。「追い込みかけられて、拉致られて、そのまま行方不明になった。東南アジアに送られて、内臓を抜かれたのもいるんじゃないか。金になるのはそれくらいしかないから」

岸本は咽もとにえぐみを感じた。草田は死にかけていたが、同情する気にはなれなかった。

「仕事に使った奴もいたよ。クスリの取り引き現場へブツを運ばせたり、オレオレ詐欺で振りこませた口座から現金引きださせたり。自分の名義で作った銀行へ行って、キャッシュカードで金下ろして、そのあと警察にパクられたのもいたな。どうせあいつらはおれや仲間の名前も何も知らないし、いくらパクられても心配はなかった」

草田は岸本を見た。

「警察官《サツカン》って、一つの事件で一人をパクったらあとは満足しちゃうよな。オレオレ詐欺なんて珍しくも何ともないからさ。だからいつまでもだらだらやってるより一人パクって一件落着って」

「おれたちだって忙しいんだ」

間抜けな答えだ、と我ながら思った。仁王頭が訊いた。

「よくそんなにホームレスの連中がいうことを聞くもんだな」

「奴らだって寂しいんだ。ホームレスしてても誰かに認めてもらいたい。だからおれたちは二日か三日友達になってやる。友達の振りじゃなく、本当の友達になるんだ。野良犬ほど一度優しくされると義理堅くお返ししようとするもんだ。中にはひと言も喋らずに刑務所《ムショ》へ落ちたのもいた。その後どうなったかは知らんが」

仁王頭が重ねて訊ねる。

「ネットカフェ難民と呼ばれている連中は、どうだ？　日雇いとはいっても仕事はしてるし、金があれば、ネットカフェなんかで夜を過ごしてる」

「あいつらの方がもっと簡単だよ。さんざん世間にだまされて来たって被害者根性が強いから。おれたちの側に回って、今度は世間をだまさなきゃ損だって持ちかける。あとは同じだ。日当も同じさ。世間をだますつもりがあるからホームレスよりも積極的だし、話が早い。ホームレスよりは風呂に入れる手間が少なくて済む」

草田はふたたび目を閉じ、息を吐いた。紗弥が草田を見おろしたまま、静かな口調でいった。

「こいつらは鮫《さめ》みたいなものよ」

「溺れかかってる奴を集団で食いちらかすところが似てるってか」

仁王頭の言葉に、紗弥はまるで反応を見せなかった。

「鮫は泳ぎつづけないとえらに水が回らないから窒息死する。この男にしたって贅沢してたわけじゃない。稼ぎの大半は上部組織に吸いあげられていた。暮らしていくためには毎日同じようなことをくり返して……。だけど病気になって、動けなくなったら、たちまちこの有様よ」

「上部組織……」岸本がつぶやく。「結局は暴力団の資金源か」

「おれは違うぞ」草田が目をつぶったままいった。「おれはあいつらとはつるまなかった。利用はしたけどな。独立独歩で、自分の才覚で生きてきたんだ」

「そりゃ、バブルのころには少しはいい目も見ただろうさ」

「バブル」草田が鼻で笑った。「何千年前の話をしてるんだ。ジュリアナ東京で馬鹿女がパンツ見せて踊ってたころ、おれはまだ小学生《ショーボウ》だよ。三十になるまで、あと一年半もあるんだ。勘弁してくれ」

ぽかんとしてしまった。横たわる草田を見た瞬間から四十代、ひょっとしたら五十を超えているかも知れないと思いなしていた。それほどまでに萎びて、力無かった。

仁王頭は表情を変えずに質問をつづけた。

「ホームレスを金にするのも難しくなっただろ。銀行口座も携帯電話も規制が厳しくなって簡単には手に入らなくなった」

わずかに間を置き、訊いた。

「ネットカフェ難民っていわれる連中を工場や工事現場に送りこむような仕事はしてなかったか」

草田は答えようとしない。まるで身じろぎしないので気を失ったか、ひょっとしたらことされたのかと思った。じりじりと時間が経過していく。

やがてため息とともに答えた。

「あるよ。今年に入ってからは、そっちの方が多くなった。儲けは薄いんだが、世の中不景気だ。えり好みなんてできなかった」

まるで町工場の経営者のような口振りだ、と岸本は思った。仁王頭が身を乗りだす。

「札幌に送ったことはないか。北海道の原発の建設現場に作業員を送りこんだことは?」

すっと草田は目を開いた。まっすぐに仁王頭を見ている。

「ある」

それから草田は新宿に本拠を置く暴力団の名前——岸本もよく知っている組だ——を口にし、付けくわえた。

「そこから札幌の紅仁会《こうじんかい》につなぐらしい。おれは詳しいことはわからない」

ついに草田がぐったりと躰の力を抜いた。仁王頭は携帯電話を取りだし、ボタンを押しはじめる。通話ではなく、メールを送っているようだ。

そのときドアに穿たれた郵便受けでがさがさと音がした。苦しそうな草田がいう。

「大家だ。また家賃の催促をもってきやがった」

「おれが取ってこよう」

岸本は立ちあがり、ドアに向かった。仁王頭が携帯電話をジャンパーのポケットに入れる。

ドアの真ん中にある穴から白い封筒が出ていた。

手を伸ばし、引き抜いた瞬間、足を払われ、前のめりに倒れた。何しやがるといいかけ、言葉を噛む。銃声が響き、頭の上を銃弾が飛び抜けていく。空気を切り裂く音に背中が鳥肌だった。

銃声は少なくとも三発。ほとんど一発にしか聞こえないほど間隔が短かった。

ドアの郵便受けに封筒が押しこまれる瞬間、向こう側に立っている男のベルトが見えた。これ見よがしに大きなバックルをしていることが仁王頭の注意を引いた。メールを打ち終え、携帯電話をポケットに入れた直後、聞こえた。拳銃の撃鉄を引き起こすときの金属音に違いなかった。

ドア越しの射撃で確実を期すなら郵便受けを使う。封筒やチラシを入れ、引きだされる瞬間を狙って撃つのだ。草田の部屋のドアは安っぽい合板製で拳銃弾でも簡単に撃ち抜けるだろう。尻を持ちあげ、しゃがんだまま躰を反転させた。紗弥が不思議そうに見ていたが、無視した。玄関に達した岸本が封筒に手を伸ばしたところを狙いすまして足元にスライディングタックルをしかけ、転がすと同時に9ミリ拳銃を引きぬいた。岸本の悲鳴は銃声にかき消された。ドアに開いた弾痕の下方、二十センチほどのところを狙って二発撃ちこんだ。

手応えがあった。

岸本のわきをすり抜け、たたきに置いてあるセミブーツをつっかける。躰を低くしたままノブをつかんで回し、ドアを押し開けた。コンクリートを張った廊下に倒れている男が目に入った。隣りのマンションの壁に後頭部をつけ、両手両足を投げだしている。伊達の薄着か、白いスーツを着ていて胸元には血の染みが広がっていた。

舌打ちしたくなった。

倒れている男は白髪の薄くなった老人で白いスーツがまるで似合っていない。昨今、暴力団で鉄砲玉と呼ばれる暗殺者に仕立てあげられるのは年寄りが多いと聞く。老人の右手には回転式拳銃があったが、すでに指は開いていた。あごを胸に埋《うず》めるようにしてうつむく老人の口からも鮮血がほとばしっている。

躰を起こした仁王頭はポケットから鏡を取りだした。鏡は直径二センチほどの円形で把手がついている。把手はラジオのアンテナのように伸ばすことができた。壁に右肩をつけ、鏡を玄関から出して外を観察する。バックアップはいるはずだが、コンクリートの通路には姿が見えなかった。

ドアをもう一度蹴って開くと、倒れている老人のほかに人影がないのを確かめて玄関を出た。念のため、老人の手から拳銃をつまみあげると草田のアパートに放りこみ、通路を走った。

アパートの門は路地に面していた。門柱に隠れ、鏡を使うと右手にシルバーグレイのメルセデスが停まっているのが見えた。左ハンドルの運転席に座っていた若い男と鏡越しに目が合った。門から出て、拳銃をむけると同時に轟然《ごうぜん》とエンジンが唸り、メルセデスが突っこんでくる。ふたたび門の陰に入ってやり過ごしながらメルセデスの左側の窓から二発撃ちこんだ。ガラスが砕け、若い男がハンドルに突っ伏した。だが、メルセデスの勢いは衰えず、そのまま通りすぎると右に曲がって電柱に衝突、間髪を入れずエアバッグが膨らむのが見えた。

仁王頭は9ミリ拳銃を構えたまま、メルセデスに近づいた。


「それじゃ、年明け一月一日付けをもって報道管理センターへ異動ということでいいんだね」

報道部長高浜の言葉に朱里はうなずいた。高浜は机の上に両肘をつくと、わずかの間うつむいたあと顔を上げた。

「第一線を離れるのは記者としてはつらいけど、後輩をサポートする役も重要なんだ。とくに友田君は優秀な記者だから一線へのこだわりも大きいと思う。その点はぼくも会社も理解しているつもりだよ」

白々しい言葉が朱里の耳を通りすぎていく。

報道記者を諦め、内勤への異動を承諾したのは自責の念に駆られたからにすぎない。暴力団担当刑事榊原は徹底的にとぼけていたが、おそらく体中の突起という突起すべてを削ぎおとされて殺されたというのは、札幌駅前で見かけたトレーニングウェア姿の男だろう。朱里の取材が原因に違いないと思っていた。

さらに追及することはできなかった。怖かったからだ。トレーニングウェアの男がむごたらしく殺されたことを知った直後は義憤に燃えたが、時間が経つにつれ、亢奮は冷め、恐怖が募った。榊原に紹介された暴力団の組長を取材すれば何かわかるかも知れないが、肉体に直接加えられる暴力に竦みあがってしまった。

立ちあがった朱里は頭を下げた。

「それでは、そういうことでよろしくお願いします」

「あんまりがっかりしなさんな。友田君には期待してるんだから」

励ますつもりで高浜が伸ばしてきた手を躱《かわ》し、朱里は自分の席に戻った。机に置いてある携帯電話にメールが入っている。椅子に座りこみ、携帯電話を開いた。仁王頭からメールが来ていた。開いてみる。

〈札幌の紅仁会という暴力団を知ってるか〉

文面はそれだけでしかない。紅仁会こそ小樽の鮨屋から直接榊原に連れていかれた暴力団にほかならない。脳裏に優しげな組長の顔がよみがえった。

知っている、と朱里は返信した。

メルセデスの運転席から引きずり出し、道路に転がした男のそばに岸本はしゃがみこんでいた。顔面が血まみれになった男の首筋に指をあてている。

「脈は案外しっかりしている。すぐに救急車を呼べば、大丈夫だろう」

「あっちの方は？」

仁王頭の問いに岸本は首を振った。

「胸板に二発。即死だ。弾丸は手のひらくらいの中に二発とも命中していた。ドア越しだったのに凄いもんだ」

「まぐれだよ。見えもしない標的を撃てるはずがない」

「標的ね、なるほど」

岸本の言葉には皮肉っぽい響きがあった。立ちあがり、仁王頭に向きなおる。

「まずは礼をいわなくちゃ。命を助けられたんだから」

「礼には及ばない。あんたが封筒を取る前に撃鉄を起こす音が聞こえてたんだ」

仁王頭の答えに岸本の口許が強張った。明らかにむっとした顔つきである。

「それがわかってるなら警告すべきだろう」

「先に撃たれなきゃ、正当防衛にも緊急避難にもならないからな」

「あんた、奴を撃ちたかったのか」

「手がかりが欲しかっただけだ」

「もし、ぼくが撃たれたらどうするつもりだったんだよ」

「心の中ですまないと詫びただろう。それに至近距離で胸元に一発喰らえば、あんたは何も感じなかった」

岸本が何かいいかけたとき、ポケットの中で携帯電話が震動した。取りだす。朱里から返信が届いていた。

「失礼」

岸本に声をかけておき、携帯電話を開いた。液晶画面にはひと言、知っているとだけ表示されている。草田、東京の暴力団、紅仁会、そして白鳥原子力発電所の建設作業員として送られた男たちが一本の線につながりかけているようだ。それにウツミが市城とつながっていたというラインもある。

「携帯なんかいじってる場合じゃないだろう」

不満げにいう岸本に向かってうなずき返す。携帯電話をポケットにしまった。

「その通りだ。まず考えなくちゃ」

「考えるって、何を？」

岸本が探るような目を向けてくる。

「狙われたのが草田か、おれたちかってことを」

はるかに霞《かす》む水平線はわずかに丸みを帯びているように見えた。排水量十トンの漁船は最高速で疾走しており、うねりの天辺《てっぺん》を飛び跳ねていた。

「爽快だねぇ、アキラ」

操舵室で舵輪を握る鵜沢が目を細めていった。すぐ隣りで躰を支えるバーをしっかり握ったアキラは何とかうなずいた。

「そうですね」

胃がむかむかし、声を出すだけで中身までぶちまけそうになる。ちらりとアキラをふり返ると、鵜沢はふたたび前方に視線を戻した。

「できるだけ遠くを見るんだ。近くを見てると酔いやすい。いずれにせよ、アキラにも船には慣れてもらわないとね。船舶免許は用意するから、この程度の船は自分で操れるようになってくれ」

船を操ると聞いて、驚き、否定しようとしたが、熱い塊がこみ上げてきて咽をふさがれた。何とか嚥みくだす。

「この船、日本じゃ十年落ちの中古漁船だが、全地球方位位置測定システム《GPS》にレーダー完備だから北朝鮮に持っていけば、大変な価値になる。まあ、あの国が相手じゃ金額的にはあまり期待できないがね。食い物も酒もしょぼいが、女はいいぞ。絶品だ」

漁船がうねりに乗りあげ、次いですっと落とされた。

アキラはたまらず操舵室を飛びだすと舷側《げんそく》にしがみつき、顔を船の外に出した。胃袋がひっくり返る。すでに何度も嘔吐《おうと》しているので胃袋は空っぽになっていた。胃液が泡となって溢れだしてくる。

涙で海面がかすんだ。

金も女も食い物も要らない、一秒でも早く陸に連れ戻してくれ、それだけでいい……、アキラは胸のうちで叫んでいた。

第五章　黒旗の時代

1

湯気に曇る鏡に映った鵜沢の顔がゆがみ、声が漏れた。歯のない口はしぼんでしまっている。

「痛っ」

アキラはあわてて背中をこすっていた手の力を抜いた。

「申し訳ありません」

「いやぁ、いいんだ。気にしないでくれ。痛いくらいが気持ちいい」

鵜沢が寮にやって来たときには、季節にかかわらず午前四時に散歩をはじめ、二時間ほど歩いたあと、風呂に入ることになっていた。鵜沢以外は筆頭助教、助教たちが夕食前に入浴し、塾生たちは就寝前に入って最後は風呂掃除をする決まりだ。鵜沢が寮にいる間は帰寮する午前六時には湯をたてておくことになっている。

アキラは鵜沢の世話係に指名され、入浴、食事の際には介添えし、外出時にはともを命じられていた。新入りであるにもかかわらず助教、塾生の嫉妬《しっと》はない。鵜沢が全員を前に訓辞を垂れたためである。

『ここにいるアキラはすでに尊農奉仕隊の一員として立派な戦果を挙げておる。そのため官憲の目を逃れるために塾生としてここにいるのだが、一方で彼は尊農志塾の一員としての基礎教育を受けていない。諸君らと同じく一塾生として学ぶ必要もある。基礎教育もなくして、もって生まれた洞察力だけを頼りに世界の根本原理を見抜いたのは見事といえようが、やはり基礎は必要だ。従って諸君らと同じ扱いをするが、同時に私の世話役も申しつけるので筆頭助教、助教、そして塾生諸君、ひとつ、私の方からもよろしく頼む』

つづいてアキラは、よろしくお願いしますと大声を発し、腰の角度三十度で頭を下げた。訓辞の前に鵜沢に耳打ちされていたのだ。居並ぶ助教、塾生たち、筆頭助教までが辞儀を返してきた。

寮の一階にある風呂場は四、五人が足を伸ばして入れるだけの湯船と洗い場に十個のカランが並んでいた。床、浴槽、洗い場、壁の下半分は水色のタイルが張ってある。

「さあ、力一杯頼むぞ」

「はい」

鵜沢にうながされ、アキラはふたたび鵜沢の背中を擦りはじめた。

塾頭は太平洋戦争前、朝鮮半島の京城で生まれた。と助教の一人がいっていたのを憶えている。京城が現在の平壌であることはアキラも知っている。父親は憲兵隊中尉をしていたが、敗戦時の混乱で生き別れとなり、鵜沢は母親、弟、妹とともに日本へ帰ってきたという。太平洋戦争前の生まれということはすくなくとも八十近いか、超えていることになる。肌はさすがに衰え、張りもなくなっていたが、細い躰はしなやかな筋肉に覆われていた。初めて背中を流したとき、鵜沢の腹筋が割れているのに気がつき、自分のぽっこり膨らんだ腹が恥ずかしかった。

さらに目を引くのは傷跡だ。背中には大きな×印が何重にも刻まれている。傷跡は肩や二の腕、太腿にもあった。いずれも古い傷で今ではケロイドになっており、アキラがいくら力を入れて擦ったところで血を噴きだす心配はなかった。鞭《むち》で殴られた跡だという。ほかにも前腕や手、足の甲には大小さまざまな火傷《やけど》の跡があった。

洗い場の鏡の前には上下ひとそろいの入れ歯が置いてある。鵜沢の口に歯は一本も残っていない。下の歯は一九六〇年代に学生運動をしているころ、敵対勢力に捉えられ、リンチを受けて失い、上の歯はさらに十数年後、日本を逃れてヨーロッパに渡ったとき、日本人テロリストとして某国の警察に逮捕され、拷問によって叩き折られたという。アキラはすべてを信じた。

鵜沢は洗い場に手をつき、腕を突っ張っていた。中腰になったアキラは両手にタオルを持ち、全力で背中を擦っている。鏡に映る鵜沢は痛みをこらえ、眉間に深いしわを刻んでいるが、時おりふっと恍惚の表情を見せた。

「この風呂だがな、アキラ」

「はい」

返事をしながらも手は止めなかった。

「元もと、この施設が建てられたときには重油ボイラーで沸かすようになっていたんだよ。今は、違うだろ」

「はい。当番生徒が薪《まき》で沸かします」

「そう。わざと改造したんだ。薪をくべられる釜なんてなかなかなくてね、しようがないから私が図面を引いて、生徒たちに造らせたんだ。なぜか、わかるか」

「いえ……」

戸惑うと、鏡の中で鵜沢がにやりとした。

「アキラは賢い男だなぁ。私は出しゃばりの点数稼ぎが何より嫌いなんだ。わざわざ手間とコストをかけて薪で沸かすようにしたか、その理由を訊かれれば、修業のため、勉強のため、精神修養のためと答えるしかないだろう。まさにその通りだ。だけどわかりきっていることを得意そうに口にする似非《えせ》優等生ほど馬鹿者はおらん。慎重に、慎重に。発言というのは、発言の中身ではなく、発言した人間とタイミングを見なきゃダメだ。何、私にしたところでたいそうご立派なことを申しあげているが……」

歯がないせいだろう。申しあげてがモウシャゲテに聞こえる。

「中身はどこかからのパクリに過ぎない」

「とんでもございません」

間髪を入れずに遮った。

会社勤めをしていたころ、同じことができていたらと思った。アキラは上司におもねることを、不正を働くようで潔しとしなかった。今から考えれば、大人社会のルールに馴染めなかっただけなのだが。

「さあ、流してくれ」

「はい」

隣りのカランで桶《おけ》に湯を入れ、鵜沢が小さくうなずくまで何度も流した。終わりの合図として鵜沢がうなずき、脱力するとアキラはすぐ浴槽に行き、桶で湯をかき混ぜ、湯加減を見る。熱ければ水道水を足し、ぬるければ、窓の外に待機している焚《た》き番の生徒に声をかける。

手をつけた。やや熱めが鵜沢の好みである。

前を隠しもせずぶらぶらと歩いてきた鵜沢が湯船に足を入れる瞬間がもっとも緊張する。

鵜沢は爪先をつけ、何もいわずに浴槽に入ると肩まで浸かって母音を漏らした。合格だ。すぐさまアキラは洗い場にとって返し、素早く自分の躰を洗う。石鹸を流してしまうと、桶に湯を溜めて待機した。

鵜沢が浴槽で立ちあがる。アキラは床に湯をまいた。脱衣所に向かって歩きながら鵜沢はいった。

「今日は気分がいい。午後は講話にしよう。筆頭助教に伝えておきなさい」

「かしこまりました」

桶をおいたアキラは先回りし、脱衣所につづく引き戸を開けて鵜沢を待った。


警視庁本庁二階の大会議室には三百人を上回る刑事が集められていた。全所轄署の刑事課員に招集がかけられ、機動捜査隊員もその中に含まれていた。当務以外の者は原則として全員出席という大規模な会議は岸本も初めて経験する。岸本たち機捜隊員は会議室のほぼ中央辺りに集まっている。隣りには新たに相勤者となった渡部が座っていた。渡部は岸本と同じ巡査部長で別の班に所属しているのだが、たまたま相勤者が長期出張中で即席コンビを組むことになった。

「一週間になるんだな」渡部が独り言のようにつぶやく。「一週間記念の大会議か」

新宿駅とレインボーブリッジで爆弾が破裂してから今日で一週間になる。翌日、東京モノレール天王洲アイル駅で三度目の爆発があったが、その後は何も起こっていない。最後の爆発から三日目には戒厳令下のような緊張が薄れ、学校、官公庁、交通機関も現状に復し、一週間経った今、東京は平静さを取りもどしたかに見えた。少なくとも表面的には。

しかし、捜査がはかどっているとはいえない。爆弾を持ち歩き、破裂させた人間の特定どころか、犯人に関する手がかりすらつかめていない。

いや、逆だなと岸本は胸のうちで否定した。あまりにも情報が多すぎ、整理がついていないといった方がより正確だろう。

渡部が躰を寄せて、ささやいた。

「あの北海道から来た奴、何ていったっけ」

「仁王頭」

「そうだ。変な名前だと思っていたんだ。そんな変な名前、憶えられないよね。奴、札幌に戻ったんだろ」

「ああ」

欅紗弥といっしょに訪れた草田のアパートで、岸本は危うく殺されかけた。仁王頭は岸本を囮《おとり》にして相手に先に撃たせておいて、逆に襲撃してきた二人組のうち、一人を射殺、もう一人に重傷を負わせた。メルセデスを運転していた若い男は左の頰に弾丸を食らい、下あごを半分吹き飛ばされる大怪我をしたが、命に別状はなかった。警察病院に入れられているが、まだ取り調べに応じられるまでに回復していなかった。

仁王頭に北海道警察への帰還命令が出たのは、銃撃事件の翌々日だ。警視庁内で審問が行われたが、恐ろしく短時間で処理され、拳銃使用の正当性が認められた。

「本庁《ホンテン》は厄介払いしたかったんじゃねえの」

「あっちで仁王頭の所属部隊が再編されることになったからだ。東京で手がかりもつかめそうにないし、ぶらぶらさせておいても無駄だと思ったんだろ」

そう答えながらも渡部の見方が正しいと認めざるをえなかった。

表向きの理由は本来の所属部署である特装隊に白鳥原子力発電所事件で死傷した人員の代わりが補充され、再編されることになったためといわれたが、警視庁にしてみれば、北海道警察の警察官が都内で発砲、被疑者のうち一人を射殺、もう一人に重傷を負わせたのだから厄介払いしたくなっても無理はない。仁王頭には管轄外である東京では本来捜査権も拳銃の携行も認められない。おそらくは背後に公安部の意向も働いていたのだろうが、一介の捜査員にすぎない岸本にはうかがい知ることもできなかった。

渡部がさらに声を低くした。

「ところで、おかしいと思わないか」

「何が？」

「一連の爆弾事件だけど、犯人が声明も出していないし、何の要求も出ていないだろ。手口がいっしょだし、爆弾の威力から考えて単独の愉快犯が偶然同じことをやったとは思えないじゃないか」

「模倣犯という可能性は捨てきれない」

「そんなに爆弾を隠しもってる奴がいるって？　ニュース見て、翌日にはおれもやってみようって……、まさか。おれは思うんだけどさ、ひょっとしたら犯人は要求なんか出す必要のない

「とっくに利益を手にしてるっていうか、目的を達しているとか。たとえば、与野党の大連立とかさ」

「どういうことだ？」

奴なんじゃないかな」

「馬鹿な」

二人の会話は、会議の始まりを宣言する声によって途切れた。

膝の上で握りしめた拳の、指の間にしぶき混じりの海風が割りこんでくる。指先がしびれ、痛みすらおぼえたが、アキラは奥歯を噛みしめ、顔をしかめまいとしていた。ほかの塾生たちも同様、ひたすら風に耐えている。強い風は分厚い綿の作業服を貫いて容赦なく体温を奪っていく。弱音を吐くわけにはいかなかった。

岩場に腰を下ろした四十名の塾生たちにかこまれている鵜沢はTシャツに洗いざらしのブルージーン、素足に雪駄《せった》を突っかけているだけなのだ。肩にかかるほど伸ばした白髪が風に乱され、時おり口許を舞うと鵜沢はうるさそうにはねのけ、話をつづけている。強風を浴びつつ、顔は紅潮し、うっすら汗さえかいていた。

「世界中の国々で、いまだ戦後という言葉が通用しているのは日本だけなのだ。戦後の戦は、いうまでもなく一九四五年に終結した第二次世界大戦を指すわけだが、そんなもの、アメリカにしろ、ヨーロッパにしろ、とっくに終わっている過去の出来事、歴史になってしまっている。ところが、日本はどうだ？　まだ戦後といいつづけている。だからそこを近隣諸国、とくに中華人民共和国、朝鮮民主主義人民共和国、大韓民国らにつけこまれ、外交的なハンディキャップを背負わされている。これはどういうことであるか」

鵜沢は大きな音をたてて咳払いをすると痰《たん》を切り、足元の岩場に吐いた。

「戦後といいつづけるのは、すなわち戦争が終わっていないということになる。第二次世界大戦をいまだ戦いつづけているのは日本だけなのだ。だいたい戦後はいつ終わるのか。終わらせる方法はあるのか」

塾生たちを睨めまわした鵜沢は声を圧しだした。

「ある。誰か、答えられる者はおるか」

何人かが手を挙げたが、アキラは両手の拳を膝に置いたまま、動かなかった。鵜沢は手を挙げている塾生の一人を指さした。

「和田」

「はい」

指名された塾生は立ちあがり、直立不動の姿勢となるとややあごを持ちあげ、怒鳴った。

「戦後を終わらせるには、第三次世界大戦を起こすしかないと愚考いたします」

全員の注視をあびて立つ和田は三十代半ばくらいだ。緊張と寒さのせいですっかり顔が青ざめている。ズボンの縫い目にぴたりと当てた拳が小刻みに震えていた。

和田が陸上自衛隊のレンジャー部隊上がりだとほかの塾生が話しているのを聞いたことがあった。

日課が終わり、入浴前後のひとときが唯一ほかの塾生とのお喋り時間なのだ。そうした折りに塾生の半数以上が元陸上自衛官であること、中でも和田が所属していたレンジャーといえば、陸自の中でももっとも厳しい訓練を受けたエリートであることなどを知った。

鵜沢は何もいわず、立ちつくす和田を見つめつづけていた。

塾頭講話は講堂で開かれるとはかぎらなかった。むしろ屋外で畑の中や歩きながら行われる方が多い。メモは許されない。講話のひと言ひと言を聞きのがすまいと、塾生たちは必死になる。記憶せよとも理解せよとも鵜沢はいわなかった。ただ心に刻みつけろというだけである。

「よし」鵜沢がにっこり頬笑む。「座りなさい」

和田をきりきり締めつけていた緊張がほどけていくのが目に見えた。脱力し、座りこんだが、あわてて背筋を伸ばした。緊張がとけたのは和田ばかりではない。助教、ほかの塾生も大きく息を吐いていた。

アキラはふと思った。

鵜沢は表情をゆるめこそしたが、和田の答えが正解だとはいっていない。

一通り塾生を眺めわたすと、鵜沢はおごそかにつづけた。

「いつ第三次世界大戦を起こすか。誰が起こすのか。そもそも戦争は誰が始めるのだ？　一国の元首か。大統領か、首相か、国家主席か、総書記か。それとも軍部のテクノクラート、それも中堅どころの血気盛んな連中か。あるいは、武装した軍隊が対峙している前線において偶発的に発射される一発の弾丸によってか」

問いかけられた塾生たちは瞬《まじろ》ぎもせずに鵜沢を見返している。

「否」

声が塾生たちを貫き、助教たちでさえ、躰を硬直させた。それほどまでに鋭い一喝に、アキラは背筋がぞくぞくするのを感じた。

「私は問うた。いつ第三次世界大戦が起こるのか、と。誰が起こすのか、と。とっくに世界は戦争状態にあるんだよ。二〇〇三年三月、アメリカ合衆国海軍艦艇が発射したクルーズミサイルがバグダッドに着弾した瞬間、世界は第三次世界大戦に突入したのだ。それまではアメリカが喧伝《けんでん》してきた通りイスラム原理主義の勇者たちとの限定的な戦いであったが、彼ら勇者たちとサダム・フセインという国家主義者は相容れなかった。なぜならイスラム原理主義の勇者たちが目指したのは、教義にのっとった秩序ある清く美しい地球規模の国家であるのに対し、フセインはイラクとその周辺を自らの支配下に置くことだけを熱望していた。地球規模の国家とイラクという一国、発想に大きな隔たりがある。つまりアメリカは撃つ相手を間違え、世界を戦争に巻きこんだわけだ」

ふいに鵜沢がアキラを見た。

「そうだったな、アキラ?」

一瞬にして鳥肌が全身に広がる。弾かれたように立ちあがったものの、何と答えてよいものかわからず、アキラは最敬礼した。

「よしよし」

鵜沢の穏やかな声が頭上から降ってくる。座りなさいといわれ、ふたたび岩場に腰を下ろした。もはや寒さなど感じてはおらず、まるで鵜沢の体温が乗り移ったかのように躰が火照ってきた。

「さて世界が戦争をやっているとき、わが国は何をやっているか。衆参ねじれ国会だと? 年金をごまかし、公金を横領し、利権といえばゴキブリのごとく群がる役人ども……、目の前に転がっている金に手を出すことを恥だとは露も感じず、むしろ手を出さなければ損だとばかりにやりたい放題。そんな状況で戦争に突入できるか。一方で殺人が簡単になった。自殺もまた自らを殺す殺人だとすれば、わが国の死因のトップは病気でも戦争でも事故でもなく、人が人を殺すことだ。そんなに軽い命なら、私にくれ。ちっぽけな命であろうと大義に役立てて見せよう」

鵜沢がゆっくりと立ちあがり、全員がさっと直立不動の姿勢になる。講話は終わりかかっていた。最後に鵜沢が何というか、全員の視線が集中する。

張りだした岩の上から鵜沢は海をのぞきこんだ。押しよせる波が岩にあたって白く砕けちる。

「海水浴日和《びより》だな」

ひと言で充分だった。

塾生たちは我先にと作業服を剝ぎ取り、ズボンを脱いだ。Tシャツも脱ぎ捨て、六尺ふんどしだけのスタイルになる。アキラも裸になっていた。先ほどまで骨の芯まで凍えさせると思っていた風が火照った肌に心地よい。

元レンジャーの和田が真っ先に駆けだした。

奇声を発し、岩を蹴る。

鍛えられた肉体が宙に躍った。

2

十一月も下旬となれば、札幌では一日の最低気温は氷点下となる。しかし、たっぷりと陽光が降りそそぐ病室はむっとするほど暑かった。仁王頭は重い革ジャンパーを脱ぎ、Tシャツ一枚になっていたが、それでも汗ばむのを感じた。

背骨の圧迫骨折という重傷を負った戸野部はギプスで背中を固定され、ベッドに仰向けに寝ている。半袖の薄いパジャマを着ていた。

「東京、大変らしいな」

戸野部の言葉にうなずいた。

「まだ戒厳令下みたいなもんです」

約二週間ぶり、白鳥原子力発電所のプレハブ小屋で爆弾に吹き飛ばされたとき以来会っていなかったが、戸野部の顔色が思ったよりよかったのには取りあえずほっとした。声にも力がある。

「警視庁は白鳥原発の事件と都内の事件を関連づけて考えているのか」

「たぶん。でも、おれは機捜隊の男と新宿界隈をうろうろしていただけで捜査の本筋には触らせてもらってません。だから本当のところ雲上人が何を考えているのか、わかりませんね」

「大活躍だったじゃないか」

戸野部の言葉に皮肉っぽい響きはない。新井薬師のアパートで二人のヤクザを撃ったことは新聞、テレビで報道されていた。さすがに北海道警察の警察官が管轄外で拳銃を振りまわしたとは発表できず、二人を撃ったのは岸本とされ、正当な拳銃使用だとしている。岸本は腋の下にS&WM3913を吊っていたが、安全止革をきっちり二重にかけていた。銃を抜き、応射するまでには百万年かかるだろう。

「手がかりをつかみかけたんですがね、そっちも警視庁に取りあげられましたよ」

「お前にとっちゃ古巣だ。やり口はわかっているんだろ」

「ええ、まあ」

病室の窓からは葉を落とし、細い枝だけになった街路樹の梢が風に吹かれ、揺れているのが見えた。

「外は寒そうだ」

戸野部がぽつりといった。

「寒くなりましたよ。東京から戻ってきてびっくりしました。トノさんだけぬくぬくしてるのは不公平だな。早く現場復帰してください」

かすかに戸野部が笑みを浮かべたように見えた。視線は窓に向けられている。

「左足全体が痺れてる。医者の話では傷が治れば、痺れはとれるだろうということだが……」

当初、白鳥記念総合病院では戸野部はまともに歩くことさえできなくなる恐れがあると聞かされていた。見つめる仁王頭の顔を見て、戸野部はまたしても笑みを浮かべた。おだやかな笑みだ。

「大丈夫、ちゃんと戻るよ。おれにはこれしかないからな」

右手を上げ、人差し指を曲げてみせる。仁王頭はうなずき、笑みを返した。戸野部の顔から笑みが消えた。

「ところで、あの時の出動なんだが、ちょっと腑《ふ》に落ちないところがある。お前、おかしいと思わなかったか」

「そういえば、あまりにもいきなりでしたね」

「そう」戸野部がかすかにうなずいた。「あれだけの事案なのに噂すら聞こえてこなかった。お前、何か聞いてたか」

仁王頭は首を振った。

公安部は徹底した秘密主義を取っており、警察内部に対しても情報を漏らさない。一方、情報は外へと滲みでたがる特性があり、対外的な壁が厚いほど内側では淀《よど》み、発酵しやすくなる。それが噂話となって公安部内の警察官、さらには特装隊員の耳にまで届く。しかも白鳥原子力発電所では夏に連続して放火事件が起こっており、公安部としても目を付けていた重大案件といえる。

だが、内偵に関する噂はまるで聞いていなかった。

戸野部が入っている病室は二人用で、もう一方のベッドは空いている。拘束され、身動きならない戸野部はたった一人で窓の外を眺めて時間をやり過ごしてきた。

唇を嘗め、仁王頭は切りだした。

「あっちで警視庁の公安部の奴に聞いたんですけどね」

じっとりと脂の浮いた都筑の首筋に9ミリ拳銃を突きつけたことをちらりと思いだす。

「プレハブ小屋で爆弾を破裂させたウツミは市城のスパイだったというんです」

「エスか」戸野部は天井に目をやり、眉間にしわを寄せた。「自前のエスを潜りこませるほど内偵を進めていたんなら、なおさら何か耳に入ってきて不思議はない」

「その市城も殺された」

「ああ、その話ならおれも聞いた。丸太ん棒だろ。暴力団《マルボウ》の見せしめとしてはよくある手口じゃないか」

「あのとき……、上平《ウエ》さんがウツミに向かって突っこんでいったとき、おれには何かいってるように見えたんですが、トノさんは何か見ましたか」

低く唸り、戸野部が宙を睨んだ。

背中を向けていたウツミに9ミリ拳銃を向けていたときの光景がありありと浮かんでくる。上平が走りだし、口を動かしていた。だが、いくら記憶をたどっても上平が何といっていたのかを思いだすことができない。

「ウエさんが近づいたとき、ウツミは爆弾を破裂させた」

「どうやって?」戸野部が仁王頭に目を向ける。「爆弾はカバンの中にあったんだろ。あいつはカバンに手を突っこんじゃいなかったぞ」

仁王頭はまじまじと戸野部を見返した。今の今まで背中を向けていたウツミが両手をバッグに入れていたものと思っていた。

戸野部がつづけた。

「おれのポジションからはあいつの両手が見えていた。右手には拳銃を持っていたが、左手には何もなかったように見えた」自らの言葉を確かめるように小さくうなずく。「そう、両手はちゃんと見えていた」

「爆弾が破裂するまで、ですか」

「少なくともおれが憶えているかぎりじゃ、そうだな。記憶が飛んでいることも考えられるが、両手はずっと見えていたと思う」

「それじゃ、ウツミがあそこに持ちこんだ爆弾は遠隔操作で起爆されたってことですか」

仁王頭の言葉に、戸野部は首を振った。

「そこまではわからん。あのとき、ウツミは右手にもった拳銃の銃口を自分の咽にあてたんだ。銃を逆手に持って、親指を引き金にかけてな。それを見てウエさんがあわてて近づこうとしたんだ」

わずかに間を置いて、戸野部が付けくわえた。

「その直後、爆弾が破裂した」

エレベーターのボタンを何度も叩きながら朱里は声を漏らした。

「もう」

八階建てビルの最上階にあがったエレベーターはゆっくりと下降しはじめた。左手首の内側に巻いた腕時計を見る。午後十時になろうとしていた。バー〈エルム〉は雑居ビルの六階にあり、いくら急いでいても階段を使う気にはなれない。ようやくエレベーターが到着すると開きかけた扉に躰をねじこみ、六階のボタンを押す。いったん開いた扉は一呼吸おいて閉じ、昇りはじめた。

エレベーターの壁に背中をあずけ、ため息を吐く。夕方、仁王頭から携帯電話にメールが来た。今夜、会えないか、と。仕事の量から午後八時には会社を出られると読み、多少の余裕を見て、午後九時ならと返信した。軽く食事をして、エルムに向かうつもりだったのが、一本の電話で事態が変わってしまった。ある事件でインタビューをした相手が今になって放映を中止して欲しいといってきたのだ。明日夕方のニュース番組で使うはずのテープなので、取材したディレクターは再度取材先を説得する一方、朱里は代わりになる素材を探さなくてはならなくなった。幸いディレクターの交渉がうまく行き、予定通りに放送できることにはなったが、作業には二時間を要し、その間仁王頭に遅れるというメールも打てなかった。

扉が開く。一応、会社を出てタクシーに乗りこんだときに詫びのメールを送っておいたが、仁王頭からの返信はなかった。〈エルム〉に駆けより、ドアを引き開ける。窓に面したカウンターに背中を丸めた仁王頭が座っているのを見て、大きく息を吐いた。カウンターに近づく。

「遅くなりまして、申し訳ありません」

スツールに腰を下ろしながら声をかけると、仁王頭が顔を向けた。

「いや、こっちこそ忙しいときに無理をいって申し訳ない」

仁王頭の手元にはロックグラスとナッツを盛りあわせた小皿があった。グラスの中身はいつものバーボンらしかったが、ほとんど減っていない。朱里はオーナーである女性バーテンダーにジンソーダを注文した。

酒が運ばれてきて、乾杯をすると朱里はひと口ジンソーダを飲んだ。炭酸が咽を刺激し、冷たい液体が躰の内側を駆けおりていくのがわかる。酒が胃に達すると空っぽであることをあらためて意識した。お腹、鳴るなよと胸のうちで祈り、グラスを置く。

「仁王頭さんからメールをいただけるとは思ってもいませんでした」

ロックグラスを小さく円を描くように動かしていた仁王頭は氷を見つめていた。

「しばらく東京に行ってた。あんたのいうこと、本当だなと思ったよ」

「私、何かいいましたっけ」

グラスに手を伸ばし、もうひと口ジンソーダを飲む。胃は思ったほど身じろぎしなかったが、なぜか心臓の鼓動が早かった。それに咽の渇きをおぼえた。

「分水嶺」

さらに渇きをおぼえ、朱里はジンソーダを飲んだ。冷たい酒で咽もとにこみ上げてくる熱い塊を鎮めようとしているような気がした。

「東京で、また一人排除した」

「嘘」

思わずいってしまった。仁王頭は真顔で朱里を見返している。脳裏を新聞記事が過ぎっていった。都内のアパートで警察官がヤクザを射殺したという記事だったが、警察官の氏名は公表されていなかったはずだ。

「あの……？」

朱里の問いかけに仁王頭がうなずく。

「でも、何も感じない。おれはたぶん、とっくに分水嶺を越えているんだと思う。今もこうして平気で酒を飲んでいられる」

まじまじと仁王頭の目を見た。瞳の奥をのぞきこもうとした。だが、瞳は澄んでいるのにどこまでも深く、とても底まで見通せそうにない。また心臓の鼓動が早まり、朱里はジンソーダを飲んだ。

「自分があの仕事をするための機械になってしまったような気がする」

違う、と否定する言葉は咽にひっかかり、出てこようとはしなかった。

はっとした。

中学生か高校生のころから自分の恋愛性癖を意識するようになった。惹《ひ》かれるのは、決まって自分の世界を持っている、どちらかといえば、一匹狼的な男なのだ。惹かれているくせに本人の前に出ると、なぜか強がり、可愛くないことを口にしてしまう。その男の領域に自分が入れないと思うと、朱里はますます焦《じ》れ、強引にものぞきこもうとして喧嘩になってしまう。そして三十を過ぎた今は、そうした男が独りぼっちでいる世界に入っていったとして何ができるのかと考えるようになった。安住できる場所ではないし、理解も、ましてや共有などできるはずもない。

仁王頭にも同じような匂いを感じ、だからこそ分水嶺などと口走ったのだ。

二杯目のジンソーダを頼み、半分ほど飲むまで朱里は黙っていた。仁王頭はナッツを食べたが、酒にはほとんど手をつけなかった。

朱里は切りだした。

「暴力団担当をしている榊原という刑事、知ってますか」

仁王頭が首を振る。かまわずつづけた。

「榊原に例の写真……、仁王頭さんにも一度携帯メールで送った写真を見せたんです。そうしたら自分は知らないけど、白鳥原発の工事現場に作業員を入れている組を知っているからそこで訊いてみたらどうかといわれて」

「それが紅仁会?」

うなずいて、さらにつづけた。

「紅仁会の事務所で会長の初田に会いました。すごくもの柔らかな感じで、とても暴力団の組長には見えなかった」

「それで写真を見せて、何といわれた?」

「全然見たことがないって」

急にジンソーダがうとましくなり、グラスに手を伸ばしたものの飲む気になれなくなった。だが、空きっ腹に飲んだ酒は早くも肌を火照らせている。すべてを酔いのせいだと思いこむことにした。

「その直後なんです。あの写真の男の人が……」

「市城だ」仁王頭がさえぎるようにいった。「市城といって、公安部の捜査員だった。原発での放火事件を捜査するため潜入してたんだ。あそこで最初に射殺された紅仁会の樺田という男に近づいた。潜入捜査は、命の危険と背中合わせの側面がある。まして相手がヤクザや極左、極右の過激な組織となれば……」

仁王頭は言葉を切り、小さく首をかしげた。

「市城さんっていうんですか」朱里はぽつりとつぶやいた。「初めて知りました。警察はずっと身元不明としか発表しませんし、榊原のところへ行ったんですが、そのときには公安部の事件だから自分は何にも知らないってけんもほろろでした」

グラスをもてあそんでいた朱里は自分の口からつづいて溢れだした言葉に、自分で驚かされた。

「実は私……、異動の話が出て、受けることにしたんですよ。報道部から報道管理センターというところへ変わるんです。今度は記者じゃなく、内勤の仕事なんですけど。今の年齢《とし》で内勤になれば、おそらく二度と報道の一線には戻れないんじゃないかと思います」

仁王頭が朱里の横顔を見ているのを感じた。誰かが、真剣に話を聞いてくれるというのは心地よかった。

「抵抗がありました。学生のころから記者に憧れて、新聞、テレビと何社か受けたんですけど、受かったのが今の会社だけでしたから。地方のテレビ局だけど、それでも報道ですからね。仕事は……」

グラスを見つめたまま、朱里は首をかしげた。

「楽しかったと思います。夜中に携帯電話一つで呼びだされて、現場へ飛びだしていく記者っていうのに憧れていたんですが、実際にやってみると地味だし、きつかった。でも、楽しかった」

朱里は仁王頭に目を向けた。仁王頭の瞳が深い琥珀色をたたえていることに初めて気がついた。

「受けることにしました。私がおかしな動きをしたことで、ひょっとしたら市城さんが亡くなったんじゃないか……」

言葉が詰まり、代わりに涙が溢れだした。

「嘘ですね。市城さんの殺され方を聞いて、そして榊原がひどく怖がっている様子を見て、私も怖くなったんです。次は自分の番かも知れないって。被害妄想だとは思うんですけど、それでもやっぱり怖くて」

痛みを感じない病気がある、とテレビで見たことがあった。

まったく痛みを感じないので骨折しても気づかないという。痛みは不快だが、生命の危機に対する警報でもある。静かに涙を流す朱里を正面から見つめながら、仁王頭は自分が痛みも恐怖も感じない病気ではないかと考えていた。ひょっとすると恐怖に対して不感になることが朱里がかつていった分水嶺を越えることなのかも知れない。

白鳥原子力発電所でプレハブ小屋に飛びこんだときも、新井薬師のアパートで合板のドア越しに撃鉄の音を聞いたときも、恐怖は感じなかった。相手がどう動くか、自分がどう対処するか、それだけで頭がいっぱいになっていた。

朱里の告白はつづいた。

「こんなことというと、仁王頭さんに軽蔑《けいべつ》されてしまうと思います。榊原と小樽の鮨屋で会ったとき、私、わざと生地の薄いスカートを穿いていったんです。カウンターの下で榊原の足に自分の足を押しつけたりして。情報を取るためなら手段を選ばないという覚悟があったわけじゃない。浅はかに女を利用して……」

小樽から札幌市内に向かうタクシーの中で榊原に陵辱《りょうじょく》されたことをぼそぼそと語る朱里を見ていて、仁王頭は胸の底がちりちりするのを感じていた。朱里を不憫《ふびん》に思っていたのではなく、明らかに嫉妬だと感じて狼狽《ろうばい》した。

ひととおり話が済み、ジンソーダを飲んだ朱里に、仁王頭はハンカチを差しだした。一瞬、朱里は驚いたような表情を見せ、それから低声《こごえ》で礼をいい、ハンカチを受けとった。仁王頭のハンカチを目の下にあて、苦笑する朱里を見て、仁王頭も何とか笑みを浮かべて見せた。

ウツミ、アキラは東京から送りこまれてきた。新井薬師のボロアパートで死にかけている草田の話では東京の暴力団から札幌の紅仁会へと人は送られていく。紅仁会が白鳥原子力発電所の作業員を斡旋し、管理したことはわかっていたが、暴力団担当の榊原は公安部の管轄だとしている。

戸野部の話によれば、ウツミはバッグに両手を入れておらず、爆弾は何者かが遠隔操作で起爆させた。ウツミは、公安捜査官市城のスパイであり、放火事件以降に情報収集のため潜入させられていた。ウツミの潜入が露見して、もっとも不利益をこうむるのは市城だろう。また、プレハブ小屋に仕掛けられていたテレビカメラの映像を見ていれば、爆弾を破裂させるタイミングをつかむのは難しくなかった。カメラは天井近くに設置されていたのだから咽もとに拳銃を押しあてるウツミの仕種は見えず、かえって駆けよろうとした上平の動きが市城に起爆スイッチを押させるきっかけになったのかも知れない。だが、市城も殺されてしまった。

手がかりは断たれた。

「ハンカチ……」朱里が目許を拭きつついう。「洗濯して、お返ししますね」

「気にしないでいい。どうせ安物だから」

水っぽくなったバーボンのオン・ザ・ロックを飲んだ。咽が渇いている。

ブンヤに気をつけろ、とくに女には……、といった市城の言葉が脳裏を過ぎっていく。

3

カウンターの端に置かれたかごに食券を一枚入れ、傷だらけのアルミのトレイを手にした。午前七時四十五分、食堂は閑散としている。仁王頭はあくびをしながらスクランブルエッグとベーコンを盛りあわせた皿とひじきと油揚げの煮物の小鉢を取り、トレイに置く。大根の味噌汁を取り、横に移動する。

「おはよう」

カウンターの内側で大きなジャーの前に立つ初老の男に声をかけられた。男は食堂で働いており、名前は知らなかったが、すっかり顔見知りになっている。

「おはようございます」

「何だか、だれてるね。また二日酔いか」

「いや」

苦笑して首を振った。バー〈エルム〉を出たのは午前零時近かったが、フォア・ローゼズのオン・ザ・ロックを二杯飲んだだけなので酒はまるで残っていない。ナイトキャップにも満たない量だ。タクシーで送っていくという朱里の申し出を断り、自宅まで歩いた。躰がすっかり冷えきり、風邪をひきそうになった。酔狂な真似をしたくなったわけが自分でもよくわからない。

「しばらく顔見なかったけど？」

「出張してたんですよ。東京に」

「お宅らも出張なんてあるんだね。はいよ、いつもの大盛り」

初老の男はいつも丼に山盛りの白飯をついでくれる。トレイに置かれたとたん、胃袋がすぼまり、熱い気体が食道を駆けのぼってくるような気がした。何とか笑みを浮かべた。

「いつも、ありがとう」

「何《ナン》も、遠慮することないって。あんたら、躰が資本だべさ」

いつものように黒のフライトスーツを着用してはいたが、帯革は巻いていなかった。警視庁に提出した9ミリ拳銃がまだ戻ってきていない。隊長から別の拳銃を貸与できるともいわれたが、断った。個人的にトリガーを改造しているし、何より手に馴染んだ拳銃を取りもどしたかった。隊長には警視庁への働きかけを頼んだ。

腰に拳銃がないだけで裸で歩いているような心許なさを感じた。一方、躰が軽く、気が楽でもあった。

トレイを持ったまま、誰も座っていない窓際のテーブルまで行く。腰を下ろし、トレイを置くとそっとため息を吐いた。二日酔いでもないのに食欲はなかった。

あんたら、躰が資本だべさ、といった初老の男の声が脳裏でリフレインしていた。二人称が複数形なのは、よく上平と雁首《がんくび》そろえていたからだ。向かいに置かれた、空っぽの椅子をぼんやりと眺める。

二日酔いだろう、という上平の声がよみがえってくる。残念でした、と仁王頭は胸のうちで答えた。昨日は美人を相手にバーボンを二杯だけです、と付けくわえる。美人と聞いて上平が目を剝《む》く。

人に二日酔いだといいながら、上平もロウのように白っぽい顔をして、目だけを赤くさせていることがよくあった。その顔で酒もほどほどにしろと説教を垂れるのだからまるで説得力はなかった。

『上平《ウエ》さんこそ、ゆうべは寝てないんじゃないですか』

『まさか。おれは品行方正が服着てるような男だ』

そのとき、仁王頭は上平の首筋をしげしげと眺めて、キスマークがついているといった。あわてた上平は箸を落とし、周囲を見まわしたものだ。上平は愛妻家で通っていた。結婚して何年になるのかよく知らなかったが、二人の愛し合い方は並大抵ではなく激しいというのが特装隊での定説になっていた。

あわてている上平に嘘だと告げると怒りを隠そうともしないでいった。

『てめえ、いつか後ろから撃ってやる』

そう、いつもおれが前、ウエさんが後ろだった、と仁王頭は思った。突入時には小柄な仁王頭が躰を縮めて先鋒《せんぽう》、上平がバックアップというのが暗黙の了解事項になっていた。あの時も、と思わずにいられなかった。何度思いかえしたところで時間をさかのぼれるわけではないのはわかっていたが、思いをとどめることはできなかった。

窓から飛びこみ、ウツミの右側に降りたったのが仁王頭でバックアップが上平なら、今ごろ目の前のテーブルにトレイを置いた上平がため息を吐いていたかも知れない。

青ざめた顔をした上平は白飯に味噌汁をかけ、一気に掻きこんだ。

『消化に悪そうな食い方しますね』

『ゆっくり食ってたらいやになっちまう。とにかく何か腹に入れておかないともたんだろう』

思いだした。その直後、緊急出動が下令され、仁王頭、上平はほかの隊員とともに根室の花咲港へ飛んだのだ。ロシアの漁船で船員が自動小銃を手に暴れているという通報を受けてのことだ。

窓の外に目をやる。格納庫から引きだされたヘリコプター・ドーファン2が整備員の手で磨きあげられている。ボディに反射する朝日がまぶしい。

「どっこいしょっと」

向かい側の椅子が軋み、仁王頭は目をやった。トレイを手にした尾崎がにっこりする。

「おはようございます」

「おはよう」

「ぼんやりしてましたよ」

「いい天気だからな」

特装隊を再編するという理由で仁王頭は東京から呼びもどされたのだが、再編の内容は三個班編成だった第三小隊を二個班に減じ、全体を三個小隊八個班にするというもので、仁王頭、尾崎の二人は総括班預かりとなった。

総括班は当務制ではなく、日勤制を取っており、毎日午前八時半から午後五時半までが勤務時間とされた。

記者から内勤に回されるといった朱里の言葉が脳裏を過ぎっていく。似たようなものだと思った。

「首の按配はどうだ？」

「急に動かしたりすると少し痛みを感じますが、寝違えたより軽いですよ。ほかの連中に較べれば、はるかにましです」

「そうだな。昨日、トノさんのところへ行ってきた」

「どうでした？」

「ギプスでがっちり固定されてた」

「相澤の方ですがね、京都にある病院に行ったのをご存じですか。何でも日本一だか世界一だかの名医がいるとかで、壊れた目玉の修復手術をやるんだそうです。つぶれた眼球を薬品で膨らまして角膜も移植するとか。視力はある程度回復するらしいですが、元通りになるかどうか」

「失明するよりいいさ。稲垣は？　何か聞いてるか」

「奴は退院して、今は自宅療養中らしいです」尾崎は身を乗りだすようにして、声を低くした。

「穴吹って憶えてますか」

「白鳥の現場にいた道警本部《ホンテン》の監理官だろ」

「そいつです。何でも警察庁に異動になるらしいですよ。来月の一日付けで」

「来月って、ずいぶん急だな。それに定期異動の時期じゃないだろ」

仁王頭の言葉に、尾崎はうなずいた。

「ところで、札幌西署暴力団担当《よんか》の榊原って知ってるか」

「いえ、そいつがどうかしたんですか。西署には機動隊時代に仲のよかった奴がいますけど」

公安部と刑事部には交流がなく、直接尾崎が知らなくても不思議はなかった。仁王頭はうなずいた。

「ああ、どんな奴か訊いてみてくれ。ちょっと気になることがあってな」

「わかりました。ところで、白鳥原発の三号炉建設ですが、休止に追いこまれたようですよ。電力会社は短期的な中断といってますが、どうなるかはわかりませんね。結局、ニオウさんも手がかりはなかったんでしょ」

「まあ、そうだな」

「原発反対派の連中にしてみれば、一点リードというところですかね。来年、北海道でサミットがあるじゃないですか。あれと今回の事件とが絡んでるって話もあります」

「サミットは洞爺湖《とうやこ》だろ。白鳥原発とじゃ、ずいぶん離れてるぞ」

「西からの強い偏西風ですよ。原発がつぶれて、大量の放射能が噴きだせば、西風に乗って北海道全体を汚染します。今年の夏、何十年ぶりかで光化学スモッグ警報が出たの、憶えてませんか? 福岡でしたけど。あれは中国大陸の大気汚染物質が西風に追いやられてきたって説がありますけどね」

「白鳥原発はサミット会場よりだいぶ北だろ。サミットの時期に北からの風なんか吹かないだろうが」

「冬の時期に原発をパンクさせて、放射性物質が東に広がれば、サミット会場はアウトでしょ」

「それじゃ北海道全体がアウトになる」

「原発は日本海側に多いですからね。事故が起これば、放射性物質は風に乗って東へ広がる。やばいっすよ」

白鳥原子力発電所に向かうヘリコプターの中で尾崎が思いがけなく原子力発電所についての

蘊蓄《うんちく》を披露したことを思いだした。一九七〇年、大阪万博は二十一世紀の姿を目に見える形にした……。

「とにかく」尾崎は味噌汁の入った椀を持ちあげた。「まずは飯を食いましょ」

椀の中身を白飯の上にだっとかける。

「消化に悪そうな食い方だ」

「汁かけ飯をワシワシ食って、朝一番の元気を注入する。くよくよ悩んだってしようがないです」

いただきます、とつぶやくと尾崎は丼を持ちあげ、猛烈に掻きこみはじめた。仁王頭も椀を取り、白飯にぶっかける。

食堂で初老の男が笑顔になっていた。

四畳半の部屋で見たときとまったく同じ黒っぽいジャンパーのファスナーを襟元まで引きあげ、相良は芝生に寝そべっていた。

顔面の左側を草に押しつけている。唇の端は暗紫色となり、傷口から流れだした血が顎までこびりついていたが、鼻から上だけを見ていると穏やかに眠っているようにしか見えなかった。

しゃがみこんだ岸本は手袋をはめた手で相良の死体に被せられたブルーシートをつまみあげていた。ＪＲ新大久保駅にほど近い公園で相良の死体が発見されたのはつい一時間ほど前だが、顎の血痕の乾き具合からすると殺されたのはもっと前だろうと見当がつく。

「このところ、またホームレス狩りが流行ってるな」

隣りでしゃがみこんでいる渡部が低い声でいった。岸本は首をかしげた。渡部が岸本の横顔をのぞきこむ。

「知ってる奴?」

「ああ」岸本はブルーシートから手を離し、立ちあがった。「相良っていう元ヤクザだ。何度か会ったことがある」

渡部も立ちあがった。

「ヤクザってことは、殺しはそっちのセンかな」

「どうだろう」岸本は渡部を見た。「最近、またホームレス狩りが流行ってるんだろ。相良はこの近所にアパートを借りて住んでいたけど、この恰好だ、真夜中に通りかかれば、ホームレスと間違われてもしようがない」

だが、渡部はまるで納得できないといった顔つきで岸本を凝視していた。岸本はブルーシートに目をやり、言葉を継いだ。

「実はついこの間会ったんだ。例の北海道警察の仁王頭が来ていたときに。超安上がりな作業員を手配している暴力団《マルボウ》についてて手がかりが欲しくてね。それで話を聞きに行った」

「収穫は?」

「昔話をされて終わったよ」

「偶然、かな」

渡部の疑問は至極もっともといえた。しかし、足を洗って何年にもなる相良が手配師の仕事に何かからんでいるとも思いにくかった。それなら新井薬師のアパートで会った草田の方が何かを知っている可能性がある。

相良の周囲にはブルーの制服を着た機動鑑識員が数人、写真を撮ったり、四つん這いになって芝生に落ちている遺留品を探していた。公園の出入口にテープを張り、縄張りをかけているので数人の野次馬が生け垣の外に立っているに過ぎない。すでに救急車は到着していて死体が運びだされるのを待っている。

相良から離れつつ、公園が欅病院に近いことを思いだした岸本は携帯電話を取りあげた。午前十時であれば、診察が始まっているだろう。欅病院の番号を選びだし、発信ボタンを押す。数回呼び出し音が鳴ったあと、女が出た。

「はい、欅病院です」

外国人なのか、ひどくたどたどしい言葉遣いをしていた。

「岸本といいますが、院長先生をお願いします」

「インチョ、ちょっと待って」

受話器の向こう側でがさがさという音が聞こえ、つづいて紗弥が電話に出た。

「はい、欅ですが」

「岸本です、警視庁機動捜査隊の。ちょっと事件がありまして、お宅のすぐ近くまで来ているものですから。あの……」

「ちょうどよかった。私も連絡しようと思っていたんだけど、あなたの連絡先を聞きそびれちゃってて」

ふいに期待が高まった。

「草田が何か喋りましたか」

「残念ながら彼は永久に喋ることができなくなった。最後にあなたの相方に渡して欲しいっていわれて、預かりものをしてるんだけど」

「ああ、仁王頭ですね。彼は北海道へ帰りました。私でよければ、受けとりにうかがいますが」

「あなたでもたぶん同じことね。それじゃ、こちらに来てもらえますか。いつなら?」

「今すぐ行きます」

電話を切ると、かたわらの渡部をふり返った。

「五分ほど離れる。別に問題はないだろ。機動鑑識も来てるんだし」

「そうだな。おれも付きあうよ」

「いや、わざわざ」

「五分くらいなら問題ないって」

二人は公園を出ると、歩いて五分もかからないところにある欅病院に行った。黒ずんだ看板を掛けた門柱のわきを通り、玄関に行くと磨《す》りガラスのはまったドアを開けた。ノブは真鍮《しんちゅう》製だ。

「一九七〇年代の映画のセットって感じだな」

渡部が感想を口にする。

玄関前の長椅子には女が二人座っていた。どちらも日本人には見えない。そのうちの一人が立ちあがり、診察室に向かって声を張りあげた。

「センセ、来たよ」

ほどなくジーパンとブラウスの上に白衣を羽織った紗弥が現れた。隣りで渡部がおっと声を漏らす。紗弥は岸本の前に来ると、白衣のポケットから携帯電話を取りだした。

「預かったものはこれなんだけど、電池が切れてる」

携帯電話を受けとった岸本は紗弥を見た。

「これ、草田が使っていたものですかね」

「わからない」

脇からのぞきこんだ渡部がいう。

「プリペイドカード式だな。案外古い機種だ」

岸本は渡部をふり返った。

「この間の新井薬師の銃撃事件にかかわる証拠物件なんだけど……」

渡部がにやりとする。

「中身をチェックしてから提出しても遅くはないと思うけどね」

うなずいた岸本は紗弥に向きなおり、礼をいった。


「ヤクザって案外朝が早いんですね」

助手席でハンディタイプのビデオカメラを構えた浅野がいった。運転席の朱里は路地にある立派な門を見ていた。

紅仁会の組長初田は自宅を組事務所としても使っている。朱里と浅野は何度か車を動かしながら早朝から組事務所前を見張っていた。夜が明けて間もない午前六時には若い男が門の前を竹箒《たけぼうき》で掃いていた。

そのとき、一台の大型メルセデスが近づいてくる。黒のクーペタイプでハンドルを握っているのは初田本人だ。

自宅への朝帰りか、と朱里は胸のうちでつぶやいた。

「あれが初田よ。撮れてる？」

「ばっちり」

門の前に車を停めると、初田はドアを開け放したまま降り、門の中へと入っていった。代わりに若い男が運転席に乗りこんでドアを閉める。発進したメルセデスが近づいてくる。

「カメラ、隠して」

そういうなり助手席の浅野の首に抱きつき、顔を寄せた。

「友田さん……」

「あわてないで。あの男に私たちの顔を見られたくないの」

唇こそ重ねなかったが、浅野のやや荒くなった鼻息を頰に感じた。

4

Ａ４判の用紙の束がクリップで留められていた。用紙は二百枚ほどもありそうだ。もっとも上の紙に『第三次世界大戦勃発《WWⅢライジング》』と印字されていたが、鉛筆の線で消され、わきに手書きの文字で『哀哭者の爆弾』と改められている。字はよくいえば個性的なのかも知れなかったが、ひどく下手くそともいえた。鵜沢が書いたのだろう。しばらくの間、アキラは身じろぎもせずに紙の束を見つめていた。

「タイトルは重要なんだよ、アキラ」

顔を上げ、両袖机の向こう側で革張りの椅子に座っている鵜沢を見た。窓を背負っているせいで顔が影になっている。

「わかるだろ」

「はい」

「第三次世界大戦勃発と書いて、ダブリュー・ダブリュー・スリー、ライジングと読ませるセンスも悪くないが、もっと情感に訴えるタイトルの方がいい。そこで哀哭者だ。わかるかな、国という文字は入っていない方のアイコクシャだ」

「はい」

「さあ、自分の手にとって原稿を見てごらん」

「はい」

紙の束を取り、最初の一枚をめくった。用紙の中央に帯状に印字されている。文字を追うより先に数えていた。一行二十文字、一ページに四十行……、A4判の用紙一枚に原稿用紙二枚分が打ちだされていることになる。鉛筆の線で文章が消され、代わりに印字の上下にある空白に鵜沢の癖字が書きこんである。タイトルを書き換えた文字と同様下手くそだったが、読めないことはない。

「さあ、めくってみて」

鵜沢に促され、一枚、また一枚と用紙を繰っていく。どのページにも鵜沢の書き込みがある。

「よくそれだけのものを携帯電話で書いたもんだ。自分の原稿が何枚になるか、数えたことがあるかい」

「いいえ」アキラは膝の上に置いた原稿に視線を落としたまま、小さく首を振った。「携帯じゃ、全部の文書をこういうふうに見ることができないものですから」

「四百字詰め原稿用紙換算で三百八十二枚あったよ」

それから鵜沢は椅子の背もたれに躰をあずけ、ふたたび携帯電話でねぇとつぶやく。

ネットカフェで過ごしたいくつもの夜がよみがえってくる。充電用のコードをコンセントにつないだまま、ボタンを押しつづけた。指先が痛くなり、目がちかちかして、ときにめまいと吐き気を感じてもやめられなかった。

手を止めれば、自分の輪郭が曖昧になり、澱《よど》んだ空気に溶けていくような気がした。何のためにこの世に生まれ出《い》でてきたのか、まるで意味がなくなってしまうという恐怖に駆られていた。恐怖はアキラにとって強力な推進薬となった。

「創作の根本とはね……」

独り言のような鵜沢の口調にアキラは顔を上げた。塾頭の講話はいつもぼそぼそと聞きとりにくい。必死に耳をそばだてることが半ば習性と化している。椅子をわずかに動かした鵜沢は窓の外に目を向けていた。

「それが小説であれ、映画であれ、あるいはそのほかの行動であれ、すべて変身願望に根ざしているんだよ。自分ではない、ほかの何者かになりたいとき、表現衝動というものが湧きあがってくる。それを文字にすれば、詩や小説となり、別の表現方法を使えば、絵や映画や、そのほか諸々になる。だけど、根本は変身願望だ。それでは変身願望とは何か。自分の生まれついての境遇、後天的にはまりこんだ状況からの脱出を夢見ることなんだよ。たいていの場合は叶わない。だから夢だ」

ゆっくりと顔を巡らし、鵜沢がアキラを見る。口許に笑みが浮かんでいた。

「だが、ごく稀《まれ》に自分自身のはまりこんだ泥沼から脱出できる者がいる。アキラ、お前は自分では気づいていないかも知れないが、その一人になる可能性がある。お前の原稿に私はたっぷりと書き込みをした。だけど悲観するな。いいか、アキラ、文章を書けない奴を書けるようにするのは不可能なんだ。書ける奴を上手にする方法はいくらでもある。そして文章修業はただ書くことによってできるものじゃないというのは、前に会社で話した通りだ。そしてお前は試練を耐えぬいてきた。その経験がお前の文章を磨いている。書き直しをしているうちに自分でも実感できるだろう」

「はい」

白鳥原子力発電所のプレハブ小屋で過ごした日々、建設事務所のトイレに置いてきたプラスチック爆弾が脳裏を過ぎっていく。

「これからの時代、文学が力を持たなければならないと思う。だけど、今売れている小説のことなんか考えてもらっても困る。世の中の状況がどうなっているのか、今後どうなっていくのかについて、実作者と編集者が一体となってね、考察していかなきゃならない。そうして書かれたものは、停滞し、倦《う》んで、腐りかかっている二十一世紀の状況を打破するきっかけになるはずなんだ。そういうものを書けば、ものを考える読者は必ず戻ってくる。私の書き込みを読みながら今日から原稿の直しをしなさい。神田で約束しただろう。お前が戻ってきたあかつきには書籍として出版する、と」

「はい」甘酸っぱい塊が咽もとにこみ上げてくる。「ありがとうございます」

満足そうな笑みを浮かべた鵜沢は机上の電話機に手を伸ばすと、ボタンを押した。ブザーが鳴り、間髪を入れず勢いこんだ返事が聞こえた。

「はい」

「あれを持ってきてくれ」

「かしこまりました」

インターフォンが切れ、ほどなく塾頭室のドアがノックされた。鵜沢の返事を待たずにドアが開き、助教が顔をのぞかせる。

「失礼します」

鵜沢が黙ってうなずくと助教が塾頭室に入ってきた。後ろには塾生を二人従えている。一人は銀色の三脚のようなものを持ち、もう一人が黒いポールを胸に捧げもっていた。机の脇まで来ると、助教は鵜沢に訊ねた。

「どちらに置きますか」

「そこへ」

鵜沢は机の右側の床を指さす。三脚が置かれ、ポールが斜めに立てかけられた。ポールは旗《はた》竿《ざお》のようだが、何も付けられてはいない。

「失礼します」

助教と二人の塾生は最敬礼し、塾頭室を出ていった。鵜沢は机の抽斗から布を取りだすと立ちあがってポールに近づいた。黒い布には紐がついており、どうやら旗のようだが、古く、端がぼろぼろになっていた。鵜沢が布を広げる。元々は黒かったのだろうが、色褪せ、灰色になっている。無地だ。

「黒旗は無政府主義者《アナーキスト》のシンボルマークだよ。私がこの旗を手にしてからでさえ、もう五十年になるが、正直にいうとこの旗がいつ作られ、誰の手を経て私のところに来たのか、正確なところはわからないんだ」

ぼそぼそといいながらポールに黒い旗を結びつけると、鵜沢はふたたび電話機のボタンを押した。

「はい」

「和田をこちらによこしてくれ」

小花模様の長いスカートを穿いた女は、背広姿の男の前に座りこみ、男を見上げていた。長い髪が垂れている。

似合わないよ――岸本は女に語りかけていた――スカートに下ろした髪なんて、女っぽ過ぎてあんたらしくない。

岸本の知っている彼女は躰の線がくっきりと出る暗いワインレッドの革ジャンパーとパンツを身につけ、髪は引っ詰めて頭の後ろにまとめていた。

女が座りこんでいるのは男に命じられたからでも、また自らの意志でもない。右太腿を撃たれ、立っていられなくなっただけのことだ。男の手に握られた七十七ミリ銃身のニューナンブから発射された三八口径弾が女の太腿を抉っていた。

何かいおうとするように女が口を開きかける。男はニューナンブの銃身を女の口に挿しいれた。

閃光。

見えるはずのない銃口炎が女の口から溢れだし、首筋へと抜けた。

岸本の見ている悪夢は緑色に染まっていた。超高感度ビデオカメラで撮影された映像ゆえだ。決してみることのなかった光景をありありと思いうかべられるのは、現職警察官による現職女性警察官の射殺という前代未聞のシーンが密《ひそ》かに撮影され、インターネット上で流されたことがあるからだ。

殺された女性警察官は、岸本が機動捜査隊に配属されて初めて組んだ相勤者である。彼女は、公安警察と政治家の右派勢力が結託して戦前の内務省を復活させようという目論見《もくろみ》にたった一人で立ち向かった。警察官としての行動を完全に逸脱し、一時は殺人犯として指名手配まで打たれながらも、最後にくだんの組織の一員であり、彼女の直属の上司だった男を引きずり出し、罠《わな》にはめることで強大な勢力に鉄槌《てっつい》を食らわせた。

何十人もの人間が殺され、岸本自身も殺されかけた。相勤者と一緒に岸本も仁王頭に救われたのは、そのときだ。

日本を本来あるべき姿に戻そうという勢力は決して表に出てくることはなかったが、彼らの暴力装置は完璧に作動し、邪魔だてする人間は至極簡単に殺された。それこそ小さな虫がひねりつぶされるほど簡単に。

かつての相勤者が命がけで下した鉄槌も虚《むな》しく、真相がすべて明らかになることはなかった。だが、噂は広まった。警察はすべてを隠蔽《いんぺい》するため、事件に関係した人間を異動させ、沈黙を強いた。岸本もまた機動捜査隊から所轄署の地域課員へと飛ばされた。

恐怖と、銃弾の前に倒れた彼女への申し訳なさとに苦しめられた。勇気のない自分を責めつづけた。警察を辞めることも考えたが、逃げだせば、一生悪夢に苦しめられるとも思っていた。だからこそふたたび機動捜査隊員となり、以前の勤務地である第四分駐所へ戻ることに執着した。いつかふたたびあのときの悪夢が現実となり、自分が渦中にいることで恐怖と後悔から脱出できると信じていたからだ。

仁王頭がやって来て、新宿、レインボーブリッジ、モノレールで爆発事件が起き、数百人の死傷者が出た今、悪夢が蘇りつつある。自分の望んでいたことが現出しつつあったが、喜びを感じられるはずはなかった。

目をしばたたき、岸本は首を振った。

作業台に置かれたノートパソコンを前にしてワイシャツ姿の男が背中を丸めて座っている。かたわらに立つ今の相勤者、渡部が作業台に手をつき、ノートパソコンをのぞきこんでいる。大久保の女医欅紗弥から受けとった携帯電話がパソコンにつながれていた。電池の切れた携帯電話を復活させ、内容を確認するのにうってつけの男がいるといって、渡部は杉並にある小さなパソコンショップへと案内してきた。

プリペイドカード式の携帯電話を見るなり、パソコンショップの店主は渋い表情となったが、渡部に促されて作業を始めた。渡部と店主の間にどのようないきさつがあるのかは知らない。だが、警察と協力者の仲立ちをするのは金か便宜供与のいずれかでしかない。全国で警察の裏金作りが問題となってから謝礼金を支払うことが難しくなった。警察が一般市民に与えられる便宜は犯罪を見逃すことくらいでしかない。

「出ましたよ」

顔をあげた店主が渡部に告げた。渡部が岸本をふり返る。

「中身、復活した」

岸本は二人に近づいた。ノートパソコンのディスプレイには表が映しだされていて、所有者の氏名、住所、電話番号などの欄があったが、いずれも空白になっている。

「それで手がかりになりそうなものはあったのか」

どちらにともなく訊くと、店主が画面の表を指さした。

「着発信記録に電話番号だけが残ってますね。この電話機にメール機能はなかったようです」

着発信記録の欄には電話番号がぎっしりと並んでいるが、すぐに岸本は声を漏らした。

「あれぇ？」

躰を起こし、腕組みした渡部がうなずく。

「そう。この携帯に残されている番号は二つしかない。この携帯からかけている番号が二つなら、この携帯にかけてきている番号も二つだ」

ノートパソコンのわきにごろんと転がり、小さな赤いランプが灯っている携帯電話を見やって訊ねた。

「その電話、生きてるのか」

「まさか」店主が首を振る。「カード分は全部使い切ってますよ」

岸本は手帳を取りだし、画面に表示されている二つの番号を書き取った。手帳とノートパソコンを何度も見比べているうちに思い当たることがあったが、確信は持てなかった。自分の携帯電話を取りだすと、岸本はメールを打ちはじめた。

「行くか」

ぽつりと訊いた鵜沢に、和田は顎を引き、しっかりとうなずいた。

「はい」

「わかっているな？」

ふたたび訊いた鵜沢に、和田は笑顔を見せた。

「三年前、塾頭にお会いすることがなければ、自分は今でも部隊で後輩をねちねちいじめていたと思います。戦うことを禁じられた軍隊という矛盾に腹を立てて」

笑顔が苦笑に変わる。

「塾頭にお会いするまで、日本人に戦争ができるなど、考えてみたこともありませんでした」

アキラは鵜沢の机の前に並んで座っている和田を見ていた。元陸上自衛隊レンジャーの和田は農作業でも勉強、体育でもぬきんでていた。

机の抽斗から鵜沢は古びた本と金色のペンを取りだして和田の前に置くと静かにいった。

「私からの餞《はなむけ》だ」

「ありがとうございます。塾頭の薫陶を胸に、お国のため、立派に死んでまいります」

やりとりを眺めているアキラの胸のうちでは心臓が痛みをおぼえるほどに高鳴っていた。こめかみが気味の悪い汗でじっとりしてくるのを感じる。

本は文庫本を二回りほど大きくしたサイズで、厚みは四、五センチほどあった。長年湿気を吸った革表紙は染みが浮き、歪んでいる。ページが癒着して剝がれなくなっているのは手を触れずともわかった。神田の鵜沢が経営する出版社で受けとったのと同じものだからだ。

だが、金色のペンは初めて目にした。ブランド物のボールペンのようだ。

「使い方はわかっておるな」

「はい、心得ております。ペンの製作には自分も加わっておりましたので」

「そうだったな」鵜沢がちらりと苦笑する。「失礼した」

「とんでもございません」和田があわてて答え、頭を下げる。「卑しい物言いをいたしまして、申し訳ございませんでした」

うなずいた鵜沢は黒旗に目を向けた。引きずられるように和田、アキラも旗に目をやる。

「いよいよ私もこの旗に見送られるときが来たかと思うと、万感胸に迫ります。諸先輩方に恥じぬよう、そしてここにいらっしゃるアキラさんにも負けぬよう、任務を果たしてきたいと思っております」

「見送られるのではない」鵜沢が穏やかに和田の言葉を訂正する。「つねに我々は同じ旗の下に参集しているのだ。真実の正義を求めて、な」

「はい」

本とペンを手に和田が出ていったあと、鵜沢が教えてくれた。

金色のペンは時限式の起爆装置なのだ、と。

5

頭上から大音量が降ってきた。曲は、ヨハン・ゼバスティアン・バッハ作、〈トッカータとフーガニ長調〉……、などと考えている場合ではない。唸り声を発し、ベッドの上に起きあがった朱里は毛布を被ったまま、手を伸ばした。手探りでヘッドボードの上の携帯電話を探す。

携帯電話は二台使っていたが、トッカータとフーガを着信時のメロディとして選んであるのは仕事用だ。ぐっすり眠りこんでいるときに唐突に鳴り響く重々しいオルガン曲を選んだ自分を呪う。目をつぶったまま、携帯電話を耳にあてる。

「もしもし」

「浅野です。遅くにすみません」

片目を開いた朱里は枕元のデジタル時計を見た。午前三時を五分過ぎている。何だってこんな夜中に、と思うと自然と眉の間が狭まった。

「何かあった？」

つっけんどんな物言いだ。おまけに声がひどくかすれ、咽がひりひりした。加湿器の水を補給し忘れたのだと気がつき、舌打ちしそうになる。

「例の初田のところにいるんですよ。事務所の前に。一時間くらい前まで局で編集作業やってたんですが、明日、おれは休みなんで寄ってみたんですよ。そうしたらこんな真夜中に来客がありまして」

両目を開いた。

「来客？」

「おれの目じゃはっきりとは見えなかったんですけど、高感度カメラ使ったらばっちり顔が映って。それで友田さんにも確認してもらった方がいいなと思って」

「何を確認すればいいの？」

「男の客なんですけど、前に友田さんが追いかけていた奴に似ているかな、と思って」

「トレーニングウェアの男？」

まさかという声が脳裏に響きわたる。その男こそ、凄惨《せいさん》な殺され方をした市城ではないか。

携帯電話から浅野の笑い声が聞こえた。

「いえ、スーツを着てます。ちょっと似た感じだったもので」

「あの男は殺されたのよ」

「まったくの他人かも知れませんし、ひょっとしたら幽霊を撮ったのかも」

「馬鹿なこといわないで」

「すみません」

また、浅野が笑った。

「今、紅仁会の事務所の前ね？」

「そうですけど、映像はファイルにして会社の友田さんのパソコンにメールで送っておきました。ここにいつまでもいるわけにいかないし、二人そろうのも変でしょ。それにそろそろ眠くなってきましたし。明日、おれは休みですけど、出勤したら見ておいてください」

「わかった。わざわざありがとう」

「いえ。それじゃ、おやすみなさい」

「おやすみなさい。道路、滑るから気をつけて」

「ありがとうございます。何だか、お袋にいわれてるみたい」

「よしてよ、もう」

浅野が笑い、もう一度おやすみをいい合うと電話を切った。朱里はヘッドボードに携帯電話を置き、枕元の時計を見つめた。どうしようか、と一瞬思った。勤め先の放送局は二十四時間出入りが可能だ。とくに今の時期は年末が近づいており、特別番組を制作するために大勢のスタッフが泊まりこんでいる。

朱里はふたたびベッドに倒れこんだ。うつぶせのまま、ぬくぬくとしたシーツの中に足を伸ばす。ふくらはぎに触れるすべすべとした感触が心地よい。温かな闇が押しよせてきて、朱里を包みこむとふっと墜落していくように感じた。

動画ファイルを開いてみなくちゃ……、今だって局には大勢の人がいるし……。

ほんの一瞬、気を失っていたようにしか感じられなかった。はっと顔を上げると、すでに午前六時を回っており、窓に下ろしたブラインドは明るくなっている。あわててベッドを飛びだし、冷たい床に足を下ろす。寝室を出て、リビングダイニングに行くと台所にある給湯器のスイッチを入れた。

寝室に戻ろうとして敷居に爪先をぶつけた。激痛が脳天まで突きぬけ、今度こそはっきり目が覚めた。同時に、明日の朝にでも見てといった浅野の言葉を思いだす。

「あわてる必要なんかないじゃない」

激痛に顔をしかめつつ、ひとりごちた。ふいに鼻がかゆくなり、特大のくしゃみが飛びだす。十一月も終わりとなり、北海道はすっかり冬になっている。

当務日と同じように午前七時には出勤し、黒のフライトスーツに着替えると仁王頭は特装隊の執務室に向かった。前日の当務班と今日の当務班がすでに出勤している。総括班預かりの尾崎もフライトスーツ姿で机に向かっていた。

「おはようございます」

「おはよう」

尾崎に挨拶を返すと、仁王頭は机の抽斗を開いた。ほとんど何も入っていない抽斗の中で携帯電話が滑る。取りだすと、向かいの席で尾崎が目を剝いた。

「携帯、会社に置きっぱなしなんですか」

プライベートで人に会ったり、飲食店に入ったときなど警察という言葉を口にするのがはばかられる。それで役所なり会社なりと呼ぶのが習い性になっている。尾崎も例外ではない。

「昨日、忘れてったんだ」

「信じられなーい」

愕然《がくぜん》とした様子で尾崎がつぶやく。

「一晩や二晩携帯がなくたって別に不便でもないだろう。静かに寝られるし。お前の物言いの方がおれには信じられんよ」

仁王頭は首を振った。携帯電話がなければ、生活できないという輩《やから》が増えている。つい数年前まで携帯電話を持っているのはごく一部の人間にかぎられていた。学生時代にまでさかのぼれば、携帯電話などこの世に存在しないも同然だったというのに。

珍しく岸本からのメールだ。いや、岸本からメールをもらうのは初めてかと思いなおす。

前置きもなく、いきなり相良が撲殺死体で発見されたとあった。相良というのが東京で会った元ヤクザの老人だと思いだすまで、わずかに時間がかかった。つい一週間前のことなのにひどく昔に思える。それから草田が死んだとメールはつづいている。二人とも似たようなアパートに住んでいたな、とちらりと思う。

草田から仁王頭宛に電池の切れた携帯電話が託され、欅病院の院長を通じて受けとったとあった。紗弥の名前と顔はすぐに思いだせた。相手が美人なら記憶しておくのに苦はない。草田の携帯電話は通話にしか使われておらず、着発信記録に残っていた番号も二つでしかない。そのうちの一つに見覚えがないか、といってきた。

仁王頭は首をかしげた。尾崎が身を乗りだして訊いてくる。

「何かありました？　彼女ともめ事ですか」

じろりと睨みかえすと、尾崎は肩をすくめ、目の前のノートパソコンをのぞきこむ振りをした。さきほどからちらちら仁王頭を見ていることには気がついていた。

二つとも090で始まっているところからすると、携帯電話の番号のようだが、と思いつつ、岸本が見覚えがあるという番号を自分の携帯電話の電話帳で検索してみた。

ヒット。

番号は、警視庁公安部の都筑が持っていた携帯電話のものだ。草田が都筑と連絡を取りあっていたというのは、どういう意味か。考えながら折り返し岸本に返信メールを打っていると尾崎が声をかけてきた。

「朝飯、行きませんか」

「ああ」

メールを打ち終え、携帯電話をふたたび抽斗に戻すと立ちあがった。尾崎が仁王頭の手元を見ていた。

「携帯しなきゃ、携帯の意味がないじゃないですか」

「朝飯くらいゆっくり食わせろよ」

机から離れようとしたとき、抽斗の中で携帯電話が鳴りだした。着信音は購入したときのままになっている。

「ほらぁ」

尾崎が得意そうに鼻をふくらませた。

光を増感させて撮影する高感度カメラの映像はモノトーンで緑色に染まっている。送られてきた動画ファイルは紅仁会の事務所前に自動車が停まるところから始まっていた。最初にヘッドライトをまともに捉えてしまうので、画面が白濁し、次いでレンズの視界からライトが外れ、車のシルエットが見える。大型の四輪駆動車のようだが、車種までは朱里にはわからなかった。

運転席のドアが開いて、男が一人降りる。ほぼ同時に紅仁会の若い男が門の内側から飛びだしてきて車に駆けよる。

『あれぇ、あいつは……』

浅野の声が入っている。ビデオカメラに内蔵されているマイクが拾ったものだ。囁《ささや》き程度だが、浅野の緊張と亢奮が伝わってくる気がした。

『ほら、こっち向け』

車から降りた男がすれ違いざま、若い男に声をかけるのだが、その瞬間、門灯に顔が照らしだされる。ちょうど若い男が手前側にいたため、男の顔をほぼ正面から見ることができた。

『よし』

満足げな浅野の声はいっしょに取材をしている間何度も耳にしたことがあった。

男の目が真っ白に光っているように見えるのも高感度カメラの特徴だ。男は足を止めることもなく、門の中へと入っていく。画像はそこで終わっていた。時間にすれば、十数秒に過ぎない。

朱里は画像ファイルを落とした自前のノートパソコンのキーパッドに人差し指をあて、動画ファイルを逆転させた。問題の男が車から降りるところで停めると、スローで再生する。門のところで若い男とすれ違う瞬間で映像を停め、静止画像にして取りだした。プリンターに高画質写真用の用紙を入れ、印刷する。

プリンターから吐きだされたサービス判ほどの写真を手にとってしげしげと眺めた。札幌駅前で見かけた男に似ているような気もするが、同一人物だと確信は持てなかった。

唇を嚙み、しばらくの間写真を眺めていたが、腕時計に目をやった。午前七時三十分になろうとしている。今日は休日だといっていたので浅野はまだ寝ているだろう。

いや、もう一人いると朱里は思った。仁王頭なら写真を見て、男が何者であるかわかるかも知れない。仁王頭の携帯電話に画像を送り、見てもらおうかとも考えたが、前に男の写真を送ったときと同様素っ気なく知らないといわれる可能性が高かった。

あとは榊原か。

いかにも暴力団風の恰好をした刑事を思いうかべると背筋に悪寒が走った。同時に恐怖にとらわれた顔も浮かんでくる。

やはり仁王頭に訊くしかないと思ったが、直接会い、写真を突きつけるしかないだろう。口では否定しても表情に変化が現れるかも知れない。朱里は携帯電話を取ると、仁王頭にかけた。数回呼び出し音が鳴ったところで電話がつながる。

「おはようございます。朝早くからすみません」

「いや。別にいいですが」

「今、どちらですか。電話、ちょっとの間かまいませんか」

「いいですよ。会社にいて、朝飯を食いに行くところですから」

警察官が会社というのを聞いたことはあったが、何度耳にしても違和感は拭い去れなかった。

「実は見ていただきたい写真があるんです。男の写真なんですけど、昨日の深夜紅仁会に訪ねてきまして」

「それじゃ、前みたいに携帯に画像を送ってもらえませんか。それを見て、返信しますよ」

「ダメなんです」

思わず大きな声を出した朱里は俯いた。頬が熱くなる。

「すみません。パソコンの中にあった画像をキャプチャーしてプリントするところまではできたんですが、携帯電話に送る方法がわからないんです」

嘘ではなかった。前回、白鳥原子力発電所の爆弾事件の現場で撮影したビデオから静止画を抜きだし、さらに加工して朱里の携帯電話にメールで送ってくれたのは浅野なのだ。携帯電話に送られてきた写真メールを転送することは朱里にもできたが、その前段階となるとどのように処理してよいのか見当もつかない。

「ですから直接お目にかかって、写真をご覧いただきたいと思いまして」

電話の向こう側で仁王頭が沈黙する。背後には何の音も話し声もなく、低いノイズが流れているだけでしかなかった。

「もしもし?」

「ああ、聞こえてますよ。それじゃ、すみませんが、こちらまで来ていただけますか」

「はい。伺います。どちらですか」

仁王頭は札幌市の北の外れにある庁舎の住所を教えてくれた。住所をメモし、復唱した。

「それでは、すぐに局を出ますので、二十分か三十分でうかがえると思います。それでよろしいでしょうか」

「結構です。玄関を入ったところに受付がありますから、そこで仁王頭と伝えてください。部署名はいわなくても珍しい名前なんですぐにわかりますから。いらっしゃったら、すぐに降りていきます」

「お忙しいところ、すみません。それじゃ、よろしくお願いします」

朱里は電話を切った。わずかの間考えたが、すぐに決心し、ノートパソコンをシャットダウンすると電源コードを抜いた。まず写真を見せ、何の反応もつかめなかったら動画も見せることにしようと思った。写真とノートパソコンを愛用のデイパックに入れ、席を離れる。

報道フロアが何となくあわただしく、朝の情報番組を担当するアシスタントディレクターたちが走りまわっていたが、誰にも声をかけることなく、朱里はエレベーターに向かった。地下駐車場まで降り、自分の車が停めてあるところまで急ぎ足で歩く。

ドアに鍵を差しこもうとしたとき、いきなり腕をつかまれた。

アキラは痺れた腕を揉んでいた。昨日の午後、鵜沢から原稿の書き直しを命じられ、面談室と呼ばれる小部屋を使うようにいわれた。そこにはパソコンが置かれていて、久しぶりにキーボードを使って文章を書くことができた。夕食をはさみ、夜通しキーボードを叩いていたために腕は痺れ、肩が凝っていた。目もしょぼしょぼしている。

徹夜は苦にならなかったが、思ったほど進まなかったことが気になっている。手直しできたのは全体の四分の一程度でしかない。鵜沢の書き込みは、疑問や提案となっており、実際にどのような文章にするかはアキラ自身が考えなくてはならなかった。ところによっては鵜沢が二つの単語を並べ、どちらにするかと書いてあったが、言葉を選択するだけで小一時間もかかってしまう始末だ。

画面の右下隅に時刻表示が出ている。午前七時二十二分になっており、七時半からは朝食となる。五分前には食堂に行っていなければならない。

キーボードを操作し、文書の最初を表示した。画面中央に『哀哭者の爆弾』とあった。鵜沢が付けてくれたタイトルだが、眺めていると『第三次世界大戦勃発《WWⅢライジング》』というのがいかにも子供っぽい気がしてくる。

文書をメモリースティックに保存し、パソコンの電源は落とさずに立ちあがった。

食堂に行くと、すでに味噌汁の匂いが満ちていたが、誰もテーブルにはついておらず、一角に集まっていた。高い位置にテレビが設けられており、誰もが立ちつくしたまま、画面を見上げている。テレビの真ん前には椅子を置いて鵜沢が座っていた。足を組み、背もたれに躰をあずけるようにして顎を上げていた。挨拶を、と思ったものの、とても声をかけられそうな雰囲気ではない。

テレビに目をやった。字幕が目に飛びこんできた。

『今朝、午前六時六分六秒、東北新幹線車内で爆発』

画面にはヘリコプターから撮影したらしい映像が映しだされている。白い車体に緑のラインが走る車輛が連結部分でくの字に曲がり、一両の窓から煙が上がっていた。

思いつめたような和田の横顔が浮かんでくる。

すでに和田はこの世になく、肉体は四散しているだろう。昨日の午後、すぐ隣りに座っていた男が遠くへ行ってしまった。

少し羨《うらや》ましいような気がする。

第六章　銃殺隊復活

1

二十分ほどで来ると朱里はいったが、その後、何の連絡もなかった。電話が来て、かれこれ二時間になろうとしている。

その間、東北新幹線で起こった爆弾事件のテレビ報道をちらちらと見ながら仁王頭は来年度の訓練計画に関する意見書を取りまとめていた。朱里が急に来られなくなった理由も爆弾事件と関係があるのかも知れないが、それにしても電話くらい入れられるだろうにとも思う。

意見書をまとめ上げた仁王頭は文書ファイルをメモリースティックに保存し、ため息を吐いた。どうせ誰に読まれることもないのだと思うと、肩こりも虚しい。

机上の電話が鳴り、向かいの尾崎が受話器を取る。

「特装隊、尾崎です。……、はい。ちょっとお待ちください」

受話器の通話口を大きな手で包みこみ、尾崎が差しだしてきた。

「ニオウさんに」

「はいよ」受話器を受けとり、耳にあてた。「はい、お電話代わりました。仁王頭です」

「本部公安部です。三十分後に公安部の特装隊司令室に来てください」

ものの柔らかな女性の声だったが、有無をいわせぬ口調ではあった。特装隊司令といっても公安課長が兼任しており、執務室は北海道警察本部庁舎四階にあった。カシオPROTREKを見る。三十分後といえば、午前十時になる。朱里は来ないだろうとちらりと思いなした。

「了解しました」

「それでは」

電話が切れる。仁王頭は受話器を置いた。尾崎が好奇心剝きだしに身を乗りだしている。仁王頭宛に来た電話に興味津々なのは、取り立ててすることもなく退屈しているからにほかならない。

「何の電話ですか」

「道警本部《ホンテン》に出頭せよとのご命令だ」

「ホンテンに？」尾崎が片方の眉を上げる。「何でまた、急に？　ニオウさん、最近酒気帯び運転か何かで挙げられました？」

「はあ？」

「一斉取り締まりに引っかかったときに公安部の特装隊だって、その場をごまかそうとしたとか」

「そんな手が通用する時代かよ」

仁王頭は立ちあがり、机の抽斗から車の鍵とプラスチック製のネームプレートを取った。ネームプレートとはいっても凝った書体でアルファベットが二文字書かれているだけで一般人にはまるで意味がわからないようになっている。次いで携帯電話を出し、発信音の代わりに震動で知らせるマナーモードになっていることを確かめ、ズボンのポケットに入れた。抽斗を閉め、尾崎に目を向ける。

「それにな、特装隊の名前なんか出したところで、道警にそんな部署はないって、ますます怪しまれるのがオチだ」

「もう行くんですか」

「三十分後ってことだからな。これから車を飛ばしていってもぎりぎりだろう」

まとわりついてくる尾崎の視線を払いのけながら仁王頭は執務室を出た。フライトスーツを制服に着替えていくべきかとも思ったが、面倒だったのでそのまま駐車場に向かった。

北海道警察本部庁舎の裏手にある駐車場に車を乗りいれ、一階受付で面会手続を始めたときには九時五十分を回っていた。書類に記入をしていると、受付の女性警察官が声をかけてきた。

「お連れ様ですか」

「はあ?」

仁王頭は顔を上げた。女性警察官の視線を追って、右隣りに目をやると裾の短い冬服を着た警察官が立っている。頭には略帽を載せていた。

「ゴリ」

思わず声を漏らすと、ゴリこと脇田は苦笑した。

「お前の顔を見たときからいきなりそう呼ばれるんだろうなと覚悟はしていたけど、久しぶりだと何だか照れくさいな」

受付の女性警察官は仁王頭と脇田のやりとりをぽかんと眺めている。

「久しぶりだな。三月以来だからかれこれ九カ月になるか」

「ああ」脇田は自分の制服を手で示した。「今じゃ、厚別署地域課の立派なお巡りさんだ」

脇田は元特装隊に所属していたが、三月の定期異動で所轄署地域課へと転任していった。パトカーに乗務しているというのは聞いていたが、制服姿は初めて目にした。じろじろ眺めつつ、仁王頭は訊いた。

「お前も?」

「ああ。パトカーで街を流している最中に緊急呼び出しだよ。そのまま署に戻って自分の車に乗り換えてきたんだけど、着替える暇もなかった。まあ、お前も似たようなものみたいだが」

「半分正解だな。着替えようと思えば、何とかなったんだけど、ずぼらを決めこんだ」

面会手続証を女性警察官に渡し、プラスチックのネームプレートを胸ポケットに差すと二人はエレベーターに向かって歩きだした。

「おれたちが急に呼びだされるって、何だろう？」

「さあ」仁王頭は首を振った。「見当もつかん」

仁王頭と脇田には共通点があった。二人とも三年前、警視庁から北海道警察に異動してきたのだ。

当時、東京から北海道へ飛ばされたのは四人。白鳥原子力発電所のプレハブ小屋で命を落とした上平、上平の前任の3—3班長を勤めていた木村——現在は道警本部公安部にいるが、特装隊とは直接かかわっていない——、それに仁王頭、脇田である。

上昇するエレベーターの中で脇田がぼそぼそという。

「上平《ウエ》さんは残念だったな。子供がいたんだろ」

「奥さんが妊娠中だ。もうじき生まれるんじゃないか」

葬儀のときに黒のマタニティドレスを着ていた上平の妻を思いだした。ひょっとしたらすでに生まれているかも知れない。

四階に上がると、二人は特装隊司令室に向かった。ドアの前に立つと、脇田がドアを指し示す。促されてノックすると、返事より先にドアが内側に開いた。仁王頭と脇田が同時に声を漏らす。

「しばらく」木村が小さくうなずき、ドアをさらに開いた。「さあ、入れ」

仁王頭と脇田は、失礼しますと声をかけ、司令室に入った。脇田は略帽を脱ぎ、手に持っている。

「木村《キム》さん」

「おう」

奥まったところにあるスチール製の執務机の後ろで男が手を挙げる。特装隊司令本多は警視という階級にありながらあまり規則にとらわれない気質で、顔の下半分が黒々とした髭に覆われていた。体毛も髭も濃いところから熊とあだ名されていたが、痩せ形でひょろりと背が高い。

木村、仁王頭、脇田の順に本多の前に並び、一礼した。

「急な呼び出しですまなかったな」本多は仁王頭に目を向けた。「白鳥原発の件、その後の東京とご苦労だった」

「いえ」仁王頭はもう一度頭を下げる。「ありがとうございます」

本多はハイバックチェアに躰をあずけると胸の前で両手の指をからみ合わせる。

「白鳥原発の事件では、殉職者を出し、受傷者も多かった。おかげで特装隊は八個班で三個小隊を編成するという特殊な状態になっている。この点、仁王頭もわかっているな」

「はい」

仁王頭の返事にうなずいたあと、本多はふっと息を吐き、三人の部下を当分に眺めた。やがて言葉を継ぐ。

「さて特装隊だが、いつまでも今の変則態勢では充分に職務を果たすことができない。その点は三人とも理解してくれていると思う。実は来年度、つまり来年四月一日付けで特装隊を解散し、要員はひとまず特殊急襲部隊《SAT》か機動隊に編入される。君たち三人、それに殉職した上平をのぞけば、ほかの者は古巣へ帰るといった方がいいかも知れない」

机の上に身を乗りだし、両肘をついた本多は両手を揉むような仕種をした。

「古巣へ戻るという点では、君たち三人も同じだが」

はっとして、本多を見つめる。古巣とは警視庁公安部特殊装備隊にほかならないが、戻ろうにも組織そのものがない。仁王頭の視線を外すと、本多は木村に向かってうなずいた。木村が仁王頭と脇田に顔を向け、説明をはじめた。

「正式な発令は来年の四月一日付けになるが、警視庁公安部直属の保安部隊が編成されることになった」

保安という言葉に、仁王頭はひやりとした響きを感じた。警備というより治安活動に重点を置いている観があるからだ。木村がつづける。

「白鳥原発での事件以降、東京で爆弾事件が相次いだ。今朝、東京での四件目となる事件が発生したばかりであることは二人も知っていると思うが。そこで政府、警察庁、それに東京都はテロリスト対策を緊急に強化することで合意した。君たちは、その保安部隊に行く」

仁王頭は面食らっていた。息を嚥んでいる脇田の様子が伝わってくる。

「君たち三人は、取りあえず出張という形で東京に行ってもらうが、いずれ近いうちに出張が出向となり、来年の四月には正式な部署としてスタートを切ることになる。従って二度と北海道警察に戻ってくることはないだろう。それともう一つ……」

本多がふたたび仁王頭を見た。

「警察庁からは、四名を送りかえせといってきてるんだ。上平の後釜も含めて、ということだ。そこで訊きたい。現在の相勤者……、何といったっけ？」

「尾崎です」

「そうだった。尾崎は上平の後任を務められると思うか」

「はい」

仁王頭は間髪を入れずに答えた。

「異動にあたっての問題は？」

「オタク……、尾崎も総括班で暇を持てあましてますから本人にも特装隊にも喜ばしいことだと思いますが」

「わかった」本多は木村に視線を移した。「どう思う？」

「私も尾崎なら技量、適性、経験ともに問題ないと思います」

「よし。尾崎には私から直接命令を伝えることにしよう」

「あの……」

脇田がいいかける。本多が脇田を見やり、訊いた。

「何だ？」

「我々はいつ北海道を出ることになるのでしょうか」

「すべての手続を終わらせ次第、ということになる。そっちに時間をとられるし、お前達も引っ越しの準備などで忙しい目を見るだろう。だが、警察《うち》だって余裕があるわけじゃない。猶予は今から二十四時間だ。それじゃ、かかってくれ」

三人は揃って手を挙げ、本多に敬礼した。本多が椅子から立ちあがり、答礼する。

警視庁への異動、それも二十四時間以内の出発と聞かされ、目を白黒させる尾崎の顔が浮かんだ。


「野合だな、まさしく」

塾頭室に置かれた四十七インチの薄型液晶テレビの画面に目を向けていた鵜沢がつぶやき、せせら笑った。画面には組閣を終えたばかりの新内閣閣僚がひな壇に並んでいる。非常時の緊急組閣という事態を演出するためにお馴染みのモーニング姿は一人もおらず、スーツ姿だ。また女性閣僚もたった一人しかいない。

ソファにだらしなく躰を投げだしている鵜沢のそばでアキラは立ったままテレビに目を向け

ていた。鵜沢がテレビを見たまま、訊いてきた。

「アキラ、野合の意味、知ってるか」

「いえ……、申し訳ございません。存じあげません」

「何も詫びることはない。それに知らないことは恥でもないぞ。知ったかぶりをすることの方がはるかに罪が大きい」

「はい」

「野合というのは、元々の意味は正式な手続を踏まずに本人同士が勝手に結婚することを指した。恥ずべきこと、卑しむべきことのはずだが、今じゃ、憲法が野合を認めている。結婚は両性の合意にのみ基づき、だよ。そのうち両性って言葉も憲法から削除されるんじゃないか。男同士、女同士の結婚が認められるんだからな。両性じゃない」

鵜沢が乾いた笑い声を発する。

「まあ、いい。とにかく男と女が出会ったらルールなんぞおかまいなし、勝手にくっつくのが野合だ。今度は政治の世界の野合だが、この野党第一党にしてからが員数合わせのために保守と革新が節操なくくっついているんだ。今さら野合なんてのも野暮だろうが」

カメラのフラッシュがまたたく中、新閣僚たちは一様に厳しい表情を見せている。鵜沢のいう野合はすぐに理解できた。閣僚の中でもっとも険しい顔を見せているのが野党第一党民政党党首なのだ。民政党党首は無任所で副首相となっただけだが、官房長官、農水大臣、防衛大臣に民政党議員が就任、さらにはたった二人しか国会議員がおらず、正式な政党とも見なされていない新党大河の党首が外務大臣になっている。

カメラマンがリクエストしたのか、最前列に並ぶ首相と副首相が互いに見交わし、はにかんだ。まるで結婚披露宴でカメラをかまえる招待客にキスをせがまれた新郎、新婦を思わせる表情にアキラは嫌悪を感じた。

互いに譲り合いながらもまず首相が一歩前に出て、つづいて副首相が踏みだす。二人が並んだところで首相が手を出し、副首相ががっちりと握ると二、三度力強く振り、それからカメラに向かってにっこり頰笑んだ。

鵜沢が間延びした拍手をする。

「こいつらは元もとは与党にいた。いわば同じ穴のムジナだ。今さら与党も野党もない」

民政党の党首が師と仰いだ政治家と、現首相の父親の間で凄まじい政争が繰りひろげられたことはアキラも知っていた。民政党党首が党を飛びだし、次から次へと新党を作っては壊していったこともテレビや新聞、週刊誌などでくり返し取りあげられている。かたや首相となり、もう一方が統合、分裂の末、自ら野党第一党の党首となったとき、二世代にわたる政争の再燃といわれた。

状況が大きく変わったのは、今年の夏の参議院選挙で与党が大敗を喫し、参議院では民政党が第一党となって、いわゆるねじれ国会になったときからだ。その直後から大連立の話が出ていたが、まとまることなく、現在に至っている。両党が一気に歩み寄りを見せた背景には、東京都内で連続して起こった爆弾事件があるとされている。

また、アキラは和田の横顔を思いうかべた。たった今目にしている組閣発表にしても、和田が自爆したことによって成立したわけではなかったが、つい数時間前の爆発によって国民に火急のときという思いを抱かせるのには役立った。

鵜沢があくびをし、目尻の涙を指先で拭う。

「さて保保連合が成立した。次は何かね、アキラ」

「私には見当もつきません」

「おや。『哀哭者の爆弾』を書いた方のお言葉とも思えませんな」

「申し訳ありません」

ようやく言葉を圧しだすと、アキラはうつむいた。顔がかっと熱くなる。鵜沢が笑った。

「まずは焦眉の急となっている給油問題だろうな」

アフガニスタン周辺地域におけるイスラム教過激派を掃討する作戦に従事する国々への後方支援活動として、日本はインド洋に海上自衛隊の給油艦を派遣し、各国軍用艦艇に給油を行っていた。二年前、まだ与党が衆参両院で圧倒的多数を誇っていたころに成立、施行された特別措置法の期限が今年十月で切れたのだが、ねじれ国会の影響によって法律の期限延長も新法の成立もはばまれ、期限切れにより海上自衛隊はインド洋から撤退していた。政府与党は何としてでも新法成立を目論んでいたが、民政党はがんとして応じなかった。だが、大連立ということになれば、反対勢力など微々たるものにしかならない。

「インド洋上の無料ガソリンスタンドは日本が第三次世界大戦に参加するための切符だし、大戦後の新秩序に支配された世界において立場を確保するためにはどうしても欠かせない要素だ。取りあえずそこからいくだろう。そして今日本を揺るがせている爆弾魔を何としてでも逮捕しなくてはならない」

何と気楽なことを、とアキラは胸のうちでつぶやいた。爆弾魔を指揮しているのは鵜沢にほかならない。

「テロ防止の美名の下に露骨な思想弾圧が始まるだろう。おそらく公安警察が大きな力を持つようになる。警察の公安部局が独立して、特別高等警察とでも改称するかも知れないな。まずは政局が一元化され、次に世論も国力も一つにして、あとは第三次世界大戦へレッツ・ゴーだ」

リモコンを手にしてテレビを消すと、鵜沢はソファから立ちあがった。あくびをしながら大きく伸びをする。

両手を下ろすと、アキラをまっすぐに見た。

「さて、中古漁船の出物《でもの》があるらしいんだ。見に行くぞ」

「はっ」アキラは最敬礼した。「お供させていただきます」

2

放送局の地下駐車場で朱里の腕を取ったのは、所轄署の刑事で、ある夜の行動について訊きたいといわれた。任意同行だが、同意してもらえなければ、逮捕状を取るという。その場合は同行ではなく、連行で、いずれにせよ拘束されることに変わりはなかった。

バー〈エルム〉で仁王頭と会い、市城という公安捜査官について教えてもらった。一方、朱里は小樽から札幌の紅仁会事務所まで来る間にタクシーの中での榊原との出来事を告白して泣いた。朱里はタクシーで仁王頭を送ると申し出たが、断られた。

〈エルム〉を出た朱里は歩いて局まで戻り、自分の車を運転して自宅へ戻った。

酒気帯び運転の罰則が厳しくなり、交通取り締まりも頻繁に行われている昨今の事情はわかっていたが、翌日早朝、どうしても自分の車を必要としていた。駐車場で車に乗りこんだとき、運転代行業者を頼むことも考えたが、ふたたび局にあがって待つのが面倒くさかった。ジンソーダを二杯飲んだだけで、それほど酔ってもいなかったし……。

すんなりと任意同行に応じたわけではない。刑事に身分証の提示を求め、確認した。急ぎの用があって、それも警察がらみであることを訴え、用が済み次第どこの警察署にでも出頭するといったが、聞き届けられなかった。そして刑事が朱里の車を示し、前部の右側にあるへこみを指摘した。ボディについている右ウィンカーも割れていたのである。

運転中に歩行者をはねるケースでは、車の左側より右側の方が多い、と刑事の一人はいった。対向車線を横断してくる歩行者に気づかずはねてしまう。しかも、事故が起こった時刻に現場付近で朱里の車と同じ車種、ナンバーの下二桁を目撃したという人もいるらしい。時刻と現場を聞かされ、局から自宅までの帰り道を重ねあわせると、通りかかった可能性は高かった。

最終的に同意したのは、被害者が八十三歳の女性で、発見されたときには死亡していたと聞かされたからだ。

刑事たちと捜査車輛に乗りこみ、自宅近くの警察署まで連れてこられた。仁王頭に昨夜浅野が撮影したビデオを見てもらう約束をしていたので、遅れるとだけでも連絡したかったが、許されなかった。

何かがおかしいと気づいたのは、所持品を取りあげられ、留置場に入れられてからだ。すぐに事情聴取を行うといわれていたのに一時間経っても二時間経っても朱里は放っておかれた。何度か留置場係の警察官に訴えたが、担当係官が来るまでは何もわからないの一点張りで埒《らち》があかない。昼食の弁当が運ばれてきたが、箸をつけないまま返した。

午後もじりじりと時間が経過していったが、腕時計も携帯電話もない朱里には何時になったのか、わからなかった。留置場は房が六つ並んでおり、朱里はもっとも奥に入れられた。中に入れられるとき、ちょうど反対端の房では中年の女が寝そべっているのが見えたが、ほかの四つは空のようだ。

留置場の前面は鉄格子になっていて、廊下を歩く警察官がすべて見通せるようになっている。もっとも奥にトイレが備えつけられているが、自殺防止のため、間仕切りは洋式便器に座って、腰を隠す程度の高さしかなかった。洗面台はなく、便器の上の蛇口で手を洗うことができた。

壁際に腰を下ろし、抱えた両膝の上に顔を伏せた朱里は眉を寄せていた。下腹部が膨れあがり、尿意が限界に近くなっている。ひたいや首筋、背中には気味の悪い汗が浮かび、悪寒がする。唇を嚙んだ。

留置場に入れられる際、トイレを使用する際は監視席にいる警官に告げなくてはならないといわれていた。留置人が勝手に水を流すことはできないようになっているのだ。

『用便、願います、といってください』腫れぼったい目蓋をした中年の警官はぼそぼそといった。『終わったら、排水願います、です』

すぐに取り調べが始まるものと思っていた朱里は説明を聞きながした。だが、今は切羽詰まっている。

「だめ」

うつむいたまま、つぶやきが漏れる。自らあきらめの言葉を口にするとますます尿意が強まる。顔を上げた朱里は声を張りあげた。

「願います」

声が下腹に響き、すっと遠のきそうになる。

「何だ？」

答えたのは分厚い目蓋をした中年警官だろう。朱里の房からは監視者席を直接見ることができない。声だけが聞こえた。

「私の事情聴取はいつになるんでしょうか」

「担当係官が来ないとわからない。何回も同じことをいわせるな」

廊下に警官の怒声が響きわたる。

朱里は目を閉じ、口を開け、浅い呼吸をくり返していた。意を決し、声を圧しだす。

「願います」

「今度は何だ」

とげとげしい声が返ってくる。唇が震えるのを何とかこらえ、声を絞りだす。

「用便、願います」

「はい、どうぞ。終わったら、また申告してくれ」

「はい」

壁に手をつき、そろりそろりと歩く。ちょっとした震動で崩壊してしまいそうになっている。衝立を回りこみ、中腰になるとジーンズとパンティストッキング、下着をさげた。視線はずっと鉄格子に向けている。他人がすぐにものぞけるような場所で用を足したことなど一度もない。尻を置く。便座の冷たさに、ひっと声が漏れた。顔は相変わらず鉄格子に向けたまま、用を足した。自分でも驚くほど勢いよく、そして大量にほとばしる。長々とつづいた。いつ警官が顔をのぞかせるかと冷や冷やしたが、取り越し苦労に過ぎなかった。ようやく排出し終え、床におかれたトイレットペーパーをちぎって前を拭く。立ちあがってそそくさと下着からジーンズまでを引きあげると晴れ晴れとした気分で声を張った。

「願います」

警官の返事はなかった。聞こえなかったのか、と思い、朱里はもう一度声を張りあげた。

「願います。排水、願います」

またしても返事はない。朱里は鉄格子のところまで行き、顔をつけると怒鳴った。

「すみません。用が終わりましたので、流していただけますか」

「うるさいね。こっちは昼寝してるんだ。静かにしてくれ」

女の声が答えた。入り際に見た中年女だろうか。朱里は必死で監視係に訴えたが、返事はない。ひと言いうたびに女が悪態をつく。ついに諦めるしかなかった。

壁際に行くと腰を下ろし、両膝を抱えた。屈辱に躰が熱く、下唇を強く嚙んだ。

どれほどの時間が経ったのかわからなかった。膝を抱えたまま、ついうとうととしてしまったようだ。金属音が響きわたり、朱里は顔を上げた。

鉄格子の向こう側に暴力団担当の刑事、榊原が立っている。旧式の木製警棒を手にしていた。もう一方の手には折りたたんだ新聞がある。

声も出せずに朱里が見つめていると、榊原は顔を仰向かせ、大げさに臭いを嗅いだ。

「何だか小便臭くないか」

診察室の丸椅子に座った岸本は手帳を背広の内ポケットに入れた。

「それじゃ、草田はここで亡くなったんですね」

「そう」

素っ気なくうなずく欅紗弥は肘かけのついた回転椅子に腰かけている。白衣の裾が割れ、組んだ足がのぞいていた。黒のストッキングにつつまれたふくらはぎが艶《なま》めかしい。

「つかぬことですが、治療費はどうしたんでしょう。末期の肝臓癌ということでしたら結構お金もかかるんじゃないですか」

「もらってない」

「まさか。病院だって慈善事業でやってるわけじゃないでしょう。治療費ももらわずに治療してたなんて信じられませんよ」

机に肘を置いた紗弥は小首をかしげて岸本を見た。切れ長の眸、唇は濡れたような光沢を帯びている。髪はいつものように引っ詰めにしていた。

「あいつ、あんたたちが考えているほど悪党でもなかったよ。金回りのいい時代には、この近所で立ちんぼしてた女の子たちの面倒を見てたんだ。金のない女の子のときは代わりに治療費を払ってくれたし、日本語が満足に喋れない子のときは自分で連れてきたり」

「ヒモでもやってたんですか」

「警官らしい水平思考だね。売春婦の面倒を見る男はヒモ。まあ、女の子の商売をしていたんだけど、あいつの場合は斡旋が仕事だった。男なら建設現場、女なら水商売か、売春。そのほかにも色々とやってたみたいだけど」

「色々というと?」

「色々は色々。詳しくは聞いたことがなかった。うちとしては治療費がもらえれば、それでよかったんだ。どんな稼ぎであれ、金は金。価値に変わりはないよ」

「しかし……」

口を開きかけると、紗弥はさえぎるようにいいはなった。

「人の命がかかってるんだ。失われた命は二度と戻らない。私はそう思ってる。生きながらえたあと、あんたたちにパクられるのもその子の運命なら仕方ない。よその土地に行って同じ商売をするのも、自分が生まれた国に帰るのも同じ。運命としかいいようがない」

岸本はうなずいた。

「わかりました。もう一度確認しますが、草田はこの病院で死んだ。そして死ぬ前に先生に携帯電話を託したんですね」

「そうだよ。新井薬師のアパートでひと騒動あって、あんたたちのお仲間が大勢押しよせてきたからね。落ちついて寝てもいられなくなった。その辺りのことは、私よりあんたの方がくわしいだろう」

「ぼくは当事者ということで、あの事件からは外されたんですよ」

警察官が発砲し、二名の死傷者が出た事件であり、まして仁王頭は北海道警察に所属し、公安部員でもある。二重三重の意味で警視庁は事件の詳細を隠そうとするだろう。

「でも、今になって私のところに来た。なぜ？」

「そりゃ、先生の顔を拝見したかったからですよ」

そういって笑いかけようとしたが、真っ向から紗弥に凝視され、岸本は凍りついてしまった。

「すみません。先生があまりに美人なもので、つい」

「美人ね。それはいわれ飽きてる。それで本当のところは、なぜなの？」

「あのとき仁王頭がいったんですよ。狙われたのは草田か、我々かって。そして直後に草田は死んだわけですよね。先生のおかげで、草田が病死したことはわかりましたし……」

岸本は紗弥を見つめた。紗弥もまっすぐに岸本を見返している。琥珀色の眸は澄み、聡明さを表している。つりこまれるように話をつづけた。

「そして草田の携帯には、番号が二つだけ残されていたんです。ほかの通話記録は削除されたのか、あるいは二つの番号とやり合っていただけなのか。そのうちの一つがある公安警察官の番号なんですよね」

「草田と警察が拘《かか》わっていたってこと？」

紗弥が目を見開いた。ふいに子供っぽい表情となったことに、岸本はどぎまぎした。

「何のためかはわかりません。その公安警察官とは知らない仲でもないんで、一度すっとぼけて電話してみたんですが、いきなり留守番電話のメッセージになっちゃいまして」

「草田が何らかの事件というか、陰謀にからんでいて、口封じのために殺されたと考えたわけね。でも、草田は間違いなく病死した。この病院でね。私が看取《みと》ったし、死亡診断書も書いた。ひょっとしたら草田は草田が確実に死ぬことがわかっていて、その公安警察官もほったらかしにしていたのかも知れないけど」

顔の輪郭、体格、目つきとすべてにおいてシャープな印象のある紗弥だが、唇だけがぽってりしていて女を感じさせる。形のいい唇が動き、白い歯がのぞくのをぼんやりと眺めつつも岸本の脳裏には同じ言葉がくり返し響いていた。

陰謀、陰謀、陰謀……。

白鳥原子力発電所の事件から東京都内で相次いで起こった爆弾事件まで背後に公安警察がいるのか。

かつての同僚であり、岸本にとっては機動捜査隊で初めての相勤者となった女性警察官も公安警察に殺されたようなものだ。

めぐり合わせか。

胸のうちでつぶやいていた。

取調室の机に放りだされた新聞に朱里の目は釘付けになっていた。配達されたばかりの夕刊で、記事そのものは小さい。死亡ひき逃げ事故を報じたものだが、被害者の名前は浅野祐作となっている。発見されたのは今朝になってからだ。

机の向こう側では、天井を見上げた榊原がタバコを吹かしていた。

「四十件……、何の数字かわかるか」

「いえ」

目を伏せたまま、朱里は低声《こごえ》で答えた。

「殺人事件のうち、犯人を逮捕できない事案が年に四十件あるんだ。行方不明者ならもっと数は多い。北海道という土地柄か、北朝鮮の拉致被害が疑われる事例もある。死亡ひき逃げ事故の犯人だって、百パーセント逮捕できるわけじゃない」

死亡ひき逃げという言葉に朱里の心臓は縮みあがった。首筋に鳥肌が立つ。煙を大きく吐きだすと、榊原はアルマイトの灰皿でタバコを押しつぶした。

留置房に面して取調室が三つ並んでいた。そのうちの一つで朱里は榊原と向かいあっている。椅子に座りなおし、朱里と正面で向きあった榊原がのぞきこんでくる。

「暗殺がどのように行われるか、あんた、知ってるか。ライフルのスコープのぞいて遠距離からの狙撃なんて、劇画の世界だ。一番多いのは交通事故に見せかけるって手口だよ。実際、道路をふらふらと歩いていたり、酔っ払って寝ているところを轢かれたりなんていうのは交通事故でしかないからな。酒を飲むのは口からとはかぎらない。それも知ってるか」

朱里は顔も上げられずに首を振った。

榊原がつづけた。

「灌腸《かんちょう》だよ、灌腸。あんただって灌腸くらい知ってるだろ。糞が出ないときにちゅっとやる奴さ。ぶっとい注射みたいな灌腸器があるんだ。それにブランデーとか、ウィスキーとかを吸いこませてな、肛門から注入するんだよ。水分ってのは大腸から吸収される。その大腸へ直接強い酒をぶちこむんだから、どんなに酒の強い奴でもひとたまりもない。あっという間に泥酔だ。そして道路に寝転がしておいて、轢き殺す」

夕刊の記事によれば、浅野は道路に寝そべっていて轢かれたらしい。検屍の結果、大量のアルコールを摂取していたことが判明しているともあった。

浅野はどちらかといえば、甘党だ。男のくせに札幌市内のスイーツの名店に詳しく、朱里も何度か教えてもらっていた。酒はそれほど強くはなかったが、まったく飲まないというわけでもなかった。

ぼんやりと浅野について思いだしていると、ふいに榊原が手を伸ばしてきた。避《よ》ける間もなく顎をつかまれ、引きあげられた。何とか目線だけは榊原から避ける。

「前にもいったはずだ。公安が絡んでいる事件をあんまり嗅ぎまわるなって。おれまでヤバくなる。あんたの相方は交通事故で死んじまったが、あんたの場合はわからんぜ。それともけつの穴からブランデーを流しこんでもらいたいか」

朱里はぎゅっと目を閉じた。

「いいか、しばらくここで大人しくしてろ。あんたのノートパソコンの中身もこれからじっくりと見させてもらう」

札幌駅前でネットカフェ難民の取材をしているときに見かけた男、白鳥原子力発電所の爆弾事件現場にいてカメラに捉えられた男、殺されたはずの男……、仁王頭は市城という名前の公安捜査員だといっていた。

「わかったな」

「しばらくって……、いつまでもここにはいられない」

何とか言いかえしたが、声が震えていたのではまるで恰好がつかない。

榊原が手を離した。

「その気になれば、おれたちゃな、一時停止無視でも最大二十三日間の勾留ができるんだ。あんたも記者なら、それくらい知ってるだろ」

知らなかった。

朱里は足が震えるのをどうしても止めることができずにいた。

目許、口許も筋肉によって動く以上、疲労が溜まり、何より腹が減ってエネルギーが少なくなれば、段々と無表情になっていくのは仕方がない。声も張りと抑揚を失い、言葉も少なくなる。たった一人で中古船のディーラーを営む中年の男は、ジャンパーの襟を立てて首をすくめ、コンクリートの上で足を引きずって歩いていた。アキラはその背中をちらちら眺め、同情を禁じえなかった。鵜沢とアキラがディーラーのもとを訪れてからかれこれ四時間以上になり、次に見る船が十三隻目なのだ。

3

埠頭に並んだ一隻の前で足を止めると、ディーラーは鵜沢をふり返る。今まで見てきた十二隻はいずれも鵜沢に徹底的にこき下ろされ、毒舌はディーラーの人格にも及んでいた。鵜沢の表情をうかがう顔に自信の色はまったくない。

「こちらです」

ディーラーがぼそぼそといったが、鵜沢は何も答えず船を見ていた。

舳先《へさき》を桟橋に接して係留されている白い船体にはところどころ錆《さび》が浮いていた。操舵室は船体の後方よりにあり、前後に数本のアンテナが立っていた。最近の漁船は無線はもとよりレーダー、ＧＰＳ等電波機器を搭載しているのが当たり前だ。

鵜沢は腕組みしたまま歩きだし、舳先の前を通って左舷側から右舷側にまわった。右舷船首に、くにへい丸と記されている。船名を大書した文字はひび割れ、くの字の上端と丸の最後のはねが剝がれていた。

じっと船を見ていた鵜沢が訊いた。

「製造されたのは何年だ？」

「平成八年ですが、エンジンは平成十二年にオーバーホールしてあります」

ディーラーの顔にわずかに生気が戻った。十三隻目にして、はじめて鵜沢は船そのものについて訊ねた。それまでは質問より先に難癖が溢れだしていたのだ。

「オーバーホールなどどうでもいい。どうせエンジンは載せ替えなくちゃ話にならないんだからな」

鵜沢の言葉を聞いて、ディーラーの表情がさらに明るくなり、口を開きかける。鵜沢が鼻先を押さえるようにいった。

「大きさは？」

間髪を入れずディーラーが答える。

「全長は十六・三メートル、全幅は三・五メートル、喫水の深さは一・一四メートルになります」

前回、鵜沢に連れられ漁船を見てまわったとき、アキラは船に関する基礎知識を教えられた。喫水は船底の中央を走る竜骨《キール》の最低部から海面までの距離をいう。ディーラーが口にしたのはあくまでも船倉が空の場合に過ぎない。

ふたたび鵜沢が訊いた。

「トン数？」

「七・三トンでございます」

ディーラーの答えを聞き、鵜沢が顎に手をあてて考えこむ。ディーラーは言葉を継いだ。

「漁船もしくは遊魚船……、つまりは釣り船として作られた船ですから七、八人が乗りこんで沖に出ることも可能で……」

鵜沢が睨みつけると、ディーラーは口をつぐみ、小さな声で詫びた。鵜沢は顎をしゃくった。

「中を見せてもらおう」

舳先から船に乗りこんだ。真っ先に乗ったディーラーが鵜沢に手を貸そうとしたが、鵜沢はあっさりと無視してひらりと飛びうつる。アキラも乗りこんだが、足元がおぼつかない。

釣り船として使っていたらしく、前甲板には左右の舷側と並行にベンチが作りつけになっている。ベンチは前後に分かれ、一つが五メートルほどもあった。船体中央が機関室だ。ディーラーは中央マストの前にあるハッチを開き、中を見せた。オーバーホールは五年前ということだが、比較的エンジンはきれいに見えた。

「エンジンはいすゞ製のUM6RB1—TCGで六百三十馬力。今でもちゃんと定格通りの出力を発生します。発電機もいすゞ製の2TC100V3で五キロワットの出力でございまして……」

エンジンは換装するといった鵜沢の言葉をようやく思いだしたディーラーの語尾は段々と細っていった。

「すみません」

鵜沢はディーラーをしり目に操舵室と右舷舷側の間の狭い通路を歩いて船体の後方に向かった。船室の壁にはなぜかスポーツ新聞の看板が張ってある。まず鵜沢が操舵室に入り、ディーラーがつづいた。アキラは入口から中をのぞきこむ。操舵室の中央には把手が六本突きだした舵輪があり、前方の窓二面に円形のワイパーが取りつけられていた。舵輪の左側にプラスチック製の白い椅子が備えつけられているが、座ったまま舵を取るには舵輪との間が離れすぎていた。

舵輪の真下に航海用の計器類が並んでおり、潮を被らないようにガラス戸で遮蔽できるようになっていた。ガラス戸を開け、ひざまずいたディーラーが説明する。

「GPSと自動操舵装置がついていますが、この手のものとしては多少古いタイプなので完全自動操舵というわけにはいきません。船を動かしている間はチェックが必要になります。まあ、ほかの船もありますから見張りはしなくてはなりませんので、どのみち誰かが当直に立たなければなりませんね。そのほか魚群探知機と漁業無線は完備しておりますが、無線はともかく魚探は要らないですよね」

った。

「なぜ」

鵜沢に訊きかえされ、ディーラーは息が詰まったようになり、みるみる顔が赤く染まっていった。

「失礼しました」

神経質そうにまばたきをくり返しながらディーラーはリモコンもついているので操舵室の外から舵を取れると早口で付けくわえた。

鵜沢がアキラをふり返る。

「電子機器でほかに必要なものは何だ？」

「レーダーです」

「そうだな。レーダーと衝突警報装置があれば、当直が居眠りしても船の安全は保たれる」

鵜沢が目を向けると、ディーラーは首をがくがくさせてうなずいた。

「中古でよろしければ、私の手元に一台ございます。取り付け料はサービスさせていただきますし、値段の方も勉強いたします」

鵜沢がうなずき、ディーラーは大きく息を吐くと船尾を指した。

「後ろにはイカの巻き上げ機が取りつけてございまして」

「船を出せ」

鵜沢は航法装置を眺めていった。

「は？」

「船を出せ。動くんだろ、この船。実際に動かしてみなければ、お前のいう通りかどうかわからんじゃないか」

「はい、ごもっともで。ただいま準備いたしますので、少々お待ちください」

ディーラーはあわてて発電機を始動させると、無線機のスイッチを入れ、漁業協同組合に試験航行の許可を求めた。


うねりが駄目、とアキラは思った。

一見おだやかな海にもうねりはあり、七トンちょっとの小さな船は翻弄《ほんろう》される。まだエンジンの力でスクリューを回転させ、自らうねりを登り、滑りおりるときは耐えられたが、うねりそのものが盛りあがったり、へこんだりする。そのたびに船は前進しながら垂直に上へ下へと追いやられる。

ふっとうねりが消えた。アキラにはそうとしか感じられなかった。船がすとんと落とされ、逆に胃袋の底が持ちあげられる。食道を駆けのぼってきた熱くて臭い塊が咽を灼き、船室から飛びだすと舷側に手をついて嘔吐した。すでに何度も吐いているので胃袋はとっくに空っぽになっていて、吐きだされるのは泡を吹いた黄色の液体でしかなかった。

口元を拭い、船室の戸口に戻ったアキラをディーラーがふり返る。細い目がアキラを睨んでいた。

「何にも揺れてないじゃないですか。こんなんじゃ、あんた……」

「アキラ」

さえぎるように鵜沢が声をかけてくる。

「はい」

何とか直立不動の姿勢になり、精一杯力強く返事をしたつもりだったが、躰はふにゃふにゃしていて声はどこかで息が漏れているように頼りなかった。前方を見たまま、鵜沢が命じた。

「こっちへ来なさい」

「はい」

操舵室の壁を伝い、鵜沢のそばに近づくと、ディーラーは露骨に顔をしかめ、アキラを避けた。反吐《へど》が臭うのだろう。鵜沢が舵輪の前を空け、アキラを促した。

「さあ。何も難しいことはない。ここに立ってみなさい」

ディーラーがあわてて鵜沢の前に手を出そうとする。

「ちょっ、ちょっと待ってください。この人は免許を持ってらっしゃるんですか。まだ港にいるうちからゲーゲーやりだして、気持ち悪いったらありゃしない」

鵜沢がディーラーを睨めあげる。

「私も免許など持っとらん」

「いや、鵜沢様は別ですよ。経験が違います」

「誰にだって最初はある」

アキラは六本の把手がついた舵輪の前に立った。鵜沢が舵輪の左上に突きでている一本の把手を指さす。

「こいつを握って、スロットルレバーに手を置くんだ」

アキラはいわれるがまま左手で舵輪を握り、右手をスロットルレバーに置いた。舵輪を握ってみてびっくりする。まるで生き物のように動きまわろうとしていた。逃がすまいと握りしめたのは反射的な動きともいえた。

鵜沢が笑う。

「がっちり握りすぎるな。舵輪はまっすぐに支えてやるくらいの気持ちでいい。海が舵にあたっているだけだよ」

「まるで生き物みたいです。ぴくぴくして」

「さすが私が見込んだ小説家だけのことはあるな。素直な表現がよろしい」

鵜沢の言葉にディーラーが大げさに鼻を鳴らす。鵜沢はあっさり無視して、説明をつづけた。

「スロットルレバーは簡単だ。パワーを出したければ前へ押しだし、絞りたければ後ろへ引く。わかりやすいだろ。後ろへいっぱいに引いて、止まったところがアイドリングだ。スロットルレバーの外側にもう一本レバーがあるだろ。それがクラッチだ。前に倒れていれば前進する。

後ろで後進。中立させておけば、クラッチは切れて、スクリューは回らない。わかったか」

「はい」

「それじゃ、スロットルレバーを前進させてパワーを出してみろ」

「はい」

ピンポン球くらいのノブが先端についたレバーを、アキラは一気に前へ押したおした。操舵室のすぐ前でエンジンが唸りを上げ、船首がぐいと持ちあがる。よろけたディーラーが怒鳴る。

「馬鹿。転覆させる気か」

「すみません」

詫びながらアキラはスロットルレバーを一気に引き戻した。今度はエンジン音が急に低くなり、持ちあがった船首が落ちて、左右に白波を飛ばした。操舵室の壁につかまって躰を支えたディーラーがふたたび怒鳴りつけようとしたが、それより先に鵜沢の足が一閃した。向こう臑《ずね》を思いきり蹴飛ばされたディーラーが低く唸る。

「誰だって最初は慣れないもんだ。いいか、アキラ。スロットルの開閉はゆっくりだ。じわりと開いてやれば、パワーもじわりと増す。引くときも同じだ」

「はい」

「それじゃ、少しパワーを出して」

返事をしたアキラは慎重にスロットルレバーを前へ押しだした。エンジン音が徐々に高まっていくのが聞きとれたし、ほんのわずか速度が増すのを感じとることができた。

「よし、なかなかのもんだ」

「はい、ありがとうございます」

鵜沢は舵輪の正面にある窓の、さらに上に取りつけてある四角い画面を指した。大きさは二十センチ四方ほどもある。

「こいつは切り替え可能なディスプレイだ。必要に応じて、海図やレーダー画像を映すことができる。お前が漁師をやるんなら魚群探知機のディスプレイにもなる。今、ブルーとピンクの二つの山が映っているな、わかるか」

「はい」

操舵を握ったまま、アキラはディスプレイを見上げて答えた。

ディスプレイは明るい緑色の線で碁盤の目に切られており、鵜沢がいうように真ん中の尖ったマークが二つ表示されていた。

「ピンクの山が我々が今進むべき針路をあらわし、ブルーがこの船の現在の針路だ。皆までいわなくともわかるな？　それじゃ、どうすればこの船の針路を本来向けるべき方向に持っていける？」

ブルーの山はディスプレイの天辺を指し、ピンクの山はその右側にある。

「舵を左へ回して、ブルーとピンクの山を重ねるようにします」

「その通り。簡単だろ。あらかじめ北朝鮮の羅津《ラジン》を目標地点に設定しておけば、あとは二つの山を重ねているだけで到着するって寸法だ」

「それほど簡単なものじゃ……」

つぶやきかけたディーラーは、鵜沢がひと睨みすると愛想笑いを浮かべた。

小一時間ほどアキラは操舵を握り、スロットルレバーを動かしてみた。驚いたことに自分で船を操るとうねりも揺れも気にならなかった。そろそろいいだろうといわれたときには、舵輪を握って一時間以上にもなると知らされ、さらに驚いた。

アキラが離れると、ディーラーがすぐに取って代わった。鵜沢が舵輪わきの白い椅子に座る。

「いかがでございましょうか、鵜沢先生。この船、お気に召していただけましたか」

「買おう」

一瞬、間があった。ディーラーが鵜沢をふり返る。

「本当でございますか」

「馬鹿者。ありがとうございます、だろうが」

鵜沢に叱りとばされ、ディーラーが平身低頭する。ちょうどうねりが来て、船が揺れ、ディーラーはあわてて舵輪にかじりついた。鵜沢がつづけた。

「エンジンを換装して、レーダーを取りつける。それでいいな?」

「かしこまりました」ディーラーはにこにこしている。「船体価格は五百七十万円のところ、五百万円に勉強させていただきます」

「そうか」鵜沢はうなずいた。「それじゃ、エンジンの換装とレーダーの設置も含め、お前のところの北の入り江ですべてやってもらおう」

ディーラーが目を剝いた。

「北の入り江……、でございますか。はて、何のことをおっしゃっているのか」

「そうか。ならいい。私が知っている船の工作所はお前とは関係がないんだろ。北朝鮮の連中が出入りしているという話を小耳に挟んだんでね。県警にいる友達に話をしてみよう。公安部と私は馴染みが深くてな。奴ら、私の動きをいつもじっと見てるんだ」

鵜沢はディーラーの返事を待たずに畳みかけた。

「納期は二週間。ただし、いつこの船が要りようになるかはまだわからないので、当面は北の入り江で預かっててくれ。その代わり引き渡しのときに代金は現金できっちり払う」

わずかに間をおいたあと、鵜沢は三百万だったなと付けくわえた。

午後九時をまわり、留置房に布団を敷き、横になっていたというのに朱里は係官に起こされ、取調室に入るようといわれた。法律や留置場の規則にくわしいわけではなかったが、一度就寝した者を起こしてから取り調べはないだろうと思いつつも素直に従うよりなかった。

机を前に座らされ、しばらく待たされたあと、榊原が現れた。朱里のデイパックを手にしている。椅子に腰かけ、榊原はデイパックからノートパソコンを引っぱりだした。電源を入れ、朱里の方へ向けて置く。

「パスワードだ」榊原はぶっきらぼうにいった。「さっさと中身を見られるようにしろ」

「無理よ」

榊原が身を乗りだしてくる。口臭が漂ってきたので大げさに顔をしかめ、そむけた。

「お前なぁ、自分の置かれてる立場がわかってないんだろ」

「無理なものは無理。パスワードなんか暗記してないもの」

「ふざけるな」榊原が声を張りあげた。「てめえのパソコンが使えなくて、商売になるかよ。え？　パスワードがわからなくてパソコンが使えるかっていうんだ。お前、パソコン無しで仕事してるっていうのか」

顔にかかった唾を手の甲で拭い、榊原を睨みつけた。

「暗記してないっていっただけよ。私の携帯持ってきて。住所録に記憶させてある」

鼻を鳴らした榊原は背広のポケットから二台の携帯電話を取りだし、机の上に転がした。赤と黒。赤が私用で、黒が仕事用だ。朱里は黒い携帯電話を手にすると、住所録を開いた。榊原が腰を浮かせ、朱里の手元をのぞこうとする。

携帯電話を勢いよく閉じた。

「パスワードは誰にも見せない。どうしてものぞく気なら何もしない」

榊原は両手をあげて見せた。

「わかったよ。勝手にしろ」

実際のところ、パスワードは暗記していた。パソコンなしで仕事などできるはずがない。朱里が見たかったのは仁王頭のメールアドレスである。電話帳を繰っている振りをしながら素早くアドレスを暗記し、それからパソコンを起動させる。

「私のファイルを見るんなら個別にパスワードが必要だけど？　そっちも見る？」

「それが見られなきゃ、話にならんだろ」榊原はふてくされ、タバコをくわえた。「最初っから素直に協力すりゃ、早く帰れるってもんだ」

「そっちも素直に訊けばよかったのよ」

憎まれ口をききながら、朱里は通信ソフトを立ちあげていた。暗記したばかりの仁王頭のメールアドレスを打ちこむ。昨日、浅野が送ってくれた動画のうち、門柱のところを通りすぎる瞬間の男の顔はキャプチャーしてあった。

画像ファイルを選び、仁王頭に送り、文面には朱里が今いる所轄署の名前だけを打ちこむことにした。

それだけのことができるのか。

背中にじわりと汗が浮いてくる。

榊原は椅子に横座りになり、天井に向かってタバコの煙を吹きあげた。

「それはそれは気宇壮大な計画であった」

4

講堂に鵜沢の声が流れた。決して張りのある声ではないのに講堂の隅々にまで単語の一つひとつが明瞭に届く。不思議な声でもあったが、講堂はいつにも増して静まりかえっている。いつもなら講堂にきちんと並べられている机、椅子がすべて運びだされ、正面に木製の台が置かれていた。大きさは一メートル四方、高さは五十センチほどで、鵜沢はその上に立っていた。塾生たちは整列し、直立不動で鵜沢の話を聞いている。

張りつめた空気のなか、アキラもまた塾生たちに混じって背筋を伸ばし、鵜沢の姿を仰いでいた。

緊張感には理由《わけ》があった。朝食が終わったあと、筆頭助教から発表があった。最後の塾頭講話がある、と。塾頭の講話が最後というだけではなく、尊農志塾の生徒は一号、二号生徒の区別なく行動隊員に昇格することが告げられたのである。つまり尊農志塾は解散する。筆頭助教は解散の経緯、理由も述べなかったが、助教たちは時が来たと噂しあっていた。

そして午前九時ちょうど、鵜沢は話しはじめた。

「時は慶安四年、一六五一年というから今からざっと三百五十年余も前、江戸時代のことになる。その年の四月、徳川幕府三代将軍家光が病死した。四十八歳と記録に残っている。二十一世紀の現在であれば、早死にだの、夭折《ようせつ》だのといわれるだろうが、人生五十年のあの時代、長生きとまではいかなくても寿命といってもおかしくはなかっただろう。癇性《かんしょう》の家光は幼少のころより病気がちだったことを考えれば、むしろ長寿といえるのかも知れない」

相変わらず講堂を占める空気は硬かったが、アキラには硬さの質が少し変化したように感じられた。塾生のみならず助教たちまでが江戸時代だの、三代将軍などという話に戸惑っていたのである。だが、鵜沢はいささかも動じることなく、むしろ門下どもの無言、無表情の周章狼狽を楽しんでいるふうさえあった。

「家光は女嫌いであった、ともいわれる。戦後強くなったのはナイロンストッキングに女というのは、文字通り前世紀の遺物的な言辞ではあるが、母親があまりに強すぎると息子、とくに長男は女嫌いになるといわれる。女そのものが嫌いというのとはちょっと違う。女の裸をのぞいたり、いたずらをしかけてみたり、抱いたりということは好きでも、女房にするとなると、まして我が子の母になるのだとすれば、話が違ってくるというわけだ。あまりに強い母親に辟《へき》易《えき》しているところへ、第二の母親が現れたのではたまらない。しかし、将軍にとって最大の仕事は、嫡男をあげること、この一点に尽きる」

言葉を切ると鵜沢は塾生たちを眺めわたした。誰一人微動だにせず、まっすぐ自分を見つめていることに満足した様子で言葉を継いだ。

「この家光が慶安四年の春に死んだとき、四代将軍となった家綱はまだ十一歳。この幼君が四代将軍となったとき、立ちあがろうとした者どもがいた」

鵜沢は言葉を切り、色の悪い舌で唇を嘗めた。

「家光にしてみれば、幕藩体制の堅持が何よりの重大事であったため、髪の毛一筋でも謀反《むほん》の気配があれば……、いや、そんなものがなくても何かと諸国大名に難癖をつけてはお家断絶、改易、取りつぶしと苛酷なまでの武断政治をつづけてきた。中央集権体制の強化が目的だが、同じことは数百年後、皆がやっている。権力を手にした者は、手にした権力を失わないために仮借のない政策を採る。帝政ロシアを倒し、ソ連が誕生、その権力を一手に握ったヨゼフ・スターリンを見よ。ぽんと時代は飛んで、世界の警察官を任じるようになって以降の代々のアメリカ合衆国大統領を見よ。なるほどスターリンは国内だが、アメリカは国外でコカ・コーラとハンバーガーを受けいれられない国の人々を弾圧し、虐殺してきた。自分に都合の悪いものは芽のうちに摘む。もっともこれは家光の時代に始まったことではなく、それこそ文字もなく、従って人類の歴史として残されていない時代から連綿とつづいてきた人間の業そのものだろう」

鵜沢が笑みを見せた。

「話が進みすぎたな。家光が死んだときに戻す。慶安四年春、家光が死に、幼君が四代目となったころ、諸国はどのような情勢にあったか。大名家が次々取りつぶされたおかげで士官の途を失った、いわゆる浪人どもが溢れていた。仕事がない。腹を空かせていた。不満が溜まっていたわけだ。働きたくとも働く場がないという状況は、何やら現在にも通じるようなところがある」

ふいにアキラの脳裏に蘇ってきた。躰を縮め、ネットカフェの椅子で何とか眠ろうとしていた夜が、だ。背中、腰、膝に鈍い痛みが宿り、一方で昼間さんざんに歩きまわっているので疲労は限界にまで達し、眠くてしようがない。だが、眠りこもうとすると鈍痛がアキラの意識をちくちく刺す。眠るのではなく、瞬時失神するに過ぎなかった。

だが、まだ温かなネットカフェに潜りこめた夜はよかった。金がなければ、公園を見つけるたびに腹一杯水を飲みながらとにかく歩きつづけるしかなかった。仕事をえり好みしようなどという意識はなかった。働けるのなら、継続して雇ってくれるなら、給料などいくらでもいいと思うようになっていた。結婚も自分の家も望まなかった。望みようもなかった。アパートを借りることができ、布団を敷いて寝られて、飢えない程度に食っていければ……。

望みはそれしかなくなっていた。

頭一つ飛びだしている鵜沢が苦笑いを浮かべる。

「またまた急ぎすぎた。家光が亡くなり、幼君で揺れた間隙《かんげき》を突いて、幕府転覆をくわだて、苛酷な武断政治を止めようとしたのが軍学者である由井正雪であり、宝蔵院流の槍の名手丸橋忠弥であった。最初にいった壮大な計画とは……」

目線をやや上向きにし、鵜沢はうっとりした顔つきで語りつづけた。

幕府転覆のあらましは、まず丸橋忠弥が江戸に火を放ち、混乱を引き起こしたところへ鎮静を目的に市中へ飛びだしてくる幕府の重鎮、旗本を浪人たちが襲い、同時に京都へ移った由井正雪が、大坂では同盟者の金井半兵衛が同時に乱を起こそうというものだ。江戸、京都、大坂を混乱に陥れたところで、京都にいる正雪が天皇を連れて、高野山に落ちのび、そこで倒幕の勅命を得て、全国に号令をかけ、徳川幕府を打ち倒す。

「間抜けなことに……」鵜沢はつづける。「何しろ手元不如意な浪人どものことだ。丸橋は借金取りに追い込みをかけられ、そこでいった。まあ、待て、間もなく幕府がひっくり返れば、おれは新しい幕閣の重鎮だ。お前ごときの借金、十倍にもして突っ返してやる、と。大見得切《おおみえ》ったはいいが、相手は抜け目のない金貸し。日々食うにも事欠く浪人風情の言葉より、幕府方へおそれながらと訴え出れば、いくばくかの懸賞金にありつける。金貸しにかぎらない。誰だって目先の金は欲しい。丸橋はあっさり捕縛され、江戸を発して京に向かっていた正雪は駿府で捕り方に囲まれ、そこで丸橋が捕まったことを知らされる。観念した正雪は宿にて自殺、大坂の金井半兵衛も自殺。丸橋は捕まって十日後に磔《はりつけ》にされ、槍で十文字に串刺しだ」

ふっと鵜沢は息をつき、ふたたび目線を宙に泳がせた。

「昭和十六年十二月八日未明といえば、次につづく言葉は誰もが理解できよう。大日本帝国陸海軍は英米と戦闘状態に入れり、だ。大戦劈頭《へきとう》、日本海軍は長駆ハワイの真珠湾を空襲し、アメリカ太平洋艦隊に壊滅的打撃を与えた。第二次世界大戦前までの海軍国トップスリーといえば、英米、そして日本だった。ほかはこの三国に較べれば、取るに足らないといってもよかった。わが国が地下資源に恵まれないのは、今も昔も変わりない。だから帝国を維持するためには、どうしてもエネルギーの確保が必要だったわけで、それゆえ資源の豊富な東南アジアを支配下に置こうとした。だが、日本が露骨に動けば、アメリカが絶対に横槍を入れてくる。それゆえ最初に真珠湾を叩き、太平洋艦隊を潰《つぶ》しておこうとしたわけだ。もっともアメリカやイギリスにしても指をくわえて眺めているはずがない。戦争前、海軍大国三国にかぎらず世界各国は海軍力増強競争によって、国家予算はどこもパンク寸前にまで追いつめられていた。軍艦で国が沈むというのは、当時の有名な言い回しだ。ほかが軍備を進めているのに自国だけが乗り遅れるのは怖い。そこで皆で仲良く世界的な軍縮を行おう、とくに海軍大国においては独自に保有比率を決めようとなった。これがかの悪名高きロンドン条約で、アメリカ五、イギリスはアメリカと同じ五、それに対し日本には三が強要された。国際情勢によって従わざるを得なかった日本は対米英比率、六割を呑まされてしまった。しかし、あくまでも主力艦の数であって、潜水艦や駆逐艦、さらには当時まだまだ未発達で武器としては軽んじられていた航空母艦などの補助艦艇については制限を設けなかった。だから日本は補助艦艇造りに邁進《まいしん》した。これが後に日本が世界に先駆け、空母機動部隊を保有するに至る契機となるのだから何が幸いするか、まったくわからない。しかし、またしても米英が圧力をかけてきて、今度は補助艦艇も制限しようとする。日本は未《いま》だ国力整わずで応じるしか途はなく、補助艦艇についても五、五、三・

五の比率で足かせをはめられてしまった」

歴史の授業であれば、とっくに眠っているだろう。だが、アキラは身のうちに亢奮が湧きあがるのを感じていた。

「日本海軍の伝統的な戦法は、殲滅戦である。敵をおびき寄せておいて、一隻、また一隻と沈め、日本に近づくころには骨皮筋右衛門にしてしまおうというのが本流だ。さっきいった保有比率で枠をはめられたこともあるが、所詮、当時の日本の技術、国力では沿岸警備艦隊を持つのが精一杯でもあったわけだ。ただ、おびき寄せての殲滅戦は、日露戦争において東郷平八郎元帥麾下《きか》の連合艦隊が採用し、戦況を大逆転させ、一気に勝利に導いた戦法でもあった。誘いこんで一隻ずつ殲滅していくならば、アシが短い、つまり航続距離が短い戦闘艦でも可能だ。国力の差、技術の差ではなく、あえて帝国海軍はアシの短い軍艦をずらりと並べ、太平洋を越えて皇国に攻め入らんとする不逞《ふてい》の輩を蹴散らすのだ、とちゃんと言い訳にもなったわけだ。それゆえ太平洋戦争が始まろうという段になっても日本の軍艦の航続距離は米英艦艇に較べて八割程度でしかなかった。世界支配を目指す米英は遠洋渡航艦隊を保有していた。つまりこういうことだ。日本からハワイまでの距離約八千キロを考えると、米英の戦艦なら届くが日本の船では届かない。しかも当時は空母はまともな武器とは考えられず、飛行機など攻撃兵器ではなく、偵察用でしかないといわれていた。さらにもう一つ、航路の問題があった。皆も知っている通り、ハワイは常夏の島と呼ばれ、日本よりはるかに南にある。だからハワイに向かうには日本を出発して南下し、それから東へ針路を転じて向かうルートがふつうは選ばれる。だが、ハワイの西方海面こそ米太平洋艦隊が厳しく監視している区域であり、東からの接近は絶望的……、つまり本来は帝国海軍のお家芸であるところの迎撃殲滅作戦を敵にやられてしまう可能性があったし、何より宣戦布告と同時に大量の戦闘機、爆撃機で一気に米艦隊を葬り去ってしまおうという計画が成りたたない。そこで選ばれたのが北から接近するルートだ。しかし、ここにも問題があった。冬の北太平洋は大型船の航行さえ許さないほど荒れる。ハワイ急襲部隊の中核となった航空母艦、『赤城』や『加賀』クラスともなれば、排水量が三万五千トンを超える。現在、海上自衛隊が保有する最大の護衛艦『こんごう』でさえが八千トンでしかない。そのことからすれば、当時の『赤城』、『加賀』がどれほど大きかったか理解できるだろう。その航空母艦でさえが北太平洋を南下する際には猛烈な時化《しけ》に見舞われ、艦首はうねりに突っこみ、広大な飛行甲板は波に洗われた。駆逐艦ともなれば、大きなうねりに持ちあげられた拍子にスクリューが海面から露出したというんだから、どれほど凄まじい大時化だったことか」

うねりに持ちあげられる駆逐艦を想像しただけで、アキラは胃袋がよじれるのを感じたが、同時に不思議な感覚に包まれてもいた。自分たちの立っている場所が塾の講堂ではなく、まるで真珠湾に向かっている軍艦のように思えてきたのだ。それはほかの塾生たちも同じかも知れない。

とくに声を張りあげたわけでもないのに鵜沢の声が朗々と響きわたった。

「そのとき、連合艦隊司令長官山本五十六からの訓電が各艦において一斉に読みあげられる。皇国の興廃かかりてこの一戦にあり、各人一層奮励努力せよ、とな」

塾生たちが一斉に背筋を伸ばしたように見えたのは、気のせいではなかっただろう。一瞬、山本五十六という小説か映画でしかお目にかかったことのない人物が鵜沢の姿を借りて目の前に現れたような錯覚さえおぼえた。

満足げに何度かうなずいた鵜沢がふたたび口を開く。

「しかし、帝国海軍の真珠湾奇襲がもたらした意味というものは、むしろ第二次世界大戦が終わってからの方が大きかったといえる。航続距離の短い艦艇しか持たない日本、大型船さえ通れない荒れた冬の北太平洋、戦闘機、爆撃機あわせて三百六十機を超える未曾有《みぞう》の大編隊等々、あり得ないことがいくつも並ばないかぎり存在しなかった攻撃が一九四一年十二月八日、ハワイ現地時間なら七日に起こってしまった。日本による先制攻撃は、アメリカの防衛プランの一つとして当然考えられていたけれど、不可能だと思われていた。だが、現実には起こってしまったのだ。第二次大戦後、資本主義、自由主義のアメリカと共産主義のソ連は冷戦へと突入していく。核弾頭を搭載した大陸間弾道ミサイルをずらりと並べ、互いの領土に照準を合わせていた米ソ首脳から末端の兵士にいたるまで、すべての人間の脳裏を占めていたのは、いつ先制攻撃を受けてもおかしくないという恐怖だった。ここまで来ればわかるだろう。可能性としては考えられていても、あり得ないとされていた日本海軍による先制攻撃が現実のものとなった以上、ある日突然核ミサイルが飛んでこないと誰が保証できるのか、と。冷戦が止めどなくエスカレートし、ついに一九九〇年、ソ連が崩壊するまでつづいたのは、実は真珠湾の悪夢から米ソが醒《さ》めきらなかったからにほかならない」

今やアキラは指先すら動かすことのできない空気にすっぽり包まれていた。鵜沢の放つ恐怖の匂いがアキラを捉えて離さない。

「さて、私が今いったことはすべて過去だ。ある日、米ソは飽和点をとっくに通りすぎていることに気がついた。互いの核ミサイルを撃ち合えば、地球上には一つとして生命が残らないのだとね。まだソ連が崩壊するはるか以前のことだ。互いに睨みあっているが、実際に撃つことはないととっくにわかっていた。そのときからいつ撃たれてもおかしくないという恐怖のレベルから、撃たれるかも知れないという可能性のレベルへと下がったともいえる。なるほど世界各地で散発的な紛争はあった。朝鮮半島、ベトナム、中東、アフリカ、そのほかの地域で。背後には米ソがいて、代理戦争という要素もあっただろう。だが、世界中に伝播《でんぱ》するような戦争ではなかった。あの日まで、はな」

鵜沢は間を取り、ひと渡り塾生たちを見まわす。

「二〇〇一年九月十一日だ。旅客機を乗っ取って、ワールドトレードセンターや国防総省に突っこませるというのは、可能性としては考えられてもあり得ないことだった。ただし、九月十日までは。ここで、お前たち、最初に私が話したことを思いおこして欲しい。由井正雪や丸橋忠弥がやろうとしたことは、一介の軍学者や浪人者たちの叛乱《はんらん》に過ぎない。それに三百年も四百年も昔の話だ。だが、アルカイダと由井正雪たちとどれほどの違いがあるか。アルカイダとはいってもアメリカに対抗できるような武力はどこにもなかった。アフガニスタンが鎧袖《がいしゅう》一触《いっしょく》、あっという間に蹂躙《じゅうりん》されたことを思いだせば、彼我《ひが》の武力の差は明らかだろう。同じことはイラクについてもいえる。さらに高みから見おろしてみて欲しい。アルカイダがやり始めたことは、なるほどアメリカという国の威信を多少は傷つけ、数千人の命を奪ったかも知れないが、今や世界中が混乱しており、新秩序の制定に向かって突き進んでいるともいえる。我々は日本のアルカイダになるのだ。二十一世紀の大日本帝国海軍連合艦隊機動部隊に、由井正雪や丸橋忠弥になるのだ。自由主義、資本主義を標榜《ひょうぼう》するアメリカに追随しようとする、わが国の政治家どもは富を一部の人間に集約することで国際競争社会で生き残っていくことを目指した。これを傾斜配分方式というそうだ。だが、結果はどうだ？　格差社会、限界集落、弱き者は飢え、どんどん切り捨てられている。一方で経済成長はどこまで保証されるのか。地球温暖化物質はどんどん増えつづけ、ここへ中国だ、インドだと新たな経済大国が出現しようとしている。人口が十三億だとか八億だとかいっている国の国民が一人に一台の自動車を持とうとしている。排出される二酸化炭素はどうなるのか。経済成長の限界点は地球環境に見ることができる。もうお終いなんだよ。限界なんだよ。このままでいってもあと二十年か、三十年もすれば、この地球には人間が住めなくなるのだ」

目を閉じた鵜沢が天を仰いだ。

「私は自分の分というものをわきまえている。私が歴史に残るような大人物だとは思っていないし、どのような新秩序を作りあげることが世界の皆のためになるのか、想像もつかない。私にできるのは破壊だけだ。混乱をもたらすことだけだ。そのあと何が起こるのか、残念ながら生きているはずのない私の目には映らない。だが、破壊すれば、人はまた建築を始めるものなんだよ。太平洋戦争後の日本が見渡すかぎりの焼け野原から復興を果たしたように。奇跡の復興を可能にしたのは日本人の勤勉さでもなければ、二十世紀がもたらした万能の科学のおかげでもない。簡単なことだ。焼け野原になった、その事実だけなんだ。新たな国を造るためには、もう一度焼け野原を現出させる必要があるということだ」

目を開いた鵜沢が助教の一人に向かって合図した。助教が講堂の扉を開くと、旗竿を持った塾生の一人が入ってきた。竿には、あのぼろぼろになった黒い旗が取りつけられている。

無政府主義の旗、黒い旗だ。

「尊農志塾は本日をもって解散するが、ここで鍛えられた諸君は全員が次のステップへ進む」

台をひらりと降りた鵜沢が両手を挙げる。

「さあ、前へ。この旗の下へ」

塾生たちの間から誰からともなく地鳴りのような唸り声が発せられた。

「新たなる者たちよ。希望に向かって突き進む破壊者たちよ。諸君らは、塾生の時期、雌伏のときを終え、今まさに新血盟団の一員として旅立とうとしているのだ」

鵜沢が右手を上げ、吠えた。

塾生たちは一斉にならった。アキラも叫んでいた。咽が張り裂けそうに痛んだ。血が噴きだせばいい、と思った。

5

金属音に朱里は目を開いた。何度かまばたきする。しばらくは自分がどこにいるのかわからなかった。

「六房、起きろ」

声をかけられ、留置場で一夜を過ごしたことを思いだす。夜具の上に躰を起こそうとすると硬い床に寝ていたせいで背中が軋んだ。

「痛てて」

「早くしろ」

髪を撫でつけ、座りこんだまま留置場係に目を向けた。鉄格子の一部を切り取った扉を開き、手で押さえている。朱里は訊きかえした。

「何時?」

「午前六時。実況見分の予定だ。朝食は現地で出される」

「実況見分って、どこへ」

留置場係は黙って朱里を見返す。答えはわかっていた。担当官、つまりは榊原でなければわからないというのだろう。髪をざっと撫でつけ、立ちあがる。乱れたままの夜具を見おろした。

「早くしろ。そのままでいいから」

焦れたように留置場係がいう。引きよせられるように朱里は出口に向かって歩いた。鉄格子というのはあらゆる気力を殺ぐ。少なくとも今まで一度も留置場に入った経験のない朱里には効き目があった。逆に扉が開けられると、意味もなく、ときめいてしまう。

榊原の目を盗んで仁王頭にメールを送ってみたが、昨夜は何も起こらなかった。ひょっとしたらとっさに暗記したメールアドレスが間違っていて、メールが届かなかったのかも知れない。たとえメールを受けとったとしても市城の写真と自分が留置されている警察署の名前を送っただけなので意味がわからなかった可能性はある。

房の前に出ると、留置場係がいった。

「手、出して」

「は？」

留置場係は黒い手錠を出し、朱里に見せた。

「一応、規則だから」

放送局の駐車場で拘束されたときには手錠はかけられなかった。いやだと断ったら無理矢理にかけるだろうか。留置場係は朱里よりはるかに背が高く、躰も大きかった。逆らっても無駄だろう。朱里は両手をそろえて前に出した。

テレビドラマでは警察官が犯人の片手を握り、輪にした手錠を叩きつけるのだが、実際には両手で輪の一つを広げ、まず右手首に、次いで左手首に掛けていった。しっかり嚙みあい輪になった手錠と朱里の手首の間に指を入れ、訊いてきた。

「痛くないか」

朱里は無言でうなずいた。留置場係は手錠を巻いた朱里の手首をタオルで覆い、片腕を取って促した。歩きはじめる。昨日、声だけ聞こえた女はすでに姿が見えなかった。

タオルの下で手錠がかすかな金属音をたてる。黒い手錠は意外と軽い。留置場係に付き添われて、警察署の裏手にある駐車場に出た朱里は思わず足を止めた。

エンジンをかけっぱなしにして停まっているのは、朱里の軽四輪駆動車だ。留置場係をふり返ろうとしたとき、運転席側のドアが開き、榊原が降りた。

四、五人も入ればいっぱいになりそうな小さな会議室のドアが開き、背広姿の男が二人、入ってきた。先に案内され、椅子に座っていた岸本と渡部が立ちあがる。

「お待たせした」向かいあうと、先に入ってきたリムレスのメガネをかけた四十年配の男がいう。「蔵原だ。こちらにいる三木隊長は紹介の必要もないと思うが」

「はい」

岸本はうなずいた。機動捜査隊隊長の三木の顔は今まで何度か見たことはあったが、面と向かいあうのは初めてになる。軽く会釈をした。隣りで渡部が背筋を伸ばし、緊張しているのがわかる。蔵原といえば、本庁刑事課の監察官であり、連続爆弾事件捜査本部の実質的な責任者である。蔵原は手にした書類をテーブルに置き、岸本と渡部にかけるようにいうと自分も座った。三木も椅子に腰を下ろす。

椅子に座り直した岸本と渡部を交互に見た蔵原が訊いた。

「どちらが岸本君かな」

「はい」岸本は手を挙げかけたが、途中で思いとどまり、下ろした。「私です」

「これは君が書いたものだね」

渡部が岸本の横顔にきつい視線を向けているのが感じられた。何が起こってるんだ？　とその目がいっていたが、岸本にしてもいきなり警視庁本庁に呼びだされる展開など想像していなかった。

「はい。私が昨日提出したものです」

「そうか」

ふっと息をつくと、蔵原は腕組みをした。相変わらず渡部が岸本を見ている。

蔵原の目の前に置かれているのは岸本が提出した捜査状況報告書である。

昨日、岸本は仁王頭がやって来てから見聞きしたことをすべて盛りこんだ報告書を書き、提出していた。

相良から聞いた話、新井薬師にある草田のアパートへ訪ねていった経緯、草田が白鳥原子力発電所の建設現場に作業員を送りこんでいたこと、アパートでの銃撃戦の詳細、草田が病死し、電池の切れた携帯電話を仁王頭宛の遺品としていたこと、その携帯電話には公安部の都筑の番号が残されていたこと、そして一連の事件の背後には都筑ないし公安部が介在している可能性があることを匂わせてあった。

報告書を提出したのは、手詰まりに陥っていると感じたからだ。膠着《こうちゃく》状態を打破するためには何らかのアクションが必要だが、新宿駅で起こった爆弾事件に関して地取り捜査に駆りだされ、都筑を追う時間がなかった。さらに草田の携帯電話に残されていた電話番号にかけても応答がない上、都筑が実際にどこに配属されているのかもわからなかった。

ただし、報告書は岸本一人で作成し、渡部には内容は知らせなかった。捜査本部においてまともに取りあげられない可能性の方が高いと思っていたからだ。

三木が口を開いた。

「君は白鳥原発の事案と都内で発生している連続爆弾事件を結びつけているが、証拠はあるのか」

ほら、来たと岸本は胸のうちでつぶやいた。三木をまっすぐに見返し、きっぱり答える。

「ありません。強いてあげれば、勘です」

渡部が露骨にため息を吐く。あらかじめ渡部に報告書について告げなかったのは、不確定な情報を上げることに反対されるとわかっていたからでもある。渡部が首を振り、天井を見上げる。

岸本は身を乗りだした。

「しかしですね。爆弾の規模や、その後犯行声明がないことなど類似点はあるじゃありませんか」

「類似点って……、お前」

君からお前に二人称が変わったが、五十代半ば、半分以上白くなった髪を短く刈っている、いかにも叩き上げ風の機動捜査隊長には似合った。

蔵原が口を挟む。

「岸本君は、この報告書の意味がわかっているんだね？　一連の爆弾事件に公安部が絡んでいるという指摘をした意味が」

渡部が息を嚥む。岸本は蔵原に目を向けた。

「今、三木隊長に申しあげました通り、確証があるわけではないんです。ただ爆発の規模とか、時期的に連続している点などを考えると関連はあるんじゃないかと思いましたし、何より犯人につながる手がかりがまったく得られない現状におきまして、何が突破口になるかわからないと考えまして」

蔵原は身じろぎもしないで岸本を見返していた。言葉を継ごうとしたが、いうべきことが何も思いつかなかった。

やがて蔵原がいった。

「都筑という名前の捜査員は警視庁公安部にはいなかった」

岸本はふたたびぽかんと口を開け、渡部は顔を背け、天井を見上げた。渡部が腹の底で撒き散らしている呪詛《じゅそ》が聞こえるような気がする。蔵原は岸本から視線を外そうとせず、淡々とつづけた。

「しかし、君の報告書をもとに色々調べてみたら、一人の捜査員が浮かんだ」蔵原はふところに手を入れると、内ポケットから写真を一枚取りだし、岸本の前に置いた。「それが君のいう都筑か」

セルフレームのメガネをかけ、制服がはち切れそうに太った男がカメラをまっすぐに見据えて写っている。身分証明用の写真だとすぐにわかった。岸本はゆっくりとうなずいた。

「はい、この男です」

「やはりそうか。本庁《ここ》の地下で北海道警察の警察官に拳銃を渡したこと、本人がかなりの拳銃マニアであるらしいこと、それに自宅の住所等々からあたってみた」

「都筑じゃないとしたら、この男は何という名前なんですか」

「都筑だ」

「へ？」岸本は眉を寄せ、蔵原を睨んだ。「おっしゃっている意味がよくわかりませんが。都筑ではないのに、都筑ってのは」

「君は確証はないといった。一方、公安部の人間は身分を秘匿するため、名前をいくつも使い分けている。調べた結果、ここ何年かは内部でも外部でも都筑という名前で通している。我々は爆弾事件について捜査を行っているし、たとえ相手が誰であれ、徹底的に調べあげるつもりだが、公安部の仕事を邪魔することはできない」

それから蔵原はある所轄署の名を挙げ、そこの警務課員として都筑が所属していると付けくわえた。本名を教えてもらえなかった瞬間、岸本はおそらく自分が事件の真相あるいは核心に触れることはないだろうと悟った。

岸本は蔵原の目を見ていった。

「話を聞くくらいはかまわないということですね？」

蔵原がうなずき、三木があわてて口を挟む。

「ただし、慎重に、だ。わかるな」

「はい」

うなずいてみせたが、三木は露骨に心配そうな顔をしていた。都筑という名前で知っている男の写真を取りあげ、蔵原はまた内ポケットに戻した。

水だった、とアキラは思った。

黒い旗が講堂に持ちこまれ、鵜沢につづいて塾生たちが気勢を上げたあと、細長いテーブルが用意された。テーブルは白いクロスで覆われ、鵜沢、筆頭助教、助教、塾生たち全員の分の盃が並べられ、一つひとつに陶製の瓶から透明な液体が注がれていった。そして鵜沢に指名された筆頭助教が音頭を取って全員で乾杯したのだが、盃には水が入っていた。全員がひと息に飲みほした。

ミズサカズキが別れ、それも死出の旅を意味することはアキラも知ってはいたが、初めて経験した。

それから卒業証書だといって、鵜沢が塾生の一人ひとりに古い本か、金色のペンを渡していった。全員が緊張しつつも、亢奮のため頰に血を昇らせた顔をして本、ペンを押しいただいた……。

黒いクラウンの後部座席から鵜沢が声をかけてきたことで、アキラの回想は途切れた。

「そこだ。左側に入り江への降り口が見えるだろう」

ブレーキを踏み、黒のクラウンを減速させながらアキラは左前に目をやった。片側一車線の舗装道路から左へ未舗装の道路が延びている。看板は何もなかった。

「はい、見えました」

「そこへ入りなさい。何もあわてることはないし、入り江までの道は狭い上にガードレールもないんだ。慎重にやってくれ」

「はい」

ハンドルを切り、乗りいれる。

最後の塾頭講話が終わったあと、アキラは鵜沢に呼ばれ、車を運転するように命じられた。車など、もう何年も運転していないし、免許証は更新手続をしていないのでとっくに失効している。恐る恐る報告すると、鵜沢は笑って一枚の免許証を手渡してくれた。アキラの写真を貼った運転免許証だが、名義は永野明になっている。

免許証の表面を覆っているコーティングが傷だらけで艶がまったくなかった。出来上がったあと、わざと洗濯機に放りこみ、何度も洗ったという。偽造が露見しにくくするための工作らしかった。

未舗装路はクラウンが一台通れるだけの幅しかなく、左手には山肌が迫り、右手はすとんと落ちて崖《がけ》となり、下には小さな入り江が見えた。鵜沢にいわれるまでもなく、アキラはゆっくりと車を下ろしていった。

入り江の周囲には小屋が数軒並んでいる。どの小屋も屋根、壁には波形のトタン板が打ちつけられていた。トタン板の塗装は剝がれ、真っ赤に錆びており、窓は曇って、ガラスが割れているところも多かった。

「そこの前につけろ」

後部座席から身を乗りだした鵜沢がもっとも海よりの一軒を指さした。ほかの小屋に較べると倍ほどの大きさがあったが、トタン板が錆び、窓が曇っている点は変わりなかった。アキラは小屋のすぐ前に車を停めた。

「ついてきなさい」

そういうと鵜沢は車を降り、小屋に近づいた。エンジンを切ったアキラが後を追う。

錠前のついた引き戸を鵜沢は叩いた。三度叩き、わずかに間をおいて、今度は二度叩く。中でごそごそ音がしたかと思うと、引き戸が内側に開いた。錠前は付いたままである。顔をのぞかせたのは、中古船のディーラーだ。

ディーラーが引っこむと鵜沢が小屋に入り、アキラがつづいた。アキラが入るとディーラーは引き戸を元通りに枠にはめ、内側からかんぬきを掛ける。

小屋の床はコンクリート打ちされていたが、三分の一ほどしかなく、残りの部分は海に張りだしていた。そこに漁船が係留されている。天井を見上げた鵜沢が嬉しそうに目を細めた。

「ちょうどエンジンを積みこむところか。いいところに来た」

鉄製の太い梁《はり》に滑車がいくつも取りつけられており、鎖が垂れさがっていた。船の上には三人の男たちがいて、鵜沢を見ている。鎖が巨大なエンジンを吊っており、船体のほぼ中央にある機関部はがらんどうだ。

ディーラーがアキラを押しのけ、鵜沢の隣りに立つ。

「千二百馬力あります。ディーゼルターボで、瞬間的には四十ノット以上出せますよ」

「それは相手も喜ぶだろう」満面に笑みを浮かべた鵜沢がディーラーをふり返った。「それでエンジンはいすゞ製かね」

ディーラーは思いきり顔をしかめた。


「クソッ」ラジオのチューニングボタンをいじっていた榊原が罵った。「まともにラジオも入らないようなポンコツに乗るんじゃねえよ」

助手席に座らされた朱里は窓の外に顔を向けたまま、答えなかった。両手首に手錠が食いこんで痛い。手錠は中央の鎖の部分に紐を通され、座席を固定するレールに結ばれている。一方、榊原はシートベルトを締めていなかった。警官のくせに、と朱里がいっても鼻を鳴らしただけだ。

ラジオが入らないのは無理もない。札幌市内を出たあと、榊原は西に車首を向けた。札幌を出てしばらくしたところで国道を外れ、山道に入った。やがて舗装が途切れ、勾配もきつくなった中を軽四輪駆動車は走りつづけている。六百六十シーシーの可愛らしいエンジンはまさに気息奄々《えんえん》といった感じで唸りつづけていた。

「うるさい車だな、まったく」

山の中であるためにラジオが電波をひろえないのだろう。だが、これだけ勾配のきつい登りがつづき、榊原がアクセルを踏みっぱなしにしていたのでは車内にこもるエンジン音でまともに聴けるはずがなかった。

「どこへ行くつもりなの」朱里は意を決して怒鳴った。「警察がこんな無茶して、ただで済むはずがないでしょう。私は任意同行を求められただけなのよ」

「だからお前は何もわかってないっていうんだ。任意同行《ニンドウ》だって、おれたちがその気になれば、いくらでも閉じこめておける。だいたいだな……、クソッ、何やってんだ」

ちょうど車は右曲がりの急カーブにさしかかっていた。右側は山がせり出していて、カーブの先は見通せなかった。その山の陰からダンプカーが猛スピードで飛びだしてくる。榊原は罵りながらも強くブレーキを踏み、クラクションを鳴らした。

軽四輪は車首を沈めながら減速したが、ダンプカーの勢いは止まらない。

そのときルームミラーを見た榊原が大きく目を見開き、叫んだ。

「やめろ」

とっさに後ろをふり返った朱里はリアウィンドウいっぱいに迫ってくるもう一台のダンプカーを見た。

悲鳴を上げる間もない。

追突されて前に飛びだしたところへ右から最初のダンプカーが突っこんでくる。軽四輪駆動車はひとたまりもなく空中へ飛びだした。

第七章　首都攻防戦

1

衆議院議員一年生、猫野頼三《ねこのらいぞう》は三十一歳になったばかりだが、若いといわれるのが嫌いだ。老若は相対的な比較に過ぎず、本人の価値にはまるで関係がない。

全国にチェーン展開している大型雑貨店の前にタクシーが近づくと、猫野は後部座席から身を乗りだし、運転手に告げた。

「そこでいい」

大型雑貨店の前に横付けしたタクシーから降りると、テレビカメラとともに取材クルーが駆けよってくる。カメラが二台しかなく、新聞記者の姿が見当たらない。気に入らなかった。

「ライゾー議員」

真っ先に近づいてきた女性レポーターがマイクを差しだしてくる。なじみのレポーターだったが、あえて無視して雑貨店に近づく。

「ライゾー議員、衆議院解散、総選挙が秒読みといわれるようになってきましたが……」

大股で歩きつづける猫野を女性レポーターが追いかけ、カメラクルーたちも小走りに追随する。もう一台のカメラについている男性レポーターはマイクを差しだすタイミングすら見いだしていない。

若いといわれることは嫌いでもライゾーと名前で呼ばれることに抵抗はなかった。歳に似合わない古臭さゆえに子供のころから姓でなく、名で呼ばれることが多かったし、何より国民――といっても猫野には単なる票にしか見えなかったが――に親しみを抱かせるのに効果があると考えていた。

足を止めた猫野は、女性レポーターに向かっていった。

「今は国家火急のときで、解散だの、選挙だのといっている時期ではないでしょう」

「しかし、東京における爆弾テロが一段落した今、大連立を強行する前に政府与党としては国民の信を問うべきではないかという論議が復活していますが」

「大連立、大連立とさも一大悪事のように騒ぎたてているのはマスコミだけじゃないか。我々政治家は、日本だけでなく、世界が危機的状況にあるとの共通認識をもって、ともに手をたずさえようとしている」

「しかし、ですねぇ……」

さらに質問をつづけようとする女性レポーターを振りきって、猫野は雑貨店の中へと入っていった。二組のカメラクルーもあとを追って店内にやって来る。おそらくは事前に店側の許可を取ってあるのだろう。すべては猫野の計算通りに進んでいた。

選挙対策のプロとして雇った秘書によって、猫野の行動は親しいマスコミにだけ事前に漏らされている。女性レポーターがいうように爆弾テロが一段落した今、マスコミは少しでもテロにからみそうな話題であれば、取りあえず取材に来る。

しかし、二社とは……。この点、目論見は外れていた。

猫野は平成の大政変といわれた二年前の選挙において最年少で当選を果たしていた。当選直後は、政変をリードした総理の申し子たちの一人と呼ばれ、持ちあげられたものだが、くだんの総理が表舞台を去ったとたん、風向きが変わった。時勢もしくはまぐれで当選した猫野たちは余禄、お荷物とまでいわれるようになった。

夏の参議院選挙で大勝した野党第一党民政党は勢いに乗り、政権奪取を視野に入れた解散、総選挙を標榜しつづけていた。少なくとも新宿とレインボーブリッジで正体不明の何者かが爆弾を破裂させるまでは……。このときならぬテロ騒動で情勢が一変し、与野党の大同団結となったのである。

しかし、猫野にとってみれば、状況が好転したとはいえなかった。

余禄、お荷物と呼ばれるようになった議員たちは、選挙区を替わって党の公認をえるか、比例候補になるかの選択を迫られた。さらに比例候補となっても名簿順位で優先的な扱いはしないといわれている。

二カ月ほど前、猫野はテレビカメラが並ぶ前で大見得を切った。

『公認するか否かは党の判断。立候補するか否かは政治家が命をかけて判断すべきこと』

舌禍事件とまでいわれ、党内部ですっかり浮いた存在になったが、すべては選挙対策秘書の指示に従っただけだ。

狙いはマスコミを引きつけることにある、と選挙対策秘書はいう。猫野が狙っているのは国替えではなく、衆議院から参議院への鞍替《くらが》えであった。選挙対策秘書は、ある宗教団体の仕事を長年してきており、次の参議院選挙のときには、猫野を宗教団体が唯一推薦する候補にするといっていた。宗教団体が持つ百十万票がすべて猫野にまわってくるとすれば、比例名簿でかなり優遇される。

宗教団体の候補となり、参議院議員選挙で勝利するために二つの条件があった。一つは常にマスコミの目を引きつけ、顔を売りつづけること、もう一つが右派と呼ばれる政治家たちへの接近である。〈思想より理想〉をキャッチフレーズとする猫野は誰とでも仲良くなれる自信があったし、目立ちたがりなのでマスコミに注目されるのは望むところでもある。

家電製品、日用雑貨、玩具などがでたらめ、乱雑、隙もなくびっしり置かれている棚の間を猫野は歩いた。女性レポーターがすぐ後ろにいる。猫野にしてみれば、もう一人のレポーターが近づいてこないことが気が気でなかった。たった二社しかいないのに、そのうちの一社が取りあげてくれなければ、効果は半減する。

ようやく男性レポーターが質問してきた。

「今日はお買い物ですか」

見りゃわかるだろうが、と怒鳴り返したいのをぐっとこらえる。

「ええ」あえて男性レポーターに目をやらず棚の商品を眺めて答える。「事務所にちょっとインパクトのある小物が欲しいなと思いましてね。気分転換ですよ」

「どのようなものをお探しで？」

「どれって……」

語尾を濁らせた猫野は奇妙なものが置かれているのに目を付けた。ひどく古ぼけた本で、革表紙が歪んでいる。奇妙というのは、書物に金色のペンが突き刺してある点だ。

本を手にして、男性レポーターに見えるように差しあげた。

「これなんかね、いいんじゃないかと」

眉を寄せた男性レポーターが本を見る。

「何ですか、それ」

「それそれ」猫野は笑った。「正体不明だから、何ですか、と誰もが興味を持つとこ……」

周囲が白光に包まれた。

「先生のご本、よく読ませていただいております」

三十前後の女がはにかみながら一冊の新書を差しだす。

「ありがとうございます」

にこやかに本を受けとった女は淡いピンク色のスーツを着ていた。五十代半ばだが、完璧に化粧をほどこした顔にはしわ一つない。しかし、静脈が浮いた手の甲は年齢を隠せなかった。

都心にある老舗《しにせ》ホテルの宴会場前にテーブルが置かれ、即席サイン会場となっていた。ピンク色のスーツを着た女が著者であり、たった今講演を終えたばかりなのだ。

本を差しだした三十女も聴衆の一人で、テーブルの前には、さらに二十人ほど並んでいる。女性が多く、男性は数人混じっているに過ぎなかった。

テーブルの端には、『強き者、汝の名は母』と題された新書が百冊ほど積みあげられている。

著者は女の名前を訊ね、サインペンを手にしていた。二人のやり取りを聞きながら、山瀬は胸のうちでつぶやいた。

ウソつけ、と。

著者はある私立大学の元講師で、研究テーマはごく狭い範囲の中世ヨーロッパ史であった。今回の新書を上梓するまでに出した本は教科書として使った論文集が二冊でしかない。光文社新書編集部に勤め、『強き者、汝の名は母』を担当した山瀬は著者が今までにどんな本を出してきたかを知っている。

本を差しだした女が元教え子という可能性も……、と思いかけ、すぐに否定した。かつて著者の講義を受けた学生なら教え子というだろう。よく読んでいます、は著者に対するお愛想に過ぎない。

どのような経緯で大学講師となったのか山瀬は知らなかった。元々は東南アジアに本社を置く航空会社でキャビンアテンダントをしていた。二十代から三十代にかけ、三度結婚し、二度離婚している。

著者に一大転機が訪れたのは二年前、平成の大政変をしかけた総理の下、申し子軍団の一人として衆議院議員となった。それどころか、一年生議員ながら少子化問題担当大臣として入閣まで果たしたのである。しかし、風雲児総理が退陣するやあっさり内閣を追いだされ、次の選挙では当選も危ういとまでいわれている。

それにしても見事に元が並んだものだ、と山瀬は思った。

元国際線キャビンアテンダント、元大学講師、元大臣、そして近いうちに元国会議員となる。

都心の老舗ホテルで講演を行い、引きつづき出版されたばかりの自著にサインをするイベントを企画したのは山瀬にほかならなかったが、著者の思惑と一致すればこそ、実現したのである。

『強き者、汝の名は母』の売上げは好調といえた。初版が出て、二週間後には増刷がかかった。

これが元大臣の知名度、と著者は胸を張った。もちろん知名度は利用したが、国家や女の品格を問う、山瀬にいわせれば自虐的な内容の書籍がベストセラーになったことに便乗するという企図が的中したに過ぎない。

元大臣の著者から三十女へ本が渡され、二人が握手しているのを見ながら、要は売れればいい、と山瀬はほろ苦く思う。

次の中年女が新書を差しだそうとしたとき、著者の足元に置いたバッグの中で携帯電話が鳴りだした。

「ちょっとすみません」

元大臣はバッグから携帯電話を取りだし、背面の液晶表示を見た。テーブルの前に立つ女に顔を向け、申し訳なさそうに笑みを浮かべる。

「子供からなんです。すぐに済みますから」

「どうぞ」

中年女は人の好さそうな笑顔で答えた。

即席サイン会場の背後に置いてあるついたての裏側に回りこむと、元大臣は携帯電話を耳にあて、低声《こごえ》ながらいきなり切りだした。

「それで、今度はいくら必要なの?」

テーブルの前に律儀に並んでいる読者には聞こえなかっただろうが、山瀬の耳には入った。

元とはいえ、大臣なので警護警察官《セキュリティポリス》が一人ついているが、彼も眉間にしわを刻み、視線を逸らした。

元大臣がささやきつづける。

「二十万円でいいのね……、ええ、わかった。今日中に振りこんでおくから……、これっきりにしてちょうだい」

まるで恐喝犯にでもいいそうな言葉を最後に電話を切ると、元大臣はテーブルに戻った。椅子に座り、中年女に笑顔で詫びた。

少子化問題担当、母親についての書籍を上梓した女が実際に子供とどんな会話をしているかを知ったら読者は何と思うか。『強き者、汝の名は母』では、強い母が子供の話を聞いてあげることがどれほど重要かを訴えている。

現実の元大臣は、ついたての背後に隠れ、せびられるがまま子供に金を渡している。二度目の結婚相手が資産家だったので、前夫との間にできた子への金には不自由しないと聞いたことがあった。もちろん本人から直接ではなかったが。

サイン会が進み、テーブルの前の列も四、五人になったころ、一人の男がわきの下に挟んでいた本を元大臣の前に置いた。まだ若く、男であることが山瀬の注意を引く。セキュリティポリスもじっと男の顔を見ていた。ジャケットを羽織り、ボタンダウンシャツを着ていたが、ネクタイは締めていなかった。髪の毛を短く刈っており、体育会系の大学生か、自衛官といった感じがした。

男は腋の下に二冊の本を挟んでいた。一冊は『強き者、汝の名は母』であり、元大臣の前にある。もう一冊は、ひどく古い本でページの中ほどに金色のペンが挟んである。

いや、と胸のうちで否定し、山瀬は男の腋の下にある古い本を凝視した。ページの間にペンが挟んであるのではなく、突き刺さっているように見えたからだ。

「お名前をおっしゃっていただけますか」

元大臣が顔を上げた。

次の瞬間、目の前に白光が出現し、山瀬の意識は断ちきられた。


〝至急至急……〟

右耳に差したイヤフォンを指先でおさえ、岸本は顔をしかめた。イヤフォンはワイシャツのポケットに入れた受令機につながっている。通信指令室からの指令はいつもかん高く、耳ざわりだが、今回はふだんとは較べものにならないほど切迫した声音だ。

指令内容を聞いて、岸本は立ちつくした。

都内の二カ所でほぼ同時に爆弾テロが発生し、多数の死傷者が出た。反射的に腕時計に目をやる。午後四時二十七分。６６６ではない。先月の爆弾テロとは別口なのか、という思いが脳裏を過ぎっていく。

目の前にいる相勤者の渡部も同じくイヤフォンに手をあて、けわしい表情で虚空を睨んでいた。おれも似たような顔つきをしているだろう、と岸本は思った。

師走《しわす》の新宿歌舞伎町、夕まぐれが近づく時間帯は道路に人があふれている。もっとも時期、時間帯を問わず数多くの、雑多な人々が行き来し、年中お祭りのような街ではあるのだが。

岸本は目を動かした。視線の先には、制服姿、背広姿の警察官が固まっている。彼らを囲むように制服警官が円陣を組んでいた。円の中心を歩いているのは、正岡《まさおか》東京都知事。歳末特別警戒のパフォーマンスとして例年行われている知事の視察だが、先月勃発した爆弾テロの影響で今年は中止になると見られていた。だが、周囲が反対すればするほど知事は意固地になって強行するといい、ついに実施されることとなった。第四分駐所の捜査員たちも警備要員として駆りだされ、そのため岸本も渡部もきちんとスーツを着て、ネクタイを締めていた。

岸本は渡部を見た。

「聞いたか」

「ああ」渡部がうなずき知事に目をやる。「視察は中止だな」

「先月と同じだろうか。発生時間が違うけど」

「まだ何ともいえんな。今回はどちらも標的があったようだから、今までの無差別テロとその点も違うようだ」

通信指令室は、二件の爆弾テロに二人の国会議員が巻きこまれていることも伝えてきた。いずれも国会議員というだけで氏名、生死については不明としている。岸本は小さく首を振った。

「標的とはかぎらんだろう」

渡部が顎を撫でた。

「ひょっとしたら……」

「何だ？」

訊きかえすと、渡部はまっすぐに岸本に目を向けてきた。

「第二段階に入ったんじゃないかな、とちらっと思ったんだ。同一犯なら、の話だけど。第一段階は時間を決め、無差別に爆弾を破裂させる。第二段階は要人を狙ってしかけてくる」

「まさか」

「確証はない」

知事のそばに二人の制服警官が駆けよった。一人は警視庁本庁から来ている警備部次長、もう一人は新宿東署の署長だ。すでに岸本たちの前から数十メートルも離れているので何を話しているのかはわからなかった。それでも一瞬にして知事の顔から血の気が引いたのが見てとれる。

爆発は、その直後に起こった。

間近で爆発が起こったのだが、幸いにして知事はかすり傷程度で済んだ。悪運の強い男なのだろう。周辺にいて、爆発に巻きこまれた死者は八名、そのうち二人は警察官だった。大混乱となった歌舞伎町から知事を脱出させ、混乱を収拾するのに機動隊まで導入された。爆発から数分もしないうちに機動隊員がやって来たところをみると、岸本たちには知らされないまま、すぐそばで待機していたに違いない。

岸本や渡部、そのほかの機捜隊員が第四分駐所に戻ってこられたときには、午後九時近くになっていた。

新宿東署の別棟に入る直前、岸本は足を止め、携帯電話を取りだした。電話帳を開き、癌で死んだ草田が残していた、都筑の携帯電話の番号を呼びだす。

『おれたちが前進するためのヒント。鎖を断ちきりたいなら一番弱い環を攻めなくちゃ、な』

仁王頭が一発の九ミリ弾を岸本に押しつけたあと、いっていた。

発信ボタンを押し、電話を耳にあてる。呼び出し音もなく、留守番電話のメッセージが流れだす。発信音を待って、声を吹きこんだ。

「機動捜査隊の岸本だ。お前が草田と連絡を取りあっていたことはわかっている」岸本は腹に力をこめた。「そして一連の爆弾テロの背後に、お前が……、公安部がいることもだ」

確証はなかった。

だが、ほかに前へ進む道も見当たらない。

2

9ミリ拳銃に触れるのは、新井薬師のアパートで銃撃犯を阻止し、運転手役の若い男を撃って以来になる。

スライドをいっぱいに引き、ストッパーをかけると、引き金の上にある銃身固定用のレバーを百八十度、前方へまわした。ストッパーを押しさげ、スライドをゆっくり前へ出していくと一体となった銃身、複座バネとガイド等が銃のメインフレームから分離させられる。

スライドから抜いた銃身にガンオイルを含ませた布を丸めて突っこみ、ドライバーで押しだす。銃口から突きだした布に黒い火薬カスが付着しているのを見て、仁王頭は口許を歪めた。

無煙火薬が燃えたあとのカスには腐食性があり、銃身を傷めてしまう恐れがある。銃身の中に何度も布を通し、火薬カスがなくなると、人差し指と親指でつまみ、薬室側からのぞきこんだ。銃口に左親指を持っていき、爪に蛍光灯の光を反射させる。

爪に宿る白い輝きに引きずられ、雪に覆われた斜面が浮かびそうになる。大破した軽四輪駆動車と、助手席にくくりつけられたままの――。

思いを断ちきり、銃身内に刻まれた右回り六条のライフリングを注視した。

ライフリングには傷もなく、銃身内部に微細な曇りも見当たらなかった。溜めていた息をそっと吐いた。

次いで薬室を閉鎖するブロックから撃針を抜き、点検した。撃針が折れていたり、傷があれば、肝心なときに役にたたないことになる。銃が完璧でも引き金をひく指がためらえば、同じことじゃないかとほろ苦く思った。

引き金、撃鉄なども分解し、部品一つひとつを磨きあげていった。ピン一本、小さなバネにいたるまですべての汚れを拭うと、ふたたび組み立てていく。

ばらばらだった金属片が拳銃の形になっていくにつれ、自分の躰の一部が戻ってくるような不思議な安堵感にみたされる。

最後に銃身を組みこんだスライド部を取りつけ、弾倉を叩きこんで、ストッパーを外した。複座バネが伸びてスライドが一気に前進し、弾倉上端にある第一弾をくわえこみながら閉じる。

ふたたび弾倉を抜くと、フライトスーツの胸ポケットに入れてあった九ミリパラベラム弾を補充し、拳銃に戻した。

デコッキングレバーを押しさげ、撃鉄を下ろす。

ふいに鼻先に拳銃が現れた。形状はたった今組みあげた9ミリ拳銃と同じだが、一回り大きく、無骨な感じがする。

顔を上げた。かたわらに立つ福良が仁王頭を見おろしていた。

「Ｐ２２９だ。40Ｓ＆Ｗ《エス・ダブリュー・フォーティー》弾が撃てる」

四〇口径は十・一六ミリ、アメリカ製の弾丸だ。拳銃弾として九ミリ口径弾が主流となり、一九八〇年代半ばには米軍までもイタリア・ベレッタ社の九ミリ口径拳銃をM９として制式化した。しかし、長年四五口径に馴れてきたアメリカ人、とくに警察関係者の間には九ミリ弾に対する不満がくすぶった。

いわくマンストッピングパワーに欠ける、と。

二メートル近い巨漢が自分に向かって突進してきたとき、九ミリパラベラム弾を発射しても弾丸は巨漢の躰を貫通してしまい、足を止めることができないというのだ。逆に四五口径弾であれば、向かってくるのが雄牛でもその場で卒倒する。

そうして40Ｓ＆Ｗ弾は誕生した。

福良は口許に笑みを浮かべたが、人相はさらに悪くなったようにしか見えなかった。

「ちゃんと許可は得ている」

当然だろう。私物の拳銃など所持すれば、銃刀法違反だ。仁王頭は９ミリ拳銃を腰のホルスターに差しこんだ。

「いざというとき、互換性がないぞ。おれたちが持ってるのは全部九ミリだ」

福良が片方の眉を上げ、信じられないとでもいうように仁王頭を見た。

「お前、戦争でもやるつもりか。Ｐ２２９《こいつ》の弾倉は二列装塡《ダブルカーラム》で十二発入る。帯革には予備弾倉が二本。三十七発もあって足りなければ……」

「ランボーを呼べ、か」

「古いね」

にやりとしてみせると、福良は手の中でP229を反転させ、銃把を仁王頭に差しだした。受けとる。シングルカーラムの9ミリ拳銃に較べるとさすがに銃把が太い。だが、デザインと精緻な滑り止めがほどこされたプラスチック製グリップは仁王頭の手にもしっくりと馴染んだ。

「悪くない」

「だろ。向かってくる悪者の鼻に一発。それでノックアウトだ。お前も欲しいんなら手に入れてやるぜ」

福良の親切は、覚醒剤中毒者が寂しさのあまり仲間を求めるのに似ているような気がした。

仁王頭は首を振り、P229を反転させると福良に差しだした。銃を取った福良がホルスターに戻す。

「人がせっかくいってやってるのに」

口を開きかけようとしたとき、ズボンのポケットで携帯電話が鳴った。

「すまんな」

そういって立ちあがると、仁王頭は携帯電話を抜いた。岸本からだ。特装隊の隊員たちが所在なくたむろしている待機室から廊下に出ると、電話を耳にあてた。

「もしもし?」

「今、話しても大丈夫か」

「ああ」

「いやぁ……」そういうと電話口で岸本は大きくため息を吐いた。「何だか、大変なことになっちゃったよ。そっちでもニュースは流れたろ」

岸本は、仁王頭が東京に戻ったことを知らない。廊下を見まわした。市ヶ谷にある機動隊分駐所の一角に、旧第一特装隊、サクラ銃殺隊のメンバーが集められている。だが、警視庁公安部がふところに隠しもっている刃である以上、岸本に打ち明けられる段階ではなかった。

都内で起こった三件の爆弾テロ事件についてはテレビ報道を目にしている。

「ああ、見た」

「第二段階に入ったんじゃないか、と」

「どういうことだ?」

「実はおれの見立てじゃなく、相勤者……、渡部って奴なんだけどね、そいつが今までの爆弾テロと同一犯なら第二段階になったっていうんだ。今までは不特定多数を相手に、時刻を決めて爆弾を破裂させてたろ。今度は標的があって、時刻にはこだわらなかった」

第二段階と見立てた渡部という男の名前を、仁王頭は脳裏に刻みこんだ。岸本がつづける。

「実はおれ、正岡知事の歳末視察に付きあわされてさ。あの現場にいたんだよ」

「何か見たか」

「いや。無理だ。年末だし、場所が歌舞伎町だよ。いくらあの都知事だって、無茶すぎるよ」

歌舞伎町に出かける直前、都庁を出ようとした知事がロビーで報道陣に囲まれた。テレビカメラや記者たちの前で知事は、テロが怖くて歩けないようでは、都民の生活など守れるかと大見得を切ったのだが、事件に巻きこまれたのではかえって市民の不安を煽《あお》りたてる結果になっただろう。

「おれさ、電話してみたんだよ」

「電話って、誰に？」

「草田があんたにって残した電話に都筑の番号が記録されていただろ。相変わらず留守電サービスにつながるだけなんだけど、メッセージを吹きこんだ。機捜の岸本だけどって。お前が爆弾テロにからんでるのはわかってるって。はったりなんだけどさ。ほら、あんた、いってたじゃないか。鎖を断ちきろうと思ったら一番弱い環を攻めろって。たぶん草田は都筑の留守電に電話を入れて、コールバックしてもらってたんじゃないかと思うんだ。だから着発信記録の両方に都筑の番号があった」

「それで都筑から何かいってきたか」

「いや。電話を入れたのは、ついさっきだからね。何かいってきたら、また、あんたに連絡するよ」

それじゃ、といって岸本は電話を切った。声にはあきらかに不安が滲んでいる。

電話を折りたたんでズボンのポケットに入れた仁王頭は、ふと思った。

御守りとして渡した九ミリパラベラム弾を岸本は持ち歩いているだろうか。

御守りという単語がきっかけとなって、また大破した軽四駆が浮かびそうになる。

「クソッ」

仁王頭は机に手をつき、立ちあがった。

神楽坂《かぐらざか》という地名は、アキラも知ってはいた。金がなくて一晩中さすらい歩いたいくつもの夜のうちに通りかかったことがあるかも知れない。だが、料亭の看板をあげている場所に足を踏みいれたことはない。

六畳ほどの座敷は畳の匂いがきつかった。そのなかに上品な扇をひらいたような香りがかすかに漂っている。

座卓には料理が並べられていたが、鵜沢も相手の老人もほとんど手をつけていない。老人は独酌で燗《かん》酒を飲んでいた。盃を持つ手の甲は、びっしりと染みで覆われている。テレビで何度か見たことのある顔だ。

盃を置いた老人が鵜沢を見やり、ぽつりといった。

「セカンドステージに進んだわけだな」

「セカンドステージか」苦笑いした鵜沢がアキラに目を向けた。「癌みたいな言い方をしやがる」

背筋を伸ばし、両手を太腿の上に置いて正座をしているアキラは、身じろぎもせずに鵜沢を見返した。うなずいてよいものか、判断がつかない。

セカンドステージは尊農志塾を卒業した奉仕隊員による自爆テロが変化したことを指す。不特定多数に恐怖を与える無差別テロから明確な意図を持った破壊へと変貌していた。

東京へ向かう新幹線の車中で、鵜沢はふたたび由井正雪の話を持ちだした。江戸市中での火付け、つまりは最初に騒ぎを起こす段階で正雪の謀反は挫折したが、我々は次の段階、政府要人の暗殺に進む、と。誰かに聞かれやしないかと冷や冷やしたが、鵜沢は一向気にする様子もなく、得々と話しつづけた。

老人が吐きすてるようにいう。

「癌、そのものだろ」

鵜沢は顔を老人に向けた。

床柱《とこばしら》を背負って座っている老人は、上着を脱ぎ、ワイシャツ姿になっていた。ネクタイも緩めている。顔にも老人斑《はん》が散っており、真っ白な髪は薄くなっていた。かなり高齢なのだろうが、メガネの奥の眼光は鋭い。

鵜沢はウーロン茶の入ったグラスに手を伸ばした。

「偉そうにいってるが、あんたにしても、その癌に助けられてるんだから世話はない」

先に料亭に来たのは、鵜沢とアキラだ。小一時間ほど待たされている間に、鵜沢は昔なじみに会うだけだから緊張するなといったが、現れた人物を見て、アキラは心臓がきゅっとすぼまった気がした。

かれこれ二時間近く正座をしていた。足は痺れていたが、それだけのことだ。

尊農志塾には、正座と題する講義があった。文字通り板張りの講堂でひたすら正座をつづけるだけである。最初はつらかった。痺れはふくらはぎから太腿、尻、背中へと這いのぼってきて、しまいには脳が痺れたように感じた。

正座をしている塾生の間を助教が歩き、問うた。

足は、本当に痺れているのか、と。

お前たちが自分でそう思いこんでいるだけじゃないのか、と。

痺れとは何か、と。

正座をつづけることの苦痛から逃れるため、ではあっただろう。アキラは助教の言葉にすがりつき、自らに訊いた。痺れているのか、痺れるとは何か、と。身のうちにある感覚を問いなおすために神経を研ぎ澄まし、痺れと向かいあった。痺れとは何か。感じようとした。理解しようとした。もっと痺れろと思うようになった。やがて躰が正座に馴れていき、苦痛ではなくなったが、ふたたび助教に痺れとは何かと問われたとき、自分の肉体をリアルに感じることができた。尻の下にあるかかと、手のひらが触れている太腿、張りつめた背中、首筋、そして脳を感じた刹那、頭の中が奥の奥まで澄みきっていくのを感じた。

二時間や三時間の正座はもはや苦痛ではなく、時間が経つほどにアキラの脳を透明にしていった。肉体を意識し、突き詰めていくことで肉体が消え、五感だけが残る。今のアキラは目と耳と鼻だけの存在になりおおせている。

老人は盃を手にすると、酒を口に放りこむようにして飲んだ。苦いクスリでも服むような顔をしている。盃を置き、徳利を持ちあげて自ら注ぐ。

「国家の軌道修正をしようとしているんだ。多少の犠牲は仕方がない」

まるで自分にいい聞かせるように老人はつぶやいた。脇息《きょうそく》に左肘をのせ、座椅子にだらしなく座っている鵜沢が首筋をぼりぼり掻きながらいった。

「戦後民主主義ってのは、幻想に過ぎなかった。政治家たちが導入した民主主義など多数決の暴力だ。支配の形態が変わっただけで、一部の人間が国民を支配している構造は何も変わっていない。かつては軍部のあからさまな暴力が背景になっていただけわかりやすかったといえる。戦後は金で票を集め、数で議会を圧倒する。そしてあんたみたいな連中がこれが戦後の明るい民主主義だと煽った」

はっとして老人の顔を見た。どこかの新聞社のオーナーだったような気がする。しかし、はっきりとは思いだせなかった。

鵜沢がつづける。

「過半数なら正しいなんてのは、数によるファッショだよ。誰でも自由に主張し、たとえ少数であれ、他人の意見に耳をかたむけるのが民主主義だろ。しかし、一度うま味を知った政治家どもは支配構造を強化するためだけに選挙制度を小賢《こざか》しく操ってきた」

老人が目を上げた。色素の抜けかかった瞳はかすかに緑色がかって見えた。

「今さらお前に民主主義について講釈してもらう筋合いはないな」

ふんと鼻を鳴らし、鵜沢はアキラに顔を向けた。

「おれと、こちらにいらっしゃる御大とは共産党時代に知り合ったんだ。二人とも日本をいい国、人々が住みいい国にしようと思っていた。だけど共産主義じゃ、何にもできないんだな。おれたちの言葉は念仏ほどのありがたみももたらさなかった。それで御大は左から右への大旋回、おれは右も左も捨てた」

「老いぼれアナーキストめ」

老人は毒づいたが、声音にはむしろ賞賛の響きがあるような気がした。

「そう」鵜沢がうなずく。「おっしゃる通りだ。おれは言葉の力に幻滅し、破壊と混乱に走ることにした。そんなおれを使おうとしているのがあんたじゃないか」

「金だろ。お前の目的は金だ」

金といわれ、鵜沢が笑みを見せる。白すぎる入れ歯がにゅっと現れた。

「それもおっしゃる通りだな。何をするにも金は要る。金はすべての力の源泉だし、力無くしては何もできない。ごまめの歯ぎしりで終わるつもりはない。貧乏人は惨めだよ。声すら出せずに殺されていく」

「お前、いつ逃げる？」

「ほう。おれの役目は終わったというわけか。いいだろう。手切れ金を受けとったら脱出する」

「手切れ金だぁ？　ふざけるな。お前にいくら払ってきたと思ってるんだ？」

老人が吠える。だが、鵜沢は平然としていた。

「自分で払ったようなことをぬかすな。左にある金を右へ動かす。あんたがずっと昔にやったことじゃないか」

そういうと鵜沢は人差し指と中指を立て、Vサインにして突きだした。老人がメガネの奥で目をしばたたく。

「どういう意味だ？　二千万か」

「あほか。一桁違うよ」

老人が目を剝く。一桁違うということは二億ということか。平然と要求する鵜沢に、アキラも啞然《あぜん》とした。

「あんたにはわが国の財界って強い味方がついているじゃないか」鵜沢はVサインを揺すった。

「こんなはした金、どうってことはなかろう」

老人は鼻を鳴らし、座椅子の背に躰をあずけると憮然とした顔つきで盃をあおった。

料亭を出ると、鵜沢は少し歩こうといった。にぎやかな通りに出たところで、訊いてくる。

「録音はできたか」

「はい」

アキラはジャケットの内ポケットに差してあったペン型のＩＣレコーダーを抜いた。小さな赤ランプが灯っているのを見せる。鵜沢はうなずき、命じた。

「切れ」

「はい」

録音スイッチをオフにすると、赤いランプが消えた。さらに電源も切って内ポケットにレコーダーを戻した。

前を向いたまま、鵜沢がふたたび訊いた。

「都知事は命に別状がなかったな」

「はい。残念でした」

「いいんだよ。注文主の狙い通りなんだから。あの男にはまだ働いてもらわなくちゃならない」鵜沢はアキラをふり返ると、いたずらっぽい笑みを浮かべた。「さっきの御大だがな、保保大連立の仕掛け人と称してる」

「はあ」

東京都内で連続した爆弾テロの影響を受け、緊急事態を宣言した与野党が急速に歩み寄りをみせたことはアキラも知っていた。鵜沢の口許から笑みが消えた。

「次に何があると思う?」

「私などには見当もつきません」

「新保守党の創設だ。知事の息子が与党の代議士だろ。あれを党首に担ぎあげて、新保守党を起《た》ちあげる。そして親父が裏から操作する。とんでもない構図だよ。東京の知事が日本を支配しようっていうんだから。だが、知事も歳だからな。今さら総理総裁の目はない。だから傀儡《かいらい》をやろうっていうんだ。知事は自分が超越的絶対者だと信じている男だ。そして火急の事態に陥れば、自分がすべてを判断する。いや、自分にしか判断ができないと思っている」

「そんなことになるのでしょうか」

「さあな。未来なんぞ神のみぞ知るだから。それよりあの御大がどうして今になって保保大連立なんて仕掛けたか、わかるか」

「いえ」

「恨みを晴らすためだよ。御大は、二〇〇四年にアメリカに捨てられたんだ」

鵜沢は宙を睨み、言い換えた。

「いや、アメリカの方が変わっちまったのか。御大だけじゃない。おれやお前やその他大勢が知っているアメリカじゃなくなった。その変化に御大はついていけなかった。老いては麒麟《きりん》も駄馬に劣るって奴だ。それで捨てられた。またしてもお前の小説に戻るが、二〇〇三年三月に世界大戦が始まって、何もかもが変わっちまった。アメリカだけじゃなく、日本も中国もロシアもヨーロッパも」

また、鵜沢がアキラを見た。

「プロ野球に入ろうとした選手がアマチュア時代に裏金を受けとっていたって、世間が大騒ぎしたのを憶えているだろう？」

「はい」アキラは恐る恐る答えた。「何となく、ですが」

「プロ野球からアマチュア選手に裏金が流れているのは今に始まったことじゃない。悪しき伝統だ。だけど、なぜかあのときだけ問題になった。理由があるんだ」

アキラは黙って鵜沢の顔を見返していた。

「プロ野球界じゃ、あの御大は絶大な影響力を持ってた。裏金問題が唐突に起こって、あっという間に忘れ去られた。なぜだか、わかるか」

「いえ」

「御大の力が失われたことを世間に知らしめるため、だよ。難しい政治や経済の話じゃなく、プロ野球という舞台を使ったところがアメリカらしい。御大の失墜が日本全体にイメージづけられた。何となくね。だが、この何となくっていうのが案外肝心なんだ」

ふいに鵜沢が表情をゆるめた。

「それより腹が減った。お前も腹ぺこだろう」

「はい」

「そこらでラーメンでも食おう。料亭の料理なんぞろくに塩気もなくて年寄り用の病院食みたいなもんだ。がつんと豚骨ラーメンだ」

「はい」

鵜沢も八十歳近いが、健啖《けんたん》ぶりは衰えを見せなかった。

3

市ヶ谷にある機動隊隊舎の一室で仁王頭は、手にした一枚の写真に見入っていた。すでに何度も取りだしては、眺めている。

写真は高解像度のテレビカメラで撮影されたテープから静止画として切りとられたものだろう。モノクロームだが、光を反射している白い部分は淡いグリーンに染まっていた。ピントは甘かった。それでも男の顔は見てとれる。どこかの住宅の門に入ろうとしているところで、正面から門灯の光を受けた顔が闇に浮かびあがっていた。

頬が削げ、鼻の下に髭を生やしているのは、市城だ。

いつ撮られたものか。写真を見るたび、同じ疑問がわいてきた。殺される前の最後の写真なのか、それとも殺されたあとか。

朱里から電話があった。すぐに見せたい写真があるといっていた。最初に市城の写真を送ってきたときのように携帯電話に送ってくれというと、パソコンの画像をどのように送ればいいのかわからないといわれた。二十分ほどで特装隊庁舎まで来るといったが、その日、朱里は現れなかった。

ドアが開き、顔を上気させた尾崎が入ってくる。Tシャツははち切れそうになっていて、汗の染みが点々としていた。フライトスーツは上半分を脱ぎ、袖を腰にまわして縛ってあった。スリッパを突っかけ、手にはアイスキャンデーを持っていた。もっともフライトスーツを着ているものの仁王頭も装備は一切身につけておらず、スリッパをつっかけている点では変わりない。

「ああ、いい湯だった」

首にかけたタオルで顔を拭きながらひとりごちた尾崎は、仁王頭の向かい側に座った。

かつて百名を超える中隊規模で組織されていた第一特殊装備隊だが、今回集められた人員は四十名ほどでしかなかった。どのような事情があるのか仁王頭にはうかがい知れなかったが、半分以上が原隊復帰を希望しなかったようだ。

現在、公安部預かりの隊員たちは、六名を一個班とし、三個班をもって一個小隊を編成するようになっている。かき集められた人数では二個小隊が精一杯で、中隊編成とするためには半分の規模にしかならなかったが、そのまま任務に就くことになった。

隊員たちは班ごとに当務、非番、週休を二十四時間ずつくり返していた。非番は隊舎での待機、週休は基本的には休日なのだが、特別な許可がないかぎり市ヶ谷の機動隊庁舎敷地を離れられなかった。実質的には待機と同じことだが、連続して爆弾事件が起こっている現状では、誰も不平はいえない。

アイスキャンデーの包装を剝き、かじりかけようとして、仁王頭が手にしている写真に目をとめた。

「また、それ見てるんですか」見る見るうちに尾崎の表情は曇った。「それ、やばいっしょ。事故現場からパクってきた奴じゃないですか」

黙って、うなずき返した。

「おれたちはあの事故現場にはいなかった。違いますか。それなのに証拠物件を持ち歩くなんて正気とは思えないっすよ」

そういいながらも大して気にする様子もなく、尾崎はアイスキャンデーにかじりついた。

庁舎にやって来るといった翌日、それも夜遅くになって携帯電話に朱里のパソコンからメールが来た。画像が添付されていたらしいのだが、ファイルが大きすぎて削除されていた。文面には、ある所轄署の名前が記されていた。

削除されていた画像ファイルの中身が、今手にしている写真である可能性はあった。そうだとすれば、市城が殺されてはいないというメッセージになる。

仁王頭は自分の車でくだんの所轄署に行ってみた。当直の警察官に会い、朱里のことを訊いてみたが、何も聞いていないという。念のため、留置場名簿もこっそり見せてもらったが、女で留置場に入っているのは、窃盗常習犯が一人だけでしかなかった。

それでもあっさりと立ち去る気にはなれず、所轄署のそばに車を停めて、見張ることにした。動きは翌朝にあった。早朝、タクシーが一台やってくると、ほどなく朱里を助手席に乗せた軽四輪駆動車が出てきた。追跡を開始しつつ、万が一の用心に尾崎に電話を入れた。

尾崎もまた急な東京出張を命じられ、その日の午後には仁王頭、木村、脇田とともに千歳から飛びたつことになっていた。明らかに起き抜けで機嫌が悪かった尾崎に自分の居場所と、軽四駆が走っていく方向を告げ、バックアップに来てくれと頼んだ。

朱里を乗せた軽四駆は山道に入っていった。自動車も人もほとんど見かけない寂しい道路では、あまり近づきすぎると尾行していることが知られてしまう。適度に距離を置いて追走をつづけた。

途中、二台のダンプカーとすれ違った。道路の山側に積もった雪のせいで道路幅が狭くなっており、速度を極端に落として躱さなければならなかった。

ふたたび坂を登りはじめ、いくつかカーブを曲がったところで、仁王頭は車を停めた。ガードレールが引きちぎられ、一本の支柱が大きく曲がっている。

車を降り、崖下をのぞきこんだ仁王頭は息を嚥んだ。斜面を覆う雪に深い轍《わだち》を刻み、木々をなぎ倒した先に軽四駆が見え、かたわらにうつぶせになって倒れている人影が見えた。

軽四駆の後部が大破し、バンパーがねじ曲がっている。つい先ほどすれ違った二台のダンプカーを思いだした。ナンバーは憶えておらず、運転席が高い位置にあったため、ドライバーの顔も見ていない。

ちぎれたガードレールの間を抜け、崖を降りながら尾崎に電話を入れると、救急車と消防レスキュー隊を要請するように告げた。

雪がえぐれ、地面が露出している轍は斜面の途中から始まっていた。軽四駆がダンプカーに弾きとばされ、崖下数メートルのところに着地したことは推測できた。

うつぶせに倒れている男の首からは血まみれの鋭い骨が飛びだしていて、一目で死んでいることがわかった。

軽四駆をのぞきこむ。シートベルトで助手席にくくりつけられていた朱里にはまだ息があった。

『おい』

声をかけた。目がわずかに動き、仁王頭を見る。唇が震え、弱々しい声が漏れた。

『私の……、バッグ……、写真……』

後部座席に目をやると、床にデイパックが転がっていた。拾いあげ、朱里の目の前にかざした。

『これ……』

訊きかけたが、そのときすでに朱里は目を閉じていた。

朱里の両手には手錠がかけられていた。取りあえず自分の鍵を使って手錠を外し、着ていたジャンパーを脱いで朱里にかけると、あとは動かさないようにして救急隊員を待つしかなかった。

尾崎が到着し、すぐあとに救急車がやって来たときには、崖下の軽四駆を発見してから三十分以上が経過していた。

朱里は病院に搬送されたが、意識を取りもどすことなく、その日の内に息を引き取った。

車のそばに倒れていた男は、仁王頭の見た通り即死していた。その男こそ札幌西署刑事課暴力団担当の榊原だった。

デイパックは朱里の持ち物らしく、携帯電話やノートパソコンなどが入っていた。携帯電話は無事だったが、ノートパソコンはひどく損傷していた。そして写真を見つけたのである。

市城が生きていることをつかんだ朱里の命が狙われたとしたら……。

「覗《のぞ》きの写真か」

声をかけられ、仁王頭は顔を上げた。尾崎と同じように風呂上がりに休憩室にやってきた壁《かべ》村《むら》が仁王頭の手元をのぞきこんでいる。壁村は五十歳近い警部補で、仁王頭と尾崎が所属する第二小隊第二班の班長を務めていた。

「そんなようなもんですが、何か……」

語尾が立ち消えになる。写真をのぞきこんでいる壁村の表情がひどく厳しい。

「この写真がどうかしましたか」

「いや……、おそらくは他人のそら似だろう」

言葉とは裏腹に壁村の表情はまるでゆるまなかった。

「壁村《カベ》さんの知り合いに似てるんですか」

「まさかな」苦笑すると壁村は仁王頭に目を向けた。「おれの知り合いなら二十年も前に死んでるよ」

「どういうことです？」

「ほら、おれはこっちがあまり得意じゃないだろ」壁村は引き金を絞るように右手の人差し指を曲げて見せた。「根っからの公安《ハム》でさ。ここに来たのだって、まあ、行きがかりというか、あっちの世界で面が割れちゃって使い物にならなくなってさ」

特装隊員としては比較的高齢であるため、第一特装隊時代の壁村は強襲班《アルファ》より通信・指令班《チャーリー》の仕事が多かったはずだ。しかし再編された部隊では人員が足りないのでアルファに配属され、班長となっている。だが、元もと公安捜査員だったことは初めて知った。

腕組みした壁村はふたたび写真に目をやった。

「名前は忘れちまったな。潜入捜査の名人だっていわれてた。おれが顔を見たのも某大手企業の労働組合に学生運動をやってた連中が浸透しようとして、そこへ内偵をかけていたころだ。だけど、潜入中に正体がばれて、過激な連中に追いかけ回されるようになった。ついに逃げ切れなくなってな。何人かが内ゲバで殺されたんだが、奴さんもそのうちの一人だった。もちろん警視庁公安部《うちら》はだんまりを決めこんだけどね」

「その人、いくつくらいだったんですか」

「三十ちょいくらいかな。だからお前が持ってるその写真の男よりははるかに若かったよ」

二十年前に三十を少し超えたくらいなら、現在の市城とは符合する。重ねて訊いた。

「その人、死体は見つかったんですか」

「ガキどもめ」壁村が顔をしかめた。「ヤクザの真似なんかしくさって、さんざんリンチをしたあと、躰中の突起という突起を全部削ぎ落としやがった。おかげで指紋の照合ができなくてな。今みたいにＤＮＡ鑑定なんてほとんどやってなかったころだから」

躰中の突起を削ぎおとされる殺され方、通称丸太ん棒は、市城の殺され方とも一致する。

電話機が細かく震動しはじめた。岸本は携帯電話を手に取り、背面の液晶表示に目をやった。都筑の名前が出ている。

短く息を吐き、下腹に力をこめると接続ボタンを押して携帯電話を耳にあてた。

「もしもし?」

「あんまり杓子定規にやるとケガだけじゃ済まないぜ」

聞き覚えのある声、都筑だ。ただし、口調は古びた公団住宅を訪ねたときとはまるで違って、迫力があった。

「こっちも色々わかってきた。一連の爆弾と、お前は何らかの関係がある」

「わかったようなことを……」

電話機の向こう側で都筑がため息を吐く。

「事情を説明しよう。すべては捜査のためだ。だが、ごく内密の会談にしたい。犯人をもう少しで追いつめられるところまで来ている。だから誰にも話さずに来い。そしておれの話をすべて聞いたあと、上司に報告するかどうか決めたらいい。話す相手はお前一人だ」

「わかった。それで？」

「午前零時過ぎに東京メトロ銀座線の溜池山王《ためいけさんのう》駅まで来い。駅の事務室に行って、河島という男を訪ねろ。駅員の恰好はしているが、中身はおれたちと同じだ」

警察官という意味か、それとも公安捜査員といいたかったのか、推しはかりかねた。

「了解した。ただ、相勤者といっしょに行く」

「馬鹿な。さっきの話を忘れたのか。話す相手はお前一人だ」

「忘れたのか。ついさっきケガだけじゃ済まないといったのは、そっちなんだぞ。上司への報告はあんたがいう通り、話を聞いてからでも遅くない。だから会いにいくときは、おれは相勤者といっしょだ。今夜は当務でね。一人じゃ動けない」

「それじゃ、この話はなかったことにしよう」

「いいだろう。それじゃ、おれは草田の携帯電話の件から、今夜あんたから電話があったことまですべて上司に報告する。すでに一度報告書は上げているが、証拠がないといわれた。申し訳ないが、この電話は録音している。先日の報告書に添付する証拠だといって、上に提出する。それでもいいのか」

わずかの間、都筑は沈黙した。耳元にかすかなノイズが聞こえる。

やがて都筑がいった。

「わかった。それくらいならいいだろう。ただし、おれたちが話し合っている間、お前の相棒には少し離れたところにいてもらう。それでいいか」

「結構だ」

電話が切れたあとも岸本は顎を撫でつつ、しばらく携帯電話を見つめていた。やがて肚を決めた岸本は電話帳を調べ、渡部の携帯電話の番号を探した。

4

溜池にほど近いビルの地下駐車場に捜査車輛を入れると、岸本はエンジンを切った。腕時計を確認する。午前零時まで、まだ十五分ほどあった。シートベルトを外したが、ドアハンドルに手をかけようとはせず、ヘッドレストに後頭部を載せる。前を向いたまま、助手席の渡部に声をかけた。

「とんでもないことに巻きこんでいるのかも知れない」

「そうだな。ここらは千代田区だから、うちらの縄張り外だ」

落ちついた渡部の口調に、岸本はふっと笑みを浮かべた。

「それもある。だけど、おれがいいたいのはもっとヤバいことにお前を巻きこんだかも知れないということだ」

二時間ほど前、都筑から電話があった。上司に何もいわず、午前零時過ぎに東京メトロ銀座線の溜池山王駅の事務室に行き、河島という駅員を訪ねろといわれた。一人で来いといわれたが、岸本は相勤者をともなうと押しきった。

渡部はあっさりと答えた。

「わかってる」

ほっとした岸本は、自分でも思いがけない言葉を口にした。

「おれは元の相勤者の亡霊に取りつかれているのかも知れない」

何いってるんだ、おれ？　と胸のうちでつぶやく。だが、渡部の答えはさらに岸本を驚かせた。

「加藤裕子だろ」

運転席のシートで躰を起こした岸本は渡部を見た。

「知ってるのか」

助手席に背をあずけ、腕組みした渡部が目だけ動かして岸本を見た。

「名前は、な。詳しいことは知らん。公安部がからむ大事件だったよな」

「公安だけじゃない。政治家やほかの省庁の連中も加わっていた。戦前の内務省を復活させようって動きだ。右傾化といえばいいのか。連中の目的は日本を戦争ができる国に改造しようってことだった」

渡部はまっすぐに岸本の目を見ていた。やがていった。

「おれは反対じゃない。戦争をしたいとはいわないが、この国はたがゆるみきってる。少し締め直した方がいいと思う」

それから渡部は肩をすくめ、おれの任務じゃないがね、と付けくわえた。岸本は肩の力を抜き、運転席に躰をあずけた。

「おれだって、自分に似合う仕事だとは思っていない。彼女が殺されて、公安部局を巻きこんだ一大スキャンダルになった。そのあおりで連中の動きは封じられたと思っていたんだ。だけど、違った。おれは目を背けていたんだ。怖くてさ。逃げだしたんだ」

「ずっと逃げてればいいものを」

渡部の口調に皮肉っぽい響きはなかった。ごそごそと動いたかと思うと、渡部が訊いてきた。

「タバコ、いいか。車を出たら、しばらく禁煙だ。まったく今の東京は病的だよ。喫煙者は納税者でもあるってのに」

「おれにも一本くれないか」

そういって目をやると、渡部はきょとんとした顔つきで岸本を見ていた。

「昔は喫ってた。無駄な気がしてやめたんだ。だけど、人からもらう分には、自分のポリシーに反しない」

苦笑した渡部がタバコのパッケージを振り、一本を目の前に差しだした。抜き取り、ライターで火を点けてもらう。十数年ぶりに吸いこんだ煙はひどく辛かった。

「不味いな、これ」

「人からもらっといて、よくいうよ」

苦笑した渡部もタバコに火を点け、センターコンソールに作りつけになっている灰皿を引きだした。

「灰皿、未使用だぜ」

「わが社も病的なんだよ」

二人は、しばらくの間無言でタバコを吹かしていた。

「それにしても溜池山王駅とは、ねぇ」

目をすぼめてつぶやく渡部の横顔を見た。

「あの駅がどうかしたのか」

「駅としての営業を始めたのは平成九年、東京の地下鉄駅としては戦後唯一新たに作られた」

「へえ、そうだったんだ。新しい駅だとは思っていたけど」

感心する岸本を見て、渡部がにやりとする。

「あの駅、地下鉄駅のくせに島式ホームなんだよ」

「何だよ、そのシマシキって」

「ホームの両側に線路が敷設されているタイプのことだ。駅構内の真ん中に複線の線路が走っていて、壁に沿ってホームが造られているのを対面式という」

「地下鉄の駅だってホームの両側に線路があるところは珍しくないだろ」

「新設なんだぜ。島式にするには、まず線路の両側を掘って、トンネルの幅を広げなくちゃならない。その上で線路を敷き直して、さらに真ん中にホームを造る。ところが、対面式なら線路はそのまま、ホームの分だけトンネルの両側を掘れば済むんだ。実際、当時の営団地下鉄は駅が完成したときには、地下を大きく掘り直してわざわざ島式にしたと発表している」

「どうして、そんなことを？」

「実はな、溜池山王駅は昔から存在したって話があるんだ。存在していただけで使われていなかった」

「そんな無駄をするかよ」

「新橋だったか、東京駅だったかにも使われてない地下ホームがあるんじゃなかったっけ」渡部はタバコを灰皿に持っていき、伸びた灰を落とした。「まあ、そいつはわきに置いて。とにかく元もとあった地下鉄の駅を活用するようになった」

「なぜ?」

「便利だからさ。地上をバスが走っていたんだけど、路線が廃止になったりした。だからあそこに駅ができるのは便利だった。もう一つ、同じ年に完成した建物がある」

「何だっけ?」

「新しい首相官邸だよ。溜池山王駅とは目と鼻の先だ。地下鉄の溜池山王駅は明治時代に日本で初めての地下鉄として営業を開始したときから存在したともいわれている。要人だけが乗り降りする専用駅としてね。庶民はまるで使わなかった。溜池山王駅と首相官邸は地下道でつながっているともいわれてるんだ。そこで官邸が新しくなるのに合わせて、地下鉄の駅も復活させた。島式のホームは、開設した当初に造るんなら、後から造るほどの手間はない。まあ、都市伝説のたぐいかも知れんがね」

「それなら、どうして新しく造ったなんていうんだろ」

「さてね」渡部は首をかしげ、タバコを灰皿に押しつけた。「そんなことよりお前のタバコ、灰が落ちるぞ」

ぎょっとして目をやった拍子に灰が落ち、背広の腹を転がった。

「ああ」

岸本はあわてて灰を払いのけた。

突然、目の前が真っ赤に染まった。

だが、あわてることなく、仁王頭は目を開いた。仮眠室の照明が点けられ、閉じた目蓋を透かして血の色が見えたに過ぎない。

「待機レベルが上がりました」

誰かが仮眠室の入口付近で大声をあげている。おそらくは当直要員の一人だろう。周囲でうめき声や低くののしる声が錯綜《さくそう》する。

「十五分以内に第一待機レベル」

当直が告げたとたん、仮眠室に並べられた二段ベッドがせわしなく軋んだ。第一待機レベルは出動下令があれば、五分以内に隊舎を出られる態勢だ。二段ベッドの梯子《はしご》を伝って尾崎が降りてくる。ようやく上体を起こし、頭を掻いている仁王頭を見て、尾崎が小さく首を振る。

「第一レベルですよ」

「あと十五分あるんだろ」

そういうと仁王頭は大きなあくびをした。

「何か変ですね、ニオウ」

「何が？」

「いえ、何となく」

煮え切らない返事をして尾崎が離れていくと、仁王頭はベッドを抜けだし、素足にスリッパをつっかけた。立ちあがりつつ、左手首のカシオに目をやる。午前零時まであと五分あった。

「クソッ、まだ日付も変わってないのかよ」

午後十時に仮眠室に入った。つるつるした感触のシーツは冷たく、裸足《はだし》の爪先が縮こまる。ようやく体温が移り、うつらうつらしたところでたたき起こされたようなものだ。仮眠室からトイレに行くと、仁王頭はゆっくりと用を足した。

第一待機レベルと聞いて、尾崎やほかの隊員たちが張りきるのも無理はなかった。市ヶ谷に来てからというもの、隊舎に閉じこもるだけでいまだ出動下令が出ていない。緊張よりも亢奮が勝るのも当然だろう。

用を終え、洗面台に立つと、仁王頭は冷水で顔を洗った。備えつけのペーパータオルで顔を拭い、鏡に顔を映す。

唐突に浮かんだ。

目を閉じた、朱里の白い顔。

躰の中が空っぽになってしまったような気がする。

あのとき、朱里が死ぬとは思ってもいなかった。

両手で顔を二度、叩き、気合いを入れるつもりが漏れたのは罵声でしかなかった。

「チクショウ」

トイレを出て、ドアが開きっぱなしになっている装具室に入る。装具室は混みあっていた。非番、週休すべての隊員に待機命令が下ったようだ。

自分に割り当てられたロッカーを開くと、仁王頭はまずブーツを取りだして床に置いた。革製の機動隊長靴《ちょうか》に似ているが、特装隊仕様のブーツは靴底に鋼板が仕込んであり、ナイフの切っ先も受けとめられるようになっている。くるぶしの丸い保護革にも鋼板を挟みこんである。

立ったまま、綿製靴下を履き、フライトスーツを身につける。難燃性繊維ポリアミドで作られた上下つなぎの黒いフライトスーツを着こみ、両腕を通してから肩に担ぎあげると股間から首までファスナーを引きあげた。次にブーツを履き、紐を締めあげたあと、足首にあるバンドでふくらはぎに密着させる。

帯革を取りだすと、腰に巻いて尾錠を留めた。右腰のホルスターと弾倉用のパウチは、まだ空だ。抗弾ベストを頭からすっぽりかぶり、腋の下のマジックテープで胴にあわせて調整する。肘、膝のプロテクターを着け、ヘルメットを右腕に通して、肩にかけるとロッカーの扉を閉めた。

装具室を出て、銃器庫へ向かう。銃器庫の出入口には人があふれ、列をなしていた。最後尾に並んだところへ、銃器庫から尾崎が出てくる。腰のホルスターに9ミリ拳銃を差し、右手に

89式自動小銃、左手に小銃用の予備弾倉を持っていた。

尾崎は仁王頭を見つけると、にやりとした。

「早飯、早グソは武士のたしなみですよ」

「あわてると……」仁王頭は視線を下げ、尾崎の股間を見た。「大事なところを閉め忘れたりするもんだ」

ぎょっとしたように尾崎が自分の下腹を見おろす。

フライトスーツのファスナーは股間から首までしっかりと閉じられるが、使い勝手がいいようにもう一つ開閉器がついている。下から開くためのもので、小用時に使う。

「もう」尾崎が仁王頭を見る。「別に開いてませんよ」

「お前、いい奴だな」

尾崎の二の腕をぽんと叩き、装具室に入った。

フライトスーツの胸ポケットに入れてある小さな黄色のプラスチックプレートを取りだす。プレートは二枚あり、一枚は拳銃用で黒い文字で仁王頭の職員番号が刻まれている。もう一枚は小銃用、番号だけが記されている点は同じだが、文字の色が赤くなっていた。

てきぱきと銃器が渡され、出納カウンターに並んだ列はみるみるうちに短くなっていった。

カウンターにたどり着き、二枚のプレートを置いた。係員はまずカウンターの下から拳銃用弾倉二本、小銃用弾倉三本を出して、目の前に並べた。拳銃の弾倉を帯革につけたパウチに下から差しこみ、マジックテープ付きの蓋を閉じた。小銃の弾倉は抗弾ベストの上に付けたパウチに差す。

その間に係員は部屋の奥にあるラックから9ミリ拳銃、89式自動小銃を出してくる。すぐに拳銃にランヤードを取りつけ、硬質プラスチックのホルスターに突っこんだ。小銃は手に持って装具室を出た。

ブリーフィングルームに行き、すでに腰を下ろしている尾崎の隣りに座ると、小銃を足の間に立て、ヘルメットを肩から外して床に置いた。

直後、隊司令を兼ねる警視庁公安部の次長が二人の部下を従え、部屋に入ってくる。武器こそ身につけていなかったが、三人とも黒いフライトスーツを着用していた。

隊員たちが立ちあがる。

「ほらな、時間ぴったりだろ」

仁王頭のつぶやきに、尾崎は鼻を鳴らして応じた。

公安部次長はサクラ銃殺隊を見まわし、厳《おごそ》かに告げた。

「出動下令だ」

地下鉄溜池山王駅の事務所のドアを開けた男は、浅黄色の制服を着ていたが、帽子は被っていなかった。ネームプレートに河島とある。

「岸本といいます。つづ……」

都筑の名前を出させたくないのか、河島があわてて口を開いた。

「うかがっております」ちらりと岸本の背後に目をやった。「お連れの方もいっしょですね」

ドアを開け、どうぞといった。中に入ると、事務所には河島のほかに二人いた。ほかの駅員はホームにいるのかも知れない。最終電車までは一時間ほどある。

駅員は岸本と渡部に目を向けたが、ほんの一瞬に過ぎず、すぐに目の前のノートパソコンに視線を戻した。

事務所の奥、目隠しのついたてが立てられたところにドアがあった。河島が先にたち、ドアを開けて奥に入る。窓のない狭い部屋で、物置として使われているようでスチール製の机や椅子が積みあげてあった。

さらにまっすぐ奥に進むと、突き当たりに扉があった。スチール製の防火扉ではなく、歴史を感じさせる重厚な鉄扉だ。

『溜池山王駅は明治時代に日本で初めての地下鉄として営業を開始したときから存在した』

車の中で渡部がいっていた言葉を思いだした。

河島はズボンのポケットから鍵を取りだし、ドアノブに差しこんで回した。錠前の外れる金属音が響きわたる。何となく余韻を感じさせるような音を不思議に思って、河島を見た。だが、河島は岸本の視線に気づくこともなく、鉄扉を開く。古そうな鉄扉だが、軋むこともなく開いた。ふわりと生暖かい空気が押しだされ、頬に触れた。

河島は扉を支えながら、壁のスイッチを入れた。

鉄扉の奥が照らしだされると、鉄製の手すりがついたコンクリートの階段が見えた。河島が岸本を見た。

「階段を降りきったところにドアがあります。ドアのわきにインターフォンがありますので、ボタンを押してください。向こうで待っているそうです」

都筑という名前をどうしても口にしたくないらしい。岸本はうなずいた。ふたたび河島が口を開く。

「それとあなたたちが降りたあと、この鉄扉は施錠します。規則ですので……」河島はドアの内側を示した。「ノブをご覧いただければわかりますが、内側からは鍵がなくても開くようになっていますからご安心ください。ただ、また鍵をかけなくちゃなりませんので、こちらを出られたら事務所で私に声をかけてください」

「わかった」

答えた岸本はちらりと渡部を見た。興味津々といった顔つきだが、少しばかり不安そうでもある。

「それじゃ、お先に」

岸本は声をかけ、鉄扉の奥へと進んだ。渡部がつづく。二人が数段降りたところで扉が閉ざされた。重い金属音が階段室に響きわたった。渡部が首をすくめた。

「あんまり気持ちのいいもんじゃないな」

「こっちからは鍵なしで開けられるっていってただろ」

「そりゃ、まあ、そうだけど」

階段はらせん状になっていた。数十段下りたところで底にたどり着く。河島がいったように、そこにも古めかしい鉄扉があり、わきにインターフォンが取りつけられている。インターフォンは最新式のようで、テレビカメラが埋めこまれていた。

赤いランプが灯っており、その下にボタンがあった。

岸本はボタンを押した。何の音も聞こえなかったが、すぐに鉄扉が開く。目をやると、鍵を手にした都筑が立っていた。

肥満体は相変わらずだが、口許に浮かんだ笑みが自信ありげだ。都筑が二重顎をしゃくった。

「こっちへ」

岸本と渡部は、都筑の言葉に従った。

5

「溜池山王駅は銀座線が開通したときから存在した。要人専用の乗降駅として、という噂は知ってるか」

腰の後ろで手を組み、太った躰をそらし気味にして前を行く都筑がいった。岸本はちらりと渡部を見た。にやにやしている。

都筑に向きなおって、答えた。

「聞いたことはある」

足を止め、都筑がふり返った。

「ほう、どんな根拠があって？」

「溜池山王駅のホームは島式だ。新設するには島式はひどく手間がかかる。営団地下鉄は掘りなおしたというが、コスト面から考えて不合理だ」

「だから、元もとあった駅を、あたかも新しく造ったように発表した、と？」都筑がにやにやした。「それこそ不合理じゃないか。世の中不景気だ。わざわざ高いコストをかけて駅を新設するといった方が通らない。違うか」

「知るかよ」

「営団地下鉄の発表に嘘はない。わざわざ地下深くを掘りさげて島式の駅を造ったんだ。この施設を造るためにね」

都筑が背後に広がるだだっ広い空間を手で示した。面積にすれば、上下線のレールが敷設されている部分も含めて溜池山王駅と同じだろう。天井も高かった。ただし、コンクリートの太い柱が林立している。施設と都筑はいったが、がらんとした倉庫のようなものでそこかしこに段ボール箱が積みあげてある。

箱に印刷されている文字を眺めていった。食糧、水、そしてパソコンが多い。すぐかたわらには乾パンと印刷された箱が天井近くまで積みあげられていた。

「施設って、何だ?」

岸本が訊きかえした。都筑が鼻白む。

「今のところは、空間があるだけだが、いずれはここに非常時の危機管理センターが設けられる。銀座線が開通した当初から溜池山王駅があったという噂は半分は本当だ。要人専用で首相官邸と地下通路でつながっているという部分はね」

都筑の言葉を聞きながし、岸本は鼻を動かした。

「政府の危機管理センターにしては、やたら埃っぽいな」

「まだ、建設途上だ。計画では新しい首相官邸が完成して、三年後にはここも出来上がるはずだった。途中、いろいろとあってな」

急に苦々しい顔つきになった都筑を見て、岸本ははっと思いあたった。地下鉄駅のさらに下に造られた危機管理センターが頓挫《とんざ》した時期は、かつての相勤者である加藤裕子が内務省を復活させようという組織に単身挑み、命がけで陰謀を暴いたころと符合する。

都筑がつづけた。

「しかし、二〇〇一年九月十一日に起こったアメリカの同時多発テロ以降、国際情勢は変わった。のっぴきならなくなった。わが国も安閑としてはいられなくなったわけだ。誰かが国家と国民を統率し、非常時に耐えられる体制を作らなくちゃならない」

「それがあんただというのか」

「まさか」

肩をすくめ、両手を広げて見せた都筑だったが、肥満体、猪首《いくび》という体型にはまるで似合わなかった。

「おれなんざ、下っ端《したっぱ》にすぎない。使いっ走りだよ。しかし、この国を何とかしなきゃいかんという信念はいだいている」

「どうかな」岸本は首をかしげた。「ご立派なことといいたいが、素直にはうなずけない。あんたにも見返りはあるだろ」

「まあね。警察庁が法務省、自治省を吸収して内務省となれば、公安部局は独立した組織となる。それなりのポジションに就けば、少なくとも老後は安泰だろ」

「特別高等警察の復活か」

「公安調査庁の立て直しってレベルかも知れん。名前なんか、どうだっていい」

岸本は短く、笑い、つぶやいた。

「因果はまわる糸車って、本当だな」

怪訝そうに眉を寄せ、都筑は岸本を見つめた。

「何いってるんだ？」

「個人的な話だ。気にしないでくれ」

答えながらも、自らに問いかけていた。後悔してないか、と。所轄署の地域課勤務を経て、機動捜査隊に戻り、振り出しである第四分駐所からやり直そうとしたのは、かつての相勤者に対する負い目があったからにほかならない。しかし、今、ふたたび彼女が立ち向かった相手と対峙しようとしているというのに膝が震えそうになっていた。

岸本はまっすぐに都筑の目を見た。

「あんたがどういうつもりでおれにそんな話をしたのかわからないが、おれが黙って引き下がると思ったら大きな間違いだぞ」

都筑は大げさにため息を吐いた。目は笑っていない。

「間違っちゃいない。だからお前をここに呼んだんだ。個人的正義感って奴が世の中で一番面倒だ。お前も、お前の昔の同僚と同じだからな」

「取りあえずあんたを拘束する」

岸本は左手で腰の左側につけたケースから手錠を取りだした。

「どんな罪状で……」都筑はまた似合いもしないのに肩をすくめた。「おれが何をしたっていうんだ？」

「草田の件だ。おれとニオウがアパートを訪ねたとき、どんぴしゃのタイミングで鉄砲玉が来た。あれは草田を狙ったんじゃない。おれとニオウを狙った。そしておれたちの動きを知っているのはあんただけだ」

「言いがかりだよ」

「何でもいい。取りあえずそこら辺から追いこんでいって、今あんたがいったような話を引きだしていけば……」

背後でかすかな金属音が聞こえ、岸本は絶句した。ゆっくりとふり返る。渡部が腰のホルスターから回転式拳銃を抜き、銃口を岸本に向けている。渡部は人差し指で引き金の後ろに入っている安全ゴムを押しだした。

落下した三日月形の安全ゴムがコンクリートの上ではねた。

「そんな、どうして」

手錠を持ったまま、左手をだらりと下げた岸本は天井近くまで積みあげられた乾パン入りの段ボール箱に背をつけた。渡部は無表情に銃を構えている。岸本は都筑に目を向けた。精一杯愛想笑いを浮かべてみせる。

「わ、わかった。おれは何も知らなかったことにする。まさか、おれを殺そうってわけじゃないだろ。あまりに無茶だよ」

「大事の前の小事だ。お前さんには殉職していただく。間もなく我々独自の暴力装置がやって来る。爆弾テロをやっている連中が見つかったと通報を受けて、対処に、な」

「独自の暴力装置って、まさか」

「サクラ銃殺隊だ。噂くらいは聞いているだろう。警視庁公安部直属の特殊部隊にして暗殺部隊さ。そういえば、お前の友達もサクラ銃殺隊の出身だったな」

「あいつなら、おれを撃ったりしないさ」

必死に言いつのりながら後ろ手に段ボール箱の角を探った。角に指がかかる。都筑が首を振った。

「残念ながら今回サクラ銃殺隊の出番はない。おれとあんたたち、機捜隊の二人組がテロリストと思われる連中と銃撃戦になって、あわれ一名殉職。連中が駆けつけるのは、その直後ってことになってる」

「弾丸を調べれば、誰がおれを撃ったかすぐにわかるぞ」

岸本の言葉を聞き、渡部はあっさりと拳銃をホルスターに戻した。代わりに都筑が背広のポケットから拳銃を取りだした。

「マカロフといっても中国製だが、わが社ではお馴染みの密輸拳銃だな。割りと程度はいいんだが、所詮中国産のデッドコピー版だ。惜しくはない」

「どうして、こんな無茶をするんだ?」岸本はマカロフを見つめたまま訊いた。「警官同士が殺し合うなんて」

「おれだって撃ちたくはない。だけど仕方がないんだ」

岸本は目を上げ、都筑の顔を見た。都筑が小さく肩をすくめる。相変わらず似合わない。

「あんたの昔の相方が追いかけてた組織なんかとっくに消滅してる。もっと大きな力が警察そのものを呑みこもうとしてる。それにわが社は必死で抵抗している最中なのさ」

「大きな力って、何だ？」

「残念ながら時間切れだ」

引き金にかかった都筑の指が白っぽくなる。

「やめろ」

叫ぶと同時に岸本は段ボール箱の角を思いきり引きつけた。爪が剝がれそうに痛む。銃口から炎が噴きだし、同時に岸本は前へ飛びだした。首筋をかすめるように銃弾が飛びぬけていく。

都筑と渡部がののしった。

段ボール箱が崩れおちるなか、二発、三発と銃声が響きわたる。躰を低くした岸本は駆けだしていた。

ふところに手を入れ、ホルスターの止革を外す。さらにもう一つ外さなくてはならない。後ろから罵声が聞こえ、銃声がつづいた。頭上の空気を弾丸が切り裂いていく。ようやく二つ目の止革を外し、自動拳銃を抜いた。

第一弾を薬室に送りこむと、ふり返った。

崩れた段ボールの陰から都筑と渡部が飛びだしてきていた。渡部も拳銃を手にしている。二人は岸本が銃を抜いたと知って、大きく目を見開くと罵声を発して後戻りしようとする。ろくに狙いもせず、二度引き金をひいた。銃が跳ね、薬莢が弾き飛ばされる。一発目はコンクリートの床を削って火花を散らしたが、二発目はどこへ飛んだかわからない。

岸本は地下室の奥へと向かった。


市ヶ谷の機動隊庁舎を出たシルバーグレーのワンボックスカーは、片町交差点を左折した。運転席の上には赤色灯を載せ、サイレンを鳴らしている。右車輪が浮くほどのスピードはなかったものの、右側に座っている尾崎の躰がのしかかってくる。仁王頭は尾崎の腕に手をあて、押しやった。

「不可抗力ですよ。邪険にすることはないでしょう」

不平をいいつつも尾崎はにやついている。足の間には89式自動小銃が立てかけてあり、ヘルメット前面に暗視眼鏡《ノクトビジョン》が取りつけられていた。久しぶりの出動が嬉しくてたまらないといった顔つきだ。フル装備での出動は白鳥原発の現場以来になる。はるか昔の出来事に思えた。

「食い過ぎなんだよ」

仁王頭は毒づいた。巨体の上に抗弾チョッキを着けている尾崎の体重は百キロを上回るのではないか。

移動には、三列シート、シルバーグレーのワンボックスカーが割りあてられた。仮設式の赤色灯、サイレンは装備しているが、無線機は搭載されていない。もっぱら連絡は助手席に座っている通信・指令班員《チャーリー》が携帯電話で行っている。

運転席、助手席を含め、リアゲートまで窓はすべてきついスモークがかけてあり、透明なのはフロントウィンドウだけという違法ぎりぎりの車輌ではあった。二列目で尾崎とともに座らされた仁王頭は窮屈な思いをしているが、最後列では装具を着けた隊員が三人、ぎゅうぎゅう詰めになっている。救いは市ヶ谷の仮隊舎から現場である東京メトロ銀座線の溜池山王駅まで十分ほどで到着できることだろう。

「地下鉄の駅ってことは爆弾が見つかったんスかね」

尾崎は手袋を着けたまま、両手を組みあわせ、指の関節を鳴らした。

「どうかな。爆弾ならおれたちが呼ばれることはないだろ。爆弾処理なんて、講習は受けたことがあるけど、内容はまるで憶えちゃいない」

ちらりと助手席のチャーリー要員を見た。市ヶ谷を出てからずっと携帯電話を耳にあてていたが、短く、はい、いいえと答えるだけなので何を話しているかはわからなかった。

「まあ、何でもいいや。閉じこめられてくさくさしてたところですからね。躰を動かせるだけでもありがたいや」

尾崎の不謹慎極まりない発言は聞きながした。

ワンボックスカーは新宿通りを皇居に向かって突っ走り、四ツ谷駅前で右折、紀伊国坂を過ぎ、赤坂見附でふたたび右折する。現場が近づいていた。

助手席のチャーリー班員が電話を終え、運転手を含む六名の突撃班員《アルファ》に伝えた。

「現場は溜池山王駅の地下四階……」

最後列から声がかかった。

「溜池山王駅は地下三階までしかないぜ」

「行けば、わかる」チャーリー班員はぴしゃりといった。「銃撃戦が起こっている模様だ」

現場が地下鉄駅と聞いて、少なくともノクトビジョンを装備してきたわけはわかった。


取りあえず奥へと岸本は移動しつづけた。都筑と渡部から少しでも遠ざかることしか考えていなかった。躰を低くしたまま、段ボール箱の間をすり抜ける。やがて出入口らしきところに突きあたったが、入ってきたところとは明らかに違う。クリーム色に塗られた扉には継ぎ目もノブらしきものも見当たらない。わきにカードリーダーがあるだけだ。

無駄と思いつつ押してみる。びくともしなかった。ひょっとしたら首相官邸への通路かも知れないと思ったが、詮索している暇はなかった。

耳を澄ませ、壁伝いに移動をつづける。

渡部が銃を向けてきたことにさして驚きはしなかった。爆弾テロの様相が変わったとき、第二段階といった渡部の言葉が引っかかった。だから都筑が上司に告げずに来いといったとき、あえて相勤者をともなうといってみた。もし、渡部が都筑たちと無関係であれば、都筑は決して同行を認めようとしないだろうし、渡部にしても機捜隊内部での報告を優先させようとしたはずだ。

虎穴に入らずんば虎児を得ず、という格言を何度も腹の底で唱えていた。都筑と渡部がそろえば、一連の事件の真相に近づけると踏んだ。そして岸本の読みは的中した。

しかし、想定外の出来事もあった。まずは都筑が拳銃を携行してきたこと、もう一つは、段ボールが崩れる際、都筑が放った銃弾のうち一発が岸本の腹に命中したことだ。

壁際にしゃがみこんだ岸本は、右手に拳銃を握り、左手を腹にあてていた。ワイシャツがぐっしょりと濡れ、指がぬるぬるする。血はズボンにまで広がり、靴の中がぐじゃぐじゃになっていた。

どういうわけか、痛みはあまり感じない。傷は出血の割りに軽いのかも知れない。いずれにせよ、いち早く脱出しなくてはならなかった。

ふいに都筑の声が天井に響いた。

「無駄だよ、岸本。こっちは二人だし、お前のいるところはわかっている」

声のする方に銃を向け、引き金を二度ひいた。手の中で銃が跳ね、震動が腹の傷に響く。うつむき、歯を食いしばった。

「アホだなぁ。そっちから撃ってきたんじゃ、自分の居場所を教えているようなものじゃないか」

都筑の笑い声が響き、次いで足音が近づいてくる。

「来るな」

積みあげた段ボール箱の角から渡部がひょいと顔を出す。狙いもつけずに撃った。フェイント。顔を出した渡部はすぐに引っ込み、五発目の弾丸も虚しく空を切った。

警察官の拳銃には、五発までしか装填できない規則になっている。後退した遊底が空になった弾倉の上端に引っかかり、止まった。銃から白っぽい煙が立ちのぼっている。

急速に躰から力が抜けていった。

「まだだ」

うめくように声を圧しだしたが、膝に力が入らない。尻餅をつくと、岸本はゆっくりと倒れこんだ。


意識を失ったとしても、わずかな間だろう。目を開くと、都筑と渡部がすぐそばに立ち、仰向けになっている岸本を見おろしていた。左手は腹の傷にあてたまま、右手には遊底が開いたままの自動拳銃を握っている。

「手間かけさせやがって」

銃を持った右手をだらりと下げた都筑がいった。顔を上げ、渡部を見ると顎をしゃくった。

「そろそろ銃殺隊の連中が来る。あんたは河島のところへ行って、あいつらを案内してきてくれ」

「あんた一人で大丈夫か」

心配そうに訊ねる渡部に向かって、都筑が鼻を鳴らす。

「見てみろよ。銃は空だし、もう起きあがることもできない。心配ないよ。それより上で銃殺隊の連中をつかまえてくれ。おれはその間にこいつを始末しておく」

「わかった」うなずいた渡部は自分の拳銃を腰のホルスターに収めると止革をしっかり固定した。「連中は五分も足止めすればいいか」

「いや、すぐに呼んできていい。これから階段を上がって、また降りてくるまでの時間があれば、おれには充分だ。わかってるな？　あんたは相勤者を撃たれて、動揺してるんだぜ」

「撃たれてるのは間違いないからな」

渡部はけわしい表情で顎を拭った。言葉とは裏腹に岸本には目を向けようとしない。

「さあ、行け」

都筑がいい、うなずいた渡部が走りだす。背中を見送った都筑が岸本を見おろした。口許に笑みを浮かべている。分厚い唇が濡れ、てらてらと光っていた。

遠くで重い音がした。渡部が古びた鉄扉を開け、出ていったのだろう。

「お前もよけいなことに首を突っこまなければ、こんな目に遭わずに済んだものを。馬鹿な奴だ」

岸本は声も出せずに都筑を見上げていた。都筑の唇がめくれ上がり、ねじれた笑みになる。

「さっきもいったろ、大きな力って。日本という国より、はるかに大きな力なんだよ。あんたみたいな虫けらには想像もつかないレベルでしのぎ合いが起こってるんだ。とはいっても何の証拠もないがね」

得意そうに話しつづける都筑を見上げたまま、岸本は最後の力を振りしぼって右手を上げた。親指で遊底のストッパーを下げる。遊底が前進し、閉じた。口を開きかけた都筑だったが、声を出す前に引き金を絞った。

撃鉄が落ち、銃声が響きわたる。

股間を撃ちぬかれた都筑は口を開けたまま、仰向けに倒れこんだ。肥満体の躰がコンクリートの床に寝そべり、埃が舞いあがる。

岸本の手から拳銃が落ちた。

何もかもがひどく遠い。銃も、腹の中をかき回すような痛みでさえも。

「証拠なら、あるさ。あんたの死体ってのが、な」

天井を見上げた。

元もと拳銃射撃が上手い方ではない。しかも相手は二人だ。仁王頭がくれた九ミリ弾を使って、ちょっとしたトリックを仕組むしかなかった。

時間感覚が失われた。

どれほど天井を見ていたのか、まるでわからなくなっていた。足音が聞こえ、誰かが岸本の顔をのぞきこんだ。ヘルメットを被っている。相手は口許を覆っていたフェイスマスクを引きおろした。

岸本は笑みを浮かべた。のぞきこんでいるのは、仁王頭だ。

北海道にいるはずなのに、とちらりと思った。

おそらくは今着用しているのがサクラ銃殺隊のユニフォームなのだろう。MA—1よりはるかに似合っていた。

礼をいいたかった。

お前がくれた御守りが最後に役に立った、と。

だが、声にはならなかった。何もかもが急速に遠ざかっていく。

誰かが岸本と呼んでいた。

岸本というのが誰なのか、わからなかった。

6

ブルーの手術着は、胸から腹にかけて血で赤黒く濡れていた。三十前後とおぼしき大柄な医者の顔は青ざめ、目の下がくまになっている。無精髭が目についた。分の悪い戦いであることは、患者が運びこまれたときからわかっていただろう。だが、彼は身についたすべての技術と武器を駆使して戦いつづけた。

青い帽子を取り、くしゃくしゃに握りつぶしてズボンのポケットに突っこむと、ゆっくりと両手を合わせ、目をつぶった。かたわらの看護師も医者に合わせるように合掌する。ついさっきまで耳障りな電子音を発していた心肺モニターもスイッチを切られ、緊急処置室には静寂が戻った。

両手を下ろした医者が仁王頭をふり返った。

「ご臨終です」

仁王頭は黙礼を返した。

診察台に載せられた岸本の躰から看護師が電極を外しはじめる。医者はちらりと岸本に目をやった。

素っ裸にされた岸本の腹部にはガーゼが当てられ、腰にはシーツがかけられていた。ガーゼにもシーツにも血が滲んでいる。電極をすべて外した看護師が岸本の腕から点滴の針を抜いた。

岸本の遺体を見おろしたまま、医者が淡々といった。

「死因は腹部銃創からの出血……、失血死です。それにしてもよくこの躰で動きまわれたもんだ」

半ば独り言のようにつぶやく医師の言葉に、仁王頭もうなずいた。

現場へ向かう途中、東京メトロ溜池山王駅には地下三階までしかないと誰かがいっていたが、駅の事務室からさらに階段を降りると、駅構内とほぼ同じ広さで倉庫のような空間が広がっていた。

照明が点いていたので暗視眼鏡の必要はなかった。倒れている岸本と都筑に最初に近づいたのは仁王頭だ。特装隊を呼び、案内するといって先に階段を駆けおりた男——岸本の相勤者渡部は、なぜか二人が倒れているのを目にすると激しく動揺し、近づこうとしなかった。

地下空間に踏みこんでから岸本、都筑を発見するまでの短い間にも床に点々と落ちている血痕が目についた。確かに医者のいう通り、重傷を負いながらも岸本は走りつづけたに違いない。もし、撃たれたあと、じっとして傷口を押さえていれば、命を取り留めていたかも知れない。

考えるだけ虚しい。

渡部はまるで落ちつかず、話も支離滅裂なほど動揺していたので、一報を聞きつけて現場にやってきたほかの機捜隊員が病院へと連れていった。仁王頭は、つい数週間前まで岸本とともに行動していたことをチャーリー班員に告げ、公安部次長から付き添いを許された。

当番救急病院にあたっていた赤坂の外科医院に岸本は緊急搬送されたが、ついに意識を取りもどすことはなかった。

医者が診察台を離れ、仁王頭の前へとやって来た。

「岸本さんには、後ほど霊安室に移っていただきます」

「はい」仁王頭はもう一度頭を下げた。「お世話になりました。ありがとうございます」

「いえ。私も残念です」

医者が看護師を伴って処置室を出ていくと、仁王頭は診察台に寝かされている岸本のそばに寄った。搬送された岸本はすぐに手術を受けたが、銃弾は腎臓の一部を破壊していた上、手の施しようがないほど失血していた。

血の気のない白い顔を、仁王頭は見おろした。穏やかな死に顔というのは、たいていの場合死後硬直が解け、顔面の筋肉が弛緩することによる。だからどのような殺され方をしても時間さえ経過すれば、誰もが穏やかな死に顔になるのだ。

お前は違ったけどな、と胸のうちで語りかけた。

現場に到着したとき、仰向けに倒れた岸本はまだ意識を失ってはいなかった。声を発することはなかったが、まっすぐに仁王頭を見て、口許にはかすかに笑みさえ浮かべた。岸本の躰の下には血溜まりが広がっており、深刻な事態に陥っているのはわかっていたが、穏やかな表情に胸をつかれる思いがした。

やったぜ、と岸本は誇らしげに語っているようだ。

マカロフを右手に握っていた都筑は即死だったのだろう。両目を剝き、口をぽかんと開いていた。右の太腿の内側、股間に近いところでズボンが裂け、血に濡れたズボンは黒っぽくなっていた。二人の位置関係からすると、仰向けに倒れた岸本が都筑の股間に銃弾を撃ちこんだ可能性がある。

いくつもの光景が脳裏を過ぎっていく。

白鳥原子力発電所で爆弾事件が起こったあと、仁王頭は東京に出張を命じられた。羽田に到着した仁王頭を岸本が待ち受けていた。真っ先にいったものだ。

『三年前、ぼくは仁王頭さんに命を助けていただきました』

八王子にあった自動車の廃工場で仁王頭はメルセデスを阻止した。轢かれそうになっていたのが、岸本だというのだ。メルセデスの動きを封じたのは憶えていたが、岸本の顔は忘れていた。

岸本は泣き笑いのような顔つきをして訊いた。

『いやだな、全然憶えてません？』

それから警視庁に行き、都筑から9ミリ拳銃を受けとった。弾倉に九発装塡していると聞き、岸本は気色《けしき》ばんだ。

『それじゃ規程違反でしょう。わが社の拳銃は装弾数が十発に満たないものは五発まで、十発以上装弾できるものにかぎって十発装塡になってるじゃないですか』

杓子定規に規則に従っていれば、安心できたのかも知れない。いや、規則を逸脱することなど考えもしなかったのか。

白鳥原子力発電所のプレハブ小屋で見かけた、唇の上にホクロのある男——アキラの足取りをつかむため、岸本と二人で新宿歌舞伎町のネットカフェやホテルを回った。アキラが立ちまわりそうなところはすべてまわったが、手がかりはまるでなかった。行き詰まりになったとき、何でも隠したがる公安部局の体質に岸本が文句をつけた。そこで都筑に話を訊いてみることにしたのだ。

鎖を断ちきるならもっとも弱い環を狙えといったことは憶えている。都筑を揺さぶれば、警視庁公安部が何をしているかつかめるかも知れないと思った。ヒントを与えてくれた岸本に、仁王頭は一発の銃弾を渡した。

『手を出せ』

仁王頭は岸本にいった。捜査車輛の中でのことだ。

『何だよ、拳銃の次は手かよ。何をさせようっていうんだ』

『いいから早く。ご褒美をあげようってだけだ』

『ご褒美って、何だよ』

戸惑う岸本の手のひらに九ミリパラベラム弾を押しつけた。

札幌から東京へ出張に出る直前、川崎にいた福良に缶入りのクッキーを送った。その中に忍ばせてあった二発のうちの一発だ。一発はふだんから予備弾として携行していたもの、もう一発は上平の予備弾だ。

何となく岸本にわたったのが上平の弾丸のような気がする。

銃器にまるで興味のない岸本は、おそらく射撃も下手くそだったろう。都筑を撃ったのが岸本だとしたら、六発目の弾というトリックを使った可能性がある。

岸本は都筑に撃たれ、岸本が都筑を撃った。

なぜ?

朱里のデイパックには市城を撮影したビデオのキャプチャー画像のプリントアウトが残されていた。

市城は死んではいないのか。

公安畑の長い、特捜隊員としてはロートルの壁村が市城の写真を見て反応した。かつて知っていた男に似ている、という。だが、その男は二十年も前に死んでいる。

朱里と岸本が仁王頭に託したメッセージは何を意味するのか。一特装隊員に過ぎない自分に何ができるのか。

身じろぎもせずに岸本を見おろしていた。目を閉じ、唇の色さえ失った男からは、二つ目のヒントは聞けそうにない。

ドアが開き、三人の看護師が入ってくる。岸本に最後の一瞥《いちべつ》をくれると、仁王頭は処置室を出た。

神田神保町にある老舗喫茶店の木製ドアを開き、一歩踏みいれるとコーヒーとカレーの匂いがアキラの鼻をついた。

「いらっしゃいませ」

店内を見まわすアキラにウェイトレスが近づいてくる。

「お待ち合わせですか」

「ええ」

曖昧にうなずく。

カウンターにはワイシャツ姿の太った男がいて、スポーツ新聞を広げていた。ボックス席にカップルが一組いる。そのとき、窓際でえび茶のジャケットを着た初老の男が立ちあがった。アキラを見ている。

席に近づくと、アキラは男に声をかけた。

「鵜沢先生の使いでまいりました」

「お待ちしておりました。さ、さ、どうぞ」

男は向かい側の席を指した。表面のすり切れた布張りの椅子に腰を下ろし、後ろからついてきたウェイトレスにホットコーヒーを注文すると、アキラはあらためて男に顔を向けた。

男が先に訊いてきた。

「先生はお元気ですか」

「はい」

答えたものの、かすかにためらいがあった。鵜沢は神楽坂の料亭から帰ってきて以来、極度の不眠に陥っている。

コーヒーが運ばれてきた。アキラは砂糖もミルクも入れずにコーヒーをすすった。香りが鼻腔を満たす。インスタントではないコーヒーを飲むのは久しぶりのことだ。

「早速ですが」

男はそういうと薄いブルーの大型封筒をアキラに差しだした。表には、鵜沢先生と書かれていた。封筒の下部に西神田オリムピック印刷有限会社と印刷されている。封筒を受けとる。二、三センチほどの厚みがあり、見た目よりずっしりしていた。

「確かにお預かりしました」

封筒をひざの上に置き、カップに手を伸ばす。男もコーヒーカップを取り、ひと口すするとふっと息を吐いた。

「先生とお付き合いさせていただくようになって、かれこれ四十年になります。過ぎてみれば、あっという間というのは本当ですな。その間、先生の会社でお出しになられた書籍では、随分と仕事をいただきました」

アキラは男を見つめた。いくつくらいなのだろう、と思う。きちんと調えられた髪はほとんどが白髪で、地肌が見えるほどに薄い。男が目を上げ、アキラを見た。

「それでも今回のお仕事が最後になります」

「はあ」

何と答えていいものか、わからなかった。鵜沢には喫茶店に行き、男と待ち合わせをして封筒をもらってくるようにいわれているだけなのだ。

男は弱々しい笑みを浮かべた。

「家内が病気になりまして。末期癌なんですよ」

「それは……」小さく咳払いをする。「大変ですね」

「いいえ、もう諦めました。近々会社も整理するつもりなんです」

それから男が淡々と話しつづけるのをしばらく聞いていた。立ちあがろうとしたとき、男がさっと伝票を取った。

「先生には、いつもお世話になっておりますので」

「そうですか。それではご馳走になります。ありがとうございました」

男の妻についてひと言添えるべきかと考えたが、言葉は見つからなかった。


ドアをノックすると、中から鵜沢の声が聞こえた。

「どうぞ。鍵はかけてない」

「失礼します」ドアを開け、アキラは一礼した。「ただいま帰りました」

「ご苦労」

アキラは鵜沢とともに都心のホテルに投宿していた。ありふれたビジネスホテルで、ランクからいえば中の上といったところだろう。鵜沢はスイートルーム、アキラは同じフロアのシングルルームをとっていた。しかし、神楽坂以降、鵜沢に命じられたとき以外外出することはなく、自分のシングルルームに戻ることもできなかった。

ソファにだらしなく腰かけた鵜沢はぼんやりとした表情でテレビを見ていた。音は低く絞ってある。

「お預かりしてまいりました」

アキラは両手で封筒を差しだした。鵜沢はテレビに目を向けたまま、無造作にいった。

「開けろ」

「はい」

封筒は透明な粘着テープでがっちりと封がされている。爪でテープを剝がすのに苦労するほどだ。鵜沢が低く笑った。

「相変わらずあの親父は強迫神経症みたいな真似をしくさる」

「申し訳ありません。なかなか剝がれなくて」

「あわてることはないさ。それで親父は何かいってたか」

何度も爪でひっかき、ようやく端がめくれたテープを剝がしながらアキラは答えた。

「先生はお元気ですかと訊かれましたので、お元気ですと答えておきました。先生には四十年もお世話になっているともいっておりましたが、今回の仕事が最後とか申しておりましたが」

「どうして」

「奥さんが病気……、末期癌だそうです」

「そうか」鵜沢は両手で顔を二、三度擦り、手を下ろした。「それじゃ、あの会社はお終いだな。仕方がない」

鵜沢に目をやった。張りのない顔は白っぽく、目が落ちくぼんでいる。

ようやくテープを剝がし終えるとアキラはふたたび封筒を差しだした。

「開きました」

「中のものを取り出せ」

「はい」

封筒から出てきたのは印刷された紙の束だ。右上の一片に糸を通し、綴じてある。最初の一枚に印字されている文字を見て、アキラは思わず顔を上げた。鵜沢がアキラを見ようともせずぼそぼそという。

「ゲラ刷りというんだ。製本までの一つ前の段階で、最終的なチェックや手直しをする。しかし、本になるまであの会社がもつかどうかが問題だな」

手にしているゲラ刷りの一ページ目には、哀哭者の爆弾と印字されている。

尊農志塾で原稿の打ち直しを行ったあと、データを鵜沢に渡した。その後、どうなったのかは知らなかった。

「塾頭……」

呼びかけたものの、感極まって言葉がつづかない。

「塾頭か」鵜沢の唇がねじれ、笑みが浮かんだ。「尊農志塾はもう存在しないんだが」

鵜沢がアキラを見る。

「その原稿だがな、和田がオリムピック印刷まで運んだんだよ。アキラは感謝しなきゃな。塾にも、和田にも」

「はい」

ゲラ刷りを手にしたまま、アキラは最敬礼した。

「これ、見ろよ」

「は」

顔を上げると、鵜沢があごをしゃくってテレビを指した。

女性演歌歌手がスポットライトを浴びて歌っていた。衣装は鮮やかなブルーの振り袖、白い帯を締めている。こぶしを回し、躰をくねらせるたび、着物の裾や肩、袖の刺繍に使われている金や銀の糸がライトを反射し、きらきら輝いた。分厚く白粉《おしろい》を塗り、その上から描いたとしかいいようのない顔を見れば、歌手が四十過ぎ、ひょっとすると五十を超えていることがわかる。振り袖に無理があり、アキラの目には不気味にさえ映った。

画面の右上に〈東京心中〉とテロップが出ている。歌のタイトルだろう。画面の下には、歌に合わせて詞が表示されていた。

「おれたちのことを歌ってるのかな」

鵜沢がつぶやく。アキラは素早く鵜沢の表情を探った。何か答えることを期待している様子はなかった。

ワイシャツの襟をつまんだ鵜沢は鼻先へ持っていき、匂いを嗅いだ。それからアキラに目を向けると、にっと頰笑んで見せた。

「歳のせいだな。新陳代謝がまるでない。ワイシャツが汚れなくて便利だよ」

アキラは言葉を圧しだした。

「少しお休みにならないと躰に毒です」

目をこすりつづけながら鵜沢がにやりとする。

「アキラもたないよな。儂《わし》の不眠に付きあわされたんじゃ」

「とんでもございません」

「いいんだ」

手を下ろした鵜沢の目はさらに引っこみ、目蓋の二重《ふたえ》が深くなっている。

「人は眠らなきゃ死ぬ。死は永遠の眠りで、毎日の睡眠は死に対して目こぼしをしてもらうための賄賂《わいろ》だといった奴がいる。毎日賄《まいない》をつかわなければ、死はすぐに忍びよってくるってな。儂は子供のころから眠るのが下手だった。毎日眠りにつくのが面倒くさくてしようがなかったよ。だからあるときから眠らないことにした」

ただ見つめるしかないアキラに目をくれ、鵜沢はまたにやりとした。

「まったく眠らないわけじゃない。本当に死んじまうからな。眠らずに色々やってたんだ。本を読んだり、文章を書いたり。二、三日もつづけると失神するよ。そして眠る。眠れない夜は眠ろうとするところから始まるんだと悟ったね。眠ろうとしなければ、すとんと眠れる」

鵜沢が大きく息を吐き、テーブルの上に投げだした足をわずかに動かした。足にぶつかって黒い携帯電話が動いた。神楽坂で老人に要求した二億円が鵜沢の口座に振りこまれれば、真夜中であれ、早朝であれ、連絡が来ることになっていた。だが、電話はついに鳴らなかった。

携帯電話を見つめたまま、鵜沢はそっとつぶやいた。

「この歌の文句の通りにしてみようか」しわだらけの目蓋の下で眼球が動き、アキラを見る。「何もそんな顔をすることはない。お前と心中しようってわけじゃない。お前にしたところで、どうせ情死するなら、こんな爺ぃじゃなく、若くてきれいなお姉ちゃんがいいだろう」

「先生に殉ずる覚悟はできております。ご命令とあれば、いつでも命を捨てます。しかし、先生にはまだまだ成し遂げていただかなければならないことがあるかと存じます」

「成し遂げて、か」鵜沢の口許がねじれる。「お前も尊農志塾ですっかり洗脳されたようだな。今も塾生、助教たちが古い本と金色のペンを持って東京をうろついているだろう」

「先生のご命令があれば、いつでも」

アキラの言葉に鵜沢がうなずいた。

「殉教者との戦いは、守備側……、つまりは体制側にとっていちじるしく不利なんだな。いつ、どこで、どんな形で来るかわからない連中を一瞬の隙もなく見張らなくてはならない。守備側のコストは膨大だ。だが、破壊者は自分の命一つ捨てればいい。命は地球よりも重いってか。嘘だね、命なんて安いもんさ。為政者にとって、市民という名の人質の命などまるで価値がない。大事なのは自分の名声であり、体制の維持なんだ。それが万民のため……」

ふいに鵜沢が目を上げた。眼光が鋭く、アキラは射すくめられたような気がして思わず生唾を嚥んだ。

「東京心中だよ、アキラ。東京で心中じゃなく、東京と心中するんだ。どうだい？　東京が無くなれば、格差社会も同時にふっ飛ぶと思わないか」

また頭のなかに靄《もや》が広がってくる。口が痺れている。

そのとき、ドアが控えめにノックされた。鵜沢の瞳がドアの方へ向けられる。

「ようやく何か動きがあったようだな。金か、死か」鵜沢は顎をしゃくった。「まあ、どっちでもいい。開けてやれ」

「はい」

ドアの前まで行くと、チェーンがしっかりかかっているのを確認してから声をかけた。

「誰だ？」

答えはなく、ふたたび控えめなノックが二度。アキラは鵜沢をふり返った。鵜沢がうなずく。ドアの鍵を外し、そっと開けた。

隙間からのぞいた男は、鼻の下に細い髭を生やしていた。膝の力が抜け、震えだす。ドアノブを握りしめた。

「久しぶりだな、しゃぶりボクロ」

市城はトレーニングウェアではなく、スーツを着ていた。

第八章　終末国家

1

正月休みが明け、初日恒例の旅団長訓辞が終わったあと、多賀野《たがの》は直属の上司である連隊長に呼ばれた。

北海道帯広市に司令部を置く陸上自衛隊第5旅団第4普通科連隊において、多賀野は第1中隊中隊長を務めている。

「失礼します」

開きっぱなしになったドアのところで一礼し、声をあげる。

「入れ」

連隊長の返事を待って、多賀野は部屋に入った。執務机で書類を手にしていた連隊長が顔を上げ、多賀野を見た。机の前でもう一度礼をする。

「まいりました」

「ご苦労」連隊長は椅子の背に躰をあずけた。「早速だが、明日、出動してもらう。特A編成でな」

「はっ」

直立した姿勢で腰を折り、一礼したものの多賀野は混乱していた。事前に何の説明もなく、出動命令が下るなど今まで経験したことがない。しかも特A編成となれば、尋常な事態ではなかった。

第4普通科連隊は、四個中隊で編成されていた。一個中隊は、四個小隊で編成され、一個小隊は八名の小銃班二個で編成されている。したがって定数からすれば、一個中隊は二百五十六名になるのだが、あくまでも建前に過ぎない。陸上自衛隊では、どこも欠員に悩まされており、多賀野が率いる第1中隊も二百名ぎりぎりしかいない。

そうしたなか、有事に備え、一個中隊に一個の割合で成績優秀な隊員ばかりを集めた小隊を編成していた。特A編成は、四個ある中隊から優秀な兵士ばかりを集めた小隊だけを集め、一個中隊とすることを意味する。

陸上自衛隊の普通科は他国でいえば、陸軍歩兵部隊にあたる。そして歩兵部隊が実戦に投入される際の基本単位が中隊なのだ。特A編成中隊は、実戦即応できる戦闘マシンでもあった。

連隊長は多賀野を見つめて、言葉を継いだ。

「出発は明朝午前六時《マル・ロク・マル・マル》。駐屯地を出て、千歳に行き、航空自衛隊の輸送機で移動する。行き先は新潟県の……」

地名をいわれたが、北海道に生まれ、育ち、2等陸士から叩きあげて中隊長にまでなった多賀野にはぴんとこなかった。

連隊長がつづける。

「場所柄、形式上は一応中部方面隊司令部の指揮下に入ることになるが、今回の出動命令はボウトク法によるものだ。したがって独立部隊として動くことになる」

「はあ」

多賀野は連隊長を見た。連隊長が憮然とした顔つきで多賀野を見返した。

「そんな顔をするな。ボウトク法を出されたんじゃ、こっちじゃ何ともできない」連隊長は身を乗りだし、机に両ひじをついた。「千歳にいたころ、市城2佐といっしょだったろ」

「はい」

三年前まで多賀野は千歳の第七師団司令部に勤務していた。そのときの同僚が市城という2等陸佐だが、身分は公安担当の警察官だと聞かされていた。

「現地で市城と落ち合い、命令を受けろ。市城が何者であれ、直属の指揮官と仰げ」

「はい」

「わかってると思うが、これは治安出動になる。機密漏洩には充分気をつけろ。お前にも事前に情報を渡さなかったのはそのためだし、部下には現地に到着するまでどこに行くのかも漏らしてはならない」

「はい。治安出動といっても具体的には何をするんでしょうか。任務によっては装備も違ってきますが」

多賀野の問いに、連隊長は眉間をゆるめ、肩をすくめた。

「実はおれも何も聞かされてない。とにかく命令は冬季戦闘のエキスパート集団を、ということだ。詳細は後ほど情報3部から伝達される。以上だ」

「はい」

「気をつけてな」

「はい」

多賀野はもう一度頭を下げた。


「チナツはねぇ……」

女は目尻が持ちあがった、いわゆるネコ目をしていた。宮越《みやこし》が好きなタイプの女は三つに分けられる。カエル顔、アヒル口、そしてネコ目である。

「鈴木さんにいわれてるの。今夜は約束にちょっと遅れるので、その間、先生のお相手をしっかりしなさいって」

六本木のキャバクラ〈ドリームミント〉は、民放テレビ局のプロデューサーである鈴木とよく飲みに来ていたが、チナツというホステスがつくのは初めてのことだ。

評論家という職業柄、先生と呼ばれることにもすっかり馴れてしまっていた。鈴木は討論番組を担当しており、宮越はその番組のゲストとして出演していたが、二回に一度は出るのでいわばセミレギュラーであった。宮越の売りは、過激な物言いにある。現役の大臣、政治家など相手が誰であれ、歯に衣《きぬ》着せず論難し、斬って捨ててきた。

「しっかり相手を、ね」宮越は鼻を鳴らし、グラスを手にした。「鈴木も偉くなったもんだ。ぼくを呼びつけておいて、自分は遅れてくるんだから」

吐きすてると、手にしたグラスの中身をひと息に半分ほど飲んだ。宮越はどの店でもブランデーソーダを飲むことにしている。ふてくされたような物言いをしながらも右手はミニドレスから出ているチナツの膝を撫で、ストッキングの感触を楽しんでいた。

ふいにチナツが宮越の頰を両手で挟み、自分の方を向かせた。ネコ目を間近にのぞきこむ恰好になる。カラーコンタクトを入れているのだろう、瞳が青い。アイラインが濃かった。

「怒っちゃ、いや」

チナツが鼻声になる。

「別に怒っちゃいないさ」

「チナツね」

そういいながらチナツは頰にあてた片手を下ろし、膝にある宮越の右手をつかむと椅子の上に置いた。そして尻をすり寄せ、宮越の手の上に座る。ミニドレスのスカートには後ろにスリットが入っていて、自然と指が入っていく。

「先生……」チナツがにっこり頬笑む。「ガーターベルトって、嫌い？」

「あ、いや」

どぎまぎしていた。確かに指はチナツの太腿に直接ふれている。チナツが両手を宮越の首にまわすと、尻を動かした。指先がさらに奥へと進み、うるんだ場所に直接触れる。

「君、穿いてな……」

宮越の言葉をさえぎるようにチナツが首にかじりついてくる。そして耳元でささやいた。

「チナツね、へ、ん、た、い、っていわれるの。そんな子って、嫌い？」

「いや」宮越はかすれた声を圧しだした。「す、好きだよ」

「よかった」

首から手を離したが、相変わらず宮越の手の上に座っている。チナツはまっすぐに宮越の目をのぞきこむと、右手を出し、中指だけを曲げて片目をつぶってみせた。意味はわかる。宮越は恐る恐る右手の中指を立てた。潤いの中央に吸いこまれ、ぴっちりと覆われる。チナツの眉間にかすかにしわが寄った。あわてて中指を下ろそうとすると、チナツはささやいた。

「いや」

キャバクラのボックス席でチナツの中心に指をからめとられていた。客やホステス、ボーイが行き交う忙しい店の中であることが信じられない。

ほどなく鈴木がやってきて、テーブルの向かい側に座った。チナツは動こうとしない。鈴木はネクタイをゆるめ、愛想笑いを浮かべる。頭はほぼ白かったが、若白髪で、年齢は宮越より五つも若い。

「いやぁ、先生、遅くなりました。お待たせしてしまって、申し訳ありません」

わざとらしくテーブルに両手をつき、頭を下げてみせる。もう一人ホステスがやってきて、鈴木の隣りに座るとブランデーの水割りを作った。

鈴木がグラスを持ちあげる。宮越は左手でグラスを取りあげ、乾杯に応じた。右手はいまだチナツに吸いこまれたままだ。

取り留めのない話をしながらグラスを重ねたが、宮越は鈴木の言葉にほとんど集中できなかった。チナツの潤いが増し、ついには小さな滴が指の内側を這い落ちてくるようになったからだ。

グラスを置いた鈴木がうつむき、大きくため息を吐く。

「いやぁ、本当にまいりましたよ。トークバトルは、私にとっちゃ一世一代の番組でしたからね」

トークバトルは宮越が出演している番組だ。午後九時からの一時間、政治、経済、社会の諸問題について出席者たちが論争を繰りひろげる。うなだれている鈴木を見ている内に宮越は不安になってきた。

「何があった?」

鈴木が上目遣いに宮越を見た。

「先生、この間、畑中をぶった斬ったでしょ」

畑中というのは、経済学者でありながら前内閣で財務担当大臣として民間から登用され、財政構造改革を旗印に前首相の下で大胆な改革案を次々と打ちだしては実行していった。日本の金融市場を国際社会に向かって解放し、より活性化するなどといっていたが、実際には外資系、とくにアメリカの投資会社が日本の証券市場に乗りこんでくるのを手助けしただけに過ぎないと宮越は考えていた。日本の蓄財をアメリカ資本にいいように食い散らかされる主因を作った男だと、痛烈に批判したのである。

「当たり前だ、あんな売国奴」

「それ、それですよ」鈴木が渋い表情になる。「売国奴は言い過ぎだった。ご存じでしょ、うちの番組のスポンサー」

確かにトークバトルのメインスポンサーが外資系の証券会社であることは宮越も知っていたが、畑中が大臣を辞しているので影響はないと思っていた。

「それがどうしたっていうんだ。あんな奴、過去の……」

「復帰するんですよ。間もなく、内閣改造が発表されるんですが、また復帰するんです」

「財政担当になるのか」

「いえ、民政党の党首と並んで無任所の副総理という肩書きだそうですが」

「だから、どうだっていうんだ？　ぼくは今まで現役の大臣が相手でも是々非々でやってきた。畑中が政権に戻ったからって何も変わらんだろうが」

「自粛なんですよ。もちろんスポンサーサイドからも多少の圧力はありましたがね。実際のところは、局の上の方が自粛を決めたんです」

鈴木はブランデーをひと口すすり、低声《こごえ》で付けくわえた。

「ボウトク法に引っかかる恐れがあるからって」


陸上自衛隊の冬季迷彩服は上下とも白で、ヘルメット、ブーツ、小銃カバーも白で統一されていた。中隊長である多賀野は小銃を携行しないが、腰に付けている拳銃ケースは白かった。

午前六時、駐屯地はいまだ夜明け前の闇に閉ざされている。十一台のトラックがエンジンをアイドリングさせていた。

多賀野の前には四人の小隊長が並んでいる。四人ともヘルメットを目深に被り、緊張した面《おも》持《も》ちで多賀野を見ていた。夜明け前、気温はおそらく氷点下二十度以下だろう。吐く息が白い。

地面も雪と氷に閉ざされている。

白、白、白だなと多賀野は胸のうちでつぶやき、それから四人の小隊長に声をかけた。

「それでは、出発する。今のところで問題はあるか」

四人はほぼ同時に異常なしを告げた。うなずいた多賀野は命令を下した。

「出発」

四人がそろって挙手の敬礼をし、多賀野は答礼した。小隊長たちがトラックを先導する四輪駆動車に駆けていくのを見とどけ、多賀野は自分に割りあてられた車輛に近づくと助手席に乗りこんだ。車内の暖気がありがたい。女性の2等陸曹がハンドルを握っている。多賀野が指揮する第1中隊第1小隊に所属していた。

多賀野は顎をしゃくった。

「出せ」

「はい」

女性陸曹は左右を確認し、サイドブレーキを外すとゆっくりと四輪駆動車を発進させた。冬道なので航空自衛隊の千歳基地まで四時間以上かかるだろう。

衛門を通りぬけ、ゲートを開けてくれた当番隊員の敬礼に答えたあと、ヘルメットを脱いだ。クルーカットにした頭をひと撫でする。

小隊長以下、隊員たちには千歳から輸送機に乗るとは告げてあったが、新潟が目的地だとは明かしていなかった。

現場で実弾が支給されることも。

ヘッドレストに頭をあずけると、多賀野は目をつぶった。

目を開いた。

頭蓋骨の中にはびっしり粘土が詰まっている。しかも棘《とげ》つきの粘土で内側をちくちく刺している。宮越は唸り声を上げ、腕時計を見た。間もなく正午になろうとしている。

うつぶせになっていた。両手で躰を起こし、あたりをぼんやりと見まわす。自宅の寝室だが、昨夜はどのように帰ってきたのかまるで憶えていなかった。

ネコの目をした女の顔、テレビ局プロデューサー鈴木の顔がちらちらする。やがてセミレギュラーで出演していた番組が打ち切りになるという話を思いだした。

「クソッ」

罵り、頭を掻こうとして、まだコートを着たままなのに気がついた。帰宅し、寝室に入ったとたん、失神するようにベッドに倒れこんだのだろう。ひどい酒だったと思う。だが、どれくらい飲んだのか、何軒まわったのか、最後まで鈴木と一緒だったのか、まるで記憶がない。

ベッドから降り、トレンチコートを脱ぎすてた。身長が百六十センチそこそこしかない宮越には絶対似合わないといわれてきたが、トレンチコートにこだわりつづけた。似合う似合わないを判断するのは、自分であって、世間ではない。ついでにジャケットも脱ぎすてると、寝室を出て、リビングダイニングに行った。

冷蔵庫から紙パック入りのジュースを取りだし、直接口をつけて飲む。パックは一リットル入りで、半分ほど残っていたが、ひと息に飲みほした。空になった紙パックを台所のシンクに放り投げる。げっぷが出た。

ダイニングテーブルの上には、ファクス用紙が数枚重ねてある。ところどころ赤のサインペンで訂正が入れてあった。タイトルは、終末国家。新聞に月に一度の割合で寄稿している原稿だ。昨日、自宅を出る前に朱字を入れておいた。今日、もう一度読みかえそうと思っていた。夕方までに送り返さなくてはならないが、字を読むのがひどく面倒臭かった。

このまま送ってしまおうか、と思って、ファクスに目をやったとき、吐きだされている用紙が目についた。

手に取り、見おろした。

終末国家を送る相手、新聞社の文化部担当デスクが送信してきている。内容は掲載が一週遅れになるというものだ。最終締切が今日の夕方で、明後日の朝刊に載ることになっていた。掲載が遅れるにしても連絡が遅すぎやしないか。

頭にかっと血が昇った。

寝室に取って返すと、コートのポケットを探った。見つからない。ジャケットを拾いあげ、ポケットをすべて探る。内ポケットに放りこんであった携帯電話を見つけると、新聞社にかけた。

女性の声が答える。

「はい、文化部です」

「石坂さん、いる？」

「少々お待ちください」

電話を切り替える音につづき、保留の音楽が流れた。携帯電話を耳にあてたまま、宮越は寝室からダイニングに移動した。

「はい、石坂」

「ああ、宮越だけど」

「あっ」石坂は瞬時絶句したあと、あわてていった。「おはようございます」

「何だよ、あのファクス。いきなり送りつけたのかよ」

「いえ、昨夜お電話したのですが、先生がご不在だったもので」

「だったら携帯に電話してくりゃいいだろ。知ってるんだからさ」

「夜でしたし、お出かけでしたら申し訳ないと思いまして」

「そんなことはどうだっていいよ。それよりどうしてぼくの原稿がいきなり一週間遅れなんだ」

「それが経済学者の畑中先生の緊急寄稿をお載せすることになりまして……」

携帯電話を握りしめた。またしても畑中だ。宮越はテーブルの上に広げてある原稿に視線を落とした。石坂が早口で何かをいっているが、頭に入ってこない。昨夜《ゆうべ》の酒がどんよりと残っている。

「……ですから、先生にもお気をつけいただきたいと」

「何？」宮越は目をしばたたいた。「何の話だ。ぼくが何に気をつけなくちゃならないっていうんだ」

「いえ、今も申しあげたようにボウトク法の関係で……」

目を閉じた宮越は猛烈な勢いで頭を掻きはじめた。

ボウトク法、ボウトク法、ボウトク法……。

この国は本当に終わりかけてるんじゃないか。

2

死者は、あの世や彼岸に旅立っていくのではなく、臨終の瞬間に立ちどまり、そして凄まじいスピードで遠ざかっていく生者たちの背中を見送っているんじゃないか……。

ランドクルーザーの助手席に座り、89式自動小銃の銃把を見つめたまま、仁王頭はぼんやりと考えていた。

朱里が逝き、岸本も死んだ。その前に上平も……。年は明けたが、彼らは去年のうちにとどまっている。

ランドクルーザーのドアの内側には、特注の専用ラックが設けられ、銃口を下向きにした89式小銃が斜めに掛けてある。特殊装備隊仕様の89式小銃はスチール製銃床タイプで、付け根から折りたたむと全長が六百七十ミリとなり、ドアの内側にすっぽり隠れた。

助手席の仁王頭は、窓枠に肘を載せていた。ハンドルを握る尾崎は、ダッシュボードの上に取りつけてあるカーナビゲーションシステムのディスプレイにちらちらと目をやっている。

「前を見てろよ。カーナビは要らないだろ」

「どこに向かってるのか、気になりませんか」

「どこだって同じだよ。行って、仕事をして、屯所に帰る。それだけだ」

尾崎は前方に視線を戻した。すぐ前をグレーのランドクルーザーが走っていた。仁王頭たちが乗っているのと同じ車だ。小銃専用のラックが設けられ、ドアに鋼板を挟んであったが、窓ガラスはすべてノーマルのままである。間に合わせに作られた車輌なのだ。紛争地帯を走るわけではないので、装甲は充分とされていた。屋根には赤色灯、フロントグリルにはサイレンが標準装備され、ボディの横腹には大きくPOLICEと入っている。

つい二週間ほど前まで一班六名とチャーリー要員がワンボックスカーに詰めこまれていたのに較べれば、一班に四輪駆動車が二台配備されている現状は格段の向上といえた。

すべては昨年末、国会において国民の生活、財産、安全を無制限に防衛するための特別措置法が緊急に可決され、成立、即日施行されたことから始まった。政府は通称を国民安全法としたがったが、マスコミはこぞって防特法《ぼうとく》と書きたてた。

防特法とは、国家権力を最大限強化し、民主主義、ひいては市民生活を冒瀆《ぼうとく》するものという揶揄《やゆ》である。

国民安全法はあくまでも現在の緊急事態に対処するための特別法で、効力は十カ月間に限定されるとされた。もちろん国会の承認があれば、期間延長は可能だが。

首相は、今目の前にある危機に国を挙げて取り組む体制を実現するために必要な法律であり、審議にあたっては党利党略を離れ、衆参両議院とも一人の政治家として自らの信念と正義にのみ従ってもらいたいとくり返し主張した。

審議開始から可決成立まで約一週間というのは、異例の早さだ。国家存亡の危機という雰囲気も功を奏したが、もっとも与党と野党第一党の連立政権下においては、いつでも何でもやりたい放題であった。

国民安全法の施行を受け、警察はただちに組織改編に着手した。仁王頭たちが呼びもどされたときには四十人ほどに過ぎなかった旧第一特装隊だが、刑事部の特殊捜査班《SIT》、警備部の特殊急襲部隊《SAT》と合併され、新たに特殊装備機動隊《スペシャル・ウエポン・タクティカル・フオース》として新編されたのである。さらに各都道府県警に所属していた機動隊は警察庁警備局の下に新設された機動警備部によって全国的な組織となって生まれ変わった。

とくに東京は、昨年来の爆弾テロの横行によって警備を強化する必要から首都警備作戦が発動され、全国から機動隊が集められた結果、警視庁麾下の警察官が倍増していた。もっとも正岡都知事は、自分自身が爆弾テロに遭ったこともあり、倍増では手ぬるいと主張し、さらなる増員が進められていた。

一方、警備が手薄になる東京以外の地域では、陸上自衛隊の警護出動が下令されていた。警護出動というのも自衛隊は軍隊に非《あら》ずという基本方針から生まれた造語で、実質は治安出動にほかならない。

今回の騒動が起こるまで仁王頭は知りもしなかったが、陸上自衛隊の出動は国民安全法にかかわりなく、すでに二〇〇〇年十一月に公布、施行されていた改正自衛隊法に基づいていて実現可能になっていた。

治安出動は陸上自衛隊の悲願だったから、と説明してくれたのは後部座席にいる壁村だ。自衛隊法の改正にあたって、当時の現役警察官僚、OB、警察にかかわりの深い政治家たちが反対を唱えたが、国防族に押しきられる恰好となった。アメリカでの同時多発テロ9・11以前の出来事である。現役、元の警察官僚がこぞって反対した理由は国防の任にあたるべき自衛隊はいかなる理由があっても国民に銃を向けてはならないという点にあった。一見もっともらしかったが、実際は非常時における権力の奪い合いを想定したに過ぎない。

いくつかある自衛隊法の改正点のうち、今回の出動に役立ったのは、改正前には警備対象が自衛隊および在日米軍の施設に限定されていたものが原子力発電所にまで広がっていた点だ。

白鳥原発爆弾事件が陸上自衛隊の出動を容易にしたともいえる。

また、災害に対する救難活動であっても出動を要請できるのはあくまでも地方自治体の首長とされていたが、テロの危険性がある場合にかぎり、総理が警備行動を命令できると改正されていた。一応、首長の意見を聴聞《ちようもん》するとはされているものの、出動を命じるか否かは内閣総理大臣の肚ひとつなのだ。

東京に原子力発電所はない。そのため首都警備にあたっては警察と陸上自衛隊との棲み分けがきちんとできることになる。

国民安全法は、また、警察内部でも公安部局の権限を強大なものにした。今までどちらかといえば日の当たらない存在であり、サクラ銃殺隊とまで揶揄されていた特装隊が新しい組織、特殊装備機動隊では中核的存在となっただけでなく、拳銃以上の武器を装備する警察部隊の指揮を警備局が一括して掌握することとなった。

暴力装置を手に入れ、ほしいままに強化できても使えなければ意味がない。国民安全法は、国家の安全保障上必要と判断されれば、一時的ながら特定の市民の権利を大幅に制限することを認め、さらにはすべての裁量は公安部局に委ねられるとしていた。

首都高速三号線の高架下、六本木通りを六本木から西麻布へと進んできた二台の四輪駆動車は青山に入ると左折、さらに百メートルほど進んだところでコンビニエンスストアの角をもう一度左折した。

して来る。

前を行く車輌が速度を落としたのに合わせ、減速しながら尾崎がいった。壁村が身を乗りだ
「ここら辺りみたいですね」

「マンションって話だったよな」

「あれでしょう」尾崎が前方に向かって顎をしゃくった。「セダンとワゴンが停まってる」

五階建てマンションの正面玄関前にシルバーグレーのセダンと紺色のワンボックスカーが列《なら》んでいた。前方の四輪駆動車につづいて、尾崎が車を停め、エンジンを切った。仁王頭はラックから89式小銃を取ると、車から降りた。前のランドクルーザー、そして尾崎たちも降りる。

シルバーグレーのセダンから四人、ワンボックスカーから二人の男女が降りてくる。仁王頭は彼らを見て、笑いだしそうになった。

六人とも大きなマスクをしている。国民安全法が施行されても公安捜査員の体質までは変えられなかったようだ。

マンションの一階に住居はなく、入って右側が共用スペースとなっていてソファやテーブルが並べられ、一角に管理人室があった。左側は、ガラス扉に記された金文字からするとイタリアンレストランのようだが、ドアの把手には閉店のプレートが吊りさげられている。午前七時なら無理はないだろう。

フロア正面にエレベーターがあった。その前で管理人が六人の公安捜査官に囲まれている。かたわらにぽつねんと立っているチャーリー班員のフライトスーツ姿が浮きあがって見えた。初老の管理人はグレーのカーディガンに深緑色のズボンを穿いている。ガーゼのマスクをかけていたが、今は顎まで下ろしていた。風邪でもひいているのだろう。マンションに入ると公安捜査官たちはマスクを外していた。

アルファ班はエレベーターから少し離れたところにいた。真ん中に壁村が立っている。

「被疑者《マルヒ》の部屋は四階、四〇二号室だ。ここのマンションはワンフロアに二世帯ずつ入っている。おれとニオウのユニットは四階、小西のユニットは玄関で待機。いいか」

壁村の言葉に五人の男たちがうなずいた。六名で構成されるアルファ班は二人一組のユニット三つに分かれている。ユニットが行動時の最小単位となっていた。壁村が第一ユニット、仁王頭と尾崎が第二ユニット、小西とその相勤者が第三ユニットである。壁村は部下をぐるりと見渡して言葉を継いだ。

「たぶん使うことはないと思うが、一応、弾込めしとくか」

男たちが低く笑う。

国民安全法の施行以来、東京都内各所で不穏分子の逮捕が相次いでいた。公安局が長年にわたってリストを作っていたらしく、施行後一週間で逮捕は千件以上にのぼっているが、最初の数十件こそ逮捕の際に被疑者が抵抗を見せたものの、今ではほとんど抵抗はなかった。自動小銃を手にした特殊装備機動隊隊員たちが立っているだけで気力を殺がれてしまうらしい。

アルファ班は散り、それぞれ壁や窓に向かった。正面に人がいないことを確認してから銃弾を薬室に装填することは警察学校時代から習い性になっている。仁王頭と尾崎は並んでホールの壁際に立った。

まず89式自動小銃の銃床を伸ばし、固定する。次いで機関部の右サイドにある槓桿《こうかん》を引き、いっぱいまで下げると手を離した。遊底が前進し、弾倉上端の第一弾をくわえこんで薬室に送りこんだ。金属音とともに薬室が閉鎖されると、機関部左側の安全装置レバーが〝ア〟の位置にあるのを確かめた。

89式小銃の安全装置には、手前上がア、その下にレとある。アは安全、レは連発だ。さらにレバーを前進させると、3の文字がある。三点射《スリー・バースト》ポジションで引き金を一度切るごとに三発ずつ発射されるようになっている。3の位置から真上に上げれば、タ、単発へと切り替わるようになっていた。ほとんど安全か連発の位置でしか使わない。連発に入れておけば、あとは指の動き次第で単発、三点射、さらには弾倉一個分の銃弾をばらまくことができる。

小銃を負い帯で左肩にかけた仁王頭はホルスターに入れた9ミリ拳銃を抜いた。スライドを引き、第一弾を装填したあと、弾倉を抜く。ズボンのポケットから予備の九ミリパラベラム弾を取りだし、補弾してふたたび差しいれる。最後にデコッキングレバーを押しさげて撃鉄を落とすと拳銃もホルスターに収めた。

抗弾ベスト、帯革につけたパウチ、ケブラー製ヘルメットのチンストラップに緩みがないか素早く点検していき、最後に左袖のポケットに差してあった強化プラスチック製のメガネをかけた。十メートル前後の至近距離で撃つと、自分の放った弾丸が砕け、破片が跳ね返ってくる。

仁王頭と尾崎は互いに見合った。装具の緩みなどがないかをチェックし、うなずき合った。

「おれが前、お前が後ろ。いつも通りだ。いいな？」

「了解」うなずいたものの、尾崎は眉を寄せた。「被疑者《マルヒ》の宮越って、どちらかというと右派系の評論家じゃなかったですか。どうして体制寄りなのに逮捕なんですかね」

宮越という男は、仁王頭も何度かテレビで見たことがあった。だが、首を振った。

「考えるな。おれたちは引き金をひく指に徹してればいいんだよ」

準備が整うと、最初に特装隊の四人がエレベーターで四階に上がった。エレベーターを降りて左が四〇一号室、右が四〇二号室になっている。エレベーター前を起点として、左右と前方に廊下があったが、人影はない。

壁村の相勤者が四〇一号室のドアの前についた。被疑者を拘束している間に住人が顔をのぞかせた場合に警告を発するためだ。四〇二号室のドアを挟み、奥に壁村、エレベーターに近い側に仁王頭と尾崎がついた。尾崎は自動小銃を両手で保持し、銃口を下に向けた。仁王頭と壁村は拳銃を抜いて右手に持つ。室内で振りまわすには拳銃の方が都合がいい。全員がフェイスマスクを引きあげ、鼻と口許を覆う。

ほどなく公安捜査員たちが上がってきて、四〇二号室の呼び鈴を押した。

逮捕自体はすんなりと終わった。宮越はインターフォン越しに公安捜査員と言葉を交わすと、すぐにドアの鍵を開けた。仁王頭たちは公安捜査員に呼ばれないかぎり部屋に入ることはない。三十分ほどして二人の捜査員に腕をつかまれた宮越が出てきた。両手を前に出し、黒い手錠をかけられている。脂っ気のない、やや長めの髪をしていて、背が低い。えび茶色のジャケットを着て、ブルーのシャツを着ている。ネクタイは締めておらず、髪には寝癖がついていた。腫れぼったい顔は寝込みを襲われたためかも知れない。あるいはひどい二日酔いか。

玄関を出てきた宮越は、フェイスマスクから目だけをのぞかせ、ヘルメットを被っている仁王頭を見て、一瞬目を見開いたあと、つぶやいた。

「新撰組か」

公安捜査員に引き立てられ、エレベーターに乗りこむのを見とどけると壁村が声をかけた。

「よし、銃を収め」

拳銃をホルスターに戻した仁王頭はフェイスマスクを下ろした。尾崎と目が合う。

「新撰組っていってましたね」

「おれたちが新撰組なら、次はわが国政府が大政奉還しなきゃならないぞ」

尾崎が鼻に皺《しわ》を寄せ、にっと笑う。

「一九四五年八月十四日以前に戻るってことですか。それも面白いかも」

「アホ」

つづいて玄関から中年の男性捜査員が顔をのぞかせた。仁王頭が顎をしゃくり、壁村を指す。捜査員が壁村に告げた。

「これから証拠品の押収をするんだが、その間、一階のロビーで待機していてくれないか。奴は独身だし、奴を助けようって輩もないとは思うが、一応規則なんで」

「了解」

四人のアルファ班員はふたたびエレベーターに乗りこみ、一階に戻った。管理人の姿は見あたらず、イタリアンレストランにも相変わらず人影はない。仁王頭と壁村はロビーのソファに向かいあって座ったが、ほかの班員たちはロビーをうろうろと歩きまわっていた。

「珍しいな」壁村がテーブルに置いてあるクリスタルの灰皿に目を留めていった。「昨今、共用スペースでタバコが喫えるなんて」

「ここが唯一の喫煙場所かも知れませんよ。あとは全館禁煙とか」

「まさか」壁村はズボンの太腿についたポケットからタバコとライターを取りだした。「分譲マンションなんだ。部屋の中は住んでる奴の勝手だろ」

タバコを差しだされたが、仁王頭は断った。壁村がタバコをくわえ、火を点ける。深々と吸いこんだあと、煙を吐く。二度ほど吸ったあと、指に挟んだタバコを見つめた。

「悪癖だとは思うが、なかなかやめられない。ただの無駄だと思うがね」

「少なくともおれよりは税金を払ってますよ」

仁王頭の言葉に苦笑した壁村が訊いた。

「さっきのマルヒだが、何といったんだ？　ぼそぼそっといっただけだし、ちょうどドアの陰だったからな」

「新撰組、と」

ふんと鼻を鳴らした壁村は自分の装具を見おろした。

「おれたちのユニフォームは紺だ。浅黄色じゃない。奴は自分が勤王の志士だとでも思いこんでいるのかね」

「さっきオタクが……」

怪訝そうな顔をした壁村を見て、言葉を換えた。

「尾崎がいってましたが、マルヒはどちらかといえば体制側の評論家だとか。なぜ逮捕されるのかって」

「右も左もない。現行の政府に批判的な輩は取りあえずふんじばっておこうってことじゃないのか。おれも詳しいことは知らない」

公安畑の長い壁村が事情に通じていないとは信じがたかったが、あえて追及しようともしなかった。

「壁村《カベ》さん、いってたでしょ。陸上自衛隊の治安出動は悲願だったって」

「警護出動だよ。わが社の人間なら言葉は正確にしなきゃ」

あんたが治安出動っていったんだろうがという台詞《せりふ》は嚥みこみ、仁王頭はうなずいた。

「わかりました。警護出動が悲願だった、と。どういうわけです」

「陸海空は互いをライバル視している。そのなかで航空自衛隊と海上自衛隊だけが設立当初から実戦をしてきたが、陸自にはなかった」

「平和維持活動《PKO》なんかじゃ、陸が一番実績があるんじゃないですか」

「自衛隊だよ、国防軍なんだ。自分の国を守ることこそ本分さ。その点、空自のホットスクランブルや、海自の海上警備行動なんかは実戦といえる。相手はロシアや中国や北朝鮮なんだからな。弾を一発も撃たなくとも実戦は実戦さ。訓練じゃない。だけど陸自だけは一度も国防で出動したことはない。いや……」

　壁村がにやりとした。

「一度あったか。一九七〇年だったかにロシアのミグが函館に強行着陸した事件があったろ。あのとき陸上自衛隊の部隊が出動しているな。当時はあくまでも訓練とされたが、実際にはミグを警護していた隊員たちには実包が配られてた。あれは実戦だった」

「国防のための出動ですか。なるほどね」

「そう」タバコの煙に目を細め、壁村がいう。「国民を守るためじゃなく、国家を守るため、だ。おれたちも同じだよ。体制の護持さ」

新撰組といわれた瞬間が仁王頭の脳裏を過ぎっていく。

ふと思った。

翩翻《へんぽん》と翻っているのは、日章旗か星条旗か、と。

結局、証拠品の搬出は正午近くまでかかり、仁王頭たちは五時間以上もロビーで過ごす羽目になった。

3

水盃を交わした尊農志塾の講堂にアキラは戻ってきた。いや、連れ戻されたといった方が正確だろう。

東京都内のビジネスホテルにいきなり市城が現れた。北海道のヤクザが鵜沢を訪ねてきたことを疑問に思うより先に、白鳥原子力発電所建設現場で毎日味わわされた恐怖が蘇ってしまい、膝の力が抜け、その場に座りこんでしまいそうになった。

部屋に入った市城は、鵜沢に向かって迎えに来たとだけ告げた。どこに行くのか、なぜ行くのか市城は一切いわなかったし、鵜沢も訊ねようとはしなかった。アキラにしてみれば、鵜沢に付き従うよりほかにない。

戻ってきてみれば、講堂だ。

今、アキラは、紫紺の布で覆われた講堂正面の壁を見上げている。光沢のある布はひょっとすると絹製かも知れない。布の内側に何があるか、式典の準備を行ったアキラは知っていた。だが、これから何が起こるかとなると皆目見当がつかない。鵜沢から説明はなく、アキラは相変わらず命令に従っているだけだ。

講堂を見渡す。

東京へ出陣という日、講堂には助教、学生が勢揃いしていた。総勢四十名ほどだったか。あれから東京での爆弾テロがつづき、あのとき、講堂に立っていた男たちの中にも殉じた者がいたのだろう。今、講堂に立っているのは、たったの十四人に過ぎない。

尊農志塾に来たとき、アキラは右も左もわからず、飯が食えるだけで感激していた。それが今や幹部然として講堂の前方にいて、男たちを睥睨《へいげい》する位置に立っていた。しかし、実態は鵜沢の世話係を仰せつかっているに過ぎない。

男たちは濃紺の上下つなぎを着て、革のブーツを履いている。いずれのブーツも爪先に顔が映りそうなほど磨きあげられていた。尊農志塾に来た当初は、食事、被服、寮の建物にかかる費用や光熱費などをどのように捻出《ねんしゅつ》しているか不思議でしょうがなかったが、神楽坂の料亭での一件以来、鵜沢のスポンサーが誰なのかうっすらと想像がつくようになっていた。おそらくは神楽坂で会った老人のような男たちが資金提供しているに違いない。

あの夜、鵜沢と老人が話し合った二億円がどうなったのか、アキラは知らない。少なくとも鵜沢からは何の説明もない。東京から戻って一つだけほっとしたのは、二十四時間鵜沢にはりついている必要はなく、少なくとも夜は眠れるようになったことだ。

講堂の前方には、かつての助教、今では奉仕隊の幹部に復帰した男が二人、立っていた。幹部といっても服装はほかの隊員と変わらず、濃紺のつなぎである。違いといえば、肩のあたりからただよう威厳くらいのものか。

奉仕隊員たちは七人ずつ二列になって並んでいた。東京に出発する前、人いきれとも熱情ともつかない空気に満たされ、息苦しさすら感じた講堂がひどく寒々しかった。

また、講堂に市城の姿はなかった。

東京のホテルでエントランスに横付けされたワンボックスカーに乗せられ、まっすぐに新潟までやって来た。途中、二度ほど高速道路のサービスエリアで休息し、ペットボトル入りの茶をもらったが、食事はなかった。ドライバーが一人、助手席に市城が座り、鵜沢が二列目、アキラは三列目にいた。休息を終えるたびにドライバーと市城は交代した。

すぐ目の前に鵜沢の背中があり、移動中緊張を強いられたが、睡魔には勝てず、アキラは大半を寝て過ごした。目覚めるたびにはっと鵜沢をうかがったが、何もいわれなかった。市城は鵜沢とアキラを尊農志塾に降ろすと、そのまま立ち去っていき、以来、姿を見せていない。

講堂の戸口に鵜沢が姿を現す。純白の羽織り、袴《はかま》姿で、白足袋《しろたび》、草履までが白い。長髪は調えられ、オールバックにしてある。無言のまま、歩くと、講堂正面に置かれた低い演壇にあがった。

奉仕隊員は物音一つ立てず、鵜沢を注目している。ゆっくりと息を吸いこみ、鵜沢はいいはなった。

「ときは至れり」

鵜沢が声を発するとともに紫紺の布が取りはらわれ、隊員たちからかすかにどよめきが起こったが、幹部たちとともに準備に加わったアキラに驚きはない。しかし、今までのぼそぼそとした講話とは違い、腹の底に響く太い鵜沢の声には瞠目《どうもく》していた。

「国境の長いトンネルを抜けると……、抜けると……、クソッ」

ランドクルーザーのハンドルを握る尾崎がののしった。すでに何度か有名な小説の冒頭を口にしているが、なかなか出口に達しない。ヤケクソになったのか、歌いだす。

「国境のながーい、ながーい、トンネルをぅ……」

「うるせえよ」

助手席でずっとぼやきを聞かされてきた仁王頭はぼそりといった。とたんに尾崎が唇をとがらせ、頬をふくらませた。思わず苦笑してしまう。

「ガキか、お前は」

「新潟県の県境にあるトンネルが長いというのは聞いてましたけど、実際に走るのは初めてなんです。こんなに長いとは思いませんでしたよ」

今朝早く、第二小隊第二班に出動が下令された。目的地は新潟市で、命令内容は取りあえず指定された市内のホテルまで移動せよという。装備を大型のダッフルバッグに入れ、ランドクルーザーに積みこむと、仁王頭たちは市ヶ谷の屯所を出発した。第二班への命令であるにもかかわらず出たのは一台だけだ。第二班に配備されているもう一台のランドクルーザーは一時間ほど前に屯所を出たらしかった。

今や特殊装備機動隊は警察庁の下、全国的に統一された組織であるため、東京を離れるのに何の支障もない。しかし、なぜ新潟県に向かうのかは説明されず、宿舎に割りあてられたホテルに待機せよといわれたのみである。

関越自動車道に乗って間もなく、後部座席の壁村と相勤者の三谷は眠りこんだ。仁王頭も寝ようとしたが、シートに背をあずけ、目をつぶるたびに尾崎が話しかけてきたり、ときには肩を揺すりさえした。ズルイ、というのである。何度か起こされるうちにすっかり眠気も醒めてしまい、ぼんやりと前を見ていた。

退屈しのぎに運転を代わろうといっても、尾崎はハンドルを握って放さなかった。人が運転する車に長時間乗りつづけると乗り物酔いをするという。嘘だろう。今まで尾崎といっしょにワゴン車や四輪駆動車、ヘリコプターもいっしょに乗っているが、一度として具合が悪くなったところを見たことがない。

前方が明るくなってきた。

「ようやくかよ」ため息まじりにつぶやくと、尾崎はシートに座りなおし、小説の冒頭を口にしはじめる。「国境の長いトンネルを抜けると……」

ランドクルーザーは時速百十キロで走行をつづけており、あっという間に出口に達した。いよいよつづきが口にできるというのに、トンネルを飛びだしたとたん、尾崎は絶句し、次いで舌打ちした。ワイパーのスイッチに手を伸ばす。

一面の雪、しかも斜めに降りつづけている。雪は際限なくフロントウィンドウに落ちてきてはワイパーで払われた。

前方を走る大型トレーラーとの距離が詰まり、尾崎はランドクルーザーを減速させた。降ってくる雪と、トレーラーの後輪が巻きあげる雪煙とがあいまって、前方視界が極端に悪くなった。トンネルを走りぬけたばかりなのでライトは点きっぱなしだが、前が見にくかった。

仁王頭は尾崎に目をやった。

「次のサービスエリアで交代するか」

「いえ、結構です。ハンドルを握ってないと車酔いしちゃいますから」

ともに北海道警察に勤めていたので雪道の運転には慣れているはずだが、さすがに緊張しているらしく尾崎の顔つきが締まった。唇を結び、沈黙する。

もっけの幸いと仁王頭は胸のうちでつぶやき、前に向きなおるとヘッドレストに後頭部を載せ、目蓋を閉じた。

講堂の正面には、黒い額に入れられた遺影が六枚ずつ、二段になって掲げられていた。いずれも男でカメラのレンズを見ている。中の四枚は明らかに携帯電話についているカメラで撮影したものを無理矢理A4サイズに引きのばしたものだ。

ある者は唇を真一文字に結び、ある者はおだやかな笑みを浮かべている。

額の下には、プレートが添えられていた。氏名、日付、時刻、場所が記されている。時刻は秒単位まで書いてあった。

右上に並ぶ二枚の下には新宿駅南口改札、左隣りの二枚は首都高速十一号線レインボーブリッジとあり、さらに左の二枚は翌日の日付で東京モノレール天王洲アイル駅となっている。一人が古い本、もう一人が金色のペンを持っていたのだろう。下段の六枚には、それぞれ衆議院議員、元大臣、東京都知事の名前も記されている。

鵜沢は奉仕隊員一人ひとりの顔を順に見ていった。目を細め、口許には笑みすら浮かべている。

やがて口を開いた。

「誰も彼も立派な面構えをしている。お前たちの胸のうちには、人数が少なくなったことを不安に思う心が存在しているだろう。否定することはない。不安、恐怖、人として当たり前の感情だ」

言葉を切った鵜沢は背後の遺影をふり返った。

「儂は子供のころからずっと考えていた。どうしてこの世に生まれてきたのだろう、と。どのように生きたらいいのか、そればかり考えていた。本も読んだ。これは、と思う人物に師事し、学びもした。だが、どこにも答えはなかった。どう生きるべきか。そんなものに答えのあるはずがない。ただ、今こうしてこの男たちの貌《かお》を見ていると、一つだけわかることがある。どう生きるべきかではなく、いつ、どこで死ぬか、しかわからないのだ、と。所詮、愚かでちっぽけな儂などにどう生きるべきかなどわかろうはずがない。今いえるのは、少なくとも儂は長生きしすぎたらしいということだけだ。死に場所を誤ってはならない。死ぬべきときを逃してはならない」

ふたたび鵜沢が隊員たちに向きなおる。

鵜沢から見て右横に立っている幹部の一人は、背後に日本刀を隠しもっていた。鵜沢が合図をすれば、捧げもち、差しだす手はずになっている。

いつもの講話と違い、鵜沢の声は朗々と響きわたっている。しかし、アキラの胸には届いてこなかった。不思議でもあったし、不敬だとも思った。疲れているのかと思いかけ、すぐに否定した。睡眠は充分に足りているし、かつて尊農志塾として使われていた建物に戻れたことでまるでわが家に帰ってきたような安堵をおぼえ、気持ちが安らぐのも感じていた。

不敬の理由は、しかし、アキラには思いあたっていた。

つい三十分ほど前のことだ。講堂に遺影を掲げ、紫紺の布で覆い終えたところで、アキラは塾頭室へ鵜沢を迎えに行った。

以前と同じように入口に背を向け、窓の外を眺めていた鵜沢に声をかけた。

『準備、整いました』

『アキラ、ちょっと来い』

一礼して塾頭室に入ると鵜沢の机の前に立ち、もう一度礼をした。

『失礼します』

『遺影を見て、不思議だとは思わなかったか』

『いえ。とくにそのようには思いませんでした』

『何月何日何分何秒まで、連中がふっ飛んだ時刻が記されている。不思議だとは思わなかったのか』

『敬服はいたしましたが、不思議とは感じませんでした。申し訳ございません』

『何も詫びることはない。また、何でも詫びりゃ許されると思っているところが間違いだ』

『申し訳ございません』

頭を下げてから、アキラは顔をしかめた。また、謝ってしまった。

だが、鵜沢はそれには触れず、携帯電話を取りだすと顔の横で小さく振ってみせた。

『これだよ、アキラ。手品なんぞ種明かしをすれば、他愛《たわい》ないもんだ。儂はあいつらに携帯メールで自爆を命じた。あいつらは馬鹿正直に命令を実行したよ。もう一つ、命じておいたことがあった。辞世だ。自爆する直前、辞世を送れ、と』

何と書かれていたのか、アキラは知りたかった。まるでアキラの思いを見透かしたように鵜沢が言葉を継いだ。

『大げさなことは何もなかった。その点、あいつらは愚直といいたくなるほど真面目だったが、文章のセンスはなかった。お前とはずいぶん違う。しかし、目の前に死を突きつけられると、本音がさらりと出てくるものかと驚きもした。中身は忘れたがね。メールが届いて、一読したら削除していったからだ。二度読むほど価値のあるものはなかった。そのとき、着信時刻だけは記録しておいた。遺影の下のプレートの時刻は、あいつらの辞世が儂の手に届いたときのものだ』

ふり返りもせず、鵜沢は携帯電話を肩越しに放った。机に敷いてあるガラスに電話機がぶつかり、鋭い音をたてた。

『白鳥原発だ、アキラ』

『はい』

『おかしいとは思わなかったか』

『はあ』

『お前が建設事務所に置いた本……、あのプラスチック爆弾だが、あれだけでプレハブの事務所を全壊させるほどの威力はない。お前の置いた爆弾に起爆装置をセットしただけでなく、さらにダイナマイトを足した人間がいる』

今までアキラは仕掛けた爆弾の威力など考えたこともなかった。

『市城だよ。あいつは公安警察の潜入捜査官なんだ』

ぽかんとしてしまった。鵜沢の言葉がまるで理解できない。公安警察？　潜入捜査官？　爆弾を起爆？　死人が出たはずだ？　次々浮かんでくる言葉のすべてに疑問符がついている。

『明朝、夜明け前にここを出る。残りの者には正午に出発せよと命じておく。あとはそれぞれの標的に向かって、とな。だが、嘘だ。すべて嘘。もう標的などない。我々の役目は終わった』

役目？　またしても疑問符がつくことに苛立《いらだ》ちすらおぼえる。

『夜明けを待って公安警察がここに踏みこむ。そして全員を逮捕する。儂とお前は、船で北朝鮮に向け、脱出する。金は、もうドル紙幣で船に積みこまれている』

何の金かはすぐにわかった。神楽坂の料亭で老人と話していた二億円のことだろう。

深いため息を吐いたあと、鵜沢はぼそぼそといった。

『儂はもう疲れた。これ以上、あいつらを死なせたくない。取り引きはできてるんだ。何年かは刑務所に落ちることになるだろうが、その後は釈放される。殺されるまでもない。儂は市城の……、公安警察というか、体制側というか、とにかく連中の筋書きに乗った。それでここまで来た。奴らも目的を達したし、儂の寿命も尽きた』

それから鵜沢は先に出て講堂で待てといった。数分後、鵜沢は白装束《しろしょうぞく》で講堂に現れた。助教の一人が鵜沢に近づき、恭《うやうや》しく日本刀を差しだす。アキラはぼんやりと鵜沢を見ていた。

日本刀を抜きはなち、切っ先を天井に向けた鵜沢は白く輝く刃に見入っていた。講堂の誰もが鵜沢と日本刀の輝きに魅せられている。アキラは自分だけが別の場所にいるのを感じていた。

「苦しい戦いもあと少しだ。お前たちがそれぞれの目標を倒せば、日本国政府は崩壊するだろう。何が超党派の大連立か。第三次世界大戦に向かって突っ走るためのスタートラインに着いたに過ぎない。戦争になって、ようやくこの国は滅びる。その後、どんな国となるのか、残念ながら我々の誰一人として目にすることはできない」

刀を振りおろし、隊員を見据えた鵜沢がいいはなった。

「我々にできることは、破壊、それだけだ。灰になるまで、突っ走ろう」

肩を揺すられ、仁王頭は目を開いた。一瞬、自分がどこにいるかわからず周囲を見渡した。ランドクルーザーの助手席にいて、車はすでに地下駐車場に入っているようだ。フロントウィンドウは濡れ、下の方に雪が溜まっている。

尾崎がのぞきこんでいる。目蓋が腫れぼったい。

「ひでえなぁ。ニオウまで高いびきっすからね」

「すまんな」仁王頭はあくびをし、伸びをしながら言葉を継いだ。「お前が運転してくれているると思うと、安心できるから。で、ここは？」

尾崎は豚のように鼻を鳴らしてから答える。

「ホテルですよ。新潟市内の。ひでえ雪道でした」

「ご苦労さん」

車を降りた仁王頭は両手を真上に突きあげ、もう一度伸びをした。

「ニオウ」

壁村が声をかけてきた。仁王頭は腕を降ろした。

「まわりを見てみろ。ここに呼ばれたのはおれたちだけじゃなさそうだぜ」

屋根やリアゲートに雪をまとわりつかせたグレーのランドクルーザーがそこここに停まっている。

「おれたちの車を入れて、十一台だ」

「いや」仁王頭は地下駐車場の入口を指さした。「十二台ですよ」

屋根に積もった雪をはらはら落としながら近づいてきたランドクルーザーはまたしてもグレ

ーで、横腹にPOLICEの文字が入っている。品川ナンバーを付けていた。仁王頭たちが乗ってきた車の横に停まると、助手席のドアが開き、大柄な男が降り立った。

福良善治郎。

名前とは裏腹の凶悪そうな顔に笑みを浮かべ、福良がいった。

「サクラ銃殺隊、全員集合だな」

「何だって?」

「知らないのか」福良が片方の眉を上げる。「今夜、連続爆破犯たちを全員阻止するって話だぜ」

逮捕ではなく、阻止と福良はいった。

意味は理解できた。

4

道路の両側に積みあげられた雪がヘッドライトの光を浴びて、白く輝いていた。夜半に雪はやんだものの、道路は雪に覆われ、前を行くランドクルーザーが雪煙を舞いあげている。助手席の仁王頭は左に目を転じた。光が届かない空間は、ひたすら闇。

目をすぼめ、闇を睨んだ。ふいに脳裏を太陽がかすめていった。白鳥原子力発電所に向かう北海道警察特装隊のヘリコプター・ドーファン2のキャビンで見上げた空は澄み切っていて、太陽がまぶしかった。あのときも隣りには尾崎がいて、ヘリコプターが旋回するたび、のしかかってきた。

やがてランドクルーザーが道路脇に停められ、ライトが消された。すべてが闇に呑みこまれる。尾崎が外を透かし見てぼやいた。

「クソォ、寒そうだなぁ」

「仕事だろ」後部座席で壁村がいった。「あんたら、北海道から来たんだからまだましだろうが。おれなんか宮崎県警にいたんだからな」

「どこから来たって、寒いのは寒いっす」

車内で男たちは準備を始めた。仁王頭は右耳に差したイヤフォンをもう一度人差し指で軽く押しこみ、咽に貼りつけたマイクの位置を直すとフェイスマスクを頭からすっぽり被った。ケブラー繊維製のフェイスマスクは耐火性能はあるが、防寒機能はない。吐息で鼻の辺りが濡れ、長時間放っておくと凍りつく。新潟が北海道よりほんの少し暖かいことを期待するしかない。

ドアの内側に掛けてある89式自動小銃を取り、銃床を伸ばした。次いで抗弾ベストの内側に手を入れ、ペンライトを取りだす。スイッチを入れ、口にくわえると手元を照らしながら小銃の槓桿を引いた。薬室に五・五六ミリ弾を装塡し、安全装置のレバーが〝ア〟の位置にあることを確かめる。

小銃を足の間に置き、ホルスターから9ミリ拳銃を抜いた。さらに左の太腿にあるポケットから減音器《サプレッサー》を引っぱりだし、9ミリ拳銃の銃口にねじこみはじめた。金属のこすれ合う、かすかな音がする。すでに小銃、拳銃の準備を終えた尾崎が息を殺して仁王頭の手元を見ているように感じた。気のせいだ、と胸のうちで否定する。何も考えないようにした。

『連続爆破犯たちを全員阻止するって話だぜ』

阻止。

狙撃用ライフルのスコープをのぞき、被疑者と照準用の十字線《レティクル》を重ねているとき、相方である相勤者が告げるフレーズだ。

撃てでも、殺せでもなく、阻止。

サプレッサーは発射音を分散し、熱エネルギーに変換する。発射音を完全に消し去ることは不可能だが、かなり低く鈍いものに変える。阻止が始まって銃声が錯綜すれば、相手に無用なパニックを起こさせる危険性がある。ある程度音が鈍くなれば、爆弾犯たちが眠っている間に阻止行動のすべてを完了させられるかも知れない。

サクラ銃殺隊本来の任務に戻ったというべきだろう。元もと、反体制の人間を闇の中で葬るために組織された部隊なのだ。

考えるな、と胸のうちでつぶやく。だが、失敗した。浮かんできたのは、朱里の顔だ。バー〈エルム〉のカウンターでロックグラスを手にした朱里の唇が動いている。

分水嶺を越える。

違うと言いかえそうにも、もう朱里はいない。殺人がトラウマとなるのは、初めてのときだという。仁王頭は、任務を遂行するという一念にとらわれ、意識することなく分水嶺を踏み越えたのかも知れない。

今となってはどうでもいいことだし、いずれにせよ後戻りできない。

9ミリ拳銃の薬室にも第一弾を送りこみ、いつも通り弾倉に予備弾を補充するとデコッキングレバーを降ろした。二十センチほどもあるサプレッサーのおかげでホルスターに戻すことができなくなった拳銃を太腿の間に置き、ヘルメットを手にした。チンストラップをきちんと締め、フェイスマスクを引きあげて口許を覆った。最後に防護メガネを取りだし、かける。

「準備は整ったか」

壁村の問いかけに尾崎、三谷が答える。仁王頭も声を圧しだした。

「完了」

イヤフォンにちりちりという雑音が聞こえた。

「2―2《ツー・ツー》、準備完了」

後部座席の壁村の声と、イヤフォンから聞こえる音とが重なり合う。

〝こちら移動本部《チャーリー・ワン》、了解。所定位置に着き、待機せよ〟

「ツー・ツー、了解」通信を終えた壁村が声をかけた。「さあ、お仕事の時間だ」

尾崎がランドクルーザーのエンジンを切る。静けさが加わり、闇がさらに深くなったような気がする。

遺影を前にした鵜沢の講話が済んだあと、酒保開けとなった。初めて耳にする言葉にアキラは面食らったが、何のことはない、決戦前夜の宴会という。

太平洋戦争ヘキトウ、かの真珠湾空襲前夜にも酒保が開かれ、下士官、兵たちは部署ごと、班ごとに車座となって酒を飲み、士官がまわり、上下の別なく酔いしれ、命を捨てる覚悟を話し合ったと鵜沢はいった。ヘキトウという言葉がわからなかったので、トイレに立ったとき、携帯電話で変換してみると劈頭と出た。頭という字がついているし、真珠湾攻撃の話だからおそらくは開始間もないころだろうと思った。

尊農志塾での酒宴も、アキラには初めてのことだ。それでもかつての助教たちは馴れているようで、驚くほど大量の日本酒が出され、酌みかわす仕儀となった。そうしたなか、鵜沢は奉仕隊員たちに酒を勧めるものの、自分はいつもと同じくウーロン茶しか口にしなかった。

アキラには、鵜沢の意図が理解できていた。翌日、夜明け前を待ってアキラは鵜沢とともに尊農志塾を去る。夜が明けると、警官隊がやってきて全員が逮捕される。自身の描いた筋書きがスムーズに運ぶよう皆を酔いつぶしておこうというのだろう。

そのためアキラはあまり飲まなかった。元もと酒が好きというわけでもなく、飲めば目眩がして、吐き気がしてくるだけだ。酒は日本酒であれ、ビールであれ、一度としてうまいと感じたこともない。酒保開けでは、飲めと迫られることもあったが、何度目かに鵜沢がアキラは下戸《げこ》だから放っておけというと、以降は誰一人無理強いをしなくなった。

午後十一時くらいまで宴席はつづいた。日本酒だけで、酒肴《しゆこう》といってもイカやタコの薫製や柿の種くらいしかなかったが、最後には大量の握り飯が出た。握り飯で締めるのも戦時中の酒保開けの故事にならったのだと鵜沢はいった。

その後、奉仕隊員たちは以前は宿舎として使っていた二階に雑魚寝となった。八畳ほどの部屋に四人が寝そべり、そろって大いびきをかいているなか、アキラだけが眠れずにいた。ズボンのポケットから携帯電話を取りだし、時刻を確かめる。午前一時を回ったばかりだ。

まだ、二時間もある——アキラは胸のうちでつぶやいた。

遺影を前にしての講話が終わったあと、鵜沢の着替えを手伝うため、塾頭室に行った。そこで告げられている。

『明日は、午前三時にここを出発する。市城を憶えているだろ？　あいつが迎えに来ることになっている。皆はぐっすり眠ったままだから心配することはない』

それから、最後に出される握り飯は絶対に食うなといわれた。理由は訊ねなかったが、おそらく睡眠薬でも入っていたのだろう。

携帯電話を閉じたアキラは音を立てないように躰を起こした。誰もがぐっすりと眠りこんでいて、目を覚ましそうになかった。立ちあがろうとしたとき、胃袋がよじれ、情けない音を立てた。誰に気づかれるわけでもないのに赤面する。

布団を敷いてあるわけではなく、畳の上に寝そべり、毛布をかけているだけである。暗いなか、寝ている連中の手や足を踏んづけないように気をつけながら動こうとしたとき、頭に何かが当たった。

思わず口許を押さえ、声を嚥みこむ。

腹が立った。

誰がいい出したものか、最後の夜だから肝を練ろうという。各人に配られている古い本と金色のペンを天井から紐で吊るし、頭上でぶらぶらさせて眠ろうというのだ。本が爆薬で、ペンが起爆装置であることは誰もが知っている。よしと皆が応じた。悪趣味以外の何ものでもない。

溜めていた息をそっと吐き、アキラは部屋を抜けだした。廊下も照明が消され、暗い。そろそろと歩き、トイレの前まで行くと、壁のスイッチを入れた。だが、トイレの蛍光灯は点かなかった。

「停電か」

そっとつぶやいたつもりだったが、意外に声が響き、ぎょっとする。後ろをふり返ったが、人の気配はなかった。

建物が古いので二階のトイレはよく照明などが故障していたことを思いだした。一階のトイレを使おうと壁を手で探りながら階段に行き、ゆっくりと一段ずつ降りはじめた。夜間は廊下の照明は消されたが、階段だけは小さいながらも電灯が点いていたことを思いだす。

「やっぱり停電なのかな」

ひとりごちたアキラは踊り場をまわり、一階まで降りた。一階の廊下も真っ暗で照明はない。トイレに立ち寄り、壁のスイッチを操作したが、やはり点かなかった。


連続爆弾犯たちのアジトだとされる建物は、道路からさらに海岸よりに入ったところにある。雪はやんでいたが、空は一面べっとりと雲に覆われ、月どころか星一つも見えなかった。それでも雪明かりがあるので暗視眼鏡《ノクトビジョン》を使わなくとも道路を見分けることはできた。

〝2—2《ツー・ツー》班、そこだ。そこを左に曲がれ〟

「了解」

先頭を歩く壁村が答え、左に延びる側道へと入っていった。夕方までに降りつもった雪にはタイヤの跡だけでなく、いくつもの足跡が重なってついている。

「大丈夫なんすかね」すぐ後ろを歩いている尾崎が訊いた。「足跡が見え見えですよ」

仁王頭は両手で89式小銃を保持したまま、肩をすくめた。足跡がほかの班のものか、あるいは爆弾犯たちのものかすら判断がつかない。

やがて右手に建物が見えてきた。周囲に人家も外灯もなく、雪の中にシルエットがぼんやり浮かんでいる。二階建てであることはあらかじめ知らされていた。そして被疑者たちが二階で眠りこんでいることも……。

先行した偵察班が建物の背後にすでに到着しており、ファイバースコープを差しいれて監視を始めている。

2―2班は建物の正面に回りこみ、取りあえず玄関を監視する役を割りふられていた。最初の突入は建物の裏手に回った班が行い、一階を確保した段階で仁王頭たちにも突入が命じられる手はずになっていた。

右に建物の正面へとつづく側道があったが、まっすぐ玄関につづいており、さすがに直接踏みこむわけにはいかない。壁村が仁王頭をふり返った。

「どうするかね。もう少し先に行って、脇道を探してみるか」

仁王頭はあごを掻きつつ、周囲を見渡した。道路以外となると雪がかなり深そうだ。

「そうですね」

答えかけたとき、イヤフォンから声が弾けた。

〝車輛接近、車輛接近、待避しろ〟

「待避っていったって」

壁村が辺りを見まわす。道路上に遮蔽物はない。仁王頭は壁村の腕をつかんで走りだした。

「少しでも前へ行って」

「前へ行ってどうする」

壁村も走りだしたので、腕を離した。

〝目標の建物に向かって左折した〟

「跳ぶ」

仁王頭はそういうと自ら道路脇の吹き溜まりに向かって跳んだ。頭から雪の中に落ちる。ずぶずぶと埋まっていく。どれほど深いのか見当もつかなかった。

尊農志塾として使っている建物の配電盤は裏口を入ったところにあった。ブレーカーが落ちているだけならスイッチを上げれば、通電するだろうが、もし、ヒューズでも飛んでいるなら面倒なことになるし、付近一帯が停電なら手の施しようはない。

宴席まではふだんと変わりなく蛍光灯が点いていたので、電気の供給がとめられているわけではないだろう。

それとも用だけ足して、二階に戻り、三時まで大人しくしているか。

腕組みをして、思いをめぐらせているとき、玄関で物音がした。

警察?

アキラは壁に背をつけると、玄関の様子をうかがった。

正面玄関から入ってきたのが誰なのか、アキラにはわからなかった。いったん寮に入った直後、舌打ちするのが聞こえ、すぐに乗ってきたワゴン車に引き返し、懐中電灯を手にして戻ってきた。

懐中電灯のスイッチを入れ、床を照らす。反射光に青白い顔が浮かびあがった。鼻の下に髭をたくわえている。

市城だ。

もう一度、玄関前のワゴン車を見直す。見覚えがあるような気がした。おそらく鵜沢といっしょに東京から乗せられてきた車だろう。市城が何か命じたのか、玄関をふさぐように停まっていたワゴン車は寮の前にある駐車場の端に移動し、ライトを消した。

トイレの前でアキラは何度も唇を嘗めた。唾がうまく出ない。

市城は廊下を照らしながら塾頭室へ向かった。アキラは躰を低くしたまま、あとを追った。気弱な心臓が肋骨《ろっこつ》の内側で転げまわり、相変わらず口が乾いていたが、なぜ二時間も早く市城がやって来たのか気になってしようがなかった。

塾頭室の入口のわきにたどり着くと、ぴたりと壁に背をつけた。ドアは開きっぱなしになっている。おそるおそる中をうかがってみる。照明が点いていないのは、塾頭室も同じだ。

鵜沢はいつものように窓に顔を向け、市城の手にした懐中電灯がその背中を照らしている。

「ぐずぐずするな。さっさとここを出るぞ。サクラ銃殺隊が周りをかためてるんだ」

「連中は、我々が出ていくまでは手出しをしないことになっているんだろ」

椅子を回転させた鵜沢が市城に向きなおる。はっとしたが、正面から懐中電灯の光をあてられているために目をすぼめている。気づかれる恐れがないとわかって、取りあえずほっとする。鵜沢は唇をねじ曲げるようにして笑みを浮かべたが、つい数時間前に較べて、驚くほど憔《しょう》悴《すい》していた。

「そうじゃなきゃ、お前までもいっしょに木《こ》っ端《ぱ》微塵《みじん》になっちまうからな」

「黙れ」

低い声でたしなめた市城がいきなりふり返った。寸前に顔を引っこめ、アキラは口許を手で押さえた。心臓がきりきり痛む。

鵜沢がつづけた。

「まあ、いずれにしても連続爆弾犯一味は壊滅するわけだ。公安特殊部隊……、いや、サクラ銃殺隊の尊い犠牲とともに、な」

天井から吊り下げられていた古い本が脳裏をかすめていく。そして肝を練るという話をしはじめたのが誰か、はっきりと思いだした。

『昔、サムライは天井から刀を吊って、その下で眠ったもんだ。常在戦場の心得だ。細い糸で吊った刀がいつ自分のひたいに向かって落ちてくるかも知れない。寝る間も恐怖と戦おうとしたわけだ。どうだ、お前たち、今夜は爆弾を頭の上に吊って眠るという趣向は……』

いい出したのは、鵜沢だった。

頭の中がしびれ、何も考えられなくなった。アキラは四つん這いになって、そろりそろりと玄関に向かった。

自分が何をしようとしているのかもほとんど自覚できなかった。


周囲に人家、外灯のたぐいもない。だが、ノクトビジョンを通せば、昼間のように見通すことができた。仁王頭たち、2―2班は二階建ての古びた建物の正面にようやく達することができた。車が接近してきたという警報を受け、道路脇の吹き溜まりに飛びこんだものの、危うく平地で雪崩《なだれ》に巻きこまれた状態になるところだった。

車はワゴン車で今は建物の前にある駐車場に入り、正面玄関に尻を向ける恰好で停まっている。誰か降りたのかはわからなかった。ようやく雪から抜けだし、建物を見張れる位置まで這い上がったときにはすでに停められていた。

玄関から誰かが出てくるのが見えた。

ワゴン車の方をうかがいながら小走りに仁王頭たちが潜んでいる方へ向かっている。気づかれている様子はまるでなかった。ノクトビジョンを外せば、かすかに雪明かりがあるだけなのだ。

〝ツー・ツー、建物から誰か出てきた。取りあえず確保しろ〟

そのとき、すでに仁王頭は89式小銃を肩から外し、手にしていた9ミリ拳銃とともに尾崎に押しつけていた。

「おれがいく」

仁王頭の目は、駆けよってくる男の口許に吸い寄せられていた。

唇の上にホクロ。

またしても既視感が襲ってくる。

ワゴン車に気を取られたまま近づいてくる男に襲いかかり、ねじ伏せるのは造作《ぞうさ》もなかった。

「動くな」

仁王頭は男の首筋に肘をあて、圧し殺した声で命じた。

5

エアコンの暖気が充満したワゴン車のスライディングドアが手荒く開かれ、さっと冷気が吹きこんできた。

「ほら」

市城に背中を押され、老人がよろよろと乗りこんでくる。つづいて市城がシートに座るとドアを前へ押しだして閉じた。

「ぼやっとするな。おれが出てきたら車くらいちゃんと回しておけ」

太腿の間に挟んであったサプレッサー付きの9ミリ拳銃を取ると、仁王頭は運転席でふり返った。銃口をまっすぐ市城の顔に向ける。

老人は鵜沢であろう。ぽかんと開いた口の中で上の入れ歯が落ちた。

「久しぶりだな、市城さん」

目を見開き、口まで半開きにした市城が仁王頭を見返している。

「な、な……、なぜ?」

「おれたちをここに呼んだのはあんただろ。アキラっていうそうだな、唇の上にホクロのある男。白鳥原発以来の再会だが、懐かしくはなかった」

「アキラ……」

市城が上体を伸ばし、周囲を見ようとする。一喝した。

「動くな。両手を上げて、頭の後ろで組め。指をからめ合わせるんだ」

「自分が何をやってるか、わかってるのか」

市城の言葉を無視し、銃口を小さく振る。市城は両手を上げると、頭の後ろで組んだ。ちらりと鵜沢に目をやる。

「あんたが鵜沢だな。あんたも同じように頭の後ろで手を組め」

垂れおちたしわだらけの目蓋の下で鵜沢の瞳がかすかに動いた。顔色、表情ともに生気が感じられない。だが、ふたたび声を張りあげるまでもなく、鵜沢はのろのろと指示に従った。市城に視線を戻した。

「アキラがあんたたちの話を全部立ち聞きしていたそうだ」

「わからん」市城は首を振った。「何の話だ」

「飛びだしてきたんだよ。周囲をかためていた我々が身柄《ガラ》を確保した。塾頭室だかの前であんたらが喋っているのを聞いていたそうだ」

市城が表情を消した。仁王頭は銃口を向けたまま、市城の目を見つめていた。

「背中には注意することだ」

「心しておこう」

「残念ながらあんたの筋書き通りにはいかない。特装隊は誰も中に入らない。中にいる連中は一服盛られて、すっかり眠りこけているそうだな。さて、まずは起爆装置を解除してもらおう。仕掛けたのは、どっちだ」

市城が横目で鵜沢を見た。鵜沢はまるで反応しない。

「鵜沢」

怒鳴りつけたが、鵜沢はぴくりとも動かなかった。市城がかすかに身じろぎする。銃口を向けた。市城がいやな顔をする。

「よせよ。おれの任務はよくわかってるはずだ。おまわりがおまわりに銃を向けたってしようがないだろう」

「岸本は死んだよ」

仁王頭の言葉に市城が怪訝そうな顔つきをした。

「誰だ、そいつは」

「おれを東京へやったのもあんたじゃないか。アキラを追うために。そのときの相勤者だ。岸本が命がけで証拠を残してくれた。都筑の死体って、証拠をな。それであんたたちが背後で動いていることがわかった」仁王頭はまっすぐ市城の目を睨み、付けくわえた。「旧内務省復活か。とんでもない話だ」

市城はうっすらと笑みを浮かべた。

「お前、勘違いしてるよ。お前がいってるのは、公安部局の一部勢力と右派政治家が結託して、この国を秩序だった〝美しい国〟とやらに変えようとしていたことだろ。たしかにおれは公安《ハム》の人間だし、都筑やほかにもハムの人間が動いている。それに政治家もからんでるしな。だけど昔とは決定的に違うんだ」

喋っているうちに市城の両腕が少しずつ下がってきた。仁王頭は銃口を振った。

「手をきちんと上げてろ」

市城がびくっと躰を震わせ、もう一度肘を張った。

「わかったよ。そうとんがるなって。落ちついて、おれの話を聞けよ。早い話、もう内務省云々《うんぬん》というレベルじゃないんだ。わが国を取り巻く情勢はそれだけ切羽詰まってるってことだよ。早急に国論を統一しないと、乗り遅れる」

「何に？」

「第三次世界大戦後の世界秩序に、だ」

「馬鹿な。何が第三次世界大戦だ」

「何と名前をつけようと、あとの時代の連中がやることで、おれには関係ないがね。だが、今世界中が非イスラムとイスラムに二分されて戦争しているのは事実だ。一つひとつの事件を分離してテロといってるが、ひっくるめて見れば、世界大戦規模だよ」

いったん言葉を切った市城が仁王頭をうかがう。口を閉ざしていると、また話しはじめた。

「そんなご時世に日本という国はだらだら議会政治ごっこをやっていて、世界の趨勢《すうせい》から十年遅れた。ありがたい憲法九条のおかげで、戦争という戦争のすべてに背を向けてな。誰が死のうと関係ない。自分たちさえ、ぬくぬく平和に暮らしていければ、何の問題もなかった。どこにあるかわからないような国で何千、何万の人間が死のうと、ガソリンの値上がりや食い物の賞味期限の方が大事だったんだ。そうやって自分たちのことだけにしか関心を向けていなかった。その間に十年遅れたんだ。そして二流国へ転落……、いや、三流国か。その十年の間、どの国も熾烈《しれつ》なポジション争いをしてたんだよ。アメリカもロシアもヨーロッパもな。結局は連中が仕切ろうとしている。中国は賢い国だ。アジアの覇権だけで満足しようとしてるんだから。いや、自分たちの分をわきまえているというべきか。そんな中でわが国はどこへつくか。選択肢はアメリカと中国の二つに一つしかない」

市城の話は仁王頭の頭を素通りしていた。注意を向けていたのは、市城の手の動きだけだ。

「しかし、今さら中国が日本を受けいれ、手を結ぶか。今の日本人が中国の覇権を認めて、宗主国と仰げるか。さらにいえば、アメリカを敵に回すだけの覚悟ができるのか。結局、アメリカしかないんだよ。日本の独立自尊なんて夢物語を主張する愚か者どもを駆除して、国家として決然と動ける態勢を作っておかなくちゃならない。もっとも……」

市城の眼光がきつくなった。

「おれやあんたのような下っ端にはまるで関係ない話だがな。おれたちは黙って上の命令に従ってればいいんだ」

仁王頭は銃をわずかに振った。

「あそこへ飛びこんで、連続爆弾犯一味とともに殉職しろと?」

「その方がのちのちの筋書きとしては国民を納得させられたんだがな」市城は悪びれもせずにいう。「爆弾犯十二名に、警察特殊部隊の殉職者四十名……。多大な犠牲だが、これでふたたび日本に平和が戻るなら決して無駄じゃなかった。たぶん国葬ってことになるだろう。国論を統一するためのパフォーマンスとしては非常に有効だ。だが、こうなった以上は無理だ。仕方がないから筋書きをちょっと変えるさ。爆弾犯たちは、警察特殊部隊のなかでも精鋭中の精鋭、サクラ銃殺隊に囲まれ、生きる望みを失って集団自決だ」

ふいに市城は顔を輝かせた。

「これもありだな。サクラ銃殺隊の名前が全国にとどろき渡るぜ。官憲の暴力装置にも情け無用、血も涙もない部隊があるって」

「新撰組みたいに、か」

「おお」さらに市城の笑みが広がる。「いいねぇ。あんたらは二十一世紀の壬生《みぶ》浪人ってことになる。せいぜい恐怖を撒き散らしてくれ。国論の統一が……」

銃口をぴたりと市城の両目の間に向けた。

「もう爆弾は、無しだ」

唇を結んだ市城を見ながら、仁王頭はつづけた。

「爆弾、爆弾、爆弾……、いい加減飽き飽きした。白鳥原発だ。建設事務所をふっ飛ばしたのも、プレハブ小屋での最初の爆発にも、あんたがからんでたんだろ」

「前者についてはイエス。便所に爆発物を置いたのはアキラだが、起爆装置はおれがセットした。だが、後者についてはノー。あれはウツミが自爆したんだよ。危うく巻き添えを食って、おれも殺されかけたんだ」

市城は自分のこめかみを指先でつつき、奴は追いつめられてたんだ、と付けくわえた。

「嘘をつくな。おれがプレハブ小屋に飛びこんだとき、ウツミはカバンに手を入れてなんかいなかった。おそらくあんたがリモートコントロールで爆発させたんだ」

市城がにんまりする。

「リモコンっていうのは正解だ。なかなか鋭い着眼だな。だけどリモコンを持ってたのは、おれじゃない。ウツミだ」

短く電子音が聞こえた。

市城が頭の後ろから左手だけを出し、指を開いて見せた。

「自動車用のエンジンスターターを応用した。北海道には必需品だろ」

市城の言葉が終わらないうちにリアウィンドウから閃光があふれ、車体がぐらぐら揺れ、衝撃が襲ってきた。爆発音が聞こえたのは、そのあとだ。

「クソッ」

仁王頭はののしった。小さなリモコンを仁王頭に向かって投げつけ、そのまま左手を伸ばした市城がサプレッサーをつかみ、9ミリ拳銃の銃口を天井に向けた。右手がふたたび仁王頭の眼前にあらわれたとき、回転式拳銃が握られていた。

銃口がまっすぐ顔面に向けられている。

銃声が轟《とどろ》いた。

雪の中でアキラは目を開いた。耳が詰まって、何も聞こえない。低い雑音が頭蓋骨の中に満ちている。

尊農志塾を飛びだし、駐車場に停めてあるワゴン車に気をつけながら走りだした直後、黒い影に襲われた。

相手は警察だといった。

アキラは早口で鵜沢と市城の会話や二階で眠りこけている奉仕隊員、爆弾が仕掛けられていることについて話した。助かりたい一心というより恐怖に駆られ、喋りまくったのだ。

途中、二度、三度と殴られ、訊きなおされたが、何とか相手に話を伝えることはできた。

アキラを襲った黒い影――警察の特殊部隊の隊員は一人ではなかった。雪の中に数人、さらに離れたところにも複数の隊員がいた。尊農志塾はすっかり包囲されていたのだ。アキラはほかの隊員の手に渡され、尊農志塾の裏手に連れてこられた。

そして突然、爆発が起こった。

息苦しかった。

何か重い物が躰の上にある。払いのけようとしたとき、左手に鋭い痛みが走った。うめきが漏れる。だが、痛みのおかげで意識がはっきりした。

アキラに覆いかぶさっているのは、特殊部隊の隊員だ。気を失っているのか、死んでいるのかわからない。ぐったりしている。右手で隊員の躰を払いのけると、アキラは躰を反転させた。

背後で尊農志塾が燃えている。

アキラは深い雪の中を這うように進みはじめた。炎から遠ざかりたい。すべての出来事から遠ざかりたい。

それしか考えていなかった。

仰向けにされた市城はうっすらと目を開けている。炎上する建物の光が瞳に反射していたが、もはや何も見ていない。頭の後ろには血溜まりができていた。

「これ」尾崎が指先でつまんだ回転式拳銃を見せた。「ニューナンブっすよ」

うなずいた仁王頭は市城を見おろした。ワゴン車の最後列には最初から尾崎が身を潜めていた。まずは市城に喋らせ、それから拘束するつもりでいた。

建物が爆発した衝撃から立ち直った尾崎が躰を起こしたとき、すでに市城は仁王頭の顔面に銃を突きつけていた。尾崎はとっさに9ミリ拳銃を抜き、市城の後頭部を吹き飛ばしたのである。

尾崎がぼそぼそといった。

「自分が警察官だって、証明のつもりだったんすかね」

ニューナンブは警察用に開発された拳銃だ。

「たまたま手元にそれしかなかったんだろ」

「うへぇ、一九六九年製みたいっすよ。おれの生まれる前だ」

ニューナンブの側面に刻まれている製造番号を見れば、何年に製造された拳銃か一目でわかる。四十年近く前に作られた拳銃を抱いて、市城は何年潜入捜査をつづけていたのだろうか。

鵜沢に視線を移した。俯《うつぶ》せにされた鵜沢は腰の後ろに両手をまわし、手首をプラスチックバンドで固定されていた。特装隊では、被疑者を拘束するのに手錠ではなく、プラスチックバンドを使った。手錠なら一つしか携行できないところ、プラスチックバンドならユーテリティパウチに数十本は入れておける。

しかし、今夜は手錠でもよかっただろう。拘束すべき相手は鵜沢一人でしかなかった。

重い音がして、誰かが警告を発した。

「崩れるぞ」

炎のなか、建物の壁が倒れる。ついに一人として爆弾犯を連れだすことができなかった。それどころか建物の裏口に待機していた特装隊のメンバーが何名か爆発に巻きこまれている。負傷したのか、命を落としたのか、それすらもはっきりしていない。

周囲がざわついて、仁王頭は顔を上げた。ぎょっとする。いつの間に現れたのか、すぐそばに白装束の男が立っていた。ヘルメットからブーツまで白で統一されている。装備品を見ると、陸上自衛隊のようだ。後ろにもう一人、同じように全身白ずくめの隊員がいたが、女だ。手には、白いカバーに覆われた89式自動小銃があった。男は拳銃しか身につけていない。

男が敬礼し、仁王頭は答礼した。

「陸上自衛隊の多賀野だ」

「警視庁、仁王頭」

多賀野は倒れている市城に目をやった。

「我々の部隊は一名も欠けることなく帰還せよと命令を受けている。生死に関わりなく」

「市城は警察官だ。そちらの一員ということはない」

市城の死体を見つめたまま、多賀野が答えた。

「今回の作戦において市城2佐は我々の一員だった。それだけのことだ」

「現場保全は捜査のイロハだ。それにおれは現場の一隊員に過ぎない。一存じゃ、どうにもならん」

「確かに」多賀野がうなずく。「現場の一存じゃ、どうにもならないという点ではお互い同じだな。おれは全員そろっての帰還という命令に従う」

二人の陸上自衛官を取り囲むように特装隊員たちが集まってきた。女性自衛官の目が左右に動く。

仁王頭は多賀野に視線を戻した。

「どうしても駄目だといったら？」

多賀野がちらりと笑みを浮かべ、右手を挙げた。

「はあっ」

尾崎が間の抜けた声を漏らした。特装隊員たちがいっせいに緊張する。

仁王頭の目には、周囲の雪原がいっせいに盛りあがったように映った。

すっかり包囲されている。雪の中から白装束の自衛官たちが立ちあがったのだ。銃口こそ向けていなかったが、全員が小銃を手にしている。

どれほど前から雪の中で待機していたのかわからなかった。そして特装隊は誰一人として自衛官の存在に気がついていなかった。

多賀野が目を上げ、仁王頭を見る。

「ここは我々の領分なんだよ、おまわりさん」

多賀野の右手が下ろされると、もっとも近くにいた五人の自衛官が小銃を背中に回し、雪を蹴散らして駆けよってきた。特装隊員が呆然と見つめるなか、五人の自衛官は市城の死体を持ちあげた。

ふり返りもせず多賀野が命ずる。

「行け」

市城の死体を抱えた五人は敷地のわきにある道路に出ると、仁王頭たちがやってきたのとは反対の方へ歩きだし、やがて闇に呑まれた。

海辺へとつづく道路のはずだが、と仁王頭はちらりと思った。

「失礼する」

多賀野はふたたび敬礼したが、仁王頭は手を挙げなかった。

最初に多賀野と女性隊員が市城の死体を抱えた五人のあとを追い、それから順次、陸上自衛隊の隊員たちが十数名ずつに分かれてつづいた。

全員が闇に消えるまで、特装隊員は誰一人動こうとしなかった。

遠くからサイレンが聞こえてくる。

ニューナンブをつまんでいた手を下ろすと、尾崎がサイレンの方に顔を向けた。回転する赤色灯がいくつも連なっている。消防車だ。

尾崎がつぶやく。

「遅えよ」

確かに、と仁王頭は胸のうちでつぶやいた。

やがてジェットエンジンらしき音が海の方から聞こえてくる。まるで空気中に漂う匂いでも嗅ぐように尾崎が顔を上げた。

「ＬＣＡＣ《エルキャック》？」

「何だって？」

仁王頭が訊き返す。

「海上自衛隊のエアクッション型揚陸艇……、ようはすげえでっかいホバークラフトってことっすよ」

陸上自衛隊の次は海上自衛隊のお出ましか。

「どうします？」

尾崎がわきから仁王頭の顔をのぞきこんで訊いてくる。

「さあな。考えるのは上層部《うえ》の仕事だ」

仁王頭は9ミリ拳銃からサプレッサーを外し、ホルスターに収めた。


スリッパしか履いていなかったので、アキラは何度も足を滑らせ、転んだ。左腕の傷を右手で押さえていたが、出血は止まらない。ズボンの太腿が濡れ、冷たくなっていた。

背後からサイレンが聞こえてくる。

雪明かりの中、アキラは歩きつづけていた。どこへ向かおうとしているのか、自分でもわからない。

足を止めるわけにいかないのは、ネットカフェにすら泊まれない夜と同じだ。

終章　分水嶺を越えて

遅々として進まない保釈にともなう事務作業を、宮越は苛立ちもしないで待つことができた。自分でも驚くべき忍耐力というより、急に保釈が決まったことがいまだ信じられない思いがあった。

夢かも知れない、と疑っていた。すべての手続が終了した瞬間、独居房で目を覚ましたとしても落胆はしないだろう。公安警察がいきなり自宅に踏みこんできて拘束されたことも現実だとは思えなかったが、この一週間のうちに急に保釈が決まったことはもっと信じられなかった。

しかし、午前九時に始まった保釈手続は正午直前に終わり、宮越は東京拘置所の鉄扉から外へ出ることができた。

空を見上げた。

周囲にコンクリートの壁がなく、頭上を覆う金網もない。大きく息を吸い、東京にも空があるじゃないかと胸のうちでつぶやいた。分厚い塀の内と外では空気さえ違って感じられた。

無理もない、と自分の内側で声がする。

拘束されたのは正月早々だったが、すでに四月になっている。三カ月間を宮越は東京拘置所で過ごした。警察官に両脇を抱えられ、自宅のマンションを出たときにはコートを羽織ってこなかったことを後悔するほど寒かったが、今はジャケットを着ているだけで汗ばみそうだ。

「さて」

つぶやき、歩きかけた宮越は、一台のマイクロバスが近づいてくるのに気がついた。目の前で停まると、扉が開き、拘置当初から担当してくれていた弁護士の磯川が降りてくる。

「すみません。思ったより道路が混んでまして、ここでお出迎えするつもりだったのがあなたの方が早く出てきてしまった」

「いえ」宮越は一礼した。「わざわざありがとうございます。それに拘置中は本当にお世話になりました」

「まあまあ、話は車の中でもできます。さあ、どうぞ」

磯川はバスのステップを手で示した。マイクロバスは二十人ほども乗れるようなサイズだろうか。すべての窓に黒いフィルムが貼ってあり、外からはのぞけないようになっている。ボディはぴかぴかに磨きあげられていた。

「ぼく一人ですよ。ちょっと大げさすぎやしませんか」

「まあ、色々ありましてね。まずは、さあ、どうぞ」

促されるまま、バスに乗りこんだ宮越は思わず声を漏らした。

「えっ？」

乗降口を入ってすぐ右にゆったりとした座席があった。向かい合わせになっており、その間にテーブルが取りつけられている。後方の座席に並んで座っているのは、テレビの論戦番組を担当していたプロデューサーの鈴木と、新聞社文化部デスクの石坂だ。拘束される直前、鈴木からはセミレギュラーで出演していた番組が打ち切りになったことを知らされ、石坂からは寄稿した原稿の掲載が遅れると通知を受けた。拘束された直後は、自分を見捨てた二人を恨んだものだ。

「さあ、座って」

磯川に肩を押され、宮越は鈴木と石坂の向かい側に腰を下ろした。運転手に一声かけた磯川が隣りに座る。

マイクロバスがゆっくりと動きはじめる。宮越は進行方向に背を向ける恰好になった。

「その節は……」鈴木が両膝に手を置き、白髪頭を下げる。「番組の打ち切りに際しまして、何もできませんでした。さぞお恨みのことと思います」

「いや、ぼくは別に」

後がつづかなかった。石坂も身を乗りだし、頭を下げる。もともと太めの男だったが、三カ月も見ない内にさらに体重が増したようだ。肥満したその躰は、楽に三人は座れるベンチシートの三分の二を占めていた。

「私も先生には大変失礼をしました。玉稿をたまわりながらついに掲載を果たせませんで。申し訳なく思っております」

「イヤだな、二人とも。取りあえず手を上げてください。そりゃ、拘置当初はいろいろ思うところもあったけど、今は何とも思っていません。それより二人そろって出迎えって……、一体何があったんですか」

鈴木が顔を上げ、宮越を見た。

「この一週間ほどですが、急に検察側の風向きが変わったとは感じられませんでしたか」

「ええ、担当検事が代わって、取り調べもほとんどなくなったし、急に保釈の話が出てきたりして、少々面食らったね」

石坂が口を開いた。

「磯川先生にご尽力いただいた結果です。それと我々も多少動きました」

「あなたたちが？」

「はい」石坂がうなずく。「実は、保守系新党の立ち上げが近づいておりまして」

「新聞では読んだよ。新聞に書いてあることくらいしか知らないけど。それがどうかしたのか」

「我々は組織を作って、今の政権に対抗しようと考えています。先生がお書きになった通りの事態がまさに現実になりつつあるんですよ」

石坂は身を乗りだし、いった。

「終末国家です」

「あれは没だろ」

宮越は苦笑した。

「いつかは発表していただきます。わが社の紙面で掲載できるかはわかりませんが、いずれにせよこのまま日本という国が食い荒らされるのを指をくわえて眺めているわけにはいきません。先生には論客の一人としてお力添えをいただきたいと思っています」

「へえ。風向きが変わったね。それでぼくは何をすればいいの?」

「今日はこのままある方に会っていただきます。尊農志塾のメンバーのお一人で……」


新宿駅ターミナルビルの一室。

窓辺に寄せて並べた机の上で仁王頭は仰向けに寝ていた。アイマスクを着け、さらに目をつぶっている。

ガンオイルの匂いが鼻をくすぐった。すぐわきには、狙撃銃仕様に改造された64式自動小銃が置いてある。ライフルスコープ付きの64式小銃改は微調整を済ませ、二脚《バイポッド》を広げて置き、銃口を斜め上に向けていた。

正月明けに新潟の一件があって以降、仁王頭は狙撃要員への配転を命じられた。

特殊装備機動隊は急速に規模を拡大したため、狙撃手不足に悩まされていたのである。遠距離から正確に銃弾を叩きこむ能力は訓練だけではなかなか身につかず、天性の才能が必要とされる。元もと狙撃手だった仁王頭は二カ月の訓練を経て、ふたたび狙撃用64小銃改を手にするようになっていた。

狙撃チームは狙撃手と観的手の二人一組で行動する。現場復帰した仁王頭は、田尾と組むことになった。田尾は宮城県警の出身で生え抜きの特装隊員ではなかったが、射撃の腕が買われ、狙撃チームに抜擢されていた。

仁王頭と田尾は新宿駅西口に広がるバスターミナルを見おろすビルに陣取っていた。正午から保守新党のお披露目演説会が開かれる予定で、バスターミナルの一角を封鎖して設けられた特設会場には二千人を超える聴衆が集まっていた。

保守新党の目玉は、野党第一党民政党の党首と元の財務担当大臣畑中、つまりはつい先日まで内閣の副首相を務めていた二人がそろって閣僚を辞し、さらには党をも飛びだして設立に動いた点にある。だが、より注目を集めたのは平成の大改革を成し遂げた前総理が参加したことだろう。党首は、これまた政府与党を飛びだした衆議院議員——東京都知事正岡の長男であった。

与党、野党を問わず、党を飛びだすことがブームになりつつあった。無所属となった議員たちは自らの行動を脱藩と称した。

今日の演説会には、くだんの四人がそろい踏みする。

警視庁は演説会場をぐるりと取り囲む形で鉄壁の警備態勢を敷いていた。狙撃チームも特殊装備機動隊にかぎらず全国から集められ、要所を見張っている。そのうちの一つに仁王頭と田尾はついていた。

「あのとき……、新潟の事件のとき、ニオウさんも現場にいたんでしょ」

机の上で腹這いになり、双眼鏡で演説会場を監視している田尾が声をかけてきた。仁王頭は無線機のイヤフォンを耳から外している。前線指揮所との連絡は観的手である田尾が受けもつことになっていた。射手を狙撃に集中させるためだ。

いざというときには観的手の号令だけで阻止行動、つまりは標的を撃つ。

「ああ」

「東京で起こった一連の爆弾事件の犯人たちの中に公安部員がいたって噂、聞いたことあります？」

「いや。現場は何も知らされなくてね」

「そういうことってありますよね」

田尾がそっとため息を漏らすのが聞こえた。

白鳥原子力発電所の建設現場から始まり、東京都内で連続して起こった爆弾テロ事件の結末、とくに市城の生死について訊かれても仁王頭には答えようがなかった。表向き爆弾テロを起こした一味には、元の新潟県警警備部特殊急襲班《SAT》が対処したことになっている。一味のアジトを突きとめたが、包囲されたところで集団自爆したという筋書きだ。

爆発に巻きこまれ、殉職した警察官の中に市城の名前はなかった。凄惨な集団自決の跡を報じた新聞記事を読みながら、市城が四十年も前に製造されたニューナンブを携行していたことを思いだした。

いろいろあったが、何も解決されていないと仁王頭は思った。朱里が生きていれば、今でも憤りながら街の中を奔走していたのではないか、と思うことがある。政府は機動的雇用支援策を打ちだしたものの、すべて後手後手で効果はあがっていない。社会の変化に政府がついていけなくなっている様子が露呈していた。相変わらず百万人が自分の家を離れ、流れつづけているという報道を目にしたこともあった。

いや、と胸のうちで否定する。朱里は怯《おび》えていた。あの夜、バー〈エルム〉で報道の現場から離れると仁王頭に告げたのだ。

「一人、逃げた」

仁王頭はぽつりといった。視界はふさがれているが、田尾が仁王頭の横顔を食い入るように見ているのを感じた。

「アキラっていう男だ。本当の名前はわからない。唇の上にホクロがあってね、白鳥原発のプレハブ小屋にいた男だ。おれと、岸本っていう警視庁の機捜隊員で追いかけていたんだ」

胸の底がちりちりしていた。間の抜けた、頼りなさそうな顔をした岸本は最後に巨大な〝敵〟に痛打を浴びせた。もっとも都筑が痛みを感じたのは、一瞬だっただろうが。

「現場から二キロほど北に行ったところに入り江があった。昔は漁港だったらしいが、今は使われていない。そこから一隻漁船が行方不明になった」

「その船でどこかへ、行ったと？」

田尾の問いかけに、仁王頭は首を振った。

「わからない。だけど、奴も一人に過ぎない」

「何の？」

「百万人の……」

大連立後の政府は、絶対的多数を背景に迅速かつ苛烈《かれつ》な政策を次々打ちだし、くだんの政策の裏付けとなる法律を成立させたが、かえって強引な政権運営が国民の反発を買った。

そして新党擁立。

おれは、指に過ぎない——仁王頭は胸のうちでつぶやいた——何も考えるな。

「ニオウ、指令です」

田尾の声が緊張する。仁王頭はアイマスクを外した。

携帯電話ショップを出たアキラは空を見上げた。青い空にちぎれ雲が浮かんでいる。空も雲もでこぼこしていた。視線を少しずらせば、巨大トンネルの側壁に取りつけられた人工太陽灯が並んでいるのが目に入る。

空も雲もトンネルの天井に描かれているに過ぎない。

東京の一角を模したセットの中をアキラは歩きだした。人々は行き交っているが、車は走っていない。ガソリンが極度に不足しているせいもあるが、訓練施設はトンネルの中に作られている。いくら換気をしても車を走らせれば、たちまち排気ガスで充満してしまう。

「腹が減ったな」

ひとりごちると、チェーン店の牛丼屋に入った。北海道から東京までトレーラーで運んでくれた男が築地でおごってくれた牛丼は旨かった。同じ看板、同じノボリが立つ牛丼屋だが、セットの一部に過ぎない。

カウンターにつくと、オレンジ色の帽子を被った店員が茶の入った湯呑みを持ってすぐに近づいてきた。

「いらっしゃいませ、ご注文は」

目の前に湯呑みが置かれる。ほとんど色のついていない茶は正確に再現されている。

「並、つゆだくで」

「かしこまりました」店員は厨房をふり返り、声を張りあげる。「ご注文、並、つゆだく一丁」

驚くほど訛《なま》りはない。もっとも今の東京なら多少外国人訛りがあったとしても怪しむ者はないだろう。牛丼のチェーン店で働く外国人は多い。

やがて並盛りの牛丼が運ばれてきた。割り箸を取り、丼を持ちあげて、匂いを嗅いだ。かすかだが、キムチの匂いがする。

丼を置いたアキラは店員を呼んだ。店員が駆けよってくる。

「はい、先生？」

「責任者を呼べ。牛丼にキムチは要らない」

女性リポーターは、笑みを浮かべマイクを口許に持っていった。

『こんにちは。お昼のお天気コーナーは、何かと話題の新党設立記念演説会の会場となっております新宿駅前からお送りします。今日は昨日に引きつづき、関東一帯を高気圧が覆い、好天にめぐまれました。お日様も新党の門出を祝福しているのでしょうか。それでは早速、現在の気温……』

リポーターはすぐわきにおかれた大げさな寒暖計に目をやった。

『すごいですね。現在二十七度あります。完全な夏日ですね』

彼の指がパソコンのキーボードの上を動いた。2と7と打ちこみ、エンターキーを叩く。テレビではリポーターが手にしていた用紙に目をやる。

『気圧は千百二十三ヘクトパスカル、西南西の風一・七メートルとなっています』

指は素早く動き、たった今リポーターが読みあげた数値を打ちこんでいった。

便利な世の中になったと思う。狙撃地点の気象状態をリアルタイムで伝えてくれるのだ。彼はテレビの音量を絞り、弾道計算ソフトに必要なデータがすべて入力されているのを確かめると、実行させた。

画面上に二種類のグラフが出現し、どちらのグラフも左から右へ赤いラインがゆっくりと伸びていった。上段のグラフは発射された弾丸が重力の影響を受けてどのように落ちていくかをシミュレートしており、下段のグラフは風によって弾丸が流される軌跡を表していた。

中央に青いラインが入っていた。上段の赤いラインは発射地点から五十メートルほどのところで青いラインを越え、ゆるく放物線を描き、やがて降下に転じる。百二十メートルのところでふたたび青いラインと交わってあとはゆるやかな落下をつづけていた。下段のグラフでは発射時点から青いラインの下方に赤いラインが伸びており、飛翔する距離が長くなるにつれ、青いラインとの差が広がっていった。射手から見て、青いラインより上は左、下は右を表す。

窓際に近づいた彼はレーザー測距器を使って、標的までの正確な距離をはかった。

射距離百九十三・八二メートル。ビルの五階にいる彼からすれば、四十メートルほどの撃ちおろしとなる。ふたたびノートパソコンに手を伸ばすと、射距離、標的までの高度差を打ちこんだ。グラフの中央やや右より、距離百九十三・八二メートルのところにグリーンのラインが現れ、垂直に上昇していくと二つのグラフを横切った。

グリーンのラインと上下二つのグラフの中を伸びる赤いラインが交わったところが着弾点となる。

窓際においたテーブルにはすでにレミントンM700ライフルが置いてあった。彼はワイシャツの胸ポケットから小さなドライバーを取りだすと、ライフルに取りつけてあるユナートル社製のスコープの調整ネジにあてがい、もう一度ノートパソコンのディスプレイに目をやった。左右調整《ウィンテージ》、左へ十一、上下調整《エレベータ》、上へ二十三。ドライバーの先端から伝わってくる微細なクリック感を数えながら動かし終えると、調整ネジにカバーを取りつけ、ドライバーは胸ポケットに戻した。

窓は五センチほどしか開いていなかった。彼がいるビルは演説会場のほぼ正面に位置している。ライフルを大きく振りまわす必要はなかった。窓のほかの部分は遮光カーテンで覆い、部屋は暗くしてあった。

大きく足を開いて足場を安定させ、腰を曲げる恰好でテーブルに上体を載せる。レミントンM700の銃把を右手で握り、銃床にしっかりと右肩を当てた。前部銃床はクッションの上に置いてある。

スコープをのぞきこみ、左手を銃床の上、ちょうど右肩にあたっているところに置いた。

丸い視野は演説用に使われる車輛を捉えていた。マイクロバスほどの大きさがあり、屋根の上が演台になっていた。まず上がってきたのは、元財政担当大臣の畑中だ。すぐに民政党の党首がつづき、三人目に前首相が白髪をひるがえして登場した。テレビのニュースによれば、二千人という聴衆がいっせいに喚声をあげる。

だが、主役は党首であり、新党設立の立役者となった衆議院議員だ。本当の新保守党の設立者は議員の父親、東京都知事だといわれていた。

間もなくだな、と彼は思った。

四人が車の上で互いに手をつなぎ、バンザイでもするように高々と手を上げるのを合図に花火が打ちあげられることになっている。

祝いの花火が呪いの花火となる。

炸裂音は彼の銃声をかき消し、逃亡を容易にしてくれる。

彼は口許に笑みを浮かべると、呼吸を止め、ライフルスコープの丸い視野をくぎる十字線《レティクル》の中心を標的の頭に載せた。

心臓の鼓動が間延びするのを感じる。だが、躰中にあふれだしたアドレナリンが見せる錯覚に過ぎない。

トリガーに当てた指にじわりと力をこめた。

車上の四人が互いに手をつなぎ、空に向かって突きあげた。

新宿の上空で花火が炸裂した。

五発、六発、七発とつづく。

人差し指の皮膚が溶けだし、引き金の表面と一体になっていく。引き金にくわえる力を一定の力で強めていった。

心臓の鼓動に耳をかたむける。脈拍と脈拍の間にわずかな静寂が訪れた。

脈拍、そして静寂。

引き金の抵抗がふっと抜けた。

右の頬のすぐわきで複座バネが伸びていく。前進した撃針が薬室に収められた七・六二ミリ弾の雷管を貫き、無煙火薬が急速に燃焼する。膨張したガスのエネルギーが弾丸を押しだし、弾丸は銃身の内側に切られた四条のライフリングによって右回りのスピンをかけられながら飛びだした。

目標までの距離はほぼ二百メートル。音速を超える弾丸は、一秒とかからずにレティクルの中央に捉えていた標的の頭部を粉砕し、脳漿を噴出させた。

「阻止、成功」

かたわらで田尾が無線機に声を吹きこむ。

薬室から硝煙とともに弾きとばされた空薬莢が宙を飛び、床に転がった。仁王頭は短く息を吐き、64式小銃改に取りつけられたライフルスコープから目を離した。

「見事でしたねぇ」

隣りを歩く田尾がしきりに感心していた。両手を上げ、ライフルを構える恰好を真似る。

「クールだよなぁ、ニオウさんは」

あれを越えちまっただけだ、と胸のうちでつぶやいたが、声には出さなかった。

演説会が無事に終了し、仁王頭と田尾にも撤収命令が下った。仁王頭は64式小銃改を収めたライフルケースを右手にぶら下げ、田尾は89式小銃を肩にかけている。二人とも黒のフライトスーツにブーツ、第一種出動装備を身につけ、フリッツヘルメットまで被っていた。その恰好でデパートの社員食堂を通りぬけていたが、誰一人として目を向けようとはしなかった。

特殊装備機動隊員は街中にあふれ、すでに好奇の目を向けられる対象ではないのか、暴力の象徴である隊員の姿から誰もが目をそむけているのか、仁王頭には判断がつかなかった。

食堂を抜け、廊下の突き当たりにある従業員用のエレベーター前までいった。田尾が呼び出しボタンを押す。口許には笑み、口笛でも吹きそうなほど上機嫌だ。

仁王頭は自分の胸のうちを探っていた。つい先ほど人の命を奪ったばかりだというのに髪の毛一筋ほどの傷もなかった。一方、任務を達成した満足感もない。

エレベーターが到着し、乗りこむ。躰を反転させたとき、ふいに朱里の声が耳元をかすめた気がした。

『殺人者は、ある分水嶺を越えるといわれてます』

弾かれたように顔を上げる。

廊下の片隅に朱里がたたずみ、じっと仁王頭を見つめている。

エレベーターの扉が閉じた。

解説

細谷正充《ほそやまさみつ》
（文芸評論家）

「はたらけど　はたらけど猶わが生活楽《くらし》にならざり　ぢっと手を見る」
石川啄木『一握の砂』

本書『哀哭者《あいこくしゃ》の爆弾』は、二〇〇八年八月、光文社からハードカバーで出版された、書き下ろし長篇だ。ファンにはお馴染みの、「スナイパー」シリーズの一冊である。このシリーズ、作品によって主人公を代え、微妙に物語をリンクさせながら進行している。その中で最大の登場回数を誇っているのが、仁王頭勇斗だ。まずは彼の来歴を抜き出してみよう。

警視庁公安部特殊装備課第一特殊装備隊――通称、サクラ銃殺隊――の狙撃手として登場した勇斗だが、『雨の暗殺者』事件の影響で、北海道警察本部機動隊に異動となる。他の狙撃手が主人公となった『死の谷の狙撃手』を間に挟んで、続く『バディソウル』では、北海道警察本部公安部特殊装備隊第三小隊第三班に所属。仲間たちと共に、ハイジャックされ伝染病が蔓延した旅客機に突入した。さらに『第四の射手』では、『死の谷の狙撃手』に登場した狙撃手のアンナ、ダンテと共演。生き残りを賭けて、激しい戦いを繰り広げた。そして本書『哀哭者の爆弾』で、彼は大きな苦悩と悲しみを抱くことになる。

北海道にある白鳥原発三号炉建設現場で、銃撃事件が発生。特殊装備隊が出動する。銃撃の犯人は、建設現場で働いていたウツミという男。すでに被害者がふたり出ている。ウツミの籠城するプレハブ小屋に突入する特殊装備隊。だが、ウツミに狙いをつけた仁王頭勇斗は、一瞬の逡巡をする。というのも、民間放送局報道記者の友田朱里からいわれた『殺人者は、ある分水嶺を越えるといわれてます』という言葉が、心に引っかかったのだ。そのわずかな逡巡の間に、ウツミは爆死。特殊装備隊の面々も重軽傷を負い、勇斗と長くコンビを組んでいた上平が死亡した。その後、事件の裏に公安部の存在がちらつくようになり、勇斗はきな臭いものを感じる。また、独自に調査を始めた朱里だが、しだいに追いつめられ、死の恐怖におびえるようになるのだった。

そして、この籠城事件の陰で、もうひとつの事件が進行していた。主役となるのは、アキラこと、永野明。ネットカフェ難民を続けながら、携帯で冒険小説を書いていた彼は、その原稿を応募。これが縁で、出版社をしている鵜沢という老人と知り合う。そして鵜沢の命令で建設現場にもぐりこんだアキラは、建設現場のトイレに爆弾をしかけたのである。その後、東京に戻ったアキラの前に現れた鵜沢は、尊農志塾というカルト集団を率いていた。鵜沢に心酔するようになっていたアキラは、尊農志塾に参加。自爆テロによる連続爆破事件を起こす鵜沢に付き従うのだった。

　一方、籠城事件の捜査上に浮かんだアキラを追って、東京へやってきた勇斗。『雨の暗殺者』事件で命を助けた岸本辰朗刑事と共に、アキラを探す。しかし連続爆破事件の発生で状況は一変した。この緊急事態を乗り切るため、警視庁公安部直属の保安部隊が編成され、勇斗たち、かつてのサクラ銃殺隊の面々が呼び戻されたのだ。かくして仁王頭勇斗は、日本を震撼させる自爆テロの嵐と、錯綜する陰謀に立ち向かうのだった。

　本書には、幾つもの読みどころがあるが、まず指を折りたいのが、全体を貫く陰謀だ。「スナイパー」シリーズの底には、常に戦前の日本のような国家を求める、権力者の陰謀が蠢《うごめ》いている。本書もそうだ。ラスト近くで明らかになる、一連の事件の裏にあった、陰謀の真実に驚かされるのである。

　しかも今回のメインの事件である、連続爆破事件の犯人像が注目に値する。鵜沢に率いられて犯行に走る尊農志塾の人々は、ワーキングプアの集団なのだ。ちなみにワーキングプアとは、ちゃんと働いているのに、普通の生活を維持できるだけの金を稼ぐことができないこと。ひと昔前までは考えられなかった状況だが、こうした人々が少なからずいることは、すでに周知の事実であろう。

　そんなワーキングプアを象徴するのが、アキラである。三十四歳。会社を馘《くび》になってからは、ネットカフェを転々とする、ネットカフェ難民。携帯で探す日雇い仕事で毎日を凌《しの》ぎ、携帯の電池が切れかけたとき、初めて本当の意味で絶望する。小説を書いていることを除けば、実にありふれたワーキングプアである。
だが、だからこそアキラの存在は恐ろしい。ギリギリのところでまともに生きてきた彼は、自分を認めてくれた鵜沢に心酔し、簡単にテロリストへと堕《お》ちていく。自分を虐げる社会に不満と憎しみを抱くワーキングプアたちは、ちょっとしたコントロールを受けるだけで、容易に暴走するのである。

「よっぽど現実がつまんなくなったのかな。学校や社会でいい目なんか見たことない奴でもさ、情報だけはどんどん入ってくる。どうしておれだけがって気持ちになっていくんじゃないかな。(中略)そもそも生きてたってつまらないと思ってるわけだろう。失うもののない奴は死人と同じだ。厄介の極みだな」

と、物語の中で、岸本辰朗がいっているが、まさにアキラの、ひいては尊農志塾のワーキングプアたちの、本質を突いた言葉であろう。そしてそれは、現在の日本に希望を持てない人々の姿と重なりあう。現実になってもおかしくない、リアルなテロリストの誕生の可能性を、作者は鋭く喝破しているのである。
さらに、仁王頭勇斗の苦悩も見逃せない。仕事や非常事態の中で、何度も人間を撃ち殺してきた勇斗。彼は、あくまで自分を狙撃手だと思っている。しかし、友田朱里の〝殺人者の分水嶺〟発言によって、自分が知らず知らずのうちに、越えてはならない一線を越えて、殺人者になったのではないかと苦悩するのだ。ファンならご存知だろうが、この〝殺人者の分水嶺〟という概念は、シリーズに何度も現れている。「スナイパー」シリーズの、テーマのひとつといっていいかもしれない。はたして勇斗は分水嶺を越えてしまったのか。それは読者ひとりひとりが、本書を読んで答えを出すべきだろう。

などと書いてしまうと話が重くなってしまうが、勇斗が演じるアクション・シーン、狙撃シーンは面白く、それだけで興奮させられてしまう。きっちり張った伏線を生かした、岸本のアクション・シーンも素晴らしい。極上のアクション、極上の狙撃を、たっぷりと堪能できるのも、シリーズの大きな魅力なのだ。

最後に、アキラの書いた小説について触れておきたい。第三次世界大戦を題材にした冒険小説『WWⅢライジング』は、鵜沢によって『哀哭者の爆弾』と改題される。そして鵜沢はアキラに対して、

「これからの時代、文学が力を持たなければならないと思う。だけど、今売れている小説のことなんか考えてもらっても困る。世の中の状況がどうなっているのか、今後どうなっていくのかについて、実作者と編集者が一体となってね、考察していかなきゃならない。そうして書か

れたものは、停滞し、倦《う》んで、腐りかかっている二十一世紀の状況を打破するきっかけになるはずなんだ。そういうものを書けば、ものを考える読者は必ず戻ってくる」

という、文学論を披露している。これはそのまま、鳴海章という作家の、文学論といっていいだろう。たしかに昔に比べて、文学の力は軽くなった。物語によって現実を動かすなど、それこそ絵物語かもしれない。だが、ここに、物語の力を信じている作家がいる。その想いの、ありったけをぶつけ、二十一世紀の日本の閉塞した状況を打破しようとする、シリーズがある。「スナイパー」シリーズを読むと、心が震えるのは、こうした作者の信念が込められているからなのだ。

なお作者は、二〇〇九年十一月に、「スナイパー」シリーズの最新刊となる『テロルの地平』を刊行。サクラ銃殺隊に復帰した仁王頭勇斗は、錯綜する状況の中で、凶悪なハイジャック犯と対決することになる。男たちの戦いの果てに、いかなる結末が待ち構えているのか。一刻も早く知りたい読者は、今すぐ書店に走れ。スナイパーは、そこにいる。

「スナイパー」シリーズ　登場人物紹介

※作品の重要部分、結末部分に関わる記述がありますので、未読の方はご注意ください。

相澤《あいざわ》（『哀哭者の爆弾』）　北海道警察本部公安部特殊装備隊第三小隊第三班の隊員。籠城事件で重傷。

秋山《あきやま》（『雨の暗殺者』）　政治結社「鉄虎会」のメンバー。中国系外資銀行銃撃犯人の一人。

朝倉《あさくら》（『バディソウル』）　警察庁の人間。クリル航空チャーター便の件の指揮を執る。

浅《あさ》野《の》祐作《ゆうさく》（『哀哭者の爆弾』）　民間放送局のカメラマン。ひき逃げを装って殺される。

穴吹《あなぶき》（『哀哭者の爆弾』）　北海道警察本部公安部監理官。

アーネスト・〈チッパー〉・ヘルムズ（『死の谷の狙撃手』）　アメリカ海軍の大尉。戦闘機のパイロット。シドと名乗る男と共に、戦闘機F／A―18ホーネットで出撃するが、星川茂に撃墜され脱出する。

〈アフリカの曙光《しょこう》〉（『第四の射手』）　アフリカ某国の首相。人道主義者で〈アフリカの曙光〉と呼ばれるが、黒い噂も絶えない。

アメリカ合衆国大統領（『第四の射手』）　コンサートが行われるスタジアムで、〈アフリカの曙光〉と会談予定があったが、ミュージシャンが狙撃されたことにより中止。スタジアムには姿を見せなかった。ザ・シンジケートの大口スポンサー。

アルマンド（『バディソウル』）　おそらく偽名。アメリカ人。テロリスト。ルークから新型の細菌兵器を買おうとする。

アレクサンドル・ミリューエフ（『バディソウル』）　クリル航空チャーター便の乗客。少年。仁王頭勇斗たちの手により救出されたが、ウィルスにより死亡。

アレクセイ・ベルエフ（『バディソウル』）　チェチェン共和国独立を主張するゲリラ。モスクワの劇場占拠事件や、北オセチア共和国ベスランの学校占拠事件の首謀者。

淡野《あわの》（『冬の狙撃手』）　加藤隆則の勤めていた商社の課長。

粟野茂《あわのしげる》（『狼の血』）　洋和化学工業株式會社の業務本部長。

アンジェラ（『死の谷の狙撃手』）　ジョン・F・ケネディ空港の土産物店の女店員。

アンナ・ボロコワ（『バディソウル』）　クリル航空チャーター便の副操縦士。女性。ハイジャック犯の一人。

アンナ・リャームカニャ（『死の谷の狙撃手』『第四の射手』）　傭兵。ボスニアの第五狙撃大隊の狙撃手。姉と姪を狙撃したダンテを仇と狙う。『死の谷の狙撃手』では〈軍師〉のボディガードを務めるが、黒木の狙撃を受け、からくも生き残る。『第四の射手』では、ザ・シンジケートの命により、〈アフリカの曙光〉を狙う。その後、ザ・シンジケートを裏切り、ダンテ、仁王頭勇斗と共闘。

アンナ・リャームカニャの姉（『死の谷の狙撃手』）　ダンテの狙撃により、娘と共に死亡。

アンリ・デュボア（『死の谷の狙撃手』） フランスの陸軍情報部の一員。ダンテを誘拐する。敵の追撃を振り切ろうとするも、衝突事故を起こし、児島英梨子と共に死亡。

李《イ》（『死の谷の狙撃手』） 東亜国際航空一九二便の機長。一九二便が何者かのミサイル攻撃を受け撃墜。死亡。

石神兼仁《いしがみかねひと》（『テロルの地平』） 空将。統合幕僚長。今西郷と呼ばれる。コールサインはアイビー。

石郷道明《いしごうみちあき》（『雨の暗殺者』） フリーライター。スナック〈チャコ〉を襲撃した二人組に射殺される。

石坂《いしざか》（『哀哭者の爆弾』） 新聞社の文化部担当デスク。

石本幸平《いしもとこうへい》（『冬の狙撃手』） 警視庁公安部特別調査第二分室、別名、公安特殊銃隊（さくら銃殺隊）の狙撃手。

和泉《いずみ》（『テロルの地平』） 老政治家。保保大連合の旗印に担ぎあげられたが、自爆テロで殺される。

磯川《いそかわ》（『哀哭者の爆弾』） 弁護士。逮捕拘置された宮越のために奔走する。

李成基《イソンギ》（『死の谷の狙撃手』） 北朝鮮の工作員。姜の同僚にして親友。乗っていた工作船が、海上保安庁の巡視船の銃撃を受け爆発。死亡。

市城《いちき》（『哀哭者の爆弾』） 樺田の下働き。樺田が撃たれると、逃げ出した。実は北海道警察本部公安部の潜入捜査官。後に、死を装い、一連の事件の裏で暗躍する。尾崎拓也に射殺される。市城は偽名。

伊藤《いとう》（『テロルの地平』）海上自衛隊第1術科学校潜水科の教官。仁王頭勇斗と尾崎拓也に水中行動の指導をする。

稲垣《いながき》（『バディソウル』『哀哭者の爆弾』）北海道警察本部公安部特殊装備隊第三小隊第三班の隊員。『哀哭者の爆弾』では、籠城事件で負傷。

岩城《いわき》（『テロルの地平』）2佐。航空自衛隊三沢基地の第3飛行隊の隊長。

印刷会社の男（『哀哭者の爆弾』）西神田オリムピック印刷有限会社の社長（?）。『哀哭者の爆弾』をゲラ刷りする。

上田《うえだ》（『冬の狙撃手』）白山南警察署所属の警備課員。〈子守唄〉の仕掛けたトラップに掛かり死亡。

上平和也《うえひらかずや》（『バディソウル』『第四の射手』『哀哭者の爆弾』）北海道警察本部公安部特殊装備隊第三小隊第三班の隊員。仁王頭勇斗とコンビを組む。『バディソウル』では、クリル航空機事件で、ハイジャック犯の弾丸を受け負傷する。『第四の射手』では、〈アフリカの曙光〉暗殺を阻止するため東京に派遣された。『哀哭者の爆弾』では、警部補昇進試験に合格して、第三班の班長になった。籠城事件で突入するも、爆弾により死亡。

鵜沢《うざわ》（『哀哭者の爆弾』『テロルの地平』）八十近い老人。『哀哭者の爆弾』では、尊農志塾の塾頭。アキラを始めとする、大勢の人間を操り、連続爆弾事件を引き起こす。ある陰謀に加担している。『テロルの地平』では、東京拘置所で、加藤佐織の接触を受ける。

内《うち》形《がた》（『雨の暗殺者』）八王子署刑事課長。

内《うち》山《やま》紀《のり》子《こ》（『死の谷の狙撃手』）内山芳夫の娘。東亜国際航空一九二便の乗客。一九二便が何者かのミサイル攻撃を受け撃墜。死亡。

内《うち》山《やま》芳《よし》夫《お》（『死の谷の狙撃手』）元商社マン。ハイジャックされた東亜国際航空一九二便の乗客。一九二便が何者かのミサイル攻撃を受け撃墜。死亡。

ウツミ（『哀哭者の爆弾』）白鳥原発三号炉建設現場の作業員。銃撃事件を起こすも、爆弾により死亡。実は市城のエス（情報提供者）。

梅《うめ》田《だ》（『死の谷の狙撃手』）市町村広報活動研究所の職員。

ウラジミール・カチューチェンコ（『バディソウル』）クリル航空チャーター便の乗客。サハリン出身の日系人。日本名、イノ・セイタロウ。イルクーツク総合病院の医師。クリル航空機事件を画策する。

栄《えい》前《まえ》田《だ》敬《たか》之《ゆき》（『狼の血』）洋和化学工業株式會社の総務部長。あだ名は、Aマイナー。

榎《えの》戸《きど》丈《じょう》一《いち》（『死の谷の狙撃手』）〈危機管理センター〉所属。次世代電子戦研究班の班長。

荏《え》原《ばら》和《かず》枝《え》（『冬の狙撃手』『雨の暗殺者』）石本幸平の姉。幸平に加藤裕子を紹介された。パソコンに詳しく、加藤隆則の所持していたフロッピーの謎を解明しようとしている。

蝦名《えびな》（『雨の暗殺者』）警視庁公安部特殊装備課第一特殊装備隊の一員。何者かの命により、角倉を射殺する。

大黒《おおぐろ》（『テロルの地平』）民政党党首。風貌と名前から、闇大黒と揶揄される。

太田《おおた》（『冬の狙撃手』）ボーイング747―400の副操縦士。操縦中の旅客機の墜落により死亡。〈子守唄〉のテロ説が囁かれる。

大場《おおば》壮一《そういち》（『雨の暗殺者』）人権派弁護士。森本龍四郎を角倉雄太郎に引き合わせたが、その場で森本に射殺される。

大友《おおとも》憲雄《のりお》（『雨の暗殺者』）スナック〈チャコ〉の店主。店を襲撃した二人組によって射殺される。

大橋《おおはし》美智子《みちこ》（『雨の暗殺者』）猫淵代議士邸の家政婦。

岡倉《おかくら》（『テロルの地平』）総理大臣。

岡田《おかだ》（『第四の射手』）コンサート会場の警備の総指揮を執る、警視庁警備部の警視正。

尾崎《おざき》拓也《たくや》（『バディソウル』『哀哭者の爆弾』『テロルの地平』）北海道警察本部公安部特殊装備隊第三小隊第三班の隊員。『哀哭者の爆弾』では、籠城事件で負傷。その後、警視庁公安部直属の特殊装備機動隊に編入される。『テロルの地平』では、特殊装備機動隊第四班で、仁王頭勇斗とコンビを組む。フェリー〈オーシャン・ミネルヴァ〉号に突入中、海に攫われ死亡。

小野寺《おのでら》亀志郎《きしろう》（『テロルの地平』）東亜大学地質学教授。異名は〈二十一世紀の山師〉。超巨大逆断層と、巨大地震の危険性を発表する。

折口《おりぐち》（『哀哭者の爆弾』）北海道警察本部公安部特殊装備隊の本部総括班に所属。仁王頭勇斗にメッセージを送る。

御大《おんたい》（『哀哭者の爆弾』）新聞社のオーナー。鵜沢とは共産党時代からの付き合いで、資金提供をしている。

カオル（『冬の狙撃手』）新宿二丁目のバー「ＫＡＯＲＵ」のママ。元海上自衛隊員。

柿本小百合《かきもとさゆり》（『雨の暗殺者』）居酒屋の元経営者。スナック〈チャコ〉を襲撃した二人組によって射殺される。

梶田《かじた》（『テロルの地平』）元北海道警察本部公安部の捜査員。フェリー〈オーシャン・ミネルヴァ〉号をハイジャックした犯人の一人。他のハイジャック犯ふたりと共に、仁王頭勇斗に射殺される。

香月瑪衣子《かづきめいこ》（『テロルの地平』）衆議院議員。十年ほど前に国務大臣を務めた。保保大連合の新党を立ち上げようとする。

勝見豊《かつみゆたか》（『雨の暗殺者』）警視庁第二機動捜査隊第四分駐所の班長。勝見班のリーダー。

桂《かつら》（『死の谷の狙撃手』）市町村広報活動研究所の職員。

桂川丈太郎《かつらがわじょうたろう》（『冬の狙撃手』）小説家。桔梗と出会い、同性愛に目覚める。桔梗に殺される。

葛城邦之《かつらぎくにゆき》（『冬の狙撃手』）ボーイング747―400の操縦士。操縦中の旅客機の墜落により死亡。〈子守唄〉のテロ説が囁かれる。

加藤佐織《かとうさおり》（『テロルの地平』）警視庁公安部の警部補。北朝鮮の対日工作を担当。長沼の命により、永野明の行方を追う。その後、死の灰を浴びて、癌で死亡。

加藤隆則《かとうたかのり》（『冬の狙撃手』）加藤裕子の兄。〈子守唄〉の、もうひとつの人格。〈子守唄〉のテロにより死亡したと思われていた。

加藤裕子《かとうゆうこ》（『冬の狙撃手』『雨の暗殺者』『死の谷の狙撃手』）警視庁機動捜査隊の刑事。『冬の狙撃手』で、〈子守唄〉偽装作戦にかかわり、大切な人を何人か失う。公安警察の闇を知ったことで、命の危険を感じながら、刑事の職を続けている。『雨の暗殺者』では、巡査部長。警視庁機動捜査隊第四分駐所に所属。勝見班のメンバー。一連の事件の裏に潜む陰謀の真相を摑むが、敵側の一員である上司の勝見豊に射殺される。そうとは知らずに、ダンテを助けたことがある。

角倉雄太郎《かどくらゆうたろう》（『冬の狙撃手』『雨の暗殺者』）代議士。〈御盾会〉の一員。『冬の狙撃手』では、〈子守唄〉偽装作戦に携わる。『雨の暗殺者』で、籠城事件のどさくさに紛れ、蝦名に射殺される。

金沢トメ《かなざわ》（『テロルの地平』）老婆。昔、小鮫村に住んでいた。龍神様の祠について、深町に話す。

蟹江《かにえ》仙太郎《せんたろう》（『テロルの地平』）旅行代理店の派遣社員。持田香津子が気になっている。仕事を馘になり、松川の紹介で、小暮純選挙対策事務所で働く。小暮と会い、衆議院議員に立候補する。後に、内閣総理大臣。

蟹江仙太郎の兄（『テロルの地平』）母親の面倒を仙太郎に押しつけている。

蟹江仙太郎の母（『テロルの地平』）〈柊の家〉に入所している。

金田《かねだ》（『テロルの地平』）特殊装備機動隊第四班の隊員。

樺田《かばた》（『哀哭者の爆弾』）札幌市内にある暴力団の構成員。白鳥原発三号炉建設現場の食事運搬係。ウツミに射殺される。

壁村《かべむら》（『哀哭者の爆弾』）特殊装備機動隊第二小隊第二班の班長。

カール・ゴールドバーグ（『テロルの地平』）イギリス人。民間武装警備会社ブラックヴァレイ社の極東支配人。鬼頭小百合と接触していた。

川口修《かわぐちおさむ》（『雨の暗殺者』）政治結社「鉄虎会」のメンバー。猫淵邸銃撃犯人の一人。西野と共に加藤裕子の命を狙うが、仁王頭勇斗に射殺される。

川島《かわしま》（『冬の狙撃手』）第一空挺団直属の空挺教導隊、通称、山猫部隊の隊長。二佐。

川島《かわしま》（『死の谷の狙撃手』）官房長官の秘書。

河島《かわしま》（『哀哭者の爆弾』）地下鉄溜池山王駅の駅員。

川嶋麗子《かわしまれいこ》（『冬の狙撃手』）本名、劉麗華。台湾人。新宿歌舞伎町で、外国人を使ったバーを経営。偽装結婚の斡旋容疑で逮捕される。
川野《かわの》（『冬の狙撃手』）北海道の朱内村の駐在。彼の報告が事件を進展させる。
河村《かわむら》（『雨の暗殺者』）警視庁第二機動捜査隊第四分駐所の刑事。警視庁本庁の捜査一課に異動。
干《カン》（『死の谷の狙撃手』）東亜国際航空一九二便の航空機関士。長谷川に殺される。
韓国大統領（『冬の狙撃手』）首相の葬儀に出席するため来日。〈子守唄〉のターゲット。
姜《カン》**史**《サ》**哲**《ヂョル》（『死の谷の狙撃手』）日本名、高舘哲史。北朝鮮の工作員。桔梗の腹違いの兄。〈軍師〉から核弾頭を受け継ぐ。
神田《かんだ》**の銃砲店の店主**（『第四の射手』）黒木にカスタムライフルを渡す。
艦長（『テロルの地平』）海上自衛隊の潜水艦〈はつしお〉の艦長。
神部《かんべ》（『バディソウル』）北海道医科大学の教授。
神部《かんべ》**晋蔵**《しんぞう》（『死の谷の狙撃手』）〈危機管理センター〉所属。次世代警備システム研究班を率いる。
官房長官（『死の谷の狙撃手』）かつて〈危機管理センター〉の創設に協力。一連の事件の対応に追われるが、知事一派と手を組み児島英梨子たちを裏切る。日本新保守主義者の走狗。
桔梗《ききょう》（『冬の狙撃手』）バー「ＫＡＯＲＵ」の従業員。女性だが、性別を意識するはるか以前から、男性として育てられた。〈子守唄〉の協力者。姜の腹違いの妹。

岸本辰朗《きしもとたつろう》（『雨の暗殺者』『哀哭者の爆弾』）『雨の暗殺者』では、警視庁第二機動捜査隊第四分駐所勤務になった巡査長。勝見班の新メンバーで、加藤裕子とコンビを組む。一度は所轄に戻ったが、『哀哭者の爆弾』では、機動捜査隊の第四分駐所に復帰。一連の事件を追う過程で、ある陰謀を暴こうとして殺される。

北口《きたぐち》（『バディソウル』）日本の航空会社に勤務する警備員。仁王頭勇斗たちに、クリル航空チャーター便の機体構造の説明をする。

木谷《きたに》（『冬の狙撃手』）警視庁公安部特別調査第二分室、別名、公安特殊銃隊（さくら銃殺隊）の観測手。〈子守唄〉偽装作戦に携わり、石本を利用する。

喜多原《きたはら》（『冬の狙撃手』）加藤隆則が勤めていた商社の常務取締役。谷村の上司。〈子守唄〉偽装作戦に携わる。

機長（『バディソウル』）クリル航空チャーター便の機長。副操縦士に射殺される。

機付長《きづきちょう》（『テロルの地平』）航空自衛隊三沢基地の整備担当の隊員。才堂喜代志に割当《アサイン》されたF—2／520号機の整備担当リーダー。

橘田義男《きったよしお》（『テロルの地平』）国土交通大臣だが罷免される。保保大連合の新党を立ち上げようとする。

鬼頭小百合《きとうさゆり》（『テロルの地平』）通称、鬼百合。山陰の地方局でリポーターなどをしているフリーアナウンサー。フェリー〈オーシャン・ミネルヴァ〉号をハイジャックした犯人の一人。

木下《きのした》（『冬の狙撃手』）　白山南警察署所属の警備課員。〈子守唄〉の仕掛けたトラップに掛かり死亡。

金美菊《キムミグク》（『死の谷の狙撃手』）　東亜国際航空一九二便に搭乗するはずだった、フライトアテンダント。ジョン・F・ケネディ空港で、他殺死体となって発見される。

木村《きむら》（『バディソウル』『哀哭者の爆弾』『テロルの地平』）『バディソウル』では、北海道警察本部公安部特殊装備隊第三小隊第三班の班長。『哀哭者の爆弾』では、北海道本部公安部に所属していたが、警視庁公安部直属の特殊装備機動隊に編入される。

木村秀臣《きむらひでおみ》（『冬の狙撃手』）　北朝鮮のスパイ。木谷に射殺される。

喜里川《きりかわ》（『バディソウル』）　外務省のロシア担当上方分析官。

桐島奈津子《きりしまなつこ》（『死の谷の狙撃手』）　銀座のバー経営者。姜に射殺される。

草田《くさだ》（『哀哭者の爆弾』）　アンダーグラウンドの住人。末期の肝臓癌の診察をしてもらう代わりに、仁王頭勇斗と岸本辰朗に情報をもたらす。欅紗弥に荷物を託して死亡。

区長（『テロルの地平』）　青森県小塚村山之辺地区の区長。

国井薫《くにいかおる》（『冬の狙撃手』『雨の暗殺者』）　大物代議士。角倉雄太郎が所属する派閥の領袖。国会議員や官僚OBで作る親睦団体〈御盾会〉の代表。しかし〈御盾会〉の真の目的は、かつての大日本帝国のごとき国家の創造である。そのため、数々の非合法事件を引き起こす。『冬の狙撃手』では、〈子守唄〉偽装作戦に携わった。『雨の暗殺者』では、一連の事件の裏で暗躍した。

国枝丈一《くにえだじょういち》（『雨の暗殺者』）　猫淵邸銃撃犯人の一人。政治結社「鉄虎会」のメンバー。バラバラ死体で発見される。

国広《くにひろ》（『テロルの地平』）　武装機動隊第四班の隊員。

國政崇《くにまさたかし》（『バディソウル』）　航空自衛隊千歳基地の戦闘機パイロット。第一編隊のリーダー。次期飛行班長。

久保山八郎《くぼやまはちろう》（『テロルの地平』）　老漁師。昔、小鮫村に住んでいた。永野明に協力する。首を吊って死亡。

熊谷《くまがい》（『テロルの地平』）　旅行代理店の社員。課長。膵臓癌で入院。

クラッシュ（『死の谷の狙撃手』）　〈毒〉計画により作られた兵士。観測手。物語の終盤にテロリストの〈軍師〉として登場する。ダンテに狙撃されて死亡。アンリが〈軍師〉だといった、アレクセイ・ポロディンと同一人物かどうかは不明。

蔵原《くらはら》（『哀哭者の爆弾』）　警視庁刑事課の監察官。連続爆弾事件捜査本部の実質的な責任者。

蔵原行夫《くらはらゆきお》（『冬の狙撃手』）　共産主義系の団体で、若手幹部と目されていたが、心臓に障害を持つ娘の治療費のために、公安のスパイとなっていた。娘が死ぬと自殺した。

倉持《くらもち》（『テロルの地平』）　航空自衛隊三沢基地のパイロット。編隊僚機を務める。

黒木《くろき》（『死の谷の狙撃手』『第四の射手』）　フリーランスで危険な仕事を請け負う。〈毒〉計画では教官をしていた。表の顔は神田神保町の古書店〈黒木書店〉の主人。『死の谷の狙撃手』では、アンナ・リャームカニヤを狙撃した。『第四の射手』で、再びアンナを狙撃するが失敗。逆に狙撃されて死亡する。

群司令（『テロルの地平』）特殊作戦群司令。多賀野丈司の上司。

経団連の元副会長（『テロルの地平』）電力会社の会長。地震発生後、岡倉総理とコンタクトを取る。

欅《けやき》 **紗弥**《さや》（『哀哭者の爆弾』）大久保にある欅病院の院長。岸本辰朗の頼みで、末期の肝臓癌患者を診察する。

原子力発電所襲撃犯（『死の谷の狙撃手』）〈青三号〉等のコードネームを名乗る。襲撃実行直後に殺される。

公安部の女性捜査員（『哀哭者の爆弾』）仁王頭勇斗を、白鳥記念総合病院の霊安室に案内する。

小暮《こぐれ》 **純**《じゆん》（『テロルの地平』）衆議院議員。元アイドルグループ三人組のリーダー。保保大連合の新党を立ち上げようとする。

小島《こじま》（『狼の血』）洋和化学工業株式會社の総務課係長。

児島《こじま》**英梨子**《えりこ》（『死の谷の狙撃手』）かつてCIAの一員として〈毒〉計画に携わる。その後、CIAを辞め、総務省内に〈危機管理センター〉を設立。敵の追撃を振り切ろうとするも、衝突事故を起こし、アンリと共に死亡。

後藤千晶《ごとうちあき》（『第四の射手』）　スカイダイビングの取材に来た、女リポーター。

小林《こばやし》（『テロルの地平』）　旅行代理店の社員。

小林《こばやし》（『テロルの地平』）　民放テレビ局のテレビカメラマン。ハイジャック事件を取材する。ハイジャック犯の攻撃を受け、ヘリコプターごと撃墜される。

コブラ（『死の谷の狙撃手』）〈毒〉計画の養成所出身。原子力発電所襲撃の情報を、児島英梨子にもたらす。

小室《こむろ》（『死の谷の狙撃手』）　市町村広報活動研究所の渉外係。

〈子守唄〉（『冬の狙撃手』）　北朝鮮のテロリスト。人工的な二重人格者。

小森久美子《こもりくみこ》（『狼の血』）　自称、美久。山本甲介が、〈早出シフト〉のとき、電車の中で見かけるナンチャッテ女子高生。痴漢されたふりをして、相手から金を巻き上げている。甲介に射殺される。

近藤雄三《こんどうゆうぞう》（『哀哭者の爆弾』）　新宿駅南口付近で起きた爆弾テロに巻き込まれ失明。

才堂喜代志《さいどうきよし》（『テロルの地平』）　航空自衛隊三沢基地の飛行班長。コールサインはサリー。

佐伯《さえき》（『テロルの地平』）　旅行代理店の社員。

佐伯俊夫《さえきとしお》（『狼の血』）　洋和化学工業株式會社の人事部長。

榊原《さかきばら》（『哀哭者の爆弾』）札幌西警察署刑事課第四係の刑事。友田朱里と一緒に殺される。

酒巻虎六《さかまきころく》（『バディソウル』）北海道警察本部公安部特殊装備隊第一小隊第一班の隊員。仁王頭勇斗にライバル心を抱いている。

相良《さがら》（『哀哭者の爆弾』）元ヤクザ。仁王頭勇斗と岸本辰朗の聞き込みの相手。後に、何者かに撲殺される。

作田《さくた》（『狼の血』）洋和化学工業株式會社の常務。生産部門担当。次期専務候補。

佐久間《さくま》（『冬の狙撃手』）警視庁警備局の新任の管理官。〈子守唄〉偽装作戦に携わる。

佐藤《さとう》（『テロルの地平』）航空自衛隊三沢基地のパイロット。コールサインはGG。

聡志《さとし》（『バディソウル』）仁和川恭子の恋人。

サベッジ（『冬の狙撃手』）スキンヘッドの白人男。元デルタフォース。セキュリティ会社の社員。〈子守唄〉偽装作戦に雇われ、ひそかに〈子守唄〉を狙撃する。

沢村寛子《さわむらひろこ》（『テロルの地平』）三沢市に本拠を置く、フリーランスの女性カメラマン。通称カンコ。深町たちと永野明を追う。その後、死の灰を浴びて、癌で死亡。

潮田肇《しおたはじめ》（『テロルの地平』）ベテラン参議院議員。モリジオ会の領袖の一人。

重野《しげの》（『テロルの地平』）内閣危機管理監。災害対策本部の責任者。フェリー〈オーシャン・ミネルヴァ〉ハイジャック事件の対策にも加わる。

篠崎《しのざき》（『テロルの地平』）新潟県警公安部の、筋金入りの公安捜査員。加藤佐織のかつての同僚。逮捕された山添から、津山幸次郎の情報をもらう。

シノダ（『哀哭者の爆弾』）鵜沢と関係があるらしい、トレーラーの運転手。永野明を北海道から築地まで連れていく。

篠宮《しのみや》（『テロルの地平』）香月瑪衣子の秘書。

柴田《しばた》（『狼の血』）洋和化学工業株式會社の、定年間近の社員。総務部別室、通称〈爺捨て山〉所属。若いフィリピン女性を愛し、ある陰謀を画策する。

芝山《しばやま》（『雨の暗殺者』『第四の射手』）警視庁公安部特殊装備課第一特殊装備隊の第二班の狙撃手。『雨の暗殺者』では、仁王頭勇斗に先駆け、籠城犯を狙撃する。ただしこの作品では〝第二班の狙撃手〟と記されており、名前は出てこない。『第四の射手』では、アンナ監視チームのリーダー。自爆テロに巻き込まれ負傷。その後、狙撃されて死亡する。

事務長（『テロルの地平』）小暮純選挙対策事務所のある建物のオーナー。酒屋の店主。

ジム・ローガン（『死の谷の狙撃手』）ＣＩＡ職員。児島英梨子のかつての上司。〈毒〉計画の推進者。

〈美人〉《シャン》（『バディソウル』）クリル航空チャーター便ハイジャック犯の一人。

シュウ（『狼の血』）本名、中本修一。都立××高校三年。山本甲介をカツアゲして、逆に射殺される。

首相（『冬の狙撃手』）脳梗塞で倒れ、ほぼ脳死状態。生命維持装置の取り外しが決定し死亡。

ジュン（『雨の暗殺者』）昼はOL、夜はスナック〈ミサキ〉でアルバイトをしている。仁王頭が気にしている女性。

庄子《しょうじ》（『雨の暗殺者』）政治結社「鉄虎会」のメンバー。猫淵邸銃撃犯人の一人。芝山に狙撃されて死亡。

女性隊員（『哀哭者の爆弾』『テロルの地平』）多賀野丈司の部下。

初老の男（『第四の射手』）新摩天楼建設現場で働く鳶職の棟梁。

ジョン・クーナン（『死の谷の狙撃手』）警備会社の社員。元ニューヨーク市警の刑事。金美菊の死体発見現場を調べている最中、カートが爆発して死亡。

シルク（『冬の狙撃手』）金髪の女。元デルタフォース。セキュリティ会社の社員。〈子守唄〉偽装作戦に雇われる。

吹田《すいた》（『雨の暗殺者』）警視庁公安部特殊装備課第一特殊装備隊の一員。観測手。

菅沼滝雄《すがぬまたきお》（『バディソウル』）北海道警察本部公安部特殊装備隊第一小隊第一班の隊員。

鈴木《すずき》（『哀哭者の爆弾』）民法テレビ局のプロデューサー。

須藤《すどう》（『バディソウル』）北海道警察本部公安部特殊装備隊第一小隊第一班の班長。

瀬尾誠一郎《せおせいいちろう》（『テロルの地平』）防衛大臣。

セーゴ（『冬の狙撃手』）黒人。元デルタフォース。セキュリティ会社の社員。〈子守唄〉偽装作戦に雇われる。

セルゲイ・クリュチコフ（『死の谷の狙撃手』『第四の射手』）傭兵。ボスニアの陸軍狙撃大隊の曹長。狙撃手にして観測手。黒木に狙撃されたアンナを助ける。その後、肝臓癌で死亡。

セルゲイ・ユアーノフ（『バディソウル』）ロシア船の漁労長。花咲港で銃撃戦騒ぎを起こす。

セルヒオ・ロドリゲス（『第四の射手』）マリアの夫。

千田《せんだ》（『テロルの地平』）航空自衛隊三沢基地の運航管理官。1曹。

惣角《そうずみ》（『雨の暗殺者』）警視庁第二機動捜査隊第四分駐所の巡査部長。勝見班のメンバー。箕浦とコンビを組む。

ソーカー（『第四の射手』）博士。大脳生理学者。かつて〈毒〉計画のプロジェクトチームの、中核的頭脳だった。ザ・シンジケートと呼ばれる組織による、〈毒〉計画の継続に参加。アンナにバーチャルリアリティでの訓練を施し、左利きの狙撃手にする。アンナに射殺される。

ソーカー・シニア（『第四の射手』）ソーカー博士の父。〈毒〉計画に深くかかわる。宮前レイジからは〈師〉と呼ばれている。

薗田《そのだ》（『テロルの地平』）多賀野丈司の部下。最先任の曹長。

園田健策《そのだけんさく》（『雨の暗殺者』）簡易郵便局の元局長。スナック〈チャコ〉を襲撃した二人組により射殺される。

田尾《たお》（『哀哭者の爆弾』）特殊装備機動隊の隊員。観測手として仁王頭勇斗とコンビを組む。

高井《たかい》（『雨の暗殺者』）警視庁捜査一課の管理官。

鷹栖《たかす》（『テロルの地平』）小暮代議士の運転手。広域暴力団幹部の息子。

多賀野《たがの》丈司《じょうじ》（『哀哭者の爆弾』『テロルの地平』）『哀哭者の爆弾』では、陸上自衛隊第5旅団第4普通科連隊の第1中隊中隊長。治安出動中に、仁王頭勇斗たちと接触する。『テロルの地平』では、中央即応集団特殊作戦群隷下に新設された空中機動第1中隊中隊長。勇斗と共闘し、ハイジャック事件に対処する。

高浜《たかはま》（『哀哭者の爆弾』）民間放送局の報道部長。

武田《たけだ》（『雨の暗殺者』）歯科医だが、非合法の治療行為を行っている。山川に頼まれ、傷ついた加藤裕子を治療した。

竹中《たけなか》（『哀哭者の爆弾』）札幌中央新聞の社会部記者。かつて樺田と遭ったことがある。

竹村祐二《たけむらゆうじ》（『雨の暗殺者』）電器店の経営者。スナック〈チャコ〉を襲撃した二人組によって射殺される。

田崎《たざき》（『第四の射手』）スカイダイビングの取材に来た、男性スタッフ。

橘《たちばな》（『テロルの地平』）海上自衛隊の潜水艦〈はつしお〉のクルー。

建部《たてべ》（『テロルの地平』）モリジオ会に所属する若手議員。モリジオ会の幹事。

田所《たどころ》栄蔵《えいぞう》（『テロルの地平』）石油や天然ガスの採掘をしていた鉱山技師。一九九九年に自動車事故で亡くなっているが、殺された可能性もあり。小野寺教授に発見をパクられたとの噂がある。

田所栄蔵夫人（『テロルの地平』）　深町の取材を受ける。

田中《たなか》（『狼の血』）　芝南署の刑事。地神と組んで、連続射殺事件の捜査を担当する。

田辺《たなべ》（『狼の血』）　洋和化学工業株式會社の社員。経理部所属。

谷口《たにぐち》**昌**《しょう》**治**《じ》（『死の谷の狙撃手』）　福岡県の原子力発電所の社員。三号機の保守管理をしている。

谷原《たにはら》**弥**《や》**一**《いち》（『テロルの地平』）　青森県小塚村山之辺地区の住人。家族と共に地震に遭遇。智哉を助けたとき怪我を負い、ヘリコプターで搬送されるも死亡。

谷原弥一の妻（『テロルの地平』）　地震で発生した濁流に飲み込まれる。

谷原《たにはら》**繁**《しげる》（『テロルの地平』）　弥一の息子。役場勤務。

谷原《たにはら》**智**《とも》**哉**《や》（『テロルの地平』）　弥一の孫。濁流に飲まれかけたところを、弥一に助けられる。

谷村《たにむら》（『冬の狙撃手』）　元警察官。八木の警察学校の同期。喜多原の命を受け、暗躍する。

田沼《たぬま》（『狼の血』）　洋和化学工業株式會社の、定年間近の社員。総務部別室、通称〈爺捨て山〉所属。

田原《たはら》（『哀哭者の爆弾』）　白鳥駐在所の警官。

ダンテ（『死の谷の狙撃手』『第四の射手』）〈毒〉計画により、人工的な二重人格にされた兵士。狙撃手。『死の谷の狙撃手』では、市町村広報活動研究所の野々山治久として生活をおくっていたが、アンリたちの拷問によりダンテの人格が目覚める。武田の病院（公安警察のアジト）にいたが、山川に始末されそうなところを、加藤裕子に助けられた。『第四の射手』では、黒木に引っ張り出されて一連の事件に巻き込まれる。成り行きで、アンナ、仁王頭勇斗と共闘。

地神幹夫《ちがみみきお》（『狼の血』）　北海道警察本部総務部情報課の刑事。警視庁の捜査手法を学ぶため派遣され、芝南署の世話になっている。田中刑事と組んで、連続射殺事件の捜査を担当。

知事（『死の谷の狙撃手』）　官房長官と組んで、陰謀を演出する。日本新保守主義者の走狗。

チナツ（『哀哭者の爆弾』）　六本木のキャバクラ〈ドリームミント〉のキャバ嬢。

千葉《ちば》（『バディソウル』）　朝倉と共に来た、警察庁の人間。

通信士（『テロルの地平』）　フェリー〈オーシャン・ミネルヴァ〉号の船員。一カ月前に結婚したばかり。副長に殺される。

中古船のディーラー（『哀哭者の爆弾』）　鵜沢に中古船を売る。北朝鮮と関係がある。

著者（『哀哭者の爆弾』）　衆議院議員。『強き者、汝の名は母』の著者。サイン会の会場で爆死。

塚原幸子《つかはらゆきこ》（『死の谷の狙撃手』）〈危機管理センター〉の一員。自衛官。

都筑《つづき》（『哀哭者の爆弾』）　警視庁公安部公安総務課の刑事を装うが、実際は公安関係の人間。ウツミの正体を仁王頭勇斗と岸本辰朗に告白する。ある陰謀に加担し、暗躍するが、岸本に射殺される。都筑は偽名。

土倉裕之《つちくらひろゆき》（『死の谷の狙撃手』『バディソウル』）　航空自衛隊千歳基地の戦闘機パイロット。

『バディソウル』では、第二編隊のリーダー。

津山《つやま》（『哀哭者の爆弾』） 北海道警察本部公安部の潜入捜査官。不審火の続く白鳥原発三号炉建設現場に潜入調査していたが、ウツミに撃たれて死亡。

津山茜《つやまあかね》（『テロルの地平』） 津山洋平の娘。一家心中を装って殺される。

津山恵子《つやまけいこ》（『テロルの地平』） ラーメン店〈恵〉の経営者。津山幸次郎の妻。一時、永野明の面倒をみる。

津山幸《つやまこう》（『テロルの地平』） 津山恵子の娘。小学四年生。

津山幸次郎《つやまこうじろう》（『テロルの地平』） 津山恵子の夫。三年前、船が沈んで行方不明。その正体は、黄少佐。本物の幸次郎は三歳のときに事故死している。フェリー〈オーシャン・ミネルヴァ〉号をハイジャックする。

津山敏子《つやまとしこ》（『テロルの地平』） 津山洋平の妻。一家心中を装い殺される。

津山洋平《つやまようへい》（『テロルの地平』） 津山幸次郎の兄。一家心中を装い殺される。

鶴居剛三《つるいごうぞう》（『バディソウル』） 元警察官僚で、大臣を歴任。現在は閣僚から外れているが、与党内の最大派閥を率いる。

〈デブ〉（『バディソウル』） クリル航空チャーター便ハイジャック犯の一人。

寺地勇三《てらちゆうぞう》（『テロルの地平』） フェリー〈オーシャン・ミネルヴァ〉号の船長。

東亜大学の学生（『テロルの地平』） 小野寺ゼミの生徒。小暮代議士と会話を交わす。

藤堂《とうどう》真智子《まちこ》（『狼の血』）山本甲介の中学時代の一学年下の生徒。保坂明信の初恋の人。
ドク（『死の谷の狙撃手』）フランスの陸軍情報部の一員。野々山を誘拐する。ダンテとして覚醒した野々山に殺される。
床井《とこい》（『テロルの地平』）南青森工業大学工学部の人間。放射能検知をする。
トニー・ロペス（『第四の射手』）酒場の主人。修道士に扮したダンテに殺される。
戸野部《とのべ》（『バディソウル』『哀哭者の爆弾』）北海道警察本部公安部特殊装備隊第三小隊第三班の隊員。『哀哭者の爆弾』では、籠城事件で重傷。
友田《ともだ》朱里《しゅり》（『哀哭者の爆弾』）北海道の民間放送局報道部記者。仁王頭勇斗に〝殺人者の分水嶺〟の話をする。事件を追い、榊原と一緒に殺される。
虎尾《とらお》（『テロルの地平』）官房長官。
ナイトウォーカーズ（『第四の射手』）ザ・シンジケートの特殊部隊。
長澤《ながさわ》（『雨の暗殺者』）警視庁第二機動捜査隊第四分駐所のベテラン巡査部長。勝見班のメンバー。勝見とコンビを組む。
中島《なかじま》（『バディソウル』）北海道警察本部公安部特殊装備隊総務班の隊員。
永瀬《ながせ》幸四郎《こうしろう》（『狼の血』）㈱永瀬経済研究所の所長。企業ゴロ。本名は小野保彦。かつて永瀬の秘書をしていたが、三年前に永瀬が死亡してから、その名と業務を受け継いでいる。山本甲介を操って洋和化学工業株式會社の内部情報を得ようとするが、逆に射殺された。

中谷《なかたに》幸夫《ゆきお》（『雨の暗殺者』）　猫淵代議士の秘書。撃たれて死亡。

長沼《ながぬま》（『テロルの地平』）　警視庁公安部の監理官。

永野《ながの》明《あきら》（『哀哭者の爆弾』『テロルの地平』）　通称、アキラ。『哀哭者の爆弾』では、三十四歳の、ネットカフェ難民。携帯で冒険小説を書いている。鵜沢の命令により白鳥原発三号炉建設現場で働きながら、爆弾を仕掛ける。その後、尊農志塾の塾生となり、鵜沢に心酔。しかし鵜沢の裏切りを知り逃亡する。『テロルの地平』では、青森の超巨大逆断層に核爆弾を仕掛け、巨大地震を引き起こした。その後、癌により死亡。永野明は偽名。

ナジェージダ（『バディソウル』）　クリル航空チャーター便の乗客。セルゲイ・ユアーノフの末娘。ウィルスに感染したが助かる。その名は日本語で、希望を意味する。

ナジャ（『テロルの地平』）　航空自衛隊三沢基地の新米パイロット。ナジャはコールサイン。

新島《にいじま》顕《あきら》（『雨の暗殺者』『第四の射手』）　『雨の暗殺者』では、警視庁公安部特殊装備課第一特殊装備隊の隊長。その後、警察を辞め、『第四の射手』では総合商社の海外法人に勤務。裏ではカインと名乗り、ザ・シンジケートのために働く。仁王頭勇斗に射殺される。

仁王頭《におうがしら》勇斗《ゆうと》（『雨の暗殺者』『バディソウル』『第四の射手』『哀哭者の爆弾』『テロルの地平』）
『雨の暗殺者』では、警視庁公安部特殊装備課第一特殊装備隊の隊員。狙撃手。籠城犯となった森本を射殺する。一連の事件の影響で、第一特装隊は解散。北海道警察本部機動隊へ異動する。『バディソウル』では、北海道警察本部公安部特殊装備隊第三小隊第三班に所属。上平とコンビを組む。クリル航空機事件で、仲間と共に機内に突入した。『第四の射手』では〈アフリカの曙光〉暗殺を阻止するため東京に派遣されるが、成り行きからアンナ、ダンテと共闘。『哀哭者の爆弾』では、警視庁公安部直属の特殊装備機動隊に編入される。尾崎拓也とコンビを組む。『テロルの地平』では、特殊装備機動隊第四班の班長。班のメンバーを指揮して、フエリー〈オーシャン・ミネルヴァ〉号に突入する。

西康司《にしこうじ》（『テロルの地平』）2等空佐。災害連絡室の室長代行。石神兼仁と、飛行教導隊で一緒に勤務したことがある。コールサインはダイス。

西野肇《にしのはじめ》（『雨の暗殺者』）政治結社「鉄虎会」のメンバー。中国系外資銀行銃撃犯人の一人。川口と共に加藤裕子の命を狙うが、仁王頭勇斗に射殺される。

仁和川恭子《になかわきようこ》（『バディソウル』）クリル航空チャーター便の乗客。

蜷川紗智子《にながわさちこ》（『冬の狙撃手』）加藤隆則の恋人。隆則と同じ商社に勤める。裕子の頼みで会社を探るが、のちに死体で発見され、自殺と断定される。

沼森兵吉《ぬまもりへいきち》（『死の谷の狙撃手』）〈危機管理センター〉の一員。自宅で焼き殺される。

猫野頼三《ねこのらいぞう》（『哀哭者の爆弾』）衆議院議員一年生。テレビカメラの前で爆死する。

猫淵照国《ねこぶちてるくに》（『雨の暗殺者』）政治資金規正法違反や受託収賄の疑惑をかけられている代議士。〈御盾会〉の一員。政治結社「鉄虎会」の最高顧問。自宅を狙った狙撃事件により、秘書を殺される。

根本《ねもと》（『雨の暗殺者』） ベテランの機動鑑識員。

野月篤朗《のづきあつろう》（『テロルの地平』） 東日本新聞の東京支社報道部の記者。会社からも同僚からも持てあまされている。

〈ノッポ〉（『バディソウル』） クリル航空チャーター便ハイジャック犯の一人。

野々山治久《ののやまはるひさ》（『死の谷の狙撃手』） 市町村広報活動研究所の主任。ダンテのもうひとつの顔。

パイロット（『テロルの地平』） 一流プロテニスプレーヤーの名前をコールサインに使っている。米軍からのデータを打ちこんだ、データ・トランスファー・カートリッジを才堂喜代志に渡す。

芳賀則子《はがのりこ》（『テロルの地平』） 小林が勤める民放テレビ局のキャスター。

萩原《はぎわら》（『狼の血』） 洋和化学工業株式會社の社員。総務課所属。

萩原《はぎわら》（『テロルの地平』） 若手議員。岡倉内閣不信任決議案の緊急動議を提出する。

朴《パク》（『死の谷の狙撃手』） 東亜国際航空一九二便のフライトアテンダント。一九二便が何者かのミサイル攻撃を受け撃墜。死亡。

橋場《はしば》（『第四の射手』） スカイダイビングのチーム〈エアロ・ダンシング〉のリーダー。

長谷川《はせがわ》（『テロルの地平』） 越前航空のヘリコプターのパイロット。ハイジャック犯の攻撃により、小林と一緒に撃墜される。

長谷川留美《はせがわるみ》（『死の谷の狙撃手』）日本人の契約スチュワーデス。ニューヨークの自室で射殺される。

長谷川留美を名乗る女（『死の谷の狙撃手』）金美菊の代わりに、東亜国際航空一九二便に搭乗したスチュワーデス。一九二便をハイジャックする。〈毒〉の一員。一九二便が何者かのミサイル攻撃を受け撃墜。死亡。

畑中《はたなか》（『冬の狙撃手』）第一空挺団直属の空挺教導隊、通称、山猫部隊の一等陸曹。上級レンジャー課程を担当。

畑中《はたなか》（『哀哭者の爆弾』）経済学者。前内閣の財務担当大臣。大臣を辞している。

蜂巣《はちす》（『テロルの地平』）青森県警三沢署刑事課の刑事。津山洋平一家の心中事件を捜査する。深町から永野明の情報を得て、永野を追う。その後、死の灰を浴びて、癌により死亡。

初田《はつた》（『哀哭者の爆弾』）暴力団〈紅仁会〉の組長。白鳥原発三号炉建設現場に労働者を送り込んでいた。友田朱里の取材を受ける。

馬場政治《ばばせいじ》（『冬の狙撃手』）アンダーグラウンドの住人。〈子守唄〉に銃火器を融通する。

原島《はらしま》（『狼の血』）山本甲介と保坂明信の中学時代の同級生。医者。明信に甲介の住所を教える。

原田《はらだ》 **昭三郎**《しょうざぶろう》（『バディソウル』）釧路・根室を地盤とする衆議院議員。外務副大臣。対ロシア政策に深く関与してきた。クリル航空機事件の、全権を委嘱される。

ハワード（『第四の射手』） アメリカ合衆国連邦麻薬取締局特別捜査隊の一員。

久田《ひさだ》由美《ゆみ》（『狼の血』） 洋和化学工業株式會社に出入りしている、有限会社丸久文具店の常務。出戻りで、実家の仕事をしている。

平井《ひらい》（『冬の狙撃者』） 政策秘書。〈子守唄〉偽装作戦に携わる。

平山《ひらやま》修二郎《しゅうじろう》（『雨の暗殺者』） 山鹿の会社の唯一の従業員。山鹿のボディガード。スナック〈チャコ〉を襲撃した二人組に射殺される。

ヒロ（『狼の血』） 本名、香田博之。無職の十六歳。山本甲介をカツアゲして、逆に重傷を負い意識不明に。その後、死亡。

広川《ひろかわ》忠義《ただよし》（『狼の血』） 洋和化学工業株式會社の常務。物流販売部門と業務部門を担当。

ヒロミ（『狼の血』） 東京・吉原〈宝石クラブ〉のソープ嬢。

黄《ファン》（『テロルの地平』） 北朝鮮の少佐だが、祖国を捨てる。

フェルナンデス（『第四の射手』） アメリカ合衆国連邦麻薬取締局がメキシコで現地採用した工作員。元警察官。

深瀬《ふかせ》亜子《あこ》（『テロルの地平』） 深瀬友美の娘。長女。小学四年生。北朝鮮の工作員によって、爆弾を背負わされる。

深瀬《ふかせ》紗里《さり》（『テロルの地平』） 深瀬友美の娘。次女。小学二年生。

深瀬《ふかせ》友美《ともみ》（『テロルの地平』） 看護師。一カ月前に夫と離婚。故郷の北海道に戻るため、ふたりの娘と愛犬のセーラと共に、フェリー〈オーシャン・ミネルヴァ〉号に乗る。

深堀《ふかぼり》（『テロルの地平』）特殊装備機動隊第四班の隊員。フェリー〈オーシャン・ミネルヴァ〉号に突入する。

深町《ふかまち》（『テロルの地平』）東日本新聞の記者。永野明を追う。その後、死の灰を浴び、癌を患う。

副長（『テロルの地平』）フェリー〈オーシャン・ミネルヴァ〉号の副長。ハイジャック犯人の一人。

福良《ふくら》善仁朗《ぜんじろう》（『バディソウル』『哀哭者の爆弾』）仁王頭勇斗の第一特殊装備隊時代の同僚。『バディソウル』では、命令により航空自衛隊千歳基地に赴き、仁王頭と再会する。『哀哭者の爆弾』にも、顔を覗かせる。

藤井《ふじい》（『雨の暗殺者』『哀哭者の爆弾』）警視庁第二機動捜査隊第四分駐所第三班の主任。岸本辰朗の第四分駐所復帰のために、いろいろ動いた。

藤崎《ふじさき》（『死の谷の狙撃手』）福岡県の原子力発電所の社員。三号機の保守管理をしている。原子力発電所襲撃犯の一人。

ペットシッター（『雨の暗殺者』）猫淵代議士邸に飼われているドーベルマンのペットシッター。

宝生《ほうしょう》光昭《みつあき》（『死の谷の狙撃手』）農機具メーカーの営業マン。ハイジャックされた東亜国際航空一九二便の乗客。

保坂明信《ほさかあきのぶ》（『狼の血』）　山本甲介の中学時代の同級生。ヤクザ。甲介に、拳銃と現金の入ったバッグを託した後、死体で発見される。

星川　茂《ほしかわしげる》（『死の谷の狙撃手』）　航空自衛隊千歳基地の戦闘機パイロット。三佐。曲折を経て、〈危機管理センター〉の一員となる。戦闘機F／A―18ホーネットを撃墜する。

星川茂の妻（『死の谷の狙撃手』）　宮崎県の新田原基地の近くの居酒屋でアルバイトをしていたとき、茂と知り合う。結婚九年目。

星川拓也《ほしかわたくや》（『死の谷の狙撃手』）　茂の息子。小学二年生。

星野沙貴《ほしのさき》（『狼の血』）　洋和化学工業株式會社の社員。総務課所属。結婚のため退社。送別会の後で、山本甲介と寝る。

細川《ほそかわ》（『狼の血』）　洋和化学工業株式會社の、定年間近の社員。総務部別室、通称〈爺捨て山〉所属。

ボートマン（『冬の狙撃手』）　〈子守唄〉の古い知り合い。〈子守唄〉から預かっていた船を返却する。

本多《ほんだ》（『哀哭者の爆弾』）　北海道警察本部公安部特殊装備隊の司令。警視。

前田《まえだ》（『死の谷の狙撃手』）　コンサルタント業。北辰物産から依頼を受けた安岡の頼みで、ふたりの男を手配する。姜に殺される。

前田《まえだ》忠吾《ちゅうご》（『冬の狙撃手』『雨の暗殺者』『第四の射手』）『冬の狙撃手』では、警視庁公安部特別調査第二分室、別名、公安特殊銃隊（さくら銃殺隊）の副長。〈子守唄〉偽装作戦に携わる。〈御盾会〉の一員となり出世。『雨の暗殺者』では、警視庁公安部の課長代理。『第四の射手』では、仁王頭勇斗から、事件の報告を受ける。

マーガレット（『死の谷の狙撃手』）ジョン・F・ケネディ空港のコーヒーショップの女主人。

牧田《まきた》（『バディソウル』）朝倉と共に来た、警察庁の人間。

牧野《まきの》祐三《ゆうぞう》（『狼の血』）洋和化学工業株式會社の企画室長。

正岡《まさおか》（『哀哭者の爆弾』）東京都知事。歳末特別警戒の視察中、爆弾が破裂するが、かすり傷で済む。

正岡《まさおか》輝伸《てるのぶ》（『哀哭者の爆弾』『テロルの地平』）衆議院議員。保守勢力の大同団結を推し進める急先鋒グループのリーダー。東京都知事の息子。

真柴《ましば》宏武《ひろたけ》（『冬の狙撃手』『雨の暗殺者』）『冬の狙撃手』では、警視庁公安部特別調査第二分室、別名、公安特殊銃隊（さくら銃殺隊）の隊長。公安警察当局に疑問を抱き、ひそかに戦い続けたが、定年退職をした。『雨の暗殺者』では、加藤裕子と接触。一連の事件の裏に潜む陰謀を打ち明けた後、何者かに射殺される。

松江《まつえ》宏子《ひろこ》（『雨の暗殺者』）岸本辰朗の元恋人。病院勤務の内科医。

マッカラム（『バディソウル』）　アメリカ合衆国政府の職員。ルークと新型の細菌兵器について交渉をする。

松川《まつかわ》（『テロルの地平』）　大手広告代理店の部長。〈柊の家〉を経営する、福祉法人の理事長。蟹江仙太郎を小暮純選挙対策事務所に押し込む。

松橋《まつはし》（『バディソウル』）　花咲港の漁師。

松久《まつひさ》（『第四の射手』）　アンナ監視チームの一員。仁王頭勇斗の第一特殊装備隊時代の同僚。自爆テロに巻き込まれ死亡。

松本綺羅《まつもときら》（『死の谷の狙撃手』）　市町村広報活動研究所の庶務係。アンリに取り込まれ、野々山誘拐を手伝う。

マリア（『第四の射手』）　女狙撃兵。ダンテと黒木を鹿狩りに誘う。

三木《みき》（『哀哭者の爆弾』）　機動捜査隊隊長。

ミーシャ（『死の谷の狙撃手』）　アンナの姪。赤ん坊。ダンテに狙撃され、母親と共に死亡。

水田《みずた》（『バディソウル』）　根室署の副署長。

箕浦《みのうら》（『雨の暗殺者』）　警視庁第二機動捜査隊第四分駐所の巡査部長。勝見班のメンバー。惣角とコンビを組む。

美濃部《みのべ》（『死の谷の狙撃手』）　刑事。松本綺羅を任意同行する。

ミハイル（『バディソウル』）　クリル航空チャーター便の航空機関士。ハイジャック犯の一人。

その正体は、ロシア政府の特務機関員。ミハイルは偽名。

宮越《みやこし》（『哀哭者の爆弾』）評論家。防特法により逮捕される。

宮下《みやした》**香織**《かおり》（『狼の血』）洋和化学工業株式會社の社員。三十代半ばの独身で、総務課と秘書課の両方に籍を置いている。男性経験豊富。山本甲介と、セックスフレンド的な関係となる。

宮前《みやまえ》**レイジ**（『第四の射手』）スカイダイビングのチーム〈エアロ・ダンシング〉の一員。聴覚障害者。ソーカー・シニアが作り上げた狙撃手。ミュージシャンと軍用ヘリコプターを狙撃し、その後、狙撃ポイントの新摩天楼を爆破する。

ミュージシャン（『第四の射手』）アフリカ出身の黒人ミュージシャン。日本でコンサートを行う。宮前レイジに狙撃されて死亡。

向山《むこうやま》（『テロルの地平』）フェリー〈オーシャン・ミネルヴァ〉号の船員。津山幸次郎に殺される。

持田《もちだ》**香津子**《かづこ》（『テロルの地平』）〈柊の家〉のケアマネージャー。心筋梗塞（？）で死亡。

持田《もちだ》**晋**《すすむ》（『狼の血』）洋和化学工業株式會社の総務課課長。

元井《もとい》**岳二郎**《がくじろう》（『死の谷の狙撃手』）〈危機管理センター〉の一員。車に細工をされ殺される。

元警察官（『死の谷の狙撃手』）フランスの陸軍情報部の一員。アンリの命により、野々村を拷問する。ダンテとして覚醒した野々山に殺される。

森沢《もりさわ》（『狼の血』）山本甲介がよく通う、駅前の立ち食いそば屋の店員。気の弱そうな客のそばに、ゴキブリの脚を入れていた。甲介のそばにも入れ、後に射殺される。

守野幸太郎《もりのこうたろう》（『雨の暗殺者』）　名古屋市内で個人病院を開業している、眼科の医者。政治結社「鉄虎会」の名古屋支部長。東京のホテルで、自殺状態で発見される。

守野勢津子《もりのせつこ》（『雨の暗殺者』）　幸太郎の妻。東京に出張した夫と連絡がとれないため、上京する。

森本龍四郎《もりもとりゅうしろう》（『雨の暗殺者』）　金属加工工場の経営者。政治結社「鉄虎会」の会長。中国系外資銀行銃撃犯人の一人。大場壮一を射殺すると、角倉雄太郎を人質に取り、角倉の事務所に籠城。国井薫を呼び出そうとする。

森山孝蔵《もりやまこうぞう》（『テロルの地平』）　ベテラン衆議院議員。元総理大臣。モリジオ会の領袖の一人。

森山孝太郎《もりやまこうたろう》（『テロルの地平』）　森山孝蔵の息子。参議院議員。

八木《やぎ》（『冬の狙撃手』）　警視庁機動捜査隊の巡査部長。加藤裕子の上司にしてパートナー。覚醒剤を使用している。事件調査中に失踪し、自殺状態で発見される。

安岡《やすおか》（『死の谷の狙撃手』）　原子力発電所襲撃犯の一人。姜に尋問を受けた後、射殺される。

安岡の愛人（『死の谷の狙撃手』）　男。姜に射殺される。

安田貴美子《やすだきみこ》（『死の谷の狙撃手』）　北辰物産首都圏部の庶務課社員。会社の裏の顔は知らない。

柳川《やながわ》（『死の谷の狙撃手』）　市町村広報活動研究所の職員。

柳川《やながわ》（『哀哭者の爆弾』）現場作業員。何度か友田朱里のインタビューを受けている。
山鹿一心《やまがいっしん》（『雨の暗殺者』）本名、治。暴力団の元組長。今は、おしぼりや観葉植物をリースする、小さな会社を経営。スナック〈チャコ〉を襲撃した二人組に射殺される。
山川犬太郎《やまかわいぬたろう》（『雨の暗殺者』『死の谷の狙撃手』）公安の潜入調査員。意識を失ったダンテを、武田の病院（公安警察のアジト）に連れ込む。加藤裕子を真柴のもとに連れていく。山川犬太郎は偽名と思われる。
山瀬《やませ》（『哀哭の爆弾』）光文社新書編集部勤務の編集者。『強き者、汝の名は母』を出版する。サイン会の会場で爆死。
山添《やまぞえ》（『テロルの地平』）暴力団の構成員。今は密漁をしている。逮捕され、篠崎に津山幸次郎の情報を話す。
山本《やまもと》（『テロルの地平』）武装機動隊第四班の隊員。フェリー〈オーシャン・ミネルヴァ〉号に突入する。
山本甲介《やまもとこうすけ》（『狼の血』）洋和化学工業株式會社の社員。入社六年目で、総務課に所属する。雑用係で、出世の見込みはない。元同級生でヤクザの保坂明信から、拳銃と現金の入ったバッグを託される。自分をカツアゲした若者を射殺したことを切っかけに、それまでの鬱憤と怨念を晴らすかのように、次々と人を殺していく。
弥生《やよい》（『狼の血』）東京・吉原〈プチシャトー〉のソープ嬢。喫茶店のマスターに貢いでいる。

夢野《ゆめの》（『雨の暗殺者』『第四の射手』）　神奈川県警七沢警察署の巡査長。『雨の暗殺者』では、荏原和枝に頼まれ、フロッピーの解析を手伝う。『第四の射手』では、仁王頭勇斗の頼みで新島顕を調べた後、癌により死亡。
横澤《よこざわ》（『バディソウル』）　航空自衛隊千歳基地の飛行班長。
吉田《よしだ》（『バディソウル』）　花咲分駐所の警官。
四方利雄《よもとしお》（『死の谷の狙撃手』）　北辰物産首都圏部の部長。北朝鮮の工作員。
ラウル（『第四の射手』）　アメリカ合衆国連邦麻薬取締局の捜査官。メキシコシティ一帯の元保安官。
ラミィ（『テロルの地平』）　航空自衛隊三沢基地の新米パイロット。ラミィはコールサイン。
劉明哲《リユウミヨンチヨル》（『死の谷の狙撃手』）　東亜国際航空一九二便の副操縦士。長谷川に殺される。
ルーク（『バディソウル』）　本名、アレクセイ・カチューチェンコ。ウラジミールの息子。自らをビジネスマンと称する。新型の細菌兵器のデモンストレーションのために、クリル航空機事件を引き起こす。
ルーク・シュナイバー（『死の谷の狙撃手』）　ジョン・クーナンの相勤者。金美菊の死体発見現場を調べている最中、カートが爆発して死亡。
連隊長（『哀哭者の爆弾』）　陸上自衛隊第5旅団第4普通科連隊の連隊長。

老人（『哀哭者の爆弾』）　鉄砲玉。仁王頭勇斗たちの命を狙うが、逆に射殺される。

ロジャー・ローガン（『死の谷の狙撃手』）〈毒〉の一人。シドと名乗り、戦闘機F／A―18ホーネットで、〈軍師〉たちのいる教会に燃料気化爆弾を投下しようとするが、星川茂に撃墜され死亡。

若原秀明《わかはらひであき》（『バディソウル』『第四の射手』）　北海道警察本部公安部特殊装備隊の隊長。後に警備部に異動。

脇田《わきた》（『バディソウル』『哀哭者の爆弾』）『バディソウル』では、北海道警察本部公安部特殊装備隊第一小隊第一班の隊員。『哀哭者の爆弾』では、厚別署地域課の刑事だったが、警視庁公安部直属の特殊装備機動隊に編入される。

和田《わだ》（『哀哭者の爆弾』）　尊農志塾の塾生。元陸上自衛隊のレンジャー部隊。東北新幹線中で自爆テロを決行。

渡部《わたべ》（『哀哭者の爆弾』）　別の班の機動捜査隊員だが、岸本辰朗と即席コンビを組む。ある陰謀に加担し、岸本の命を狙う。

●二〇〇八年八月　光文社刊
●この作品はフィクションであり、実在の人物、組織、事件等とは一切関係ありません。

光文社文庫

長編ハード・サスペンス

哀哭者《あいこくしゃ》の爆弾《ばくだん》

著者　鳴《なる》海《み》　章《しょう》

2010年2月20日　初版1刷発行

発行者　駒井　稔
印刷　堀内印刷
製本　榎本製本

発行所　株式会社　光文社
〒112-8011　東京都文京区音羽1-16-6
電話 (03)5395-8149　編集部
8113　書籍販売部
8125　業務部

ISBN978-4-334-74732-9　Printed in Japan

組版　萩原印刷

お願い　光文社文庫をお読みになって、いかがでございましたか。「読後の感想」を編集部あてに、ぜひお送りください。

このほか光文社文庫では、どんな本をお読みになりましたか。これから、どういう本をご希望ですか。

どの本も、誤植がないようつとめていますが、もしお気づきの点がございましたら、お教えください。ご職業、ご年齢などもお書きそえいただければ幸いです。当社の規定により本来の目的以外に使用せず、大切に扱わせていただきます。

光文社文庫編集部

光文社文庫　好評既刊

紫蘭の花嫁　乃南アサ
ひかりをすくう　橋本紡
虚の王　馳星周
いまこそ読みたい哲学の名著　長谷川宏
真夜中の犬　花村萬月
二進法の犬　花村萬月
あとひき萬月辞典　花村萬月
スクール・ウォーズ　馬場信浩
「どこへも行かない」旅　林望
天鵞絨物語　林真理子
着物の悦び　林真理子
見たことも聞いたこともない　原田宗典
八代目坂東三津五郎の食い放題　八代目坂東三津五郎
密室の鍵貸します　東川篤哉
密室に向かって撃て！　東川篤哉
完全犯罪に猫は何匹必要か？　東川篤哉
学ばない探偵たちの学園　東川篤哉

白馬山荘殺人事件　東野圭吾
11文字の殺人　東野圭吾
殺人現場は雲の上　東野圭吾
ブルータスの心臓　完全犯罪殺人リレー　東野圭吾
犯人のいない殺人の夜　東野圭吾
回廊亭殺人事件　東野圭吾
美しき凶器　東野圭吾
怪しい人びと　東野圭吾
ゲームの名は誘拐　東野圭吾
夢はトリノをかけめぐる　東野圭吾
さすらい　東山彰良
青鳥（チンニャオ）　ヒキタクニオ
角　ヒキタクニオ
聖ジェームス病院　久間十義
独白するユニバーサル横メルカトル　平山夢明
可変思考　広中平祐
横浜・修善寺0の交差　深谷忠記